OPERAÇÃO CONDOR

ANNA LEE
CARLOS HEITOR CONY

OPERAÇÃO
CONDOR

EDITORA
NOVA
FRONTEIRA

© 2019 by Carlos Heitor Cony e Anna Lee

Direitos de edição da obra em língua portuguesa no Brasil adquiridos pela EDITORA NOVA FRONTEIRA PARTICIPAÇÕES S.A. Todos os direitos reservados. Nenhuma parte desta obra pode ser apropriada e estocada em sistema de banco de dados ou processo similar, em qualquer forma ou meio, seja eletrônico, de fotocópia, gravação etc., sem a permissão do detentor do copirraite.

EDITORA NOVA FRONTEIRA PARTICIPAÇÕES S.A.
Rua Candelária, 60 – 7º andar – Centro – 20091-020
Rio de Janeiro – RJ – Brasil
Tel.: (21) 3882-8200 – Fax: (21) 3882-8312/8313

Créditos de imagens do miolo:
Página 18 – Arquivo/Agência O Globo; Agência Nacional/Arquivo Nacional; Arquivo/Agência O Globo; Arquivo/Agência O Globo; *Revista Manchete*, p. 15, 7 de outubro de 1967.

Página 19 – John Loengard/The LIFE Picture Collection via Getty Images; 1956 Keystone-France/Gamma-Keystone via Getty Images; Bachrach via Getty Images.

Páginas 37 e 282 – Susan Law Cain

CIP-Brasil. Catalogação na publicação
Sindicato Nacional dos Editores de Livros, RJ

C784o

Cony, Carlos Heitor, 1926-2018
    Operação Condor / Carlos Heitor Cony, Anna Lee. - 1. ed. - Rio de Janeiro: Nova Fronteira, 2019.
    416 p.; 23 cm.

ISBN 9788520938737

1. Ficção brasileira. I. Lee, Anna. II. Título.

19-60004   CDD: 869.3
                                    CDU: 82-3(81)

Leandra Felix da Cruz - Bibliotecária - CRB-7/6135
16/09/2019   19/09/2019

Para Verônica, a filha, a amiga.

O COMEÇO DE TUDO NO LUGAR DO PRÓLOGO

De repente, o estrondo de um pé empurrando a porta principal da casa. Morávamos numa vila na rua Dona Mariana, esquina com São Clemente, em Botafogo. A grade baixinha e o pequeno jardim de nossa casa separavam o alpendre da rua. Lessie, nossa cadela, estava sempre por ali e, toda vez que um desconhecido se aproximava do portão, fazia um escândalo, cumprindo seu papel de guardiã. Naquele dia, ela não latiu.

O homem que a porta nos revelou era moreno, calvo, não muito alto, nem gordo, nem magro, usava barba e bigode rentes e óculos escuros, apesar de ser noite. Jamais esqueci aquela imagem que me provocou tanto pavor. Num impulso, minha mãe foi em direção a ele, tentando impedir que avançasse.

— O que o senhor quer aqui?

O homem ignorou a pergunta e a empurrou na parede. Voltou-se para a porta abrindo espaço para mais dois homens entrarem. Estavam armados, e pude ver a crueldade em seus olhos. Eles não usavam óculos escuros.

A babá me pegou no colo e, quando tentou ir para perto de minha mãe, o sujeito de óculos reagiu:

— Vá com a garota para o sofá!

Joana baixou a cabeça e obedeceu. Comecei a chorar, e o mesmo homem gritou:

— Cale a boca!

Ele me deu uma bofetada muito forte. Joana estava paralisada. Sua única reação foi tentar estancar com a barra da minha camisola o sangue que me escorria da boca.

Mamãe, desesperada, gritava, pedia que não fizessem nada comigo, que a torturassem, que a matassem, mas deixassem que a babá me levasse dali. O homem apenas se aproximou dela, a segurou pela gola do vestido e o rasgou de cima a baixo, deixando seus seios à mostra.

— Vagabunda!

Ele deu um chute no ventre de minha mãe, que soltou um berro à medida que escorregava pela parede com as mãos na barriga de sete meses de gravidez. Uma poça de sangue se formou no chão. Quando ela, finalmente, caiu deitada, o homem escarrou em seu rosto e se dirigiu aos outros, que, por enquanto, só observavam, parados diante da porta da rua. Cada um tinha um rifle na mão.

— Levem esta piranha lá pra dentro e examinem todos os cômodos! Façam com que mostre onde está o material daquele comunistinha filho da puta!

Os dois puseram os rifles a tiracolo e obedeceram. Mamãe foi arrastada pelos cabelos, era chutada a cada vez que implorava que deixassem a babá me levar dali. Atrás dela, um rastro de sangue. Fecho os olhos agora e ainda escuto seus berros.

Assim que ela desapareceu no corredor, o homem de óculos se aproximou do sofá onde a babá e eu estávamos:

— Vamos ver o que esta criancinha sabe fazer, além de chorar.

Joana me abraçou forte, e da minha boca explodiu um grito:

— Papai!

O homem deu uma gargalhada.

— Bem se vê que é filha daquele merda!

Com um safanão forte, ele me jogou no chão. Bati a cabeça na quina da mesa de jantar e tudo em volta escureceu. Não vi mais nada. Apenas escutava, ao longe, Joana gritando e, mais longe ainda, os berros de minha mãe. Por fim, mergulhei na escuridão.

Um pouco antes

Estávamos em casa, minha mãe, Joana e eu. Meu irmão (ou irmã) deveria nascer dali a dois meses. Papai ainda não tinha voltado do trabalho. Nos últimos tempos, ele andava estranho. Vivia cochichando ao telefone e ficava acordado até muito tarde. Eu tinha que ir para a cama às nove, mas sempre fingia estar dormindo até vê-lo passar pela porta do meu quarto e ter certeza de que estaria por perto para me proteger, caso eu tivesse um sonho ruim. Há algumas noites, o sono vinha me vencendo. Eu não conseguia mais esperar pelo meu pai. Para completar, naquele dia ele não apareceu para o jantar.

Mamãe pedia que Joana servisse à mesa pontualmente às sete horas da noite, pois papai fazia questão da rotina. Dizia que os hábitos regulares permitiam maior controle da vida. Isso, nos dias de semana. Sábados e domingos, folga da Joana, à noite, fazíamos apenas um lanche, e meu pai abria mão da pontualidade.

Minha mãe quis manter o ritual e, às sete horas, pediu que Joana servisse o jantar. Naquele dia, quando colocou feijão no meu prato, disse que, se eu não comesse tudo, não teria direito à sobremesa. Foram as últimas palavras tranquilas que escutei dela.

Uma semana depois

Acordei numa enfermaria. As paredes e os lençóis eram brancos. Meu braço esquerdo estava preso à grade de proteção da cama, também branca, e na minha mão havia uma agulha infiltrada numa veia e presa por um esparadrapo. Dela saía um tubo transparente e fino, que conduzia o líquido gotejante do bulbo de soro preso no teto. No pé da cama, minha avó materna olhava para mim.

Meus pais não estavam lá. Quando a vó explicou que eles tinham sido obrigados a partir numa longa viagem, não pude compreender o que, aos cinco anos de idade, tinha feito de tão errado para ter sido abandonada por eles.

Capítulo 1

Muitas vezes, senti ódio de meu pai. Fui cuidada por minha avó, até o último dia de sua vida, mas, ainda que ela se esforçasse para suprir a falta de minha mãe, eu não conseguia perdoá-lo por ter nos exposto àquela situação. Durante muito tempo, achei que tinha feito alguma coisa irremissível para que meus pais partissem numa viagem sem volta e não me levassem com eles. Passei noites em claro tentando descobrir com quais argumentos meu pai teria convencido mamãe a me abandonar. Ela, que dizia que sempre estaria ao meu lado, mesmo depois que o bebê nascesse, que me amaria por toda a vida... Por que preferiram o bebê a mim?

Quando cresci o suficiente para entender o que realmente tinha acontecido, meu sentimento de abandono permaneceu. E ainda mais forte. Não digo que me converti no que sou hoje apenas pelo que aconteceu naquele dezembro de 1968. Também não posso dizer que teria me tornado uma pessoa diferente se nunca tivesse convivido com meu pai, durante os primeiros cinco anos de vida, ou se tivesse nascido em outra família, mas posso afirmar que minha visão do mundo seria outra se tivéssemos podido viver em harmonia. Eu não teria sofrido as consequências de escolhas que não foram minhas. A sensação de nulidade que com frequência me domina foi provocada por meu pai, ou por sua ausência. Por isso, nunca o perdoei.

Minha avó materna me criou sozinha. Meu avô já havia morrido, e mamãe era filha única. Não me lembro dos meus avós paternos. Na verdade, acho que nunca os conheci. Não me procuraram quando do desaparecimento de meus pais. Eu era a afirmação do que queriam esquecer: o filho renegado. Meu avô era militar.

Na infância, eu chorava para não ir à escola. Não suportava ficar distante de minha avó. E se eu voltasse para casa e ela tivesse ido embora para sempre, como os meus pais? Eu tinha medo de me expor à avaliação alheia, o que se prolongou durante a adolescência, a vida adulta, e persiste até hoje. Principalmente com alguém do sexo oposto. Tenho medo de ser humilhada ou rejeitada.

Estar no meio de pessoas sempre foi difícil para mim. Ainda é. Falar também. Quando me perguntam o que faço, se sou casada, se tenho filhos, quem sou, me sinto constrangida. Sair de casa para sentar num bar ou ir a uma festa é sempre uma experiência terrível.

Cedo, descobri que a dor é da ordem do inexplicável. O sofrimento de cada um é tão individual que é inútil tentar traduzi-lo para quem não foi dilacerado. A alto custo, luto diariamente para sobreviver à minha dor. E por mais que consiga esconder a condição de sobrevivente, ela está lá, presente nas minhas entranhas, me dando a certeza de que, de alguma forma, em algum momento, vai se mostrar. Meu DNA foi marcado a ferro quente, nunca duvidei que meu sofrimento seria transmitido a meus descendentes, por herança ou por influência.

Nem antes, nem depois do Repórter consegui ter uma relação estável com um homem, de afeto ou de sexo. Tinha medo de que as coisas fossem adiante e que a consequência viesse em forma de um filho. Com ele foi diferente. Quando o vi pela primeira vez, na festa de um amigo em comum, soube que eu tinha suportado tudo até ali por causa daquele encontro. E entendi o porquê de ter cedido à insistência de meu amigo e aceitado o convite.

Como o Repórter escreveria mais tarde, éramos dois náufragos, e os náufragos, mesmo que se detestem, encontram um motivo comum para se agarrarem à mesma tábua. Não nos detestamos, nos amamos. Eu tinha quase 20 anos; ele, 45, estava recém-separado, a mulher e as duas filhas o tinham abandonado. A sua vida profissional estava em decadência. Ele, que já fora repórter especial e também chefe de redação, caíra na vala comum do noticiário miúdo, não era mais levado a sério, carregava o estigma do jornalista de um assunto único: era obcecado por provar que as mortes de Juscelino Kubitschek (JK), João Goulart (Jango) e Carlos Lacerda, no espaço de nove meses, foram praticadas pela Operação Condor,[1] que atuou como varredura da subversão no Cone Sul. Os três líderes políticos, que haviam tentado formar a Frente Ampla em 1967, tinham sido cassados pela Ditadura Militar. Na véspera de suas mortes, JK, em 22 de agosto de 1976, Jango, em 6 de dezembro de 1976, e Lacerda, em 21 de maio de 1977, nenhum deles estava doente, pelo menos não em estado crítico ou terminal.

~

Juscelino morreu num acidente, na via Dutra, que liga o Rio a São Paulo, 15 dias depois — e por coincidência na mesma hora — de ter circulado a notícia de que havia morrido num desastre na estrada de Luziânia para Brasília. Jango era cardíaco, mas convivia com a doença e, pouco antes de morrer, tinha estado em Lyon para um rigoroso check-up com o especialista que acompanhava seu quadro clínico. Apenas recebeu orientação para manter alguns medicamentos de rotina e fazer uma dieta para perder peso. Lacerda era diabético, mas não foi internado por conta da doença. No domingo anterior à sua morte, apresentou sinais de gripe, quadro que evoluiu para febre permanente e dores articulares intensas, até que o médico decidiu levá-lo para a Clínica São Vicente, no Rio, de onde ele não saiu vivo.

Em 1982, ano em que nos conhecemos, o Repórter ainda insistia em tirar "esqueletos do armário", expressão usada, como me contou, pelo superintendente do jornal em que trabalhava, quando recusou mais uma vez sua pauta sobre as mortes dos três líderes políticos da Frente Ampla. A razão era simples: não havia um fato novo que justificasse uma reportagem sobre um assunto antigo, que já havia sido superado por muitos outros mais importantes e recentes. Além disso, o jornal, obviamente por questões econômicas, não estava interessado em interferir num processo político que caminhava para a liberalização do regime militar, em vigência no país desde 1964.

Acreditava-se que, quando assumiu a presidência em 1974, o general Ernesto Geisel estivesse disposto a fazer mudanças no poder e abrandar as formas de repressão, para iniciar a abertura política de forma "lenta, gradual e segura". E seu sucessor, o general João Figueiredo, a essa altura, prometia eleições diretas para governadores em 15 de novembro de 1982, o que não acontecia desde 1962.

O Repórter e eu passamos a noite juntos, na quitinete onde ele morava, na Glória. O lugar era úmido e tinha cheiro de mofo. Bebemos vodca em excesso e fizemos amor num sofá-cama de couro sintético bege, cheio de manchas, que já começava a puir aqui e ali. Nem nos demos ao trabalho de esticar um lençol para deitarmos. Quando ele me penetrou pela primeira vez, senti o que nunca tinha sentido nas poucas e esporádicas tentativas de me relacionar com um homem: havia alguma coisa muito forte que nos ligava, mas, naquele momento, não consegui perceber o que era.

No outro dia, quando acordei de ressaca, a cabeça explodindo, ainda com os olhos fechados, deslizei o braço esquerdo para o lado, procurando o Repórter, mas não o encontrei. Olhei em volta para reconhecer o ambiente. Um lençol encardido estava sobre meu corpo nu. Ele devia ter acordado no meio da madrugada e me protegido. Numa mesa pequena, próxima ao sofá que servia de cama, havia uma infinidade de papéis e jornais velhos empilhados, além de uma caixa de papelão com restos de pizza. Garrafas de vodca, copos sujos e latas de cerveja, que depois de vazias serviram de cinzeiro, estavam espalhados por todo lado. Fui até o banheiro. Ele não estava lá. Ali do lado, ficava a pia da cozinha, repleta de louças sujas, em algumas começava a se formar bolor. Olhei para cima e vi um quadro de cortiça com algumas fotos antigas: o Repórter com duas crianças; João Goulart num palanque ao lado de uma mulher; o enterro dele; JK e Lacerda se cumprimentando; Jango conversando com Lacerda; retratos de Lacerda, JK e Jango, com anotações ao lado de cada um; e ainda três calendários, de agosto e dezembro de 1976 e de maio de 1977, com algumas datas marcadas.

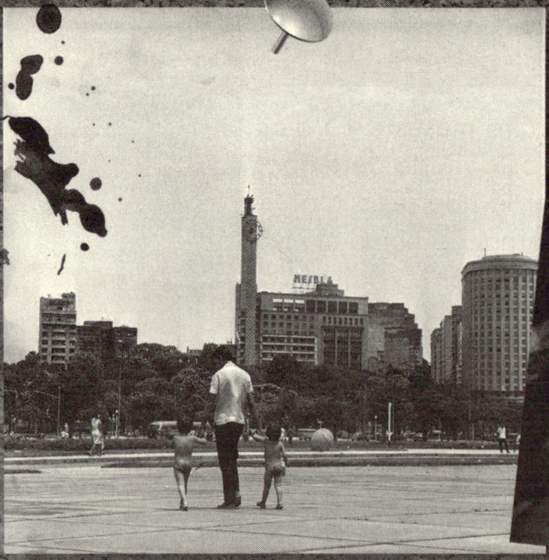
MESBLA

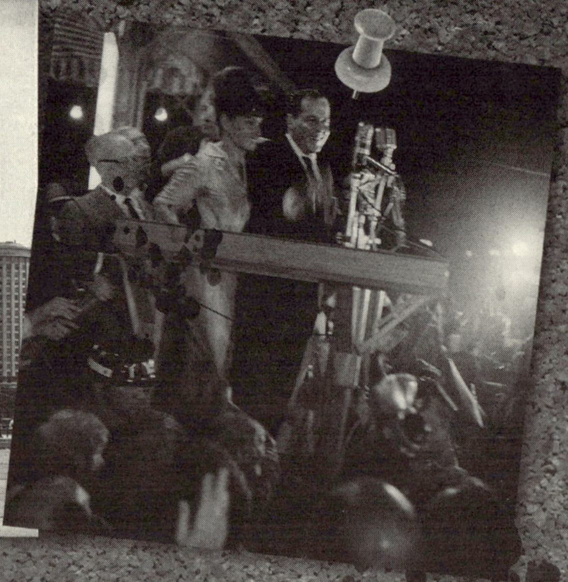

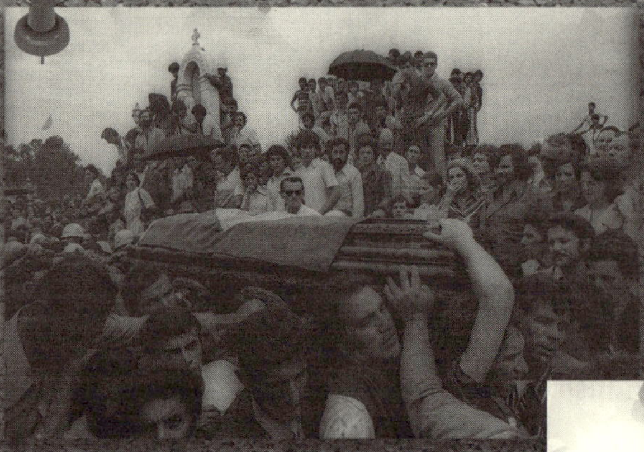

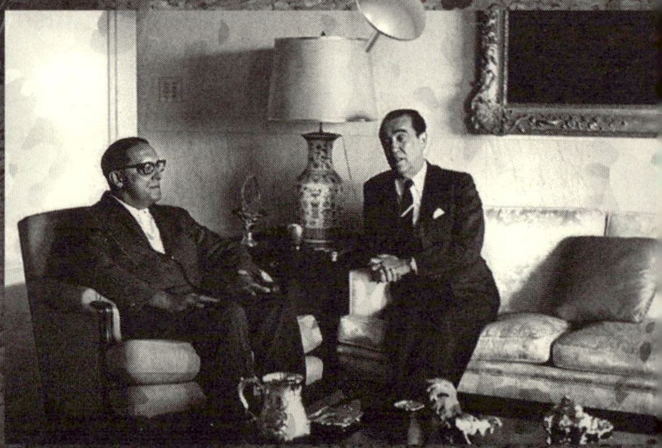

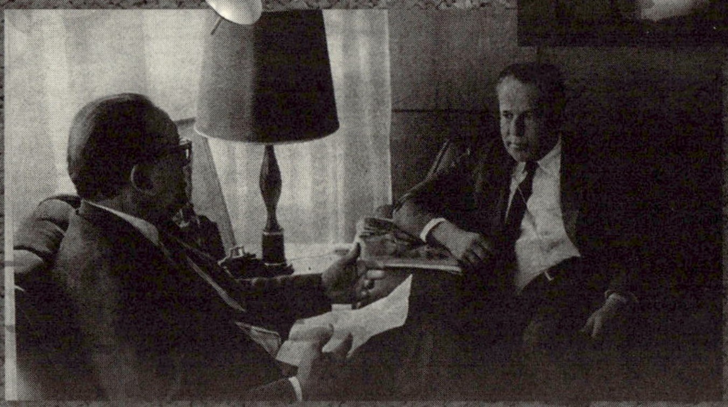

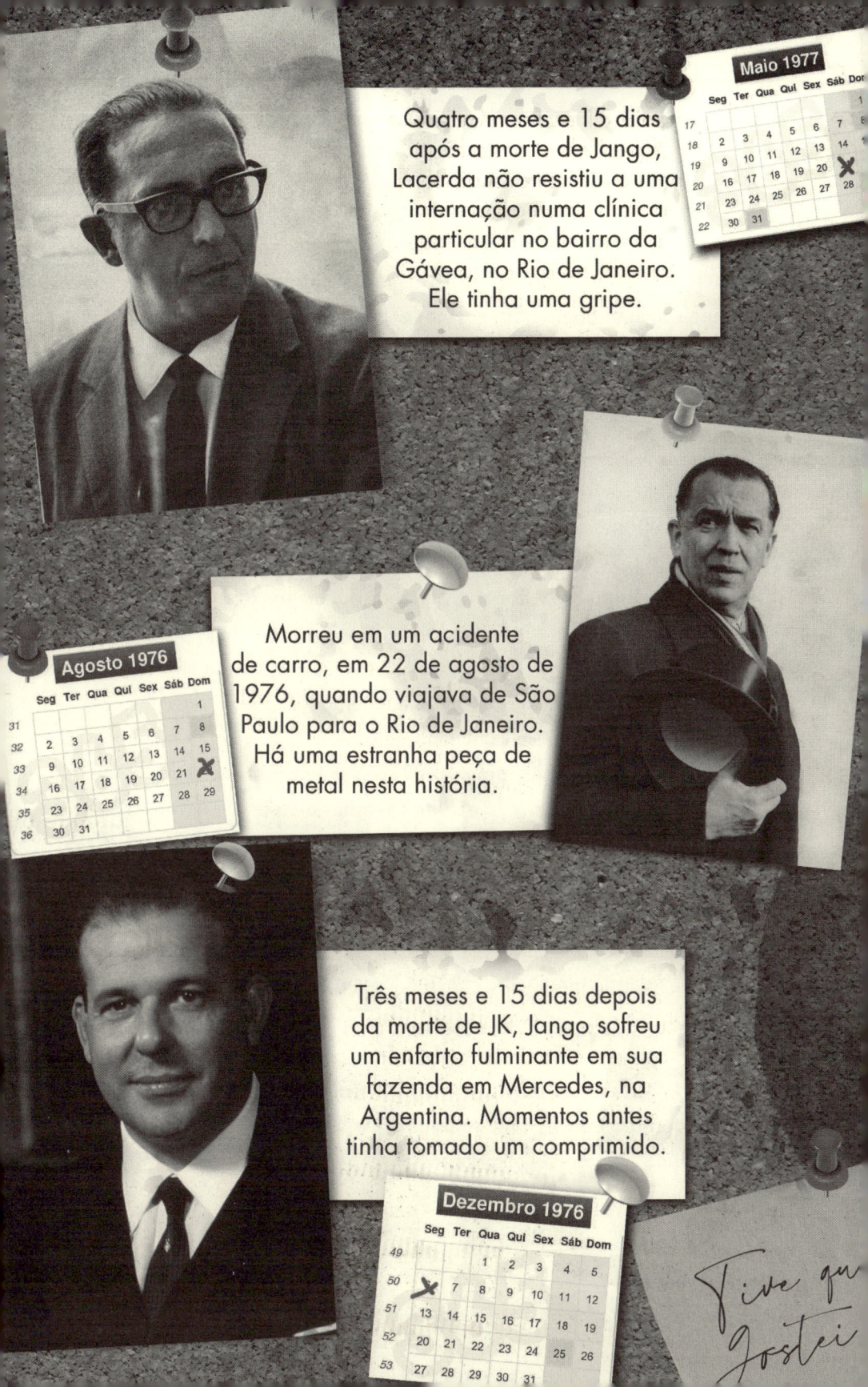

Quatro meses e 15 dias após a morte de Jango, Lacerda não resistiu a uma internação numa clínica particular no bairro da Gávea, no Rio de Janeiro. Ele tinha uma gripe.

Morreu em um acidente de carro, em 22 de agosto de 1976, quando viajava de São Paulo para o Rio de Janeiro. Há uma estranha peça de metal nesta história.

Três meses e 15 dias depois da morte de JK, Jango sofreu um enfarto fulminante em sua fazenda em Mercedes, na Argentina. Momentos antes tinha tomado um comprimido.

Bem no canto, estava um bilhete, quase do lado de fora da cortiça: "Tive que sair cedo. Gostei de te conhecer." Arranquei o pedaço de papel do alfinete que o prendia e o coloquei em cima da pia. Vesti minha roupa, peguei a bolsa e saí, batendo a porta. Eu havia me dado conta de que a degradação do ser humano pode atingir níveis impensáveis, e o pior era que aquilo tudo tinha a ver comigo. Soube, naquele momento, que encontraria o Repórter muitas outras vezes.

~

Desde o primeiro dia, nosso sexo foi intenso, mas, fora da cama, o Repórter não era dado a demonstrações de afeto. Em seu desamparo absoluto, ele receava que seus pontos fracos fossem descobertos, e que fosse humilhado por isso. Eu sabia disso porque acontecia o mesmo comigo. Passávamos horas na quitinete, em silêncio, nos olhando de vez em quando, mas distantes. Num desses dias, o Repórter estava deitado no sofá, lendo qualquer coisa, enquanto eu preparava uma massa para jantarmos. De repente, ele veio em minha direção, segurou minhas mãos e me envolveu num longo e demorado abraço. Fechei os olhos e tive a mesma sensação de quando acordava no meio da noite, gritando por meu pai, e ele acolhia em seus braços meu corpo pequeno, hesitante, com medo do escuro.

É sempre um detalhe que, inconscientemente, nos faz sentir atração por uma pessoa, que nos faz ficar confortáveis na companhia, mesmo silenciosa, de alguém. E eu, que até então tinha fugido de tudo que lembrava meu pai, pela primeira vez, depois do dezembro de 1968, me senti em casa, e o mundo ficou ainda mais incompreensível para mim.

Capítulo 2

Nunca contei para o Repórter o que tinha acontecido com minha família. Algumas coisas são tão ruins, tão vergonhosas que não é possível falar delas. Ainda mais para alguém que se ama. Também nunca disse para o Repórter que o amava.

Assim que voltou de sua última viagem a Montevidéu, em dezembro de 2002, numa noite, depois do sexo, o Repórter olhou fixamente em meus olhos e disse que me amava. Apesar do desejo de dizer o mesmo, não fui capaz. Logo depois, ele caiu doente.

Eu tentava levantar o ânimo dele. No Natal, fiz uma ceia para nós dois e o presenteei com uma camisa de linho, dizendo que era para usar no dia de seu aniversário, no final de janeiro. No fundo, sabia que ele jamais a usaria. Mesmo assim, fiz questão de comprar a camisa mais cara que pude pagar. Era um último fio de esperança. Mais minha do que dele.

A doença estava progredindo rápido. Ele recusou-se a se submeter à quimioterapia e, diante da minha insistência para que se tratasse, me disse que queria morrer de mansinho, sem fazer barulho para si e para os outros, sair da vida na ponta dos pés.

Foi o que aconteceu. No tempo em que o Repórter ficou internado, eu passava todos os dias para vê-lo, até que ele me pediu que eu não fosse mais. Queria sair sozinho da vida, sem testemunhas. Decidi respeitá-lo. Era minha forma silenciosa de falar que o amava.

Até que, no final da tarde de uma terça-feira, recebi um telefonema do hospital, dizendo que ele queria que eu fosse até lá. O horário de visita já tinha acabado, mas iam abrir uma exceção. Parecia que alguém tinha me dado um soco no estômago. Pressenti nosso rito de adeus.

Há algum tempo, o Repórter não era mais o homem com quem eu havia convivido durante vinte anos. Se não era bonito, era vigoroso, apesar da depressão que o abatia com frequência e da obsessão em provar que JK, Jango e Lacerda foram assassinados pela Ditadura Militar. Esta, na verdade, é a razão de tudo: de sua vida e, agora, de sua morte.

Depois de duas semanas sem vê-lo, senti outro soco no estômago ao encontrá-lo muito magro e com a pele escurecida pela doença. Ele tinha definhado. Mas quando nos olhamos fixamente, ainda percebi no fundo de seus olhos o mesmo brilho de quando ele me encarava demoradamente, depois de nos amarmos. Só que, desta vez, não vi ternura em seu olhar. Ele tinha a rudeza daqueles que sabem que vão partir e não querem deixar rastros de afeto. Pelo menos, estava me dando o direito de um adeus. Poderia ter feito como meu pai, partido sem avisar, sem um último beijo, sem nada.

Quando o Repórter me apontou a mesinha de cabeceira, adivinhei que ele esperava alguma coisa de mim e, ao encontrar a chave da quitinete numa divisão da carteira surrada, que eu havia lhe dado logo que nos conhecemos, entendi tudo. Ele acenou com a cabeça, e eu soube que queria que eu destruísse todos seus arquivos, papéis, jornais e fotografias, todo o material referente a Jango, JK e Lacerda que havia juntado durante tantos anos: o mal maior que o consumira, mais do que a doença.

~

Para realizar o último desejo do Repórter, eu teria que enfrentar os meus próprios fantasmas. Quando brigávamos por eu querer que ele abandonasse a investigação da morte dos três líderes da Frente Ampla, ele me chamava de alienada. Não conseguia entender como o assunto não me interessava nem nada que tivesse a ver com política. "É a história do nosso país, é a nossa história!", costumava me dizer.

Quando nos conhecemos, o governo Figueiredo estava sendo obrigado a encaminhar a transição da Ditadura para a democracia. Há algum tempo, o regime de exceção vinha perdendo legitimidade nas camadas da sociedade que apoiaram o Golpe de 1964. Por outro lado, no ano anterior, em 30 de abril de 1981, havia acontecido o atentado do Riocentro. E a Lei da Anistia[1] de 1979 não tinha solucionado a questão mais polêmica da Ditadura, já que não beneficiou os guerrilheiros condenados por atos terroristas que tinham envolvido mortes, mas perdoou os agentes da repressão que participaram de assassinatos e prática de tortura. O Repórter tinha total convicção de que a repressão militar ainda estava plenamente ativa. E não se conformava com o fato de eu não querer tomar conhecimento do que acontecia, sem saber que o que eu não queria era tomar conhecimento da minha própria história.

~

No dia seguinte, o telefone tocou bem cedo. Mesmo antes de atendê-lo, eu já sabia a notícia que aquela ligação trazia: o Repórter morrera durante a madrugada. O responsável pelo corpo tinha que tomar as providências necessárias. O único contato que constava na ficha do paciente era meu telefone. Engoli em seco, passei a mão nos olhos, tentando evitar as lágrimas, fingi uma força que não tinha e respondi à voz que do outro lado da linha mecanicamente me dava instruções sobre a burocracia do pós-morte. Iria para o hospital imediatamente. Faria o que fosse preciso. Não, o Repórter não seria cremado. O corpo seria levado para o Jardim da Saudade, em Sulacap. Sim, eu mesma arcaria com todos os custos do funeral.

~

No fim do dia, ao tirar de um pequeno compartimento interno da bolsa a chave que o Repórter me entregara dois dias antes e abrir a porta da quitinete, senti remorso. Quando meu pai saiu de manhã para trabalhar e nunca mais voltou, senti ódio. Ainda o odeio. Já a morte do Repórter fez com que a culpa me invadisse.

~

Pouco depois de nos conhecermos, em 1982, me deparei com uma edição da revista *Manchete*, do início de setembro, que trazia as fotos de JK, Jango e Lacerda numa página dupla e um texto do jornalista Carlos Heitor Cony, intitulado: "O Mistério das Três Mortes". Não pensei duas vezes. Corri para a casa do Repórter. Ele já tinha me falado por alto do assunto e eu havia visto as fotos dos três líderes da Frente Ampla na quitinete. Estávamos na fase de aproximação, cada um entrando na relação mais pé ante pé do que o outro, e essa era uma boa desculpa para procurá-lo.

Não devia ter feito isso. Olhando para trás, percebo que, se ele estava pendurado por uma única mão, na beira do precipício, fui eu quem o empurrou de vez. O Repórter não se conformou por não ter sido ele o autor daquele texto. "Não dizem por aí que eu sou o dono desse assunto, que não sei falar de outra coisa?"; "Por que outro jornalista tem credibilidade para tratar do mistério das três mortes, e eu não?".

Ele tinha sido demitido porque, ao saber que a Justiça argentina iria pedir a exumação do corpo de Jango, achou que, finalmente, tinha aparecido "o fato novo" a que o jornal havia condicionado a publicação de sua matéria sobre os líderes da Frente Ampla e investiu pesado na defesa da pauta. Acabou sendo dispensado sob a alegação de "corte de custos". E agora via o texto que tanto queria escrever assinado por outro.

Para tentar abrandar a indignação do Repórter, pensando bem, seu sofrimento — ele sofria como se tivessem lhe roubado a posse mais querida, e, de certa forma, era mesmo —, fiz pior ainda. Eu o convenci a arrumar todo o material que tinha juntado, pôr ordem naquele amontoado de recortes de jornais, fotos, anotações e escrever um livro. Um livro, sim, era um registro definitivo. Aquele artigo, não. Na semana seguinte, quando saísse a nova edição de *Manchete* trazendo notícias mais recentes, ninguém se lembraria mais do que aquele jornalista havia escrito. O destino das revistas velhas é se acumularem nos consultórios de médicos e dentistas até que um dia, de tão desgastadas, alguém resolve jogá-las no lixo.

Por minha sugestão, o Repórter comprou um arquivo de aço, usando parte das economias que guardava para algum imprevisto, já que, depois da demissão, o que lhe restou foi viver de frilas, sem contar com um salário fixo no fim do mês. Mais tarde, lhe dei de presente outro arquivo. Nessa época, achava que o estava salvando do precipício. Ele ficou animado. Trabalhava horas e horas em cima daqueles papéis. Não quis minha ajuda, só ele sabia como organizar tudo aquilo para que fizesse sentido. Não reclamei. O meu maior medo era encontrar no meio da papelada alguma coisa que tivesse a ver com o desaparecimento de meus pais. Eu não teria como disfarçar. O Repórter, com certeza, perceberia. Eu admirava sua obstinação em provar que os líderes da Frente Ampla tinham sido vítimas da Ditadura Militar. Uma obstinação que eu desconhecia e me atraía. Era isso que me fazia transitar tão perto daquele campo minado. Definitivamente, não tinha qualquer interesse em me aprofundar num tema que me levava para tão perto de meu pai e de mim mesma.

O tempo foi passando, o Repórter continuava obsessivamente vasculhando e organizando a papelada, fazendo anotações num diário ao qual deu o título de O Beijo da Morte. Mas, numa sexta-feira à noite, cheguei à quitinete, e a primeira frase que escutei dele, antes mesmo de me cumprimentar, foi: "Não posso ir adiante. Sou um quixote ridículo lutando contra o mundo. É isso que dizem de mim, e têm razão." A figura do Repórter era lamentável: estava com a barba por fazer, o cabelo em desalinho, olheiras de quem parecia ter virado a noite. Apoiados numa cadeira ao lado do sofá-cama, uma garrafa de vodca barata quase vazia e um cinzeiro transbordando guimbas de cigarro. No ar um cheiro terrível de fumaça misturada a álcool e mofo. As gavetas dos arquivos de aço estavam abertas e os documentos que ele já tinha organizado, revirados.

Mais uma vez tentei reanimá-lo. Abri a janela, limpei o cinzeiro, argumentei que ele devia estar exausto, tinha trabalhado a semana inteira, sem sair de casa. As sextas-feiras eram assim mesmo para todo mundo. No desespero causado pelas tarefas não cumpridas, pensamos em desistir de tudo. Mas basta um fim de semana de descanso para as coisas voltarem ao normal. Fiz com que ele tomasse um banho e se barbeasse, para, quem sabe, passearmos um pouco, ali perto da casa dele mesmo. O que precisava era espairecer, respirar ar novo; a noite estava linda.

Caminhamos até a Lapa. Sentamos em um bar, tomamos chope, dividimos uma porção de pastéis recheados de queijo, que ele adorava. Voltamos para casa, fizemos amor. Passamos o final de semana juntos. Porém, depois daquele dia, ele não mexeu mais nos arquivos. Tirou as fotos de JK, Jango e Lacerda do quadro de cortiça acima da pia da cozinha. A poeira voltou a se acumular e o caos se instalou novamente na quitinete.

Ele não falou mais sobre a morte dos três políticos. E eu preferia não perguntar. Era como se tivéssemos feito um pacto de silêncio, ou como se aquele assunto nunca tivesse existido. Mas ele estava lá. Um espectro que rondava a quitinete da Glória. Eu percebia que o Repórter continuava ruminando, dia e noite, o mistério das três mortes. Às vezes, eu o olhava e tinha a impressão de que ele estava sendo corroído por um veneno que se espalhava lentamente pelo seu corpo, órgão por órgão, célula por célula, uma espécie de câncer em metástase.

Capítulo 3

Foi longo e demorado o percurso que o Repórter fez no que resolvi entender — até para que eu conseguisse manter a sanidade — como seu "campo de escavações interno". Não foi fácil para nós dois o tempo em que ele passou mergulhado em seu delírio na busca de um grão de verdade, algo nele mesmo que merecesse crédito.

Até que, a partir de abril de 2000, o *Jornal do Brasil* (*JB*) passou a publicar uma série de reportagens sobre a Operação Condor. Comecei a perceber uma mudança sutil no ânimo do Repórter. Ele já não dormia até tão tarde, estava mais disposto. Notei que voltara a mexer nos arquivos e que estava juntando as edições do *JB* a respeito do caso. Mas deixei que ele tomasse a iniciativa de romper o silêncio sobre o assunto.

Num domingo de maio, no final da tarde, passei na Glória para lhe deixar umas compras de supermercado — se eu não cuidasse disso, a alimentação dele se restringia a pizza, no café da manhã, no almoço e no jantar —, e ele me perguntou se eu estava acompanhando o caso da Operação Condor pelos jornais.

Então, o Repórter me mostrou uma matéria daquele dia: "Os Voos Sombrios do Condor", com o subtítulo: "Cresce suspeita de que conspiração continental matou JK, Jango e Lacerda". Ele me explicou que, apesar dos indícios de que as mortes suspeitas dos líderes da Frente Ampla estavam inseridas na conjuntura da

Operação Condor, até então tinha se concentrado no micro, ou seja, nos políticos brasileiros, para, a partir daí, tentar desvendar as demais ocorrências do acordo entre as ditaduras do Cone Sul para eliminar aqueles que consideravam seus opositores. No entanto, estava cada vez mais evidente que não podia dissociar suas investigações desse contexto macro.

Outra matéria da série do *JB*, publicada anteriormente, no dia 26 de abril, tinha como título a pergunta: "Jango e JK, vítimas do Condor?", e dizia que Leonel Brizola, ex-governador fluminense e cunhado de Jango, suspeitava de que os ex-presidentes foram vítimas de militares na Operação Condor, ação de repressão conjunta posta em prática pelas ditaduras do Cone Sul nos anos 1970 e 1980. No jornal que o Repórter agora me indicava, estava sublinhada a caneta a seguinte fala de Brizola: "Estou convencido de que João Goulart pode ter sido vítima de um assassinato, que não tenha morrido de morte natural, porque não aceito que o governo argentino tenha enviado o corpo de um ex-presidente, morto em seu território, sem realizar autópsia." E o texto dizia mais abaixo: "Leonel Brizola estendeu as suspeitas de assassinato ao acidente de carro em que morreu outro ex-presidente, Juscelino Kubitschek, em agosto de 1976. 'Não há dúvida de que houve um Plano Condor, que tinha como objetivo eliminar personalidades que iriam ter grande influência quando os regimes militares começassem a claudicar.'"

A maioria das reportagens que se seguiram a esta, me falou o Repórter, limitou-se a denunciar "o desaparecimento de pessoas e grupos que praticavam ou ameaçavam praticar atos terroristas ou criar condições objetivas para a luta armada no Cone Sul". Por isso, ele, apesar de alerta ao que vinha sendo revelado, resolveu aguardar o desfecho das investigações para decidir o que faria a respeito do que lhe interessava: prosseguir nas investigações ou enterrar o caso definitivamente. "Com a matéria de hoje, as coisas mudam de figura. Olhe aqui, publicaram documentos que apontam o coronel

Manuel Contreras como o autor de uma carta comprometedora enviada em 28 de agosto de 1975 ao Figueiredo!", me disse o Repórter, apontando o jornal que estava em cima da mesa.

Em seguida, ele me mostrou que a assinatura da carta[1] que o chefe do órgão central de informações chileno da era Pinochet endereçara ao general João Batista Figueiredo, então chefe do Serviço Nacional de Informações (SNI), era a mesma de um documento convocatório para a primeira reunião da Operação Condor, que o Repórter tinha conseguido com um amigo, opositor à ditadura do general Alfredo Stroessner.[2] Na carta-convite, Contreras dizia que se sentiria honrado com a presença do general Francisco Brites, chefe da polícia da República do Paraguai, na reunião que espera ser "a base de uma excelente coordenação e uma melhor ação em benefício da Segurança Nacional" de seus respectivos países.

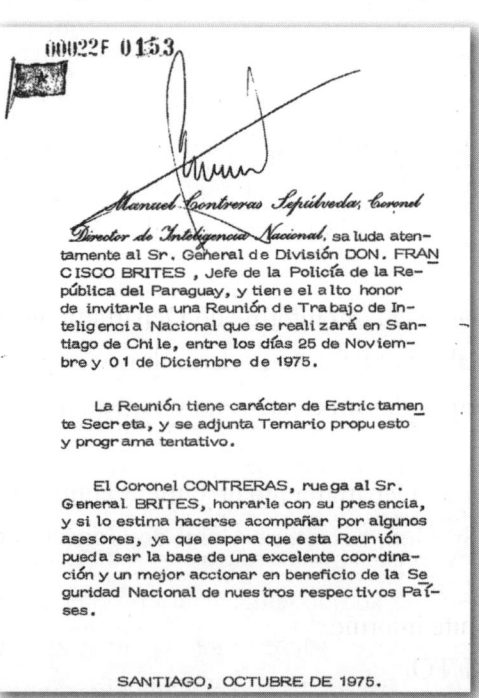

CARTA-CONVITE PARA A PRIMEIRA REUNIÃO DA OPERAÇÃO CONDOR ENVIADA POR MANUEL CONTRERAS AO GENERAL FRANCISCO BRITES, EM OUTUBRO DE 1975.

Já na carta a Figueiredo, Contreras afirma compartilhar da preocupação do general brasileiro com o possível triunfo do Partido Democrata nas próximas eleições presidenciais dos Estados Unidos — e que realmente elegeram Jimmy Carter —, pois tinha conhecimento "do reiterado apoio dos democratas a Kubitschek e Letelier, o que no futuro poderia influenciar seriamente a estabilidade do Cone Sul do hemisfério".

"Não é difícil concluir que JK e Letelier foram vítimas da Operação Condor. Não acha?", perguntou o Repórter me encarando.

De fato, o ex-presidente Juscelino Kubitschek tinha morrido quase um ano depois dessa carta, em 22 de agosto de 1976, e Orlando Letelier, ex-embaixador chileno nos Estados Unidos e ex-ministro de Salvador Allende, fora assassinado em Washington, em 21 de setembro do mesmo ano, atingido por uma bomba.

O Repórter também me mostrou documentos que tinha conseguido, durante aquela semana, com uma fonte no Arquivo Público do Estado do Rio de Janeiro. Depois das reportagens do *JB*, o Repórter tinha voltado às pesquisas, ainda não muito certo se prosseguiria. Esta foi a justificativa que deu por não ter comentado nada antes.

O primeiro era um informe do Departamento de Ordem Política e Social (D.O.P.S.) de 19 de junho de 1964, época em que Jango e Brizola estavam exilados no Uruguai, que dizia:

Diretor do Departamento de Ordem Política e Social
Exmo Sr. Gen. Secretário-Geral do Conselho de Segurança Nacional
Transmite informe
SECRETO

Senhor Secretário-Geral:

Estão os srs. João Goulart e Leonel Brizola em articulações francas no Uruguai, o primeiro, porém, sempre mais discreto do que o segundo. Estão de viagem marcada para a Europa, onde Brizola disse, segundo publicou a imprensa local, que iria manter contatos políticos. Os dois recebem e enviam emissários ao Brasil. Há cerca de uma quinzena, receberam um industrial de São Paulo, que lhes prometeu dinheiro, e recado de um general ainda na ativa. Não foi possível apurar-lhes os nomes. Entre os refugiados, um dos quais de importância no governo passado — o Eng. Hebert Maranhão, ex-diretor da E. F. Leopoldina e homem ligado a Brizola —, é pacífica a ideia do retorno deles ao poder. Contam, para tanto, com: a) divisão entre os militares; b) impopularização do governo Castelo Branco. "Acreditam os refugiados que, ainda no fim do corrente ano, já se possa dar início, no Brasil, a guerrilhas isoladas e, sobretudo, a atentados contra autoridades do governo brasileiro." [...]

E mais adiante: "Na Argentina, o ambiente é francamente favorável à Revolução. O embaixador Décio Moura é que parece ter simpatias pelo grupo Jango-JK, tendo mesmo dito, em uma roda na embaixada, que se recebesse ordens do Itamaraty para defender a cassação do mandato do Sr. Juscelino Kubitschek, não o faria de nenhuma maneira." [...]

Entre as sugestões para resolver a questão, o informe propunha: "Preencher a embaixada do Brasil em Montevidéu com os elementos mais experimentados e adequados à função, que gozassem de prestígio e de força no Uruguai para neutralizar o ambiente favorável à dupla Jango-Brizola." [...]

Havia também um relatório do "Agente A.O.C. de Montevidéu – Uruguai", que, entre outras informações, dava conta de que: "[...] de quinze em quinze dias, é visto na porta do prédio onde reside Goulart um carro de chapa de Porto Alegre n.º 50.98.65 e outro carro, marca DKM, chapa Guanabara, n.º 14.45.09, estacionado à porta de uma casa na esquina das ruas Obligado e Carlos Berg. Segundo investigações desse agente, os ocupantes desse veículo são vistos entrarem [sic] na referida casa, que é um local de concentração de comunistas brasileiros asilados em Montevidéu. Informações de vizinhos disseram que a senha para penetrar na casa é 'Somos da mesma comarca' [...]"

```
                    RELATÓRIO                              (I)

    Agente A.O.C de Montevidéu    -    URUGUAI

    A embaixada do Brasil nesta capital t...      baldado seus

    O agente infrxxxx informa que, de quinze em quinze dias, é visto à
    porta do prédio onde reside Goulart um carro de chapa de Porto
    Alegre nº 50.98.65 e outro carro, marca DKW. chapa Guanabara,nº
    14.45.09 ,estacionado sempre à porta de uma casa xxxxxxxxxxxx
    esquina das Ruas Obligado e Carlos Berg .Segundo investigações deste
    agente, os ocupantes desse carro são vistos entrarem na referida casa,
    que é um local de concentração de comunistas brasileiros asilados em
    Montevidéu.Informações de vizinhos disseram que a senha para penetrar
    na casa é "Somos da mesma comarca".Os proprietários dessa casa estão
    de viagem à China Vermelha. Cabe informar também que um carro chapa
    52-41-89,de Porto Alegre é visto com frequência à porta do prédio
    onde mora o sr Goulart.
```

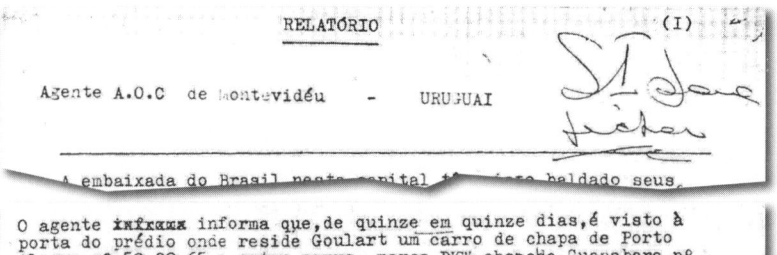

Relatório do agente A.O.C. de Montevidéu – Uruguai sobre movimentações no prédio de João Goulart.

E que: "[...] Jango mandou sondar junto ao sr. Tejera (ministro do Interior – Ministério da Justiça daqui) sobre a possibilidade de ir até a França e retornar ao Uruguai, não perdendo a condição de exilado. Jango se vem [sic] correspondendo com Juscelino. Este lhe fez ver a conveniência de um encontro entre os dois em Paris, com vistas ao pronunciamento (manifesto) a ser assinado pelos dois ex-presidentes [...]."

O Repórter comentou que, apesar de o documento não ter data, sabia que era do primeiro período do Regime Militar, pois dizia que "Saulo Gomes (preso em Porto Alegre, vindo de Montevidéu, onde estava em caráter de asilado) confessara que Brizola preparava um movimento armado no Brasil" e que "Saulo era agente de Castelo Branco [o primeiro presidente da Ditadura Militar, de 1964 a 1967], infiltrado entre os asilados aqui".

Entre o material conseguido pelo Repórter também tinha um cabograma escrito em inglês, enviado de Buenos Aires, em 28 de setembro de 1976, para Brasília, Madri e Paris, com o grifo "prioridade", redigido pelo homem do Federal Bureau of Investigation (FBI) na Argentina, Robert Scherrer, uma semana depois do assassinato de Letelier. O relatório da Inteligência dizia:

"'Operação Condor' é o nome-código para a coleta, a troca e o armazenamento de dados de inteligência a respeito dos assim chamados 'esquerdistas', comunistas e marxistas, algo que recentemente foi estabelecido entre serviços de inteligência cooperadores na América do Sul para eliminar as atividades terroristas marxistas na área. Além disso, operações conjuntas contra os alvos terroristas nos países-membros da 'Operação Condor'. O Chile é o centro para a 'Operação Condor' e, além do Chile, seus membros incluem a Argentina, a Bolívia, o Paraguai e o Uruguai. O Brasil também concordou experimentalmente em fornecer dados da Inteligência para a 'Operação Condor'. Os membros que demonstram o maior entusiasmo atualmente são a Argentina, o Uruguai e o Chile. Uma terceira fase mais secreta da 'Operação Condor' envolve a formação de equipes especiais dos países não membros, que devem viajar a qualquer parte do mundo para países não membros, a fim de executar sanções que chegam ao assassinato dos terroristas ou defensores das organizações terroristas dos países-membros da 'Operação Condor'. O documento tem o título, escrito à mão, 'O Condor' e ainda cogita a possibilidade de 'o recente assassinato de Orlando Letelier, em Washington, D. C., possa ter sido uma ação da terceira fase da 'Operação Condor". (Ver nos anexos, p. 386-389, íntegra do documento.)

"Diante de tantas evidências, não posso mais ficar parado. Sinto que, agora, estou muito próximo do fato novo que vai comprovar minha teoria", me disse o Repórter com um entusiasmo que fazia muito tempo não se via nele.

E mais uma vez o empurrei no precipício. Dei força e dinheiro para ele viajar para o Uruguai, a Argentina e o Sul do Brasil. Dessa vez, não teve salvação. Fui culpada pela morte do Repórter.

~

Eu tinha acabado de enterrar o Repórter. Seu corpo. Sua alma ainda vivia nos arquivos da quitinete da Glória. Não podia atender a seu último pedido e queimá-los. Não ia matá-lo mais uma vez. Passei dias e mais dias enfurnada em meio à poeira dos fantasmas do Repórter, que eram meus também, enquanto lia O Beijo da Morte.

O beijo da morte

> "Em 1976, alguns órgãos contrários à abertura promovida pelo presidente Geisel buscavam soluções extralegais."
>
> *Armando Falcão, ministro da Justiça do governo Ernesto Geisel (1973-1979), em entrevista a O Globo*

Cronologia

28 de setembro de 1975 — Ofício confidencial do general Manuel Contreras, chefe da DINA (serviço secreto do governo chileno), ao general João Batista de Figueiredo, então chefe do SNI (serviço secreto do governo brasileiro), dando conta da mudança política norte-americana em relação às ditaduras militares do Brasil, Chile, Argentina e Uruguai. Com a eleição dos democratas e com a chegada de Jimmy Carter à Casa Branca, seria retirado o apoio de Washington aos regimes totalitários do Cone Sul.

O general Contreras cita nominalmente Orlando Letelier, ex-ministro de Salvador Allende, e Juscelino Kubitschek, ex-presidente do Brasil, como lideranças que poderiam ser reabilitadas e criar problemas às ditaduras da região.

7 de agosto de 1976 — Por volta das 18 horas deste sábado, corre a notícia de que Juscelino Kubitschek teria morrido num acidente de carro na estrada que liga Luziânia a Brasília. JK iria fazer realmente este deslocamento, mas, à última hora, preferiu ficar em sua fazendinha, em Luziânia. À noite, recebe jornalistas e equipes de TV que procuram confirmar a notícia.

22 de agosto de 1976 — Às 18h15, morre Juscelino Kubitschek num acidente de carro no km 165 da Rio-São Paulo. Nos dias anteriores, JK escondera de seus parentes e amigos mais próximos esta viagem ao Rio, quando almoçaria, no dia seguinte, com o advogado e ex-ministro português Adriano Moreira, que cuidava de um processo movido pelo governo oriundo da Revolução dos Cravos, em Portugal, no qual estavam citados a empresária portuguesa Fernanda Pires de Melo, o ex--embaixador Hugo Gouthier e o próprio JK. Chegando ao Rio no final da tarde daquele domingo, ele dormiria com Lúcia Pedroso no apartamento dela, em Ipanema, sendo absurdo o insinuado encontro de alguns minutos dos dois num hotel da Rio-São Paulo.

21 de setembro de 1976 — Morre, em Washington, Orlando Letelier, quando uma bomba explode em seu carro. O atentado foi investigado pela polícia norte--americana, que culpou agentes da DINA e, em especial, o general Contreras, que atualmente cumpre pena de prisão perpétua no Chile.[1]

6 de dezembro de 1976 — Depois de receber numerosos avisos para que não dormisse duas noites no mesmo lugar, o ex-presidente João Goulart morre na Argentina, na cidade de Mercedes, próxima à fronteira com o Rio Grande do Sul. Ele continuava exilado pelo regime militar brasileiro, mas disposto a retornar brevemente a São Borja, sua cidade natal.

21 de maio de 1977 — Após internar-se na Clínica São Vicente, sem diagnóstico preciso, mas com suspeita de septicemia, morre Carlos Lacerda, ex-governador da Guanabara, que, com Kubitschek e Jango, havia criado a Frente Ampla, que seria a alternativa civil para o retorno do Brasil à democracia.

Uma enfermeira portuguesa, que trabalhara para a PIDE (polícia salazarista), comenta que já vira casos assim, de morte precipitada por medicamentos no soro hospitalar.

20 de agosto de 1982 — O juiz Juan Espinoza, do tribunal argentino de Curuzú Cuatiá, pede a exumação do corpo de João Goulart, devido a suspeitas de que ele teria sido assassinado ao tomar remédios que foram trocados por pessoas próximas a ele.

Mais tarde, outro pedido de exumação também não foi atendido.

Em lugar de prefácio

Ele não tinha nenhum futuro, mas tinha um passado. O enterro dele era uma prova. Cismara em perseguir uma espécie de Santo Graal, numa obsessão que o destruiria, na qual chegou a desacreditar, mas permaneceu fiel a ela, "se o mundo está contra mim, eu estou contra o mundo" — frase que ele deixou numa das últimas anotações do diário que escrevia até pouco antes de morrer.

Verônica tirou a chave da bolsa e hesitou um instante. Pela primeira vez entraria naquele pequeno apartamento sabendo que ele não estava ali. Deixara-o no Jardim da Saudade, hora e meia antes, num bairro muito longe da Glória. Quando perguntavam onde morava, ele dizia com um orgulho triste:

— Na Glória.

Com a decadência profissional, os amigos se afastaram, a mulher e as filhas o abandonaram. Quanto mais distante estivesse, melhor para todos. Foi nessa fase que ele se aproximou de Verônica. Os encontros casuais transformaram-se, se não num relacionamento sólido — nada era sólido na vida dele —, pelo menos numa cumplicidade. Ele confiava em Verônica. Ela admirava a obstinação dele. Nem por isso ele deixou de ser solitário. Ele era solitário. Era e fazia questão de ser solitário.

Há duas semanas não o via, estranhou a sua magreza, sua pele escurecida pela doença, quase colada aos ossos, os olhos, sim, brilhantes ainda, talvez pela febre, talvez pela angústia de vê-la mais uma vez que — ambos sabiam — seria a última.

Ele não conseguiu olhá-la com ternura. Fez um gesto em direção à mesinha de cabeceira. Verônica entendeu. Abriu a pequenina gaveta e nela encontrou a carteira que comprara para ele, quando se conheceram.

Adivinhou que haveria ali alguma coisa importante para os dois. Não era dinheiro, a carteira não tinha nota alguma. Além do pequenino caderno de endereços, havia uma chave no fundo de uma das divisões de couro. Ela também conhecia aquela chave. Pegou-a, mostrou-a, ele fez um gesto com a cabeça, aprovando.

Ele apertou a mão de Verônica com a força possível, olhou-a mais uma vez. Ela entendeu. Não fixou aquele rosto deformado pela doença, era uma forma de respeitá-lo, de dizer que o amava e o amaria sempre.

***

O jornal em que ele trabalhara tantos anos deu o registro de sua morte dias depois, numa pequena nota, no caderno dedicado à cidade.

***

Naquele apartamento ele guardava suas pastas com recortes, alguns livros, dois armários de aço com gavetas cheias de fichas, tudo desorganizado e tudo inútil, como ele próprio se sentia. Havia uma cama que era mais um sofá, onde descansava e se amavam, até que a doença foi progredindo, a operação não deu resultado, recusou-se à quimioterapia, preferiu morrer de mansinho, sem fazer barulho para si e para os outros, sair da vida na ponta dos pés.

O sofá tinha manchas e um cheiro, um cheiro dele, mais dele do que dela. Teve vontade de deitar-se ali, tirou os sapatos, ajeitou uma das almofadas pretas que ele usava para descansar ou ler.

Anos antes, ele estourara na imprensa. Em 1967, ganhara projeção nacional descobrindo que, em Montevidéu, um ex-presidente da República deposto pelo Movimento Militar de 1964 teria um encontro com o político civil que, como governador da Guanabara e proprietário do jornal mais exaltado da época, provocara os generais, os empresários, as companhias multinacionais e até mesmo o Departamento de Estado norte-americano, incitando todas as forças da direita ao golpe militar que faria o país mergulhar numa ditadura que duraria 21 anos.

***

Fora ele o primeiro a duvidar daquela obsessão. Quando começou as pesquisas, ainda na fase em que o respeitavam como profissional, ouvira de colegas a advertência: você está perdendo tempo, ninguém se interessará pela sua história, a hipótese do assassinato quase simultâneo de dois ex-presidentes da República e de um ex-governador. Você está contra os fatos, a teoria dos atentados não se sustenta, foram feitas investigações, e, além dos fatos objetivos de cada caso, há a constatação óbvia de que os três não mais representavam perigo algum ao sistema militar que estava solidamente estabilizado, gerindo a vida política, econômica e policial do país.

Ele chegou a aceitar como inexorável a argumentação de que os fatos não podiam ser negados, o nexo que procurava entre as mortes — de Juscelino Kubitschek, João Goulart e Carlos Lacerda — era uma alucinação pessoal, dele próprio, que participara como jornalista de um encontro em Montevidéu entre

Lacerda e João Goulart. E também de alguns poucos desvairados, desses que já viram ou viajaram em discos voadores — como eles, estaria viajando, não em disco voador, mas, para usar uma gíria da época, na maionese de um delírio que, além de ser perda de tempo, era também perda da dignidade profissional.

O argumento que mais o chateou veio do amigo mais próximo da redação. Não haveria sentido na eliminação física, promovida pelo sistema militar e pelo contexto internacional da Guerra Fria, de personalidades esvaziadas de qualquer poder, que nada mais representavam e não dispunham de recursos, nem mesmo de vontade para iniciar ou incentivar um movimento orgânico que motivasse uma reação contra a ditadura.

Não contestara a argumentação do amigo. Havia sentido naquele raciocínio: nem JK, nem Jango, nem Lacerda, juntos ou separados, teriam condições de promover o confronto com os militares que contavam com o apoio ostensivo do chamado "complexo industrial-militar" que defendia o mundo livre do comunismo, e que era operado em nível internacional por organismos especializados como o FBI e a CIA.

Podia ter citado exemplos de eliminações físicas promovidas por sistemas que detinham o poder e temiam o fantasma de uma legalidade perdida, superada pelos acontecimentos.

O caso do duque d'Enghien, em cujas veias corria sangue da dinastia real deposta pelos burgueses transformados em cidadãos pela Revolução Francesa. Assumindo o poder imperial, com o prestígio de suas vitórias no campo das batalhas, com os avanços sociais que davam forma aos ideais da revolução que custara tanto sangue à França, Napoleão mandou raptar e até mesmo, segundo alguns, incentivou o assassinato do descendente real que para os conservadores trazia na testa o sinal da realeza, herdada de Deus (*omnis potestas a Deo*) — realeza supersticiosamente venerada e temida pelo povo.

Talleyrand diria para o próprio imperador: o assassinato do duque não fora um crime, mas uma tolice. O descendente dos Bourbons e Orleans não representava perigo algum ao Império, muito menos uma ameaça da restauração da monarquia. Mas, enquanto existisse alguém com sangue real nas veias, haveria um espectro da legalidade extinta a perturbar a tranquilidade dos novos donos do poder.

O próprio Luís XVI, deposto, transformado em cidadão Luiz Capeto, já resignado com a perda do trono, entregue à sua mania de marceneiro amador, satisfeito porque escapara com vida da sanha de 1789, foi sacrificado quando não representava qualquer ameaça à Revolução, arrastando Maria Antonieta, sua mulher, para a guilhotina.

Mais de um século depois, num contexto parecido, mas com os polos ideológicos trocados, o regime bolchevista implantado na Rússia em 1917 eliminaria Nicolau II e toda a sua família. O tsar deposto estava confinado, nada podia fazer por si, mas o novo regime sabia que, enquanto existisse um Romanov, haveria a hipótese de uma restauração impossível.

Ele poderia invocar esses exemplos — o da limpeza de terreno para que uma nova ordem fosse estabelecida —, mas seria pretensioso; pior, se sentiria ridículo se esboçasse qualquer tipo de aproximação entre o duque d'Enghien, Luís XVI e Nicolau II e o sangue plebeu que corria nas veias de JK, Jango e Lacerda.

Não contestou a argumentação do amigo. Sabia o risco que correria. Seria considerado um visionário grotesco, vitimado pela loucura. E pior do que a loucura, pelo ridículo.

Capítulo 1

Do diário do Repórter — Sábado, 21 de maio de 1977 (mais ou menos às 13 horas). "Peço a Deus que me mande a morte de surpresa — mas sempre me prepare para recebê-la."

Foram as palavras de Carlos Lacerda que ouvi novamente quando entrei na capela n.º 1 do cemitério São João Batista, na rua Real Grandeza, onde estava sendo velado o ex-governador da Guanabara.

Era meu dia de folga, mas logo cedo fora acordado pela chefia de reportagem. Carlos Lacerda morrera, inesperadamente, durante a madrugada, na Clínica São Vicente, localizada na parte alta da Gávea. Fora internado com uma febre e indisposição que o abateram havia cerca de uma semana. Os médicos decidiram, contra a vontade dele, fazer exames num ambiente hospitalar. Chegaram à conclusão, tarde demais, de que ele fora vítima de um quadro de septicemia. Não conseguiram diagnosticar a "porta de entrada". Um médico me explicou que septicemia é a intoxicação do sangue pela introdução de matérias que contêm germes patológicos produzidos por bactérias e, portanto, tem sempre uma causa exógena. Ou seja, provém de uma causa externa.

Não precisaria cobrir o factual. Desde a madrugada, já haviam deslocado repórteres para a clínica e, depois, para o cemitério. Esperavam de mim, na qualidade de "especialista" no assunto Lacerda, um texto sobre o "clima" do velório e do enterro.

A imprensa tem destas coisas. Basta um repórter fazer com frequência matérias sobre determinado tema para virar "dono" do caso ou da pessoa. Eu era dono do Lacerda. Sempre que precisavam falar com ele, eu era o caminho.

É verdade que houve uma época em que estive próximo a ele. Comecei minha carreira na *Tribuna da Imprensa*, jornal que ele fundou para combater principalmente o ex-ditador Getúlio Vargas, que, deposto pelos militares em 1945, voltara ao poder como presidente constitucional, em 1951. Lacerda me escolheu, fui seu discípulo e amigo. E, mesmo após a minha ida para o *Correio da Manhã* — profissionalmente era importante para mim circular por outros veículos —, continuamos a manter contato.

Em 1967, indo ao Uruguai para encontrar-se com Jango para o lançamento da Frente Ampla, o primeiro e mais consistente movimento civil contra o regime militar, foi a mim que escolheu para acompanhá-lo. Nessa época, eu frequentava a casa dele.

Lembro-me de que, no Natal de 1969, o Sebastião, filho dele, me disse: "Vai lá para casa hoje porque, ano passado, papai teve uma crise. Tinha comprado presentes para uma porção de gente, até alguns extras, e não apareceu ninguém a não ser os filhos, os netos e as noras."

Fui. Até então, eu nunca tinha ligado para estes ritos de passagem. Achava que nem ele. Mas estava enganado. Lacerda dava uma importância danada. Talvez fosse fácil perceber naquele momento porque estava ficando cada vez mais sozinho, tinha perdido o poder ao ser cassado, em 1968.

Foi nisso tudo que pensei quando entrei na capela da rua Real Grandeza. "Hoje é dia 21 de maio!

Aniversário da Cristina! Ele morreu no dia do aniversário da filha!"

Aproximei-me do caixão. Fazia tempo que eu não o via. Nem me lembro quanto. Provavelmente, tinha sido no aniversário dele, em 1971, que falamos pela última vez.

Pouco antes de morrer, ele tentou uma aproximação. Não só de mim. De Jorge Amado, Hugo Levy, Luiz Viana Filho e outros amigos dos quais havia se afastado. Deus tinha atendido ao pedido dele tal qual queria: "Peço a Deus que me mande a morte de surpresa — mas sempre me prepare para recebê-la."

A morte chegou de surpresa, mas ele havia se preparado para recebê-la. De uma maneira ou de outra, despediu-se de cada um. Comigo foi assim:

Estava em casa quando tocou a campainha. Era um contínuo com um envelope da Nova Fronteira.[2] Lacerda havia me mandado o livro *A casa do meu avô*,[3] com a dedicatória: "Tenho saudades daqueles tempos atribulados, porém felizes, em que éramos amigos."

Queria que eu fosse à Nova Fronteira para conversarmos. Já sabia do que se tratava. Eu tinha trabalhado durante um período lá. Decidi não ir. Sabia que, se fosse, não resistiria. Estava bem no jornal. Tinha conquistado meu espaço. Escrevi, então, uma carta, levei-a à Editora e deixei-a com uma recepcionista. Pouco depois ele morreu.

Lembrava tudo isso quando ouvi gritos de "Viva Lacerda", "Viva a liberdade", "Viva a democracia". Voltei à realidade.

O enterro teve que ser antecipado em meia hora — estava marcado para as 17 horas — devido ao tumulto formado na capela n.º 1. Todos queriam ver Lacerda e a pequena capela do cemitério não comportou. Por volta das 16h15, o padre Leme Lopes ia fazer a encomendação do corpo; sua entrada na capela foi difícil, mas conseguiu chegar até a família e iniciar as orações.

Alguns minutos depois, populares começaram a forçar a passagem. As pessoas estavam sendo espremidas e o padre quase não pôde folhear o livro de orações. Vendo sua mãe e outros parentes empurrados, Sérgio, o filho mais velho, não deixou que o padre terminasse a encomendação do corpo: mandou fechar o caixão e iniciar o enterro. Fez-se o sepultamento no carneiro perpétuo 4.318, quadra 34.

Difícil calcular quantas pessoas foram ao cemitério. Mil, duas mil... Nunca fui bom nisso. Apenas fiquei surpreso quando um colega, que trabalhava na *Manchete*, me ligou para checar os pormenores do enterro e comentou:

— O Adolpho Bloch contou, aqui na redação, que estava admirado. Tinha menos gente do que no enterro do Darwin Brandão, que morreu semana passada. É verdade?

Achei estranha a observação do dono da *Manchete*. Realmente Darwin Brandão era um colunista prestigiado, principalmente nas rodas de Ipanema, mas era um absurdo compará-lo em peso político, intelectual e social com Lacerda, um dos personagens mais importantes do cenário nacional em seu tempo, protagonista de lances decisivos que mudaram a história do Brasil.

O velório tinha um fluxo pequeno de visitantes. Mas a partir das 15 horas aumentou o número de pessoas, tornando intransitável o saguão superior e inferior onde se situam as capelas. A multidão prejudicava até mesmo o velório das capelas vizinhas.

O ataúde andou de mão em mão, os populares que o carregavam andaram apenas uns 50 metros e pararam: a sepultura era longe e providenciou-se uma carreta.

Políticos e autoridades pulavam sepulturas para ficar mais próximos do caixão. Seguidoras de Lacerda — as famosas "mal-amadas" que o cronista Antônio Maria tanto gozava — gritavam histericamente: "Lacerda!

Lacerda!" Pediam "democracia e liberdade". Todos cantaram o Hino Nacional.

Um anônimo, muito idoso, de imensas barbas brancas, subiu à sepultura e iniciou um discurso: "Lacerda sempre que atuava fazia cair um governo corrupto."

As pessoas começaram a se retirar. Eu também. Deveria voltar para a redação, fechar a matéria que me encomendaram. Mas não tinha pressa. Não conseguia ter pressa. Sentia-me angustiado. Lentamente caminhei por entre as sepulturas até chegar ao portão principal do cemitério São João Batista. Precisava ficar sozinho e pensar. Pensar em quê?

Em apenas nove meses era o terceiro enterro que eu cobria para o jornal. Um calafrio percorreu meu corpo. De repente, me dei conta de que os três líderes políticos que haviam tentado a Frente Ampla, em 1967, cassados pela Ditadura Militar, tinham morrido num pequeno espaço de tempo e em circunstâncias que pareciam comuns: Juscelino Kubitschek, em 22 de agosto de 1976; João Goulart, em 6 de dezembro de 1976; e, agora, Carlos Lacerda, em 21 de maio de 1977.

Na véspera de suas mortes, nenhum deles estava doente com gravidade, pelo menos nada que indicasse um estado crítico ou terminal. Juscelino morrera num acidente, quinze dias depois de ter circulado a notícia de que teria morrido num desastre de carro na estrada de Luziânia para Brasília — por coincidência, à mesma hora em que, duas semanas depois, ele morreria num desastre, na via Dutra, que liga Rio de Janeiro a São Paulo.

João Goulart era cardíaco, mas estava sob controle, convivia com a doença, e, pouco antes de morrer, estivera na Europa, em Londres e Lyon, onde fizera rigoroso check-up com o especialista que acompanhava seu quadro clínico.

Um quadro estável, considerado bom, animador mesmo, orientando-se o clínico para a simples manutenção apoiada em alguns medicamentos de rotina e numa dieta para perder peso. Não corria risco de morte.

Lacerda era diabético, mas não foi a doença que o levou ao hospital. Na noite do domingo anterior à sua morte, apresentou sinais de gripe. Na segunda-feira, apesar da febre, ele se forçou a ir ao escritório da Nova Fronteira, encontrar-se com Emil Farhat, que viera de São Paulo para almoçar com ele. Voltou cedo para casa. A partir daí, a febre e as dores articulares se intensificaram até que um dos médicos, Pedro Henrique Paiva, chamado por Pedro Paulo Senna Madureira, que era então o diretor editorial da Nova Fronteira, decidiu-se pela internação.

Eu ia saindo do cemitério, em busca do meu carro, que ficara longe do portão principal. Ao atravessar a rua General Polidoro, um ônibus passou raspando por mim, vi o motorista botar a cara para fora do veículo e xingar minha mãe. Na verdade, eu atravessava a rua distraído, por pouco não fui atropelado.

O quase-acidente me tirou do delírio. Olhei o relógio: estava atrasado, tinha de correr para a redação, poderia perder o fechamento do caderno com a cobertura completa do enterro. Dei carona a um colega, que havia anotado a presença de algumas personalidades e as entrevistara pedindo declarações sobre Lacerda.

A conversa, e mais tarde o texto que escrevi, fizeram-me voltar à realidade. Um político importante, que empolgara toda uma era, teria morrido de causas banais, não bem identificadas, aos 63 anos. Nada mais do que isso.

Mas à noite, quando minha mulher avisou que ia deitar, ela estranhou o meu comportamento. Geralmente, deitávamos juntos, mas naquela noite eu quis ficar sozinho na sala, pensando.

Foi — estou certo disso — o começo de tudo. Nunca mais consegui me livrar do calafrio que percorreu meu corpo no momento em que atentei para a coincidência daquelas mortes em tão curto espaço de tempo. Eu trabalhara com Lacerda, tinha sido seu amigo. Conhecia Jango. Lembrei o encontro dos dois, em Montevidéu, em 1967. Lacerda já estivera com JK em Lisboa para o mesmo fim: unir antigos adversários para mobilizar a sociedade civil contra a Ditadura Militar. JK não pôde ir a Montevidéu, mas mandou seu representante, o ex-deputado Renato Archer, que seria o secretário executivo da Frente.

O destino me colocara lá. O homem certo na hora errada ou o homem errado na hora certa? Na mocidade, eu lia romances sobre as *cosche* da máfia italiana que se uniam e se separavam, depois de uma cerimônia estranha: o desafiante beijava o desafiado no rosto. Era uma senha: o beijo da morte.

Em Montevidéu, no encontro que selaria um movimento liberal contra um regime autoritário, eu assistira a um beijo da morte que anunciaria o desaparecimento dos três líderes civis mais importantes do meu tempo.

Só não sabia que, num exagero do destino, eu também poderia ser atingido por aquele beijo da morte.

Capítulo 2

Do diário do Repórter — Domingo, 24 de setembro de 1967 (mais ou menos às 17 horas). Local: o apartamento de João Goulart, no 3.º andar da Calle Leyenda Patria, 2.984, em Vila Biarritz, bairro residencial da capital uruguaia.

— É um prazer recebê-lo nesta casa, governador — disse Jango.

— Como vai, presidente? — cumprimentou Lacerda.

Eu estava presenciando o impossível. O ex-presidente João Goulart, exilado no Uruguai desde o Golpe de 1964, e o ex-governador Carlos Lacerda, ainda não cassado em seus direitos civis, mas considerado inimigo do regime que ajudara a instalar, trocavam, ali na minha frente, amabilidades. Dois antigos adversários punham de lado as querelas pessoais, as divergências ideológicas e políticas mais radicais.

Antes, eles só haviam se encontrado duas vezes. A primeira, na casa de um amigo comum, às vésperas de Jango assumir o Ministério do Trabalho no segundo governo de Vargas. A outra, no dia da posse de Jânio Quadros, quando, nas apresentações oficiais, o governador da Guanabara e o ainda vice-presidente não se cumprimentaram.

Lacerda sentou-se numa poltrona; Jango, no sofá. Lacerda fumava cachimbo; Jango, cigarros uruguaios. Num móvel, ao lado, as fotografias de dona Maria

Thereza, Denize e João Vicente, a família de Jango. Ao lado, num porta-retratos especial, uma foto de John F. Kennedy, com uma dedicatória do presidente norte-americano, datada de 1962.

Ali na sala, além deles e de mim, também estavam o deputado Renato Archer, mais três assessores de Jango, também exilados no Uruguai: Cláudio Braga, Ivo Magalhães e Amaury Silva, além do ex-deputado e líder sindical José Gomes Talarico.

Nenhum constrangimento, nenhum mal-estar, ninguém falou no passado, nem lembrou tudo aquilo que os dividiu.

No dia seguinte, os dois antigos adversários diriam à imprensa: "Escolhemos o caminho da união para a paz, que exige a liberdade do povo de se manifestar e decidir. Fomos, um do outro, adversários e até inimigos. No entanto, temos deveres para com a pátria e o povo, maiores que os nossos possíveis ressentimentos e preconceitos."

JK, naquele dia, estava nos Estados Unidos. Viajara com a filha Márcia, que ia fazer um tratamento de coluna numa clínica norte-americana.

Para mim, repórter que recém entrara nos 30 anos, a viagem começou muito antes daquela manhã de domingo, quando o voo 845 decolou do aeroporto do Galeão em direção a Montevidéu.

Foi no dia 5 de setembro, mais ou menos às 23 horas. Lacerda acabara de chegar, com a filha Maria Cristina, de uma sessão no cinema São Luís. Acendera o seu cachimbo, hábito novo para acabar com o excesso de cigarros, enquanto esperava Renato Archer. Estranhei que Lacerda tivesse convocado o deputado àquela hora em seu apartamento no Flamengo. Tive a impressão de que alguma coisa nascia em sua cabeça, talvez motivada pelo filme que acabara de assistir. Não comentei nada.

Archer chegou e os dois foram conversar a sós. Terminaram depois da meia-noite. Lacerda entrou na sala, onde eu estava com Maria Cristina, e disse:

— Tenho um furo para você, só que não pode ser publicado.

— Se é um furo e não pode ser publicado, então não é um furo, é uma informação confidencial.

— Que acha de uma viagem a Montevidéu? É uma boa oportunidade para você fazer uma reportagem séria. Topa?

Topei.

Lacerda me explicou então que Wilson Fadul, ex-ministro da Saúde de Jango, o jornalista Edmundo Moniz, ex-redator-chefe do *Correio da Manhã*, o ex-deputado José Gomes Talarico, que foi assessor sindical do governo Jango, e Renato Archer vinham fazendo viagens a Montevidéu para articular o encontro entre ele e Jango. Julgava imprescindível que Goulart se aliasse a ele e a Juscelino Kubitschek na Frente Ampla. Os três juntos representariam praticamente 100% do eleitorado brasileiro, teriam uma forte base civil para lutar contra a Ditadura Militar e restituir a democracia no Brasil. Lacerda ainda me disse que era necessária a presença de uma testemunha, preferencialmente um jornalista de confiança dos dois lados, que contasse exatamente o que acontecesse.

Lacerda parou de falar. Pensei que o assunto estivesse resolvido. Então ele disse:

— Vem cá, que história é essa de que você é amigo do Jango? Eu não sabia de suas más companhias.

A verdade é que eu não era bem amigo do Jango, ganhara apenas a confiança dele. Em 1962, trabalhava na *Tribuna da Imprensa*, jornal que tinha sido comprado recentemente pelo grupo do *Jornal do Brasil*. Jango iria fazer uma visita oficial aos Estados Unidos e eu desejava cobrir a viagem. Tentei cavar a matéria com Raul Ryff, secretário de imprensa de Jango. Ele não me conhecia, resistiu um pouco, não queria levar um garoto — eu tinha apenas 24 anos — na comitiva. Mas acabou concordando.

Estávamos em Nova York, tínhamos voltado de Washington. Raul Ryff me ligou no hotel e disse que Jango estava satisfeito com o meu trabalho. Em sua opinião, a *Tribuna da Imprensa*, apesar de liderar com ferocidade a oposição ao governo, era a única que estava sendo fiel aos lances daquela viagem. Jango pediu para me conhecer e me convidava para tomar o café da manhã.

Fui encontrá-lo no dia seguinte. Depois da refeição, Jango disse que queria comprar presentes para os filhos e me convidou para ir com ele. Como não podia ir no carro dele, tomei um táxi e o segui até a loja. Lá, por sugestão minha, acabou comprando para a filha uma boneca, que era a novidade da época: ficava queimada quando exposta ao sol.

Partimos depois para o México. Eu e um repórter da *France Press* fomos os únicos a dar a notícia de que Jango passara mal. Ocupávamos um lugar na plateia de um teatro, assistindo ao balé folclórico mexicano. Alguém nos disse que o presidente tinha tido um problema de pressão, corremos para o hotel. Estava no lugar certo na hora certa.

E, apesar de minha pouca idade, ou talvez por causa dela, comecei a duvidar se ali em Montevidéu — como já disse — eu era o homem certo na hora errada. Ou o contrário.

Tecnicamente, assistia a um encontro histórico com absoluta exclusividade. Contava pontos para a minha carreira profissional. Mas sentia algum desconforto, não há dúvida que eu desfrutava um privilégio. Mas justamente a cordialidade daquele encontro, cordialidade que não me pareceu forçada nem falsa, me dava a sensação de que aqueles dois homens, que haviam empolgado o povo brasileiro com suas causas antagônicas, estavam desafiando o destino, o deus da chuva e da morte.

O domingo era nublado, nem frio nem quente. A cidade, com pouco movimento. Não havia jornais, devido a uma greve que já durava trinta dias. Montevidéu vivia, naquele 24 de setembro, uma emoção única: o jogo entre o Peñarol e o Nacional, um dos grandes clássicos do futebol sul-americano, que se realizaria naquela tarde, no Estádio Centenário.

Nosso avião chegou a Montevidéu às 14 horas, depois de breve escala em Buenos Aires. Parte da viagem, Lacerda passou lendo a edição americana de *Life*. Renato Archer, a *BusinessWeek*. De vez em quando comentava uma das reportagens, a respeito das pesquisas que cientistas norte-americanos estavam fazendo na Amazônia. Eu tentava me concentrar na leitura da matéria de capa do *Time*, sobre os novos caminhos da música popular, depois do aparecimento dos Beatles. Estava eufórico demais com o encontro que presenciaria dali a algumas horas para me preocupar com os rumos da música a partir dos anos 60.

Cláudio Braga — ex-deputado estadual, o mais votado de Pernambuco, que havia perdido o mandato, cassado pela própria Assembleia Legislativa e estava no exílio com Jango — aguardava-nos no aeroporto.

— Boa tarde, governador. Esperávamos o senhor e o deputado no decorrer da semana. Recebemos o telegrama há pouco. O presidente João Goulart está a caminho, chegará dentro de meia hora, o mais tardar.

Durante nossa viagem, um telegrama comunicara a Jango que Lacerda e Archer estavam a caminho de Montevidéu. Houvera um mal-entendido na agenda dele, Jango pensava que o encontro seria a partir de segunda ou terça-feira. Por isso permanecera em Punta del Este — essa foi a explicação de Cláudio Braga para a ausência do ex-presidente no aeroporto.

Lacerda revelou que a confusão fora proposital, fizera crer nos telefonemas anteriores que não viajaria naquele domingo para evitar a mobilização dos órgãos de informação do governo, pois, havia muito, todos os seus passos eram vigiados.

Eu viria a saber mais tarde que, tal como Lacerda blefara, Cláudio Braga, que representava Jango ali no aeroporto, também blefava. Realmente, o ex-presidente esperava Lacerda a partir do dia seguinte, mas o ex-presidente não estava em Punta del Este, ficara em Montevidéu mesmo, em seu apartamento na Calle Leyenda Patria.

Na última hora, ao saber que Lacerda vinha mesmo, Jango hesitava se devia receber o inimigo que fora o principal artífice de sua deposição, o homem que fora o pivô do crime da rua Toneleros, que provocara o suicídio de Getúlio Vargas, o caudilho que o trouxera à vida pública, nomeando-o ministro do Trabalho. Antes ele era apenas o descompromissado playboy de São Borja, João Marques Belchior Goulart, conhecido como Jango nos bares e bordéis em toda a zona missioneira.

Quando recebera o telegrama de seus assessores, Jango confessara que não sabia se realmente devia apertar a mão do homem que mais o combatera, mais o insultara, mais o caluniara. Era dose demais para um gaúcho como ele. Precisava de tempo para reavaliar a sua decisão de apertar aquela mão que ele considerara assassina.

Além do mais, poucas horas antes da chegada de Lacerda, seu cunhado Leonel Brizola, também exilado, mandara-lhe um recado que era uma condenação: "Podes receber o homem, mas saibas que o cadáver do velho Getúlio, lá em São Borja, vai ficar morto de vergonha."

Quando desembarcamos, não percebi que havia esse contratempo. Se Lacerda o percebeu, nada comentou. Jamais comentaria. Tinha interesse em encontrar o ex-presidente, estava ali para isso. Naquele instante era um animal político.

Ivo Magalhães, ex-prefeito de Brasília durante o governo de Jango, igualmente exilado no Uruguai, também apareceu no aeroporto de Carrasco. Em sociedade com Cláudio Braga, arrendara o Hotel Allambra, onde se reunia a maioria dos exilados brasileiros. Além disso, era o procurador universal de Jango.

Fomos de carro para o Columbia Palace Hotel. Almoçaríamos no Aguila, um dos restaurantes tradicionais da cidade e o único aberto até mais tarde. Lacerda pediu sardinhas portuguesas, um de seus pratos preferidos.

Enquanto isso, Cláudio Braga e Ivo Magalhães, tentando disfarçar a preocupação — que não percebíamos —, volta e meia iam ao telefone, desculpavam-se, explicando que estavam tentando ter notícias se o presidente já havia chegado. Na verdade, continuavam convencendo Jango de que deveria receber cordialmente o seu mais feroz inimigo.

Com o passar do tempo, Lacerda mostrou-se impaciente, queria saber se Jango já tinha chegado de Punta del Este. Cláudio e Ivo então resolveram nos deixar no hotel e ir até o apartamento do ex-presidente, saber o motivo da demora que, na realidade, era uma mudança inesperada que criaria um constrangimento brutal em todos.

Acharam que pessoalmente seria mais fácil convencê-lo a receber Lacerda. Argumentaram que agora não dava mais para desistir, seria horrível, indesculpável em todos os sentidos.

Eu também viria a saber que, além de lutar contra a crise de consciência de Jango, Cláudio e Ivo tiveram que lidar com a reação de dona Maria Thereza. Ela não queria que o marido recebesse o ex-governador da Guanabara. Volta e meia interrompia a conversa dos três:

— Tu vais receber esse homem?

Depois de algum tempo, finalmente, Cláudio e Ivo escutaram de Jango:

— Então tá, traz esse cara aqui, vou recebê-lo.

Jango e Lacerda conversaram mais de três horas, das 17 às 20 horas de domingo, na presença de Renato Archer, Ivo Magalhães, Cláudio Braga, Amaury Silva, José Gomes Talarico e minha — só interrompidos para que Lacerda fosse apresentado a dona Maria Thereza e aos filhos do casal, Denize e João Vicente.

O ex-presidente pediu ao filho que mostrasse a Lacerda seu caderno da escola. O garoto estava aprendendo a escrever em espanhol. Lacerda ficou emocionado. Jango não se conformava com o fato de João Vicente estar sendo alfabetizado numa língua que não era a sua.

Das 22 às 4 da manhã, conversaram a sós. Marcaram então uma reunião para as 9 horas do dia seguinte.

***

— *Buenos días, señor, son las ocho* — era a telefonista do hotel que me acordava.

— *Gracias, señora. Por favor, quiero hablar con la habitación 602.*

Lacerda já havia se levantado.

— Temos novo encontro às 9 horas para a redação do comunicado em conjunto. A conversa foi excelente. Leve as máquinas, a de escrever e a fotográfica. Não se esqueça de botar filme, para depois não dar vexame no Rio.

O político nunca deixara de ser um chefe de reportagem. Acima de tudo, um jornalista.

No hall do Columbia, o pessoal das agências, das rádios, dos jornais aguardava. Havia jornalistas de vários lugares do mundo. Se não me engano, até da Rússia.

— Nenhuma novidade por enquanto — informou Archer. — O governador Carlos Lacerda e o presidente João Goulart conversaram na tarde e na noite de ontem. Estejam no apartamento do presidente por volta das 11 horas, será distribuída uma nota oficial.

Às 11 horas, a nota ainda estava sendo batida. Na reunião das 9, Jango e Lacerda disseram em linhas gerais o que estavam pensando. Eram duas notas, uma de cada um, escritas de manhã cedo, antes do novo encontro.

Os assessores de Goulart queriam que cada um distribuísse sua nota. Archer ponderou que o certo, em tais casos, era um comunicado em comum:

— É a regra normal na diplomacia. E evitará intrigas. Se os dois saírem com notas individuais, darão a impressão de que não houve entendimento, tanto que nem assinaram o mesmo documento.

Jango e Lacerda concordaram.

Mas Jango acrescentou:

— Só gostaria que fosse incluído aquele parágrafo assinalando que não discutimos o problema de um terceiro partido e da candidatura presidencial.[4]

— Nada tenho a opor, presidente, pois é a verdade — disse Lacerda.

— O senhor me entende, governador, é um problema político meu, uma satisfação que devo aos meus correligionários.

— Foi bom que o senhor tocasse no assunto. Sei que a ideia de formar um terceiro partido e desde já lançar candidaturas são intrigas que tentam personalizar a Frente Ampla, e com isso torpedeá-la.

— Saiba, governador, tem muita gente que vem aqui ou manda me dizer que eu não devia me encontrar com o senhor. Que não devo entrar na Frente Ampla. Mas eu digo a eles: O que vocês têm feito pelo restabelecimento da democracia? Eles me dizem: "Estamos aproveitando a única faixa de oposição existente." Eu lhes digo: "Pois, meus amigos, é uma faixazinha muito pessoal a de vocês, muito egoísta e cômoda, o povo não cabe nela. O Lacerda pelo menos me manda dizer que vem falar comigo a qualquer hora e me oferece uma saída pacífica e democrática." Vou entrar na Frente, sim, digam o que disserem.

— O problema com sua área é quase o mesmo que o meu, presidente. Também estou sendo criticado pelo nosso encontro.

— Quis deixar bem claro esse ponto, governador, pois estamos dando ainda o primeiro passo. Se vierem as eleições, o problema de novos partidos e até o da sua candidatura serão discutidos na ocasião devida.

— Como o senhor sabe, presidente, gosto de atirar antes. Vocês conhecem o meu temperamento. Agora estou vendo que o senhor é um bom discípulo do seu mestre, Getúlio Vargas. Vai esperar primeiro a reação, para depois responder no tom conveniente.

Enquanto numa outra sala o trabalho de fusão dos textos era feito por Archer e assessores de Jango, os fotógrafos subiram para as primeiras fotos e os repórteres foram informados de que o comunicado seria entregue depois do almoço, às 16 horas.

Enquanto esperavam, os dois conversaram sobre as próximas eleições presidenciais nos Estados Unidos, o problema racial e a política internacional. Foram interrompidos: a minuta estava pronta. Sessenta linhas que Jango e Lacerda leram em silêncio.

— Agora o estilo fica a seu critério, governador.

Lacerda emendou ali, Jango emendou aqui, pouquíssimo foi alterado. A versão definitiva ficou pronta lá pelas 13 horas. Tiraram-se cópias para a imprensa. Um cafezinho foi servido. O assunto mudou. Jango e Lacerda discutiram problemas de criação de gado, lavoura. Um falava na estância da fronteira; o outro, do sítio em Petrópolis.

Antes do encontro com a imprensa, marcado para quatro horas da tarde, fomos almoçar na churrascaria La Azotea, perto da praia de Pocitos. Os dois foram reconhecidos, a cozinheira era gaúcha e janguista.

Seria o primeiro teste da Frente que começava a ficar mais ampla:

— A senhora conhece mesmo esse moço? — perguntou Jango.

— Conheço sim. É o Lacerda.

— Não está espantada de nos ver juntos? — quis saber Lacerda.

— Se o Jango está com o senhor, também estou, Seu Lacerda.

Ao chegarem para a entrevista coletiva, os dois foram informados da nota distribuída horas antes, em Atlântida, por Leonel Brizola, que invocava a sua condição de alvo n.º 1 do regime militar, além de ser cunhado de Jango. Quem a trouxera fora o jornalista Leguizamon, da United Press.

— A nota me foi entregue pelo ex-deputado Neiva Moreira — esclareceu.

Leram a condenação arrebatadora de Brizola ao encontro e, de quebra, à constituição de uma frente ampla que tinha como eixo a figura do mais veemente líder da extrema direita.

Não comentaram o desabafo do ex-deputado e ex--governador do Rio Grande do Sul. A partir de então, Brizola se isolaria numa posição cada vez mais radical.

Reunidos os jornalistas, Jango foi breve:

— O que temos a dizer a respeito do nosso encontro está no comunicado que os senhores acabam de receber.

Distribuído o documento, houve um silêncio pesado. Eu próprio, embora tivesse presenciado todos os lances que gerariam aquela nota, ainda não tomara conhecimento de seu texto definitivo.

"Convencidos da necessidade inadiável de promover o processo de redemocratização do Brasil" — assim começa o documento, que termina em tom ambíguo, entre a conciliação e o confronto: "Não temos ambições pessoais, nem o nosso espírito abriga ódios. Anima-nos tão somente o ideal que jamais desfalecerá, de lutar pela libertação e grandeza do Brasil, com uma vida melhor para todos os seus filhos. Assim, só assim, evitaremos a terrível necessidade de escolher entre a submissão e a rebelião, entre a paz da escravidão e a guerra civil. Montevidéu, 25 de setembro de 1967. João Goulart — Carlos Lacerda." (Ver nos anexos, p. 264-265, íntegra do documento.)

A alusão final à possibilidade de uma guerra civil não impressionou a imprensa que cobria o encontro. Mais impactante do que qualquer aceno à concórdia ou apelo a uma revolta, os jornalistas estavam excitados com o encontro em si, a reunião de dois adversários tão radicais, que tudo tinham para se esfolarem até fisicamente, de repente de mãos dadas, assinando um texto.

Daí que a reação de alguns foi agressiva, até impertinente.

— Mas o senhor passou o tempo todo criticando ferozmente o governo de João Goulart.

Lacerda respondeu:

— Isso é verdade.

— O senhor foi também o responsável pela queda do governo do Jango.

— E daí?

— Então o senhor é responsável por tudo o que agora está criticando.

— E daí?

Lacerda não se intimidou. Fora a Montevidéu com uma missão e a cumpriria.

Corre-corre para não perder o avião. Faltavam quinze minutos para as cinco horas quando a entrevista acabou.

— Adeus, presidente. Quero conhecer a sua estância.

— Adeus, governador. Apareça, será um prazer.[5]

Capítulo 3

Do diário do Repórter — 26 de agosto de 1976. Passara vários dias sem ir à redação. Com a morte de JK, no último domingo, praticamente toda a imprensa se fixou no assunto único, o acidente em si, o velório no Rio e em Brasília, a reação do governo militar diante das primeiras manifestações populares que, de alguma forma, significaram a primeira condenação formal do povo brasileiro ao regime. A repercussão nacional e internacional do desaparecimento foi imensa. Feitas as contas, tratava-se de um homem que, mesmo despojado de seus defeitos e qualidades, criara um impacto mundial ao construir toda uma cidade em pouco mais de três anos. As edições extras se sucediam na imprensa, no rádio e na TV. Não havia espaço para outro tipo de pauta.

Foi com alívio que recebi do editor-chefe a matéria de um colega que entrevistara o compositor Tom Jobim na semana anterior. Além de corrigir alguns deslizes do texto, precisava reduzi-lo ao tamanho determinado pelo diagramador, o que significava cortar o equivalente a duas ou três laudas do extenso desabafo do músico brasileiro mais famoso da época.

Tom defendia-se de ataques que o consideravam alienado, recusando-se a produzir canções de protesto ou de crítica ao regime militar. Enquanto a maioria dos principais artistas nacionais havia se engajado naquilo que era considerado "a causa", Tom Jobim continuava a produzir amenidades, insistindo em temas poéticos, sabiás, águas do verão, árvores, pedras nuas escancaradas na paisagem do Rio.

Em certo momento, ele manifestara a intenção de sair do Brasil, dispunha de uma plateia internacional. Pensava em autoexilar-se, não para fugir da repressão oficial que na realidade não o atingia, mas da cobrança que se transformara em patrulhamento organizado da vida artística e cultural do país, liderado por remanescentes do Partido Comunista Brasileiro, que, não aderindo ao caminho tradicional da luta armada, desaprovado pela União Soviética, limitava-se a devorar os próprios filhos.

O texto era bom, não exatamente bem escrito, mas com pequenas alterações resultaria numa boa matéria, deslocada em importância pelo clima do momento, traumatizado pela morte de JK e pelo estranho comportamento do ex-presidente nos dias que antecederam ao desastre na estrada Rio-São Paulo.

Compenetrado no texto que me competia corrigir e reduzir, não notei que um homem se aproximara da minha mesa, parara à frente dela e, sem se anunciar, esperava educadamente que eu o atendesse.

Foi o que fiz. E com surpresa reconheci que, à minha frente, estava Max da Costa Santos, ex-deputado do Partido Socialista Brasileiro, cassado pelo Movimento de 1964, um dos líderes mais atuantes da esquerda nacional, e dos mais respeitados.

Éramos amigos, embora não chegássemos a ser íntimos. Fazíamos parte de um grupo que se reunia na Civilização Brasileira, rua 7 de Setembro, 97, editora e livraria de Ênio Silveira, onde se formara o grupo pioneiro de combate ao regime militar, desbaratado progressivamente pela violência da repressão política e econômica, que pouco a pouco prendeu quase todos os seus integrantes e levou a editora à concordata.

Olhei Max e estranhei que ele não tivesse se anunciado, como era praxe na empresa. Não sei como ele evitou as recepcionistas e os contínuos para chegar até a redação. Vestia uma calça jeans, camisa branca e descuidada. Era um homem bonito, morava bem, numa bela casa no Cosme Velho, vizinha da que pertencera a Ana Amélia e Marcos Carneiro de Mendonça.

Sem me cumprimentar, revelando uma tensão que eu não conhecia nele, Max me perguntou, em voz baixa:

— Quanto você está ganhando aqui?

A pergunta, além de surpreendente, era até ofensiva. Não merecia resposta, mas outra pergunta, que redimisse a grosseria dele, um homem cordial, um aliado, um amigo afinal de contas.

— Que é isso, Max?

Ele fumava e só então reparei que não tirara o cigarro da boca. Morreria cedo, pouco depois desse encontro, seria arrolado como uma das vítimas da nicotina, numa campanha contra o fumo que se iniciava em escala mundial.

— Pago a você o dobro se deixar tudo aqui e vier trabalhar comigo, na Editora Paz e Terra, numa pesquisa sobre a morte de JK.

Já tinha certa experiência em receber propostas estranhas e convites absurdos, mesmo assim encarei Max com espanto.

— Você não acreditou nesse "acidente" — continuou ele. — JK foi vítima de um atentado.

Não era a primeira vez que ouvia a versão que negava o acidente. Mas de tal forma a hipótese me parecera absurda, que não ligara para ela. Não estava de plantão no domingo passado, mas fora convocado pelo diretor da redação, o jornal faria uma edição extra no dia seguinte, com a cobertura do acidente na Rio-São Paulo.

Fui destacado para ficar no Instituto Médico Legal, uma camioneta da empresa deixou-me na avenida Mem de Sá, o trecho já estava tomado por carros da reportagem de diversas TVs, rádios e jornais.

Esperava-se a chegada do corpo de JK a qualquer momento, havia um assanhamento geral, cada um inventava uma história para driblar o cerco policial e entrar no IML.

Eu conhecia quase todos os colegas que ali estavam, mas fui o único que conseguiu se aproximar de um carro da revista *Manchete*, que trazia dois diretores da revista. Todos sabíamos que, devido às ligações da revista com JK, eles teriam facilidade de entrar no Médico Legal. E não deu outra. Os policiais reconheceram os dois jornalistas — Murilo Melo Filho e Carlos Heitor Cony — que vinham com as instruções de dona Sarah Kubitschek a respeito do velório do marido. Ambos eram amigos pessoais de JK. Murilo fora o primeiro jornalista a dirigir uma sucursal durante a construção de Brasília, e com o fotógrafo Jáder Neves, eram candangos que tinham acesso direto e imediato ao presidente da República durante as visitas que ele fazia às obras da cidade.

Cony não conhecera JK naquele tempo, mas após a cassação do ex-presidente fora colocado à sua disposição para auxiliá-lo na redação de suas memórias. Ele trabalhara comigo no antigo *Correio da Manhã*, não éramos íntimos, mas volta e meia nos encontrávamos por aí, podíamos nos considerar amigos.

Os dois jornalistas da *Manchete* não tiveram dificuldade em entrar no IML, mas, antes, Cony se comprometeu a me passar informações. Ele trabalhava para uma revista semanal, eu, para um jornal diário: não éramos concorrentes.

Hora e meia depois, eles saíram do IML. Cony convidou-me a entrar no carro da *Manchete*. Pela primeira vez mencionou uma dúvida que na hora julguei absurda: JK fora vítima de um acidente ou de um atentado?

— Como?

Ele ficou embaraçado, era evidente que não devia ter dito aquilo. Apertei-o como pude e ele limitou-se a contar o que se passara lá dentro.

— Dona Sarah pediu a mim e ao Murilo que viéssemos ao Médico Legal procurar o genro dela, Rodrigo Lopes, que ali estava, em nome da família, esperando o corpo chegar de Resende. Encontrei o Rodrigo muito abatido, numa sala da diretoria do Instituto, com alguns médicos e funcionários em volta. Dirigi-me a ele e dei o recado de dona Sarah, que desejava o velório não mais no Museu de Arte Moderna, mas no edifício da *Manchete*. Enquanto falava com Rodrigo, ele fora interrompido por um homem que parecia estar desempenhando, com espantoso desembaraço, as funções de responsável pelo corpo de Juscelino.

E continuou:

— Era o dr. Guilherme Romano. Eu o conhecia, do tempo em que ele havia sido diretor do Departamento de Saúde Pública, se não me engano durante a gestão de Negrão de Lima na Prefeitura do então Distrito Federal. Ganhara notoriedade por ter criado os Comandos Sanitários, que promoveram bem-sucedida campanha em restaurantes, bares, lanchonetes, mercadinhos de hortigranjeiros, colocando-os dentro das exigências da higiene pública. Era um dos amigos mais íntimos do general Golbery do Couto e Silva, criador do Serviço Nacional de Informações e, posteriormente, chefe da Casa Civil da Presidência da República nos governos Geisel e Figueiredo. O general era considerado a eminência parda do regime militar pelos dois lados: situação e oposição.

"Guilherme Romano o socorria em seus muitos episódios de saúde comprometida por uma complicada doença nos olhos. Não ambicionava cargos nem uma posição oficial na estrutura visível do Estado. Mas ganhara grande prestígio pelo seu acesso ao general que era tido como feiticeiro do governo, o homem que manobrava nas sombras e ao qual era atribuído o lado substantivo de todas as medidas, boas ou más, criadas e impostas pelo Movimento de 1964.

"Ele entrou na conversa que eu mantinha com Rodrigo Lopes, perguntou o que estava havendo, suspeitando que minha presença ali, ao lado de Murilo, dois homens da *Manchete*, que era de fato a segunda casa de JK em seus últimos anos de vida, representava uma mudança nas ordens recebidas de dona Sarah, determinando o velório no Museu de Arte Moderna. Abalada com a notícia da morte do marido, ela o encarregara de representar a família, inicialmente junto à Delegacia de Resende, em cuja jurisdição ocorreu o acidente, mais tarde no Médico Legal do Rio, onde o corpo seria liberado para o sepultamento.

"Repeti para Guilherme Romano o recado de dona Sarah, que, a pedido de Adolpho Bloch, decidira fazer o velório no saguão da revista onde JK mantinha seu último gabinete de trabalho e, durante os anos de ostracismo, dera-lhe abrigo e cobertura. Gentilmente, Guilherme Romano voltou-se para Rodrigo, dizendo que nada tinha a contestar ou acrescentar à ordem da viúva."

Cony continuou:

— Naquele instante, olhei bem para o dr. Romano e tive vontade de perguntar-lhe o que ele estava fazendo ali, já que pessoas da família poderiam estar cuidando de tudo, como o marido de Maria Estela, o genro sempre leal a JK. Nada disse, não havia clima para isso. Na ocasião fiquei sabendo também que o dr. Romano estivera na Delegacia de Resende, recolhera, mediante recibo, os pertences de JK que estavam no carro acidentado: um relógio Rolex, de ouro, uma pequena maleta com roupas, o livro *Oh Jerusalém*, de Dominique Lapierre e Larry Collins, na edição francesa, o exemplar da *Manchete* que estava nas bancas, com a foto de Jânio Quadros na capa, e algumas poucas páginas do diário que JK vinha escrevendo desde 1972, relativo aos últimos dias que passou em Luziânia. O restante do diário está em seu gabinete, na *Manchete*, com sua secretária Elisabeth Ramos; suas anotações terminam em junho deste ano, quando foi para sua fazenda, próxima a Brasília.

— Bem — disse eu —, só isso de novidade? E como foi o acidente?

— Acidente? Sim, acidente...

Cony tinha alguma coisa na cabeça e disse-lhe isso. Haveria lugar para alguma dúvida?

Ele titubeou. Quase falou qualquer coisa, mas preferiu ficar em silêncio. Somente algum tempo depois, me perguntou:

— Você não acha estranho que o dr. Guilherme Romano, homem notoriamente ligado ao general Golbery, ao SNI, tenha sido o primeiro a aparecer no local do acidente?

— Você suspeita de alguma coisa? — respondi com outra pergunta.

— Não suspeito de nada. Apenas achei estranha a presença de um homem tão ligado ao sistema, no setor das informações e do controle da opinião pública, num acidente em que morreria um dos homens que mais preocupavam o regime... talvez o mais vigiado...

Mais tarde, e progressivamente, muita gente estranharia a presença de Guilherme Romano nos momentos seguintes ao acidente.

***

Não me abri com Max da Costa Santos, revelando o meu encontro com o jornalista da *Manchete*, na calçada do Instituto Médico Legal, poucas horas depois do acidente na Rio-São Paulo.

Limitei-me a dizer que no momento não tinha condições de interromper meu trabalho, concordava que o assunto merecia ser investigado, mais cedo ou mais tarde surgiriam dúvidas sobre a tragédia de JK na Rio-São Paulo. Admirava a intuição dele, poderia até concordar com ela, mas não me interessava romper a relação profissional que mantinha com o jornal.

Max esperava outra reação minha, mas educadamente me informou que continuaria buscando uma pessoa, um "profissional de investigação", que mergulhasse fundo naquele assunto. Tinha a certeza de que JK fora vítima de um atentado.

— Bem, acho que estou fazendo a minha obrigação — disse ele. — Espero que a imprensa faça a dela...

E acrescentou com alguma ironia, que era mais amargura:

— ... se puder...

Levei-o até o elevador da redação, procuramos manter a cordialidade do encontro, falamos de amigos comuns. Foi a última vez que o vi. Um enfarte matou-o meses mais tarde. Não sei se arranjou realmente um profissional de investigação — coisa que eu não era — para ajudá-lo a decifrar um enigma que cresceria com o tempo e com indícios cada vez mais fortes, tão fortes que muitas vezes pareciam mais convincentes do que as provas oficialmente apuradas.

Um paradoxo, sem dúvida. Pela lógica e pela realidade, as hipóteses não podem prevalecer sobre os fatos, os indícios nada valem diante da prova.

Paradoxal ou não, estava aberto mais um caso de complexa solução e que iniciaria, de forma primeiramente suave, mas progressivamente truculenta, o drama e a decadência de um profissional até então respeitado no mercado de trabalho, fundo de um poço no qual mergulhei e do qual não sei se sairei com vida.

Capítulo 4

Do diário do Repórter — abril de 1982. Não dei importância ao primeiro indício de que não mais estava agradando ao jornal em que trabalhava. Praticamente, esquecera a estranha visita que o ex-deputado me fizera, a proposta abrupta para que largasse tudo e fosse pesquisar o acidente que matara JK. Nem mesmo quando, em dezembro do mesmo ano, morria o ex-presidente João Goulart, no exílio. E em maio de 1977 morria Carlos Lacerda, encerrando um ciclo de mortes que fizeram sumir do cenário político nacional as três lideranças civis mais importantes, que juntas haviam tentado uma frente ampla contra o autoritarismo militar e teriam condições objetivas para abrir o regime, numa cruzada democrática sem ressentimentos e vinganças.

Numa entressafra do noticiário, quando nada parecia acontecer no mundo e no Brasil, eu aproveitei um fim de semana, abri a Remington portátil que não mais usava, fiz um pequeno texto para a reunião das segundas-feiras, quando a chefia da redação convoca os editores, redatores e repórteres para elaborar a pauta das edições de terça a domingo.

Fiz o que pude para caprichar num roteiro que já incluía diversas suspeitas e hipóteses que estavam se formando sobre a morte dos três líderes que, apesar do ostracismo e do exílio, ainda teriam condições de mobilizar a sociedade civil contra o sistema militar que dominava a vida nacional desde abril de 1964.

O superintendente do jornal presidia a reunião, recolhia as sugestões escritas e começava a lê-las para o debate de cada uma. Dava a palavra ao autor da proposta, orientava a discussão, até que a maioria aprovasse ou recusasse a ideia.

Os assuntos da atualidade desfilavam, cada editoria defendia suas sugestões. Esperei pela vez em que a minha pauta seria discutida. Talvez pelo fato de meu assunto ser mais longo do que os demais, duas laudas de texto, quando a maioria das sugestões era de algumas linhas, notei que o superintendente a colocou de lado, encerrando a reunião sem qualquer referência ao assunto proposto.

— Você não aceitou a minha sugestão, nem a colocou em debate. Eu poderia acrescentar alguns detalhes, acredito que a maioria poderia aprová-la — queixei-me.

O superintendente devolvia os textos a cada um dos participantes da reunião, deixou por último a minha sugestão, ia devolvê-la, mas de repente mudou de ideia e guardou-a em sua pasta.

— Vamos conversar. Eu o chamarei mais tarde.

Eu deveria ter desconfiado que ela fora vetada. Mas na hora, tão confiante estava na importância do meu assunto, acreditei que o superintendente desejaria discuti-la não com o corpo editorial, mas com a cúpula da empresa. Bom sinal, evidentemente, que revelava a sua importância e oportunidade.

No final da noite, quando todos os cadernos estavam fechados, faltando apenas as chamadas da primeira página, fui convocado à sala do superintendente. Não gostei quando vi que ali estavam o diretor do comercial e um dos filhos do dono do jornal.

A comunicação foi rápida. A sugestão que apresentara, na reunião de pauta, não tinha sentido e não havia interesse em se apurar fatos já antigos, superados por outros mais importantes e recentes. Sim, muita gente estranhara a morte daqueles três integrantes da Frente Ampla que pretendia criar uma opção civil e democrática para o autoritarismo dos sucessivos governos militares. Mas o regime se estabilizara, dera bons frutos econômicos, gerara aquilo que estava sendo chamado de "milagre brasileiro". Ressuscitar no noticiário os grandes fantasmas que dominavam a vida nacional antes do Movimento de 1964 era, além de inútil e antijornalístico, de evidente mau gosto. Ele não usou a palavra "ressuscitar", usou uma expressão nova, que eu ouvia pela primeira vez e que entraria em uso geral na imprensa da época: disse que eu pretendia tirar "esqueletos do armário".

Deixou claro que falava em nome de seus colegas de diretoria:

— Nós apreciamos o seu trabalho, ninguém lhe roubará o mérito das matérias sobre a morte dos três, mas nada de novo apareceu sobre o assunto, nenhum fato de relevância que conteste as versões oficiais. Insistir no tema será uma cascata que deixará mal tanto o jornalista como o jornal.

Pensei um pouco, senti que a barra ficara pesada para o meu lado, mesmo assim insisti:

— Reconheço que não há fatos novos. Há fatos mal apurados, muitas perguntas no ar, sem resposta. Baseei-me na soma de indícios de uma conspiração, como está na pauta que elaborei. Em nove meses morreram as principais lideranças civis do país, os três que haviam formado a Frente Ampla, dissolvida pelos militares e que teria sido, mais do que o discurso do Márcio Moreira Alves na Câmara dos Deputados, o verdadeiro motivo para que o governo militar baixasse o Ato Institucional n.º 5.

— É uma opinião pessoal sua, meu caro. Você não apresenta fatos novos, limita-se a fazer hipóteses, algumas prováveis, outras nem tanto. Não fazemos história, fazemos jornal. É mais importante dar a previsão do dia, a cotação do dólar, as intrigas das telenovelas que estão no ar, a próxima escolha do novo técnico da seleção... Jornal é feito de coisas miúdas... nosso compromisso é com o dia a dia, a informação ao leitor, que não está nem aí para saber se JK morreu num acidente ou num atentado, se Jango foi ou não envenenado, se Lacerda tomou uma injeção letal na clínica onde se hospitalizou. Já se passou muito tempo sobre esses fatos, nada se apurou. Traga-nos uma prova do crime, ou dos crimes, e nosso papo será outro.

— Não há provas, realmente — admiti. — Mas há coincidências, antecedentes estranhos, como o boato de que JK teria morrido num acidente de carro na estrada de Luziânia para Brasília, na tarde de um sábado, na mesma hora em que, dias depois, ele morreria na estrada Rio-São Paulo...

O filho do dono do jornal, que ali representava a Tradição, a Família e a Propriedade, encerrou a questão:

— O jornal tem uma imagem de credibilidade que não podemos colocar em risco. Traga-nos um fato novo e avaliaremos a sua sugestão.

Para atenuar a cortada do representante da família que detinha o poder acionário do jornal, o superintendente, um simples profissional, um empregado como eu, ofereceu-me uma compensação.

— Você não quer fazer uma viagem? O editor de turismo está preparando um suplemento especial para o próximo verão... inclui uma parte nacional e uma parte internacional... você gosta tanto da Itália... podia mandar textos de Roma, Florença, Veneza, Milão...

— E até mesmo de Positano... — acrescentou o diretor comercial, calado até então, e que gostara da matéria que dois anos antes eu fizera sobre a Costa Amalfitana.

A proposta cheirava a suborno. Mas na hierarquia de um jornal, eles tinham o direito de vetar ou sugerir matérias sobre qualquer assunto. Era lógico que eu não podia insistir, defender minha proposta de pauta.

Agradeci a lembrança do superintendente, sim, por que não? Um mês na Itália, por conta do jornal, carro alugado, bons hotéis, classe executiva nos deslocamentos aéreos, todas as despesas pagas, além do salário...

— Bem, eu aceito... mas vou continuar ligado a este assunto... para falar a verdade, não tenho pressa. Já, ou daqui a cinco, dez, vinte anos, talvez surja o fato novo que o caso realmente está exigindo... e se não for eu, certamente será outro profissional que se interessará pelo assunto...

A solução agradou, aparentemente, a todos, inclusive a mim, pois fizera o que podia: oferecer uma boa matéria ao jornal e, vendo-a recusada, topar outra tarefa, mas deixando claro que permaneceria pesquisando as três mortes que a direção do jornal considerava superadas, sem discutir as versões oficiais ou oficiosas que o governo militar criara.

O jornal aceitava submeter-se às conveniências políticas da época, mesmo as da oposição, interessadas em não criar um ponto de atrito que poderia prejudicar a abertura que estava sendo feita — de acordo com o general-presidente do período — de forma lenta, gradual e segura para o próprio regime.

***

O verão chegou, a editoria de turismo lançou um caderno rotineiro, sobre os encantos do nosso litoral. Não cobrei a promessa que me haviam feito, foi o próprio superintendente que, uma tarde, me encontrando na cantina do jornal, explicou que a situação estava difícil, o comercial não dera sinal verde para despesas maiores, pelo contrário, pedira um violento corte de custos.

Aceitei a desculpa. E como continuava juntando material para a minha pesquisa, achei até melhor não viajar para o exterior, onde certamente colocaria meu assunto em ponto morto.

Ao mesmo tempo, esperava que, de uma hora para outra, surgisse algum fato que servisse de gancho para que eu apresentasse novamente a sugestão, mas este fato não aparecia. Apareciam hipóteses antigas ou improváveis, sobretudo sobre a morte de JK, como a existência de uma bomba dentro do carro do acidente, ou de um atirador de elite que disparara um tiro na cabeça do motorista Geraldo Ribeiro, o que teria levado o Opala em que o ex-presidente viajava à pista contrária, quando se chocaria com a pesada carreta que provocaria o desastre.[6]

Quanto aos casos de João Goulart e Carlos Lacerda, sobretudo este último, nada surgia de novo, sendo que a morte de Lacerda nem sequer era mencionada como suspeita. Contudo, no dia 20 de agosto de 1982, abri a porta do meu apartamento e apanhei o jornal. Ia sentar-me para tomar o café quando uma chamada na primeira página me perturbou:

JUSTIÇA ARGENTINA VAI PEDIR EXUMAÇÃO DO CORPO DE JANGO

A Justiça argentina solicitará ao Governo brasileiro a exumação do corpo do ex-presidente João Goulart, sepultado em São Borja, para a realização de necropsia. A medida se deve à denúncia judicial apresentada pelo advogado uruguaio Enrique Foch Diaz, levantando a suspeita de que a morte do ex-presidente, ocorrida em 6 de dezembro de 1976, possa ter sido por envenenamento e não por enfarte do miocárdio, como foi diagnosticado à época. O juiz Juan Espinoza, do Tribunal argentino de Curuzú Cuatiá, onde corre o processo, disse ontem que o caso somente poderá ser apurado com a exumação, ao lado do depoimento de pessoas que conviveram com Goulart nos últimos anos.

Finalmente, era o fato novo que esperava e que condicionava a publicação da minha sugestão, que parecia esquecida por todos, e, eventualmente, até mesmo por mim. Fui direto para a página indicada. A matéria era enorme e continha dados que até então eu ignorava. O mais importante me pareceu a brecha para que a exumação não fosse realizada.

"Ele [o juiz] não quis dar maiores informações sobre o processo, explicando ter recebido determinação do Ministério do Interior argentino para prosseguir em sigilo as investigações. Informou apenas que, no começo da semana, recebeu ordens para dar início ao processo."
(Ver nos anexos, p. 266, matéria do jornal O Globo.)

Na época, tanto o Brasil como a Argentina viviam sob regime ditatorial. A possibilidade de, literalmente, tirar um esqueleto do armário, ou seja, o cadáver de um ex-presidente do túmulo para uma autópsia, qualquer que fosse a culpa ou a inocência dos militares brasileiros ou argentinos, seria um risco que deveria ser evitado. Um categorizado emissário do governo brasileiro foi a Buenos Aires na semana em que saiu a matéria, ele contactou autoridades argentinas, a começar pelo próprio presidente da República. A exumação não foi feita. Seria feita anos mais tarde.

A matéria de O Globo colocou num boxe à parte alguns casos que intrigavam a opinião pública:

Carlos Prats — O ex-comandante em chefe do Exército chileno, general Carlos Hugo Prats Gonzalez, foi morto em Buenos Aires, juntamente com sua mulher, Carmen Sofia Culthbert Prats, aos primeiros minutos do dia 30 de dezembro de 1974, quando explodiu uma bomba no Fiat que dirigia.

Orlando Letelier — O ex-chanceler chileno Orlando Letelier foi assassinado no dia 21 de setembro de 1976, em Washington, com a explosão de uma bomba em seu carro, por volta das 10 horas.

Juscelino Kubitschek — O ex-presidente Juscelino Kubitschek morreu a 22 de agosto de 1976, quando o seu carro se chocou com uma carreta, por volta das 18 horas, na altura do km 165 da via Dutra, próximo a Resende.

Carlos Lacerda — O ex-governador Carlos Lacerda morreu às 2 horas do dia 21 de maio de 1977, na Clínica São Vicente, na Gávea, onde se internara pela manhã. O atestado de óbito indicou enfarte do miocárdio.

Capítulo 5

Do diário do Repórter — outubro de 1982. Pesquisara muita coisa, juntando recortes de jornais e revistas numa das gavetas de um armário de aço que Verônica me sugerira comprar. Pois já me separara de minha mulher e de minhas duas filhas, ou melhor, elas é que se afastaram de mim, minha vida profissional começara a decair, passara dois anos ou mais sem nenhuma revisão salarial, apesar da inflação cada vez mais alta. E tinha dificuldade em emplacar textos em outros jornais ou revistas, o que sempre me garantira uma renda extra durante toda a minha carreira.

Conhecera Verônica na festinha de aniversário de um colega, eu já estava em processo de desintegração familiar, ela também, e dois náufragos, mesmo que se detestem, encontram um motivo comum para se agarrarem à mesma tábua.

Mais tarde, passaria a gostar dela, talvez a amá-la. E acredito que ela, se não chegava a me amar, ao menos me admirava, admirava em especial a minha obsessão em seguir uma ideia que não me dava retorno algum, pelo contrário, cada vez mais me afundava, mais me discriminava no mercado de trabalho.

Passei a morar sozinho; numa quitinete na Glória, espalhava o material que ia juntando pelo chão, em cima da pequena mesa onde, eventualmente, como a pizza que mando buscar. Mais tarde em dois arquivos de aço, um que consegui comprar, outro que Verônica me presenteou.

Estou em decadência — sou o primeiro a admitir isso. Com 45 anos, a idade em que os grandes cobras da imprensa começam a se firmar, eu caí na vala comum do noticiário miúdo, mudando de uma para outra editoria, pulando da economia para o esporte, do esporte para a cidade, da cidade para o comportamento. Podia me dar bem em qualquer uma delas, mas não me levavam a sério, trazia na testa o estigma do especialista num assunto único, obcecado por matérias que não interessavam a ninguém. As mortes de JK, Jango e Lacerda só preocupavam poucas pessoas — eram assuntos esotéricos, como os discos voadores, os extraterrestres.

Havia um precedente que me foi lembrado por um antigo redator dos Diários Associados, a rede de jornais, revistas, emissoras de rádio e TVs de Assis Chateaubriand, o maior colosso da comunicação em seu tempo. A revista *O Cruzeiro*, a maior da América Latina, que vendia 700 mil exemplares por semana e tinha edições em português e espanhol, publicara famosa matéria do repórter João Martins e do fotógrafo Ed Keffel, sobre um disco voador na Barra da Tijuca, disco que fora visto e fotografado, provocando um impacto na imprensa internacional.

As fotos foram examinadas por especialistas de diversos países, houve controvérsias, alguns peritos afirmaram que eram verdadeiras, sem truque nem montagem, outros denunciaram uma fraude. O fotógrafo foi elogiado pela competência técnica com que tirara as fotos que, verdadeiras ou falsas, deram um show de fotografia.

O mesmo não aconteceu com João Martins, o autor do texto. Ele ficaria marcado para o resto de sua vida profissional. Esteve internado diversas vezes para curar sua depressão, perdeu substância, e embora fosse um excelente repórter, dono de um texto correto e tecnicamente perfeito, nunca mais conseguiu uma boa situação no mercado de trabalho.

Mesmo com esse antecedente, joguei tudo de uma só vez, fazendo um texto com os poucos elementos que possuía, falando nas três mortes que, na realidade, pareciam só preocupar a mim. Defendi minha matéria com veemência junto à direção do jornal e, para se verem livres de mim, prometeram publicar meu texto — que seria o pretexto para minha demissão, dois meses depois, sob a alegação do "corte de custos" e inchaço do grupo de repórteres que, como eu, dançavam de uma editoria para outra, sem pouso certo, para me fixar num tipo de especialidade que me desse credibilidade maior e, suplementarmente, maior respeito profissional.

Mais uma vez a matéria seria vetada.

Para falar a verdade, eu nem sofri com aquele tipo de censura. Começava a ficar descrente do jornalismo; daí para a frente — prometi a mim mesmo — serei apenas um profissional. Entre vender sapatos e terrenos, ser bancário ou banqueiro, continuarei a ser jornalista. É um ofício, como todos os demais, regulamentado pelo Ministério do Trabalho. Ainda bem. As prostitutas, que, segundo dizem, exercem o ofício mais antigo do mundo, nem sequer têm carteira de trabalho.

Eu não lia regularmente a *Manchete*, que perdera sua força inicial e praticava um tipo de jornalismo ameno, bem-feito sem dúvida, mas periférico, só se sobressaindo por ocasião de coberturas especiais.

Foi Verônica quem apareceu, já no meu apartamento da Glória, com um exemplar da revista, aberta numa página dupla com as fotos de JK, Jango e Lacerda. O texto era assinado pelo jornalista Carlos Heitor Cony, que, na calçada do Instituto Médico Legal, no início da noite de 22 de agosto de 1976, pela primeira vez me fez pensar que o desastre na Rio-São Paulo poderia ser um atentado.

O MISTÉRIO DAS TRÊS MORTES

Foi um choque que me percorreu o corpo: semana passada, apanhei o exemplar de *O Globo* que a empregada trouxera e li, na primeira página, que as autoridades argentinas tencionavam pedir a exumação do corpo de João Goulart, pois havia suspeitas a respeito de sua morte. A razão do choque tem um motivo: desde agosto de 1976, há exatamente seis anos, a dúvida me persegue.

O acidente que matou Juscelino Kubitschek na tarde de 22 de agosto daquele ano, numa estranhíssima viagem pela Rio-São Paulo, teria sido casual ou proposital? Dito assim, pode parecer paranoia oblíqua de minha parte. Mas vamos aos fatos:

Pouco depois da morte de JK, fui procurado pelo ex-deputado Max da Costa Santos, que na época dirigia a Editora Paz e Terra. Exaltado, falando aos arrancos, Max desejava que eu abandonasse tudo e fosse pesquisar os detalhes do acidente que matara Juscelino.

Ele estava possuído pela sua verdade: tinha a certeza de que o acidente fora forjado, tal como o desastre que matara, meses antes, a costureira Zuzu Angel, mãe de Stuart Angel, assassinado nos tempos mais severos da repressão. Disse a Max que também havia suspeitado daquela morte, sobretudo porque, duas semanas antes do acidente na Rio-São Paulo, correra a notícia de que JK havia morrido na estrada que liga Luziânia a Brasília, em circunstâncias quase idênticas às do desastre sofrido por Zuzu Angel. Lembro-me bem daquele dia: Adolpho Bloch me telefonara, chorando, dizendo que acontecera uma tragédia com JK, já havia reservado um táxi aéreo e pedia que eu o acompanhasse a Brasília. Fui para a casa do Adolpho e lá acertamos que o mais prudente seria mandar alguém da nossa sucursal, na capital federal, até a fazenda de JK, inteirar-se da verdade. Se fosse o caso, viajaríamos naquela noite mesmo para Brasília. Felizmente, a notícia foi desmentida. Mesmo assim estranhamos que o boato tivesse circulado em diferentes locais, à mesma hora, como que obedecendo a um plano infernal.

Duas semanas depois, quando o telefone tocou e Rodrigo Lopes, genro de JK, perguntou a Adolpho se ele sabia de alguma notícia má, a primeira reação de Adolpho foi de exaltação: parassem com aquelas brincadeiras, JK tinha ido de São Paulo para Brasília, estava com o bilhete de volta no bolso. Na véspera, o próprio Adolpho quisera trazer JK ao Rio e ele se recusara, misteriosamente. Aliás, o comportamento de JK naquele último fim de semana fora muito estranho. Nem para seus melhores amigos, como Adolpho, Carlos Murilo, Ildeu de Oliveira, nem para sua família, declarara a intenção de vir ao Rio. No entanto, colocara seu motorista, Geraldo Ribeiro, em *stand-by* no km 2 da Rio-São Paulo, para a possibilidade de uma viagem ao Rio. Almoçou com amigos e deles se despediu dizendo que ia para Brasília. O motorista da *Manchete* que estava à sua disposição tinha ordens para levá-lo ao aeroporto, onde JK tomaria o avião para Brasília. Estranhamente ainda, JK pediu que o motorista o levasse ao km 2 da Rio-São Paulo. Cerca de duzentos quilômetros adiante ocorreu o acidente que o matou, quando seu carro foi imprensado entre um ônibus, em tráfego regular pela rodovia, e um outro carro que, depois de ter acompanhado o Opala de JK por alguns quilômetros, decidiu ultrapassá-lo, justamente no momento em que Geraldo Ribeiro deu sinal de que iria ultrapassar o ônibus. Nesse instante, o carro que vinha, há bastante tempo, atrás do Opala, também fez a ultrapassagem; ao fazê-lo, fechou mais adiante o carro do JK, obrigando Geraldo a fechar por sua vez o ônibus, cuja velocidade seria a oficial da época, ou seja, 80 quilômetros por hora.

Para realizar a ultrapassagem com segurança, evidente que Geraldo aumentou sua velocidade até os 100 ou 110. No justo instante da ultrapassagem, ao se sentir fechado por outro carro que desenvolvia maior velocidade, não teve alternativa senão a de jogar seu carro para o lado da pista onde o ônibus trafegava. Com o pequeno choque, quase um raspão, o carro de JK foi violentamente lançado para a contramão, onde uma carreta consumou o desastre.

Dito assim, tudo pode parecer coincidência — e queira Deus que o seja. Mas, na época, estava em moda forjar acidentes de estrada, sendo muitos os que suspeitam do desastre de Zuzu Angel numa das pontes de São Conrado.[7] A hipótese é uma simples hipótese, mas, ainda na mesma época, houve um acidente, na Grécia, em que um adversário do regime dos coronéis morreu em circunstâncias misteriosas. Alexos Panagulis, deputado da oposição, foi vítima de uma emboscada nas ruas de Atenas: jogado contra uma garagem, seu carro espatifou-se, e Panagulis teve enterro de herói nacional. O fato está narrado no livro de Oriana Fallaci (*Um homem*, Editora Record), e através do relato não contestado da jornalista italiana ficamos sabendo que, antes do acidente fatal, por duas outras vezes o carro de Panagulis fora cercado em estradas, em situações mais ou menos análogas às ocorridas em nossa doméstica via Dutra.

Bem, quando vi Max da Costa Santos exaltado, pedindo que eu abandonasse tudo para me dedicar àquela tarefa (ele chegou a me perguntar quanto eu ganhava, estava disposto a me oferecer o dobro e havia feito o mesmo convite a outros jornalistas), pensei e pesei todas as circunstâncias que envolviam a morte de JK, mas não topei a tarefa. Disse-lhe que tinha estado no Instituto Médico Legal, não vira o corpo (aliás, pouquíssimos viram o corpo de JK depois do acidente), mas algumas pessoas ligadas à família haviam feito sindicâncias, incluindo o mesmo roteiro do Opala, na esperança de encontrar alguma pista que desmentisse a versão oficial.

Ao terminar uma série de artigos sobre os últimos anos de JK, coloquei o ponto final da narrativa no momento em que Juscelino se despede do motorista da revista e entra no Opala dirigido por Geraldo Ribeiro, seu motorista desde os tempos de

Belo Horizonte. Resisti à tentação de detalhar o desastre, pois a dúvida persiste: acidente ou crime?

Em dezembro do mesmo ano morria João Goulart. Dessa vez, não havia dúvida: vitimara-o um ataque cardíaco, o ex-presidente sofria do coração havia tempos, estava gordo, a versão parecia mais do que provável. Li tudo o que se escreveu na época, inclusive o relato de sua viúva, que nada constatou de anormal, a não ser o fato de que o vento abrira uma das portas da casa de fazenda onde Jango passaria sua última noite.

Em maio do ano seguinte, ou seja, nove meses depois da morte de JK, morria Carlos Lacerda.

Estranhei, como muitos outros, que em tão pouco espaço de tempo o Brasil perdesse os três líderes mais populares, aqueles que haviam tentado a Frente Ampla em 1967 — busca desesperada para a abertura que só viria bem mais tarde, e após o desaparecimento das três lideranças mais expressivas de nossa vida pública.

Em 1979, estava de férias em Paris quando recebi da chefia de reportagem o pedido para escrever sobre a morte do delegado Sérgio Fleury, também vítima de acidente estranho. No texto que então escrevi ("Rei sem Lei"), fiz uma referência à morte dos três signatários da Frente Ampla, citando, no caso específico de Carlos Lacerda, uma história que ouvi no domingo seguinte ao enterro do ex-governador da Guanabara, que morrera na véspera. A versão me pareceu fantástica: internado na Clínica São

Vicente para um check-up, Lacerda tomara uma injeção para adormecer, pois estava muito inquieto. Apesar de alguns fiapos de consciência, não mais despertara: teria havido uma troca de medicamento. Em carta a Adolpho Bloch, datada de 18 de maio de 1979, o médico Antônio Rebello Filho (cardiologista e amigo de Lacerda) contestou com veemência a hipótese de qualquer acidente. Mais tarde, o mesmo médico escreveu a David Nasser outra carta, refutando a versão que eu veiculara "num momento de irreflexão" e detalhando o quadro clínico de seu amigo e paciente, desde os primeiros sintomas de fadiga e febre sofridos por Lacerda.

Apesar de provocado, não mantive polêmica com o médico de Lacerda por dois motivos: não iria insistir num disse me disse hipotético, do qual só sabia uma generalidade, uma vez que, segundo atesta o dr. Jayme Landman em livro recente, os hospitais e clínicas de saúde são dos lugares mais perigosos para a saúde de qualquer doente. O outro motivo era de foro íntimo, uma vez que o dr. Rebello Filho é médico de alto conceito, homem de exemplar correção profissional e notória dedicação a Lacerda, havendo no meio disso tudo um grande número de amigos comuns.

Tampouco voltei ao episódio da morte de JK. Embora o *Coojornal*, de Porto Alegre, houvesse me procurado para detalhar os pormenores do acidente na Rio-São Paulo. Acredito que disse, a quem me procurou, o seguinte: "Não há provas em contrário da versão oficial. No caso de Lacerda muito menos, não havendo, sequer, uma suspeita já formalizada. E mesmo se houvesse indícios de crime nas mortes de JK e Lacerda, resta a constatação da morte de João Goulart, que foi natural, de ataque cardíaco, durante o sono.

Bem, agora acredito que compreendam o choque que me atingiu, quando li em *O Globo*, da semana passada, a notícia de que, cinco anos depois da morte de Goulart, surgia uma hipótese de crime levada a sério ao menos pelas autoridades da Argentina, que solicitaram a exumação do seu cadáver.

Antes de encerrar, gostaria de citar o trecho do artigo que escrevi na *Manchete* de 9 de maio de 1979 sobre a morte de Sérgio Fleury: "Mas não custa associar a morte de Fleury a várias hipóteses. Foi assim com o acidente de Juscelino, antecipado meses antes pelo desastre que matou Zuzu Angel. Quando da morte de JK fui procurado por muita gente interessada em investir na hipótese de um crime. O raciocínio era mais ou menos o mesmo que se poderia aplicar ao caso Fleury: o processo de distensão que se iniciava naquele ano (1976) só seria aceito por certas facções radicais se determinados líderes de antes de 1964 não mais estivessem em cena. Em menos de dez meses morreram JK, Jango e Lacerda — sobre cuja morte já ouvi complicada e inacreditável história de uma injeção que teria sido trocada na casa de saúde onde o ex-governador morreu — um pouco apressadamente, é bom que se diga. Creio agora que coloquei, em lances sumários, a dúvida e a dívida que me acompanham há tempos. Dúvida de tudo, dívida para com a memória de Max Costa Santos, que me implorou (literalmente, foi na base da imploração, de tal forma estava ele certo da sua verdade) melhor apuração dos fatos. Não iria dar uma de Sherlock de subúrbio em busca de pistas mais ou menos fantasmagóricas. Não gosto da função nem sou pago para exercê-la. De qualquer forma, dou conta do recado e aí está a minha modesta contribuição à confusão geral.

Quanto à morte de JK, configurada a hipótese do acidente forjado, restaria saber como foi ele atraído àquela cilada. O que se sabe é pouco. Tal como ocorreu com outros líderes caídos então em desgraça, JK recebera contatos de segundo ou terceiro escalões no sentido de conversar sobre a possibilidade de serem recuperados o mais breve possível à vida nacional. No caso de JK, foram marcados locais e datas sucessivamente adiados, até que teriam acertado o encontro num restaurante à beira da estrada Rio-São Paulo. Em meu livro sobre os últimos anos de JK (*Memorial do exílio*), fiz referência a esse fato da forma sumária que me competia, à falta de documentação mais explícita: "No início de agosto (de 1976), o estranho recado de um militar cujo primeiro nome é Rosalvo. Depois de identificar-se, o oficial diz que a qualquer momento JK será chamado para manter contato com membros do governo; Juscelino não crê nessa possibilidade, embora conheça os problemas que o presidente Ernesto Geisel está atravessando. Esboça-se, abertamente, um confronto entre a linha do governo Geisel e a do ministro da Guerra, Sylvio

Frota. As simpatias de JK são para a causa de Geisel, a quem envia um exemplar de suas memórias.[8]

Em tempo: quanto ao pedido de exumação do corpo de João Goulart, tenho motivos para descrer desse ritual macabro: 1.º) Embora tecnicamente seja possível, fica difícil detectar a *causa mortis* depois de tantos anos. Além do mais, os laudos costumam ser manipulados. A menos que um dos culpados (se há culpados nessas mortes) tenha problemas de consciência (ainda os há, apesar de tudo) e venha a público contar o que sabe. Ou, numa briga interna entre os remanescentes da repressão, um deles, por vingança ou ressentimento, denuncie publicamente a conspiração. Apurada a veracidade da denúncia, teríamos então um fato realmente novo. Caso contrário, conviveremos com a dúvida pessoal ou a certeza oficial.

2.º) Há que se levar em conta, acima de tudo, a vontade e o interesse da família envolvida. Esposa e filhos estão vivos e ninguém terá o direito de provocar neles uma lágrima a mais — que tanto já choraram e tanto já sofreram.

***

Tive enterro de terceira classe quando fui demitido. Pagaram-me tudo o que a lei prescreve, sem acréscimos pelos serviços e extras durante mais de dez anos, mas sem os descontos que poderiam alegar, uma vez que minha insistência poderia ter dado motivo a que invocassem a "justa causa" para meu afastamento, o que desobrigaria a empresa de indenizações prescritas pela legislação trabalhista.

Mas eu me tornara marcado. Foi então que tive um encontro casual com o mesmo o homem da *Manchete* que no dia do acidente com JK, na calçada do Instituto Médico Legal, me relatara o que se passara lá dentro.

O autor da matéria publicada na *Manchete* — matéria que deveria ter sido feita por mim — sabia que eu estava desempregado, vivendo de frilas esparsos e mal pagos, em revistas e jornais periféricos; ele próprio volta e meia me chamava para uma colaboração.

Ele havia surpreendido os amigos e conhecidos publicando um romance, e, no embalo, estava escrevendo outro, onde um dos personagens era um repórter que poderia ter sido inspirado por mim.

Não compreendo como essas coisas funcionam na ficção. Quando li o seu romance — que fez questão de me mandar com dedicatória afetuosa —, notei que o personagem que ele inventara fora demitido porque insistia em fazer uma entrevista com uma vaca que encontrara, em Lins de Vasconcelos, vaca que, entre outras particularidades, falava e falava em francês. O repórter tinha muitos dos meus traços, inclusive minha obstinação pelos assuntos que me empolgavam, por mais fantásticos que fossem.

No meio da narrativa, ele faz o repórter, que está bebendo cerveja num boteco, reclamar da direção do jornal em que trabalhava.

— Veja — disse ele —, estou aqui na pior, sem dinheiro, sem futuro, bebendo cerveja num botequim sórdido, e com a melhor matéria no bolso!

O narrador do romance comenta:

— Todo repórter demitido tem no bolso a melhor matéria jamais escrita.

Entendi como estava sendo visto pelos colegas de profissão, inclusive por amigos como ele, que não era íntimo (não era íntimo de ninguém), mas sempre nos tratávamos bem, era dos poucos que, apesar da fossa que eu atravessava, ainda me distinguia, atendia meus telefonemas, respondia aos meus recados.

Bem, por sugestão de Verônica, comprei um arquivo de aço, depois, ela me deu um outro — eu já estava mal de dinheiro e aceitava qualquer tipo de ajuda. E não comprei nem deixei que ela me comprasse outro porque me faltava espaço e dinheiro na quitinete alugada na Glória — e havia ironia quando me perguntavam onde eu morava e eu era obrigado a dizer a verdade:

— Na Glória.

Capítulo 6

Verônica olhou em volta, examinando a quitinete empoeirada, cheirando a mofo. Nas últimas semanas, ela não fora aberta nem usada. O Repórter internara-se num hospital do Estado, não mais tinha plano de saúde, conseguira contudo um bom quarto, mesmo assim, não fora de todo abandonado, um ou outro colega ainda se virava por ele, inclusive o jornalista da Manchete, que conhecia um oficial de gabinete do governador do Estado e assim arranjara o que pudera de melhor.

Ela também não pisava naquela quitinete desde que o companheiro se internara. Curiosamente, não mais estranhava a desordem, o caos em que o Repórter vivia. Sempre que podia, em suas idas à quitinete, ela procurava ordenar o que era possível, dava uma geral em tudo, mas pouco adiantava — dois, três dias depois, quando ali voltava, o caos parecia maior.

Agora não. Com a chave que ele lhe dera pouco antes de morrer, olhava aquilo tudo, papéis, recortes, jornais, revistas, cassetes, pastas estouradas pelo volume de documentos que guardava, tudo isso, que formara realmente um caos, parecia agora ordenado por uma presença que, na realidade, era a definitiva ausência dele.

O que faria com aquilo tudo? A família jamais aceitaria aqueles escombros, nenhum jornal, nenhuma editora aceitaria examinar o labirinto de pistas, depoimentos, laudos, recortes de toda espécie, num amontoado sem nexo que revelava a confusão mental em que ele vivia nos últimos anos, com dinheiro incerto, vivendo de bicos que alguns colegas arranjavam, mais por caridade do que real necessidade dos seus serviços.

O editor de um segundo caderno encomendara ao Repórter uma pesquisa sobre os golfinhos da baía de Guanabara, golfinhos que constam do escudo oficial da cidade do Rio Janeiro, mas ausentes, há mais de um século, das águas que a cercam. Não podia haver matéria mais estranha ao gosto e ao conhecimento do Repórter, mesmo assim ele fez o que pôde, entregou-a dentro do prazo, recebeu o pequeno cachê quase simbólico — e nunca viu a matéria publicada.

Verônica afastou uma pilha de jornais velhos de uma poltrona desbotada, sentou-se, olhou mais e melhor aquilo tudo, que era o que restava dele, do homem que respeitara e, acima de tudo, admirara.

Pelo que conhecia de diversos textos esparsos que o Repórter volta e meia lhe dava para ler, ela sabia que havia uma ordem infernal naquele delírio a que se entregara, como se buscasse o elixir da imortalidade, a espada de Excalibur, o Santo Graal da Távola Redonda. Ela própria sentia remorso por não ter levado o Repórter a sério, na verdade admirara e respeitara o homem que lutava para continuar sendo o que era, mas sem entrar no mérito de sua causa. Se o mundo foi contra ele, ele foi contra o mundo — era o que sempre dizia, já nos momentos de exaltação provocados pela doença que o mataria.

Pelos trechos que já lera no passado, ela teve curiosidade em conhecer aonde aquilo tudo levaria o Repórter. Mas as folhas e pastas não tinham catalogação, nem mesmo uma numeração lógica.

"Por onde ele teria começado?", pensou ela.

Evidente que o começo de tudo fora aquela conversa na calçada do Instituto Médico Legal, no dia 22 de agosto de 1976, com o colega que conseguira entrar lá e estranhara a presença de um homem ligadíssimo ao regime militar, que ali estava para ajudar a família Kubitschek e, de quebra, para transmitir ao governo os detalhes do acidente e as providências que a família deveria tomar.

Depois, no enterro de Carlos Lacerda e em lances sucessivos, ele apenas sentia que tinha um bom assunto, e, mais do que isso, uma possível colaboração à história do seu tempo.

Procurando dar uma lógica ao que não tinha lógica, ela se levantou, foi a um dos arquivos de aço. No primeiro havia uma espécie de roteiro, a folha datilografada revelava que o Repórter ainda não dominava o computador, do qual se servia apenas como editor de texto.

Neste roteiro, numa anotação antiga, provavelmente do início de sua pesquisa, encontrou duas fitas cassetes amarradas a uma pasta de plástico transparente. Era um dos pontos de partida de sua investigação, quando pensava que o seu trabalho poderia interessar à mídia, a alguma editora. Tinha uma etiqueta que estava quase descolada da pasta: "Perito Sérgio Leite".

Mais tarde, na confusão em que caíra, o Repórter nem mais se preocupava em indicar o conteúdo de cada pasta ou de cada pilha de documentos espalhados nos arquivos e por todos os cantos da quitinete.

Verônica apanhou a pasta; estava empoeirada, como tudo o mais. Folheou aqui e ali e concluiu, realmente, que procurando uma sequência lógica, uma ordem aos fatos e suspeitas, ele começara pelo princípio, a primeira das mortes, cujo inquérito oficial já estava encerrado, dando como acidental a morte do ex-presidente.

Sérgio Leite fora o perito que fizera o parecer que prevaleceria, tanto na fase policial como na judicial, no inquérito e processo abertos para apurar as causas do acidente na Rio-São Paulo.

Ela hesitou se devia mesmo ler alguma coisa daquela papelada. No fundo, não tinha qualquer interesse naquilo tudo, nunca perdera um minuto pensando no caso, se JK sofrera um atentado ou acidente.

Contudo, ela sentiu que não haveria homenagem melhor ao companheiro sacrificado pelo seu assunto do que se interessar minimamente por ele. Os judeus nas sinagogas cantam o Kol Nidrei no Dia do Perdão. Os católicos evitam comer carne na Quaresma. O pessoal do candomblé oferece aos guias espirituais farofa e charutos — cada um tenta a seu modo chegar à verdade possível.

E a verdade do Repórter começava com duas ou três entrevistas com o perito cujo laudo definiria oficialmente a morte de JK como acidental e não como um atentado político.

***

Do diário do Repórter — novembro de 2002. É a terceira vez que entrevisto o perito Sérgio Leite. Na primeira, quando ainda trabalhava no jornal, ele foi gentil, forneceu-me os estudos e croquis feitos na estrada Rio-São Paulo, fotos da pavimentação das pistas mostrando a freagem do Opala e da carreta que vinha em sentido contrário. Foi o depoimento mais importante para os elementos que formaram a minha primeira matéria sobre o caso.

Fisicamente, o perito se parece com o governador Mário Covas, é até mesmo extraordinária a semelhança. Formou-se em engenharia e é perito do Instituto de Criminalística do Rio de Janeiro.

Foi dele o laudo que, até agora, está servindo para determinar as causas do acidente, e sua conclusão não foi contestada tecnicamente. Não se encaixa, contudo, na teoria conspiratória que cresceu paralelamente, uma vez que o contexto da época e fortes indícios apontavam para um atentado cuja finalidade era a de limpar o terreno para a abertura política que estava sendo conduzida pelo presidente Geisel.

Mais tarde, voltarei ao assunto, a este complexo de circunstâncias que tramavam a eliminação de JK e dos outros membros da Frente Ampla (Jango e Lacerda). Ao lhe pedir pela terceira vez a entrevista, ele perguntou para que jornal eu estava trabalhando. Disse-lhe a verdade: para nenhum órgão da mídia, fazia a pesquisa em caráter pessoal; conforme o que apurasse, poderia publicar um livro, mas nem sequer tinha uma editora comprometida com o meu projeto. Até mesmo no jornal em que havia trabalhado teria dificuldade de emplacar a matéria.

Sérgio Leite recebeu-me duas vezes na mesma semana, gravei seu depoimento em fitas cassetes. Dispondo agora de outros elementos, outras gravações e revelações esparsas que volta e meia aparecem na imprensa, achei necessário fazer uma espécie de sumário do caso a partir de sua participação na perícia oficial do desastre.

Ele continua reafirmando as conclusões que consta do seu relatório, nada de novo surgiu após a redação do mesmo, apesar de ter sido formada uma comissão na Câmara dos Deputados para apurar as suspeitas levantadas sobretudo por Serafim Jardim, pessoa bem conceituada e ligada por parentesco à família Kubitschek.

Em 2000, duas versões foram apresentadas e analisadas pela comissão presidida pelo deputado Paulo Octavio Pereira.

A primeira das duas hipóteses é a de uma bomba que teria estourado dentro do Opala em que JK viajava. A segunda seria a de um atirador de elite que, à margem da estrada, naquele trecho da Rio-São Paulo, teria alvejado o motorista Geraldo Ribeiro na cabeça, provocando o acidente fatal.

As duas hipóteses não se sustentaram, peritos de diversas procedências negaram a existência de resíduos de explosivos na carcaça do carro, que teria sido exaustivamente examinada. Quanto ao motorista, que teria sido atingido na cabeça por um tiro, foi pedida a exumação de seu corpo e os exames cadavéricos mostraram que não havia furo algum no seu crânio, apenas um prego enferrujado do caixão que se misturara à ossada.

Assim sendo, voltou a prevalecer o laudo anterior. Baseado em outros depoimentos, levantei algumas objeções periféricas, discutindo-as lealmente com o perito.

Antes de mais nada, aleguei o óbvio: não interessava ao governo militar admitir um atentado contra JK, viesse de onde viesse. Sérgio Leite levaria suas pesquisas objetivamente, limitando-se ao acidente em si, às provas técnicas que até hoje não foram contestadas no essencial. Não lhe competia, funcionalmente, ampliar sua perícia para o conjunto de circunstâncias políticas que cercaram o episódio.

Na entrevista que me concedeu, após o término dos trabalhos da comissão da Câmara dos Deputados, ele revelou que, primeiramente, fora feito um laudo do acidente por dois peritos da delegacia de Resende, laudo bastante sucinto, uma vez que não houve tempo nem recursos de infraestrutura técnica para um trabalho mais completo.

Foi então convocado pelo diretor do Instituto de Criminalística, o delegado Roberto Freitas Vilarinho, para periciar o acidente, tendo ele, em seu currículo profissional, centenas de casos com acidentes em estradas.

Ao começar o trabalho, ficou sabendo que, antes dele, uma perícia oficiosa havia sido feita por militares ligados aos órgãos de informação e segurança, a qual não seria revelada publicamente, mas serviria de ponto de partida para a perícia oficial do Instituto de Criminalística, formando o contexto em que o acidente se encaixaria.

Os antecedentes próximos do desastre foram levantados por esse grupo de militares, cabendo a Sérgio Leite a perícia do acidente em si, sob o ponto de vista técnico. De acordo com o laudo elaborado pelos militares e policiais dos serviços de inteligência do governo, o Opala em que JK viajava teria feito uma parada no Hotel Fazenda Vilaforte, poucos quilômetros antes do local do acidente. Muito se especularia sobre essa parada, havendo versões de que o ex-presidente dela se utilizava para encontros com a sua amante, Lúcia Pedroso, pivô da crise conjugal que afastara JK de dona Sarah e do Rio de Janeiro.

No dia 22 de agosto, ele teria combinado um novo encontro com Lúcia, a mais de 100 quilômetros do Rio, e mantido surpreendente sigilo a respeito do mesmo, não o revelando nem mesmo a seus amigos mais íntimos, como os primos Carlos Murilo Felício dos Santos, em cuja casa dormira na noite de 19 de agosto; e Ildeu de Oliveira, a quem pedira Cr$ 10.000 emprestados para a viagem até a capital paulista. Nada revelara também a Adolpho Bloch, em cuja casa, em São Paulo, dormiria as duas últimas noites de sua vida.

O caso com Lúcia Pedroso era do conhecimento geral da família e do círculo mais chegado ao ex-presidente. Durante a ligação, que vinha de anos, os dois se encontravam em diversos lugares, no Rio mesmo, em Paris, em outras cidades no exterior, na casa de campo de amigos e na própria casa de Lúcia, em Ipanema.

A parada no Hotel Fazenda Vilaforte para o encontro com a amante teria sido o motivo para a estranha viagem de JK ao Rio, apesar de ter no bolso o bilhete de volta para Brasília. Real ou inventada pelos militares que fizeram a investigação sigilosa, a parada serviria de pressão contra dona Sarah, impedindo-a de aprofundar as causas da morte do marido. Caso contrário, teria de aceitar publicamente a realidade da ligação de seu marido com a rival.

Sérgio Leite admitiu que não lhe competia investigar o laudo dos militares. Não lhe cabia, realmente, saber se JK parara ou não no hotel-fazenda. Ele não era um detetive, mas um perito em acidentes automobilísticos. Disse, textualmente, na entrevista que com ele gravei, *"(...) quando nós chegamos lá existia uma indicação de que ele parou ali para encontrar uma senhora. Eu não me meti nisso (...) Aquela fazenda, o dono ou o pai do dono, era oficial do Exército. Antes de acontecer isso, com certeza absoluta, esse depoimento foi dado pelo menos informalmente, de que já tinha estado ali com essa senhora. No dia, eles disseram que eles teriam estado. Houve por parte de nós todos (os peritos do Instituto de Criminalística, entre os quais o próprio Sérgio Leite) o consenso: por que vamos nos meter na vida sexual particular de alguém?"*

A partir dessa parada, que teria durado cerca de uma hora, os peritos civis cronometraram a velocidade do carro de JK e do ônibus da Cometa que teria dado um raspão na carroceria do Opala, raspão que deixaria marcas no para-lama do Opala que pode ser examinado com o pequeno sulco, sujo da tinta do coletivo. Evidente que não há dúvida possível sobre a mecânica do desastre em si; Sérgio Leite é técnico competente e sua descrição do acidente não pode ser negada a não ser que, como já anotei diversas vezes, apareça um fato realmente novo.

Contudo, ao admitir a parada no hotel-fazenda, o perito estava se submetendo à lei do mais forte. Qualquer que fosse o laudo, ele teria de adaptá-lo ao laudo anterior feito pelos militares, que concluíram pela parada de JK no hotel-fazenda para encontrar a amante.

Este encontro, porém, não aconteceu, embora pudesse ter havido a parada. Lúcia Pedroso o negou, em entrevista igualmente gravada, dizendo que esperava JK em seu apartamento, entre 17h30 e 18 horas daquele domingo. O tempo chuvoso e o almoço em São Paulo, na casa do deputado Adhemar de Barros Filho, atrasariam sua chegada.

Mas a verdade é que JK não estava vindo ao Rio de forma clandestina para encontrar-se com Lúcia. Ele tinha um almoço marcado às 13 horas do dia seguinte com Adriano Moreira, ex-ministro em Portugal e advogado de Fernanda Pires de Melo, empresária exilada no Brasil pela Revolução dos Cravos, de 1974, em Portugal. Disso eu já sabia e teria a certeza um mês depois, quando Carlos Heitor Cony me cedeu a carta assinada pelo próprio Adriano — no texto, ele confirma o encontro agendado com JK no dia seguinte (ver carta no anexo, p. 271). Fernanda formara uma companhia para construir um conjunto hoteleiro em Troia, vizinha de Setúbal, a 100 quilômetros de Lisboa, colocando JK, então exilado em Portugal, como presidente de honra da empresa, da qual também fazia parte o ex-embaixador Hugo Gouthier.

Os dois sócios brasileiros de Fernanda nada tinham a ver com os hotéis, não exerciam funções executivas nem consultivas, limitaram-se a dar seus nomes ao empreendimento de uma empresária dinâmica que caíra em desgraça no período mais agudo da Revolução do Cravos.

Havia um processo correndo em Lisboa contra Fernanda e seus sócios. O ex-ministro Adriano Moreira, que mantinha a distância seu escritório de advocacia na capital portuguesa, cuidava da parte relativa a JK, de quem era amigo particular. O assunto era mantido em segredo pelo ex-presidente e pelo advogado.

Era mais que lógica a cautela de JK em manter sigiloso o problema com o regime que se instalara em Portugal. Ele acabava de reassumir seus direitos políticos, cassados em 1964. Os diversos processos e IPMs a que respondera no Brasil estavam arquivados, por falta de provas e pela competência de seu advogado, Victor Nunes Leal.

Vindo a público sua relação com um empreendimento imobiliário em Portugal que estava sendo investigado pelos militares da Revolução dos Cravos, seus adversários teriam um novo pretexto para acusá-lo de ser a sétima fortuna do mundo, um especulador sempre envolvido em negócios duvidosos. Daí o cuidado em manter em segredo o processo em Portugal, que o atingia obliquamente (o alvo era a sua amiga, a empresária Fernanda Pires de Melo, que na ocasião estava tendo uma relação com Negrão de Lima, ex-prefeito do Rio, ex-governador da Guanabara, ex-ministro da Justiça e das Relações Exteriores, ex-embaixador em Portugal).

A situação financeira de JK começava a sentir os efeitos do patrulhamento que o perseguia desde 1964. Comprara a fazendinha em Luziânia com empréstimos bancários, e ficara sem recursos para os investimentos de implantação, sobretudo no que dizia respeito à importação dos fertilizantes que preparassem a aridez do cerrado para uma produção autossustentável.

Tendo agendado o almoço com Adriano Moreira na segunda-feira, dia 23 de agosto, ele preferira despistar, evitando chegar no aeroporto do Galeão ou do Santos Dumont, onde seria facilmente reconhecido e teria sua presença no Rio divulgada pelos jornais, com dona Sarah dela tomando conhecimento.

A situação do casal chegara a um ponto crítico, e JK temia que a mulher entrasse com um pedido de desquite (no Brasil ainda não havia divórcio), desquite que JK queria evitar a todo custo, por diversos motivos, entre os quais o da esperança de ser convocado para uma solução civil no processo de abertura promovido pelo general Geisel.

Este papel, o de sucessor civil dos presidentes militares, seria exercido bem mais tarde, em 1985, por Tancredo Neves, que curiosamente, adoeceria na véspera de sua posse e morreria dias antes de assumir a presidência da República.

Os militares do governo já se dividiam em duas linhas, a linha moderada, sob a liderança de Geisel e

Golbery, e a linha dura, a dos gorilas, que insistiam em manter a tensão de 1964 e 1968. Haveria condições para os militares mais moderados, que dois anos depois, em 1978, afastariam o general Sylvio Frota da corrida sucessória,[9] aceitarem JK como solução civil, uma vez que os processos contra ele estavam arquivados e seu comportamento político não criara arestas com o regime.

Após a tentativa da Frente Ampla, que não foi uma conspiração, mas um movimento público, ele se resignara a cumprir o ostracismo de forma digna, dedicando-se basicamente à redação de suas memórias.

A perícia de Sérgio Leite continua indestrutível, a menos que apareçam testemunhas ou fatos realmente novos. E por se tratar de documento técnico, sem levar em conta os antecedentes e as circunstâncias nacionais e internacionais de uma época polarizada entre o capitalismo e o socialismo, com a necessidade que ambos os lados tinham de "limpar o terreno", o laudo continua valendo, apesar da possibilidade de contestação de um ou outro pormenor técnico.

Detalhes do Opala e do ônibus da Cometa, condições da estrada, a mecânica do acidente em si, as zonas de freagem, a cronometragem dos impactos, o depoimento de testemunhas confiáveis ou não, tudo isso é analisado pelo perito de forma técnica e não pode ser contestado por leigos que não tiveram acesso ao local e aos momentos imediatamente seguintes ao desastre.

Ao absorver a parada no Hotel Fazenda Vilaforte e o encontro sigiloso de JK com sua amante, o laudo do perito serviu maravilhosamente ao regime militar, interessado em colocar o mais depressa possível uma pedra sobre o assunto, evitando explorações e, acima de tudo, evitando que a morte de JK integrasse um cenário que começava a se esboçar, com o desaparecimento de outros líderes democráticos em países dominados por militares da extrema direita, como Chile, Argentina e Grécia.[10]

Outro detalhe do laudo de Sérgio Leite que merece comentário é a referência às duas paradas de JK na estrada — a primeira, no km 2 da Rio-São Paulo; a segunda, no hotel-fazenda, pouco antes do local do desastre.

A ser verdadeira a parada no hotel-fazenda (que já constava anteriormente no laudo sigiloso elaborado por militares dos serviços de inteligência e informação do governo), teria havido uma única parada, uma vez que não chegou a haver parada no km 2, onde JK apenas trocou de carro, deixando o Alfa Romeo da *Manchete*, que estava à sua disposição desde a manhã daquele dia, e seguindo no Opala dirigido por Geraldo Ribeiro, que o esperava num posto de gasolina no início daquela rodovia.

O laudo do perito ateve-se exclusivamente aos poucos metros da rodovia em que o acidente se iniciou, até ao ponto de resolução, em que o Opala se imobilizou, do lado de fora da pista, em sentido contrário. O que quer que tenha acontecido na pista que levava ao Rio, a posição e a velocidade do Opala, do ônibus e de um terceiro carro referido por algumas testemunhas, não teriam provocado o acidente mortal se não fosse o choque do *Opala* com a carreta que se dirigia para São Paulo. Nem mesmo vinte computadores de última geração, em rede, poderiam programar aquele impacto.

Por questão de centímetros e segundos...

Capítulo 7

Aquele registro do diário do Repórter parava ali. Verônica olhou o verso da folha para ver se havia alguma continuação. Fora interrompido por quê? Por algum telefonema ou pela necessidade de cumprir algum compromisso? Um pouco improvável, nos últimos tempos ninguém lhe telefonava, não tinha compromissos com ninguém, da mesma forma que ninguém tinha compromissos com ele.

Fechou a pasta, estava cansada. Gostaria de começar a arrumar aquele caos, mas seria isso que ele queria ao lhe dar a chave da quitinete? A alternativa era mais lógica: destruir aquele caos, para que não houvesse memória de seu fracasso.

Sim, destruiria tudo, mas estava realmente exausta e deixaria para mais tarde a cremação daqueles ossos inconsequentes.

No dia seguinte, porém, leu uma resenha do livro do jornalista Elio Gaspari, A ditadura envergonhada. Em nenhum momento o Repórter registrara a leitura desse livro, publicado no final de 2002. Por curiosidade, talvez por solidariedade ao amante morto, Verônica comprou o livro. E, logo no início da leitura, ficou impressionada com um detalhe que teria sido revelador para as pesquisas do Repórter.

Elio Gaspari começa seu livro sobre a Revolução de 1964 com data bem posterior ao golpe militar: 12 de outubro de 1977, ou seja, 13 anos depois. Neste mesmo ano, em maio, morrera Carlos Lacerda. O obstáculo mais dramático que o Repórter encontrara em suas pesquisas foi justificar o seu interesse em desvendar as três mortes ocorridas em 1976 e 1977. "O assunto é velho. Ninguém mais está interessado em esqueletos no armário. O regime está estabilizado e não há perigo nenhum de retrocesso."

Na introdução de A ditadura envergonhada, é narrado o episódio da demissão do general Sylvio Frota, então ministro do Exército, que articulava um golpe militar para depor o presidente Geisel. Um sinal mais do que evidente de que a linha dura do regime não aceitaria qualquer tipo de distensão política. (Ver nos anexos, p. 272, trechos do livro A ditadura envergonhada, de Elio Gaspari.)

***

Se em 1977, mais de um ano após a morte de JK, e meses depois da morte de Lacerda, havia conspirações que visavam a deposição do presidente da República, nada de mais que os mesmos radicais, com ou sem o apoio explícito do governo, iniciassem por conta própria a limpeza do terreno que afastaria, para sempre, a possibilidade de um retorno dos subversivos e corruptos contra os quais fora articulado e operado o movimento militar de 1964.

Verônica sabia que o Repórter, inicialmente, julgara difícil colocar a morte de Lacerda no contexto das outras duas. Ao morrerem, JK e Jango, cassados em 1964, já haviam cumprido os dez anos da suspensão de seus direitos políticos. E a cassação dos mandatos — o de presidente no caso de Jango, o de senador, no caso de JK — era irreversível, sem direito a qualquer apelação.

Com Lacerda, a situação era diferente e a preocupação mais lógica. Antigo aliado dos militares e líder absoluto do anticomunismo, as duas principais forças que haviam desfechado o golpe de 1964, Lacerda era temido pela capacidade de agitar a opinião pública a favor de suas causas. Em depoimento ao Jornal da Tarde, em março de 1977, fora evasivo ao responder se tinha algum projeto político para depois de terminado o prazo de sua punição. "Eu não tenho a menor ideia", disse ele. "Qualquer coisa que eu dissesse nesse sentido seria um mero palpite. Primeiro, porque em 1979 eu estarei com 65 para 66 anos de idade. Evidentemente, não é a idade para sair e acho que também não é a idade para entrar na carreira política."

E mais adiante: "Não gosto de política. Gosto é do poder; política para mim é um meio de chegar ao poder."

Verônica também lembrou uma passagem do diário que o Repórter escrevia, intermitentemente. Ele estava na missa de sétimo dia de Lacerda, na Candelária, quando escutou José Cândido Moreira de Souza, um dos amigos mais próximos do ex-governador, dizer para alguém: "Puxa, estes milicos se livraram de boa, porque se o Carlos não tivesse morrido, ano que vem eles iam ver o que era bom."

Nesse "ano que vem", ou seja, 1978, Lacerda teria cumprido os dez anos de suspensão de seus direitos políticos, e poderia participar do debate nacional e ser candidato a qualquer cargo eletivo.

Descontada a hipótese de sua candidatura presidencial — o cargo continuaria com os militares —, a hipótese de ter Lacerda no Congresso, como deputado ou senador, fazia tremer as bases que sustentavam a ditadura.

Capítulo 8

Do diário do Repórter — novembro de 2002. Da morte e do enterro de Carlos Lacerda, em maio de 1977, até hoje, foram raras as insinuações de que o ex-governador da Guanabara teria sido alvo de um atentado na Clínica São Vicente. Eu próprio, o mais insistente no assunto, desanimei de entrar em seara tão delicada. Ao contrário dos casos de JK e Jango, que repercutiram intensamente no Brasil e no exterior, que foram objeto de comissões na Câmara dos Deputados, a morte de Lacerda foi considerada natural, e apenas uns tresloucados, como eu, insistiam em levar adiante a hipótese de que a morte dos três líderes da Frente Ampla fosse a maquinação infernal dos serviços de inteligência do Brasil, da Argentina e do Uruguai, apoiados logística e financeiramente pela CIA e pelo FBI, juntos ou separadamente. A CIA em âmbito internacional, com agentes espalhados em todos os países. O FBI no âmbito doméstico dos Estados Unidos, muitas vezes sob o pretexto de dar segurança a possíveis vítimas de atentados políticos. Na maioria das vezes em que pronunciou palestras nas universidades norte-americanas, JK era protegido (ou seguido) por elementos do FBI, o mesmo acontecendo com Orlando Letelier, ex-ministro do Chile, que foi assassinado em Washington.

Das três mortes que estou pesquisando, que me fizeram perder o emprego e me desacreditaram no mercado, a mais nebulosa, apesar de ser a menos suspeita, foi a de Carlos Lacerda.

Foi com ele que tive mais contato, e, até onde posso ter certeza de alguma coisa, sei que ele me estimava e eu, de certa forma, o admirava; em muitos lances de sua vida pública cheguei a idolatrá-lo. Em 1964, quando Lacerda se entrincheirou no Palácio Guanabara e ficou esperando os fuzileiros navais comandados pelo almirante Cândido Aragão, que iam depô-lo e certamente assassiná-lo, passei dois dias e uma noite — a mais dramática que vivi — entre as 100, 150 pessoas que estavam dispostas a morrer em sua defesa.[11]

Tinha uma desculpa: era jornalista e estava cobrindo uma das frentes mais excitadas do Movimento Militar, que se iniciara em Juiz de Fora, crescera com a adesão das tropas vindas de São Paulo, e marchava em direção ao Rio para depor João Goulart, que estava no Palácio das Laranjeiras e, diante das circunstâncias, seguiu para Brasília, depois para Porto Alegre, finalmente para o exílio, no Uruguai.

Na realidade, como outros jornalistas destacados para aquela cobertura, eu poderia ter saído quando quisesse, com a necessidade (ou a desculpa) de dar um pulo na redação para adiantar minha matéria sobre o cerco ao Guanabara.

Mas fiquei, embora, naquela ocasião, mal conhecesse Lacerda pessoalmente. Mais tarde, sim, dele recebi a maior oportunidade de minha vida, acompanhando-o a Montevidéu por ocasião de seu encontro com João Goulart.

Também tivera contato com o ex-presidente, bem menor, é verdade, mas suficiente para que o conhecesse bem. Cobri sua primeira viagem oficial aos Estados

Unidos. E estive em seu apartamento, durante o encontro que selou sua participação na Frente Ampla.

O mais distante para mim seria Juscelino, com quem não tive nenhum contato pessoal, limitando-me a vê-lo duas ou três vezes em minha vida profissional, durante entrevistas coletivas ou cerimônias oficiais.

E justamente Lacerda, o mais íntimo, aquele que eu estimava pessoalmente e tinha motivos para pensar que a estima fosse recíproca, justamente Lacerda era agora o caso mais delicado e menos provável de ser um atentado político.

Cronologicamente fora a última morte, mas a primeira a provocar meu espanto pelas demais, sendo o ponto de partida não apenas para minha pesquisa, mas para tudo o que ela me traria de forma gradual: a imagem do jornalista inicialmente entusiasmado com um assunto, progressivamente possuído pela ideia de que descobrira uma grande matéria, e, por fim, perdendo o respeito profissional e logo em seguida o emprego, uma vez que começou a formular hipóteses consideradas delirantes.

Talvez pela minha aproximação com Lacerda, sua morte é mais difícil de ser encaixada numa teoria conspiratória. Paradoxalmente, ao contrário de JK e Jango, que nunca teriam sofrido nenhuma tentativa de atentado, Lacerda, por duas vezes ao menos, esteve próximo da morte provocada por seus adversários e inimigos: em 1954, como jornalista que atacava o governo Vargas, sofreria o atentado da rua Toneleros, no qual perderia a vida o major da Aeronáutica, Rubens Tolentino Vaz, que lhe servia de guarda pessoal na noite de 5 de agosto. Lacerda sairia da emboscada com um ferimento no pé, após trocar tiros com os homens que o tocaiavam. O caso provocaria a crise que levaria Getúlio Vargas ao suicídio.

Quando o governador da Guanabara sofreu uma tentativa de rapto que por pouco não se consumou, quando ele se dirigia ao Leblon pela avenida Niemeyer. Isso sem falar na surra que sofreu quando era apenas um jornalista, sendo espancado ao sair da rádio Mayrink Veiga, após um programa em que atacara, com a violência de sempre, o general Ângelo Mendes de Morais, então prefeito do Distrito Federal.

Apesar dos atentados políticos no passado, sua morte, em maio de 1977, não provocaria suspeitas; pelo menos nenhuma insinuação fora feita sobre a rapidez do processo infeccioso que o levaria a morrer aos 63 anos, na Clínica São Vicente, quando seu médico principal, o dr. Rebello, permanecia em Teresópolis e até mesmo seu filho mais velho, Sérgio Lacerda, havia viajado para um fim de semana fora do Rio.

Provavelmente, dr. Rebello faria nova avaliação na segunda-feira seguinte, absorvendo ou não a medicação de emergência deixada pelo dr. Pedro Henrique Paiva, que fora chamado por Pedro Paulo Senna Madureira, diretor editorial da Nova Fronteira e amigo de Lacerda.

Eu próprio de nada desconfiei quando soube de sua morte, apesar de ter estado próximo em diversos momentos de sua vida pessoal e política.

As circunstâncias reveladas pela imprensa e pelos amigos de Lacerda não deixavam espaço para se suspeitar de um atentado naquela noite de passagem do dia 21 para 22 de maio de 1977, no quarto 201 da Clínica São Vicente.

No entanto, fiquei sabendo que o processo que levaria Lacerda à clínica e à morte esbarrava em alguns pontos não bem explicados, apesar de ele ter sido socorrido por médicos habilitados, inclusive pelo dr. Rebello, que dele cuidava havia anos:

1.°) Quem assinara o atestado de óbito não fora o dr. Rebello, mas o dr. Pedro Henrique Paiva, baseado em informações clínicas do dr. Marco Aurélio Pelon, o médico residente que estava de plantão na noite de sexta-feira para sábado.

2.º) A própria internação de Lacerda não fora solicitada pelo seu médico particular, mas pelo dr. Pedro Henrique Paiva, chamado pelo editor Pedro Paulo Senna Madureira, que estranhava a continuação dos sintomas que mantinham Lacerda em estado febril, com dores localizadas nas juntas.

Visitando o amigo e dono da editora em que trabalhava, Pedro Paulo pediu licença a Letícia, mulher de Lacerda, e ao filho mais velho, Sérgio, para trazer o seu médico de confiança, que poderia dar uma segunda opinião sobre o caso.

O dr. Rebello, naquela ocasião também adoentado, medicava seu cliente por telefone, uma vez que não suspeitava de nada sério no quadro clínico de Lacerda. Limitava-se a alterar a medicação ou as doses que prescrevera para os sintomas do estado febril, mas não para a sua causa.

Como Lacerda não melhorasse, não houve resistência por parte de Letícia e Sérgio, muito menos por parte do próprio Lacerda, em aceitar a visita do dr. Pedro Henrique, que não era conhecido da família nem a conhecia.

Numa noite do final de 2002, entrevistei o dr. Pedro Henrique em sua casa, no Jardim Botânico, após indicação do dr. Roberto Londres, dono da Clínica São Vicente, filho do fundador daquela instituição, dr. Genival Londres, e seu principal diretor ao tempo em que Lacerda ali se internou.

Tanto Roberto Londres como Pedro Henrique receberam-me cordialmente e deixaram que eu gravasse seus depoimentos.

Também entrevistaria o dr. Pelon, que estava de plantão naquela noite e que redigiria o atestado de óbito de Lacerda, mencionando as causas que teriam provocado o desenlace.

Como disse, gravei todos os depoimentos, e aos poucos estou transcrevendo todos eles. Irei cruzá-

-los para obter um quadro geral sobre o real estado de saúde de Lacerda nos dias que antecederam a sua morte.

Por ora, e para não perder a meada que julgo importante, quero registrar a informação do dr. Londres, confirmada pelo dr. Pedro Henrique e até mesmo pelo dr. Pelon, este com uma restrição marginal. O andar em que se situava o quarto de Lacerda estava sob a responsabilidade da enfermeira Maria Auxiliadora, portuguesa desinibida, que durante anos trabalhara para a PIDE (Polícia Internacional de Defesa do Estado) e aqui se encontrava exilada, como outros portugueses que de alguma forma haviam se beneficiado ou participado do governo totalitário de Oliveira Salazar, prolongado por Marcelo Caetano, que sucedera ao velho ditador.

Ao notar que Carlos Lacerda, de um quadro com diagnóstico não definido, mas sem inspirar cuidados, começava a piorar, e entrava em situação de risco, a enfermeira Maria Auxiliadora comentou com o dr. Londres: "Já vi muito disso em Portugal, nos tempos da PIDE."

Com esses elementos, perguntei ao dr. Pedro Henrique se era provável um envenenamento ou troca proposital de medicamentos. Em tese, sempre é possível haver um acidente ou crime dessa natureza. Não faz muito, os jornais revelaram que um enfermeiro, num dos hospitais do Rio, matara diversos doentes que ele julgava em estado terminal, aplicando-lhes uma injeção de cloreto de potássio. O caso foi classificado pela imprensa como "Os crimes do Anjo da Morte".

Contudo, seria difícil, pelas circunstâncias que envolveram a morte de Lacerda, alguém da clínica, ou mesmo de fora, ministrar qualquer tipo de medicação letal no paciente.

Mas havia a possibilidade de o agravamento do estado de saúde de Lacerda ter começado dias antes, no período anterior ao da internação. O quadro final de septicemia apresentado pelo paciente não se justificaria pelos simples sintomas de um estado febril moderado, dores nas juntas e irritabilidade, provocados por uma gripe ou uma virose desconhecida, agravada pela diabetes que já fora diagnosticada.

A septicemia, como já registrei anteriormente, é uma doença que não vem de dentro do organismo, mas de fora, daí a necessidade de descobrir a "porta de entrada", por onde a infecção penetrou no organismo. Nos diversos exames a que já fora submetido, aparecera apenas um pequeno ferimento numa das mãos de Lacerda, provocado semanas antes pelo espinho de uma das roseiras que o ex-governador cultivava em seu sítio no Rocio.

Ora, para obter por esse modo o envenenamento da vítima, o autor ou autores do atentado teriam de infectar todas as roseiras do Rocio — o que seria improvável, até mesmo absurdo, além de antipoético: envenenar roseiras para eliminar o homem que as cultivava.

Nos dias que antecederam à febre e às dores nas juntas, Lacerda locomovera-se livremente pela cidade, trabalhando na editora e acompanhando a impressão de um álbum de "Dom Quixote" em quadrinhos, no estilo gráfico de uma fotonovela, material que ele comprara de uma editora espanhola e programara lançar em versão portuguesa.

Fato estranhíssimo, porém, ocorreu no dia 15 de maio de 1977, uma semana antes de sua morte. Datada do Rocio, Lacerda escrevera uma carta ao crítico literário de *Folha de S.Paulo,* Nogueira Moutinho, agradecendo a nota, publicada naquele mesmo dia, sobre o livro *A casa do meu avô*. O texto da carta é longo, termina com um convite para que Moutinho o procurasse em uma de suas vindas ao Rio, quando "acenderia a lareira" para conversarem sobre seus projetos literários. Ditada ou escrita pessoalmente à máquina pelo autor, a carta revela absoluta lucidez, nenhuma depressão — pelo contrário, expressa a vontade de escrever outros livros. Contudo, ele não assinaria a carta. Quem a assinou foi sua secretária, Maria do Carmo Evangelista, que trabalhava na Nova Fronteira e teria ido ao Rocio naquele dia para despachar com o chefe.

Após a assinatura, em adendo escrito à mão, a secretária Maria do Carmo pede desculpas ao destinatário por Lacerda não ter podido assinar a carta, "devido ao seu estado de saúde". (Ver nos anexos, p. 275, fac-símile da carta.)

É lícita a especulação: como um homem de posse de todas as suas faculdades, capaz de escrever um texto como sempre brilhante, deixa de assiná-lo "por causa de seu estado de saúde"? Uma fraqueza, uma impossibilidade física, a confusão mental de que deu provas quando, uma semana depois, foi internado na Clínica São Vicente, se impedissem a assinatura teriam também impedido a lucidez e o brilho do texto em si. A mão direita estaria afetada pelo ferimento provocado pelo espinho de uma roseira, que já teria evoluído para uma infecção, compondo um quadro de septicemia?

Ao voltar para o Rio, o ferimento na mão seria notado no exame sumário do paciente feito pelo médico chamado pelo diretor editorial da Nova Fronteira e pelos familiares.

De qualquer forma, do dia 17 ao dia 22, quando morreu, o estado de saúde do ex-governador se deteriorou de tal forma que o dr. Pedro Henrique aconselhou imediata internação. Ao chegar à Clínica São Vicente, ele já entrara em estado de choque, segundo se pode deduzir do prontuário feito na ocasião de sua internação. Funcionários da clínica, entre os quais Dalila Santos, em depoimento que me foi prestado, foram informados de que o ex-governador chegara morto.

O quadro de Lacerda era gravíssimo: pressão baixa, febre intermitente, dores nas articulações, agitação, confusão mental, pulso irregular, diabetes. O prontuário revela a existência de uma grave infecção, mas o atestado de óbito não a menciona. Vinte e cinco anos depois, em 2002, tanto o dr. Pedro Henrique como o dr. Pelon afirmam que o quadro era de septicemia. Apenas não fora detectada a "porta de entrada".

Durante algum tempo, sobretudo em países onde a repressão política em diversos países era o braço menor da Guerra Fria, acontecera casos de envenenamento por injeção aplicada abruptamente nas vítimas.

Um dos homens que trabalhava para o ex-jornalista Alexandre Baumgarten, o funcionário da Telerj Heráclito Faffe — que fazia grampos telefônicos com os quais Baumgarten podia chantagear a presidência da República e, sobretudo, a estrutura clandestina do próprio Serviço Nacional de Informações —, numa noite, ao se dirigir para o seu carro, estacionado na avenida Vieira Souto, quase esquina com a rua Paul Redfern (onde Baumgarten morava), foi imprensado por dois desconhecidos que lhe aplicaram uma injeção por cima da roupa. O fato foi noticiado na imprensa e constou do complicado processo aberto com o posterior assassinato do ex-jornalista, que chantageava o SNI a fim de pressionar o governo a autorizar publicidade oficial na revista *O Cruzeiro*, comprada por ele e que estava longe de atingir a vendagem e o prestígio de sua fase gloriosa, quando integrava a rede dos Diários Associados.

Na ocasião, a revista *Fatos*, em seu n.º 14, de 24 de junho de 1985, publicou matéria de capa sobre o assassinato de Baumgarten e de Faffe, ilustrando a morte deste último com uma reconstituição, mostrando como a vítima foi imprensada por dois desconhecidos, um pela frente, outro por trás, sendo-lhe aplicada então a injeção que o mataria dias depois.

Casos iguais, com a mesma mecânica, aconteceram no Brasil e em diversos outros países que atravessavam períodos de exceção, envolvendo grupos especializados na eliminação de suspeitos de tramar contra o Estado.

Lacerda, na ocasião de sua morte, e ao contrário de outros momentos de sua vida, não tramava contra o Estado, nem contra ninguém. Vivia normalmente, escrevia livros, entre os quais o seu melhor trabalho literário, *A casa do meu avô*. No ano seguinte, em 1978, recuperaria os seus direitos políticos, e ainda que não quisesse voltar à virulência com que defendia suas causas e atacava seus adversários, todos o temiam, reconhecendo o seu colossal poder de destruição e mobilização.

Um atentado contra ele, um esbarrão aparentemente casual que lhe infiltrasse qualquer substância, é uma hipótese difícil de ter ocorrido com ele, homem sanguíneo, de pavio curto, que logo reagiria. E, mesmo sem a violência de outros tempos, botaria a boca no mundo e todos ficariam sabendo.

Mas haveria a hipótese de o envenenamento por substância oral, epidérmica ou endovenosa, ter sido efetuado sem que ele percebesse, ou por estar dormindo ou relaxado, numa reunião social, ou mesmo, antes de ser internado na clínica, quando lhe eram ministrados os remédios para debelar a gripe e os sedativos para diminuir as dores nas juntas.

O fato é que, ao ir para a Clínica São Vicente, por determinação do médico Pedro Henrique, e não pela iniciativa do dr. Rebello, Lacerda já poderia estar com o fator endógeno que, horas depois, lhe provocaria a morte.

Esta hipótese, contudo, não exclui a possibilidade de a causa endógena ter sido administrada na própria clínica, por falha humana involuntária ou proposital. O histórico de hospitais em todo o mundo, mesmo os mais conceituados, revela casos de falhas humanas, casuais ou não, que provocaram a morte do paciente. Em momentos de crises políticas, econômicas e militares, algumas dessas falhas foram propositais, quando estão em jogo sucessões de empresas, habilitações de heranças, alteração acionária de firmas, estratégias de Estado-Maior etc.

Somados todos os fatores que cercaram a morte de Lacerda, revela-se a espantosa coincidência com a morte de JK e Jango:

— foram anunciadas;
— ocorreram num *timing* lógico;
— no cenário internacional, houve mortes iguais;
— apesar dos numerosos indícios de uma limpeza do terreno político, deixaram rastros, mas não deixaram provas.

Pelo menos até agora.

Capítulo 9

Do diário do Repórter — 2000. Coincidência ou não, foi nesta mesma ocasião que o *Jornal do Brasil* começou a publicar uma série de matérias sobre a Operação Condor, da qual eu já ouvira falar, mas sem me ocupar com ela, pois o objeto de minhas pesquisas era a morte de JK, Jango e Lacerda. As revelações do *JB*, em sua maioria, limitavam-se ao desaparecimento de pessoas e grupos que praticavam ou ameaçavam praticar atos terroristas ou criar condições objetivas para a luta armada no Cone Sul, que transformasse a cordilheira dos Andes numa gigantesca Sierra Maestra — referência ao ponto de partida da Revolução Cubana, onde Fidel Castro, Che Guevara e Camilo Cienfuegos se fixaram para fazer a cabeça de ponte das incursões revolucionárias que só terminariam quando, depois de expulsarem Fulgêncio Batista, os revoltosos ocupassem Havana.

Evidente que a cordilheira dos Andes seria apenas uma referência, uma metáfora, uma alegoria à comunização dos países da região Cone Sul. Na realidade, os diversos movimentos contra as ditaduras atuavam em sua maior parte em zonas urbanas ou periféricas das grandes cidades, com exceção de duas tentativas mais organizadas, no Vale da Ribeira e no Araguaia, ambas no Brasil, havendo até mesmo vasta bibliografia sobre as duas tentativas de luta armada.

A Operação Condor, tal como está sendo revelada agora — e diga-se de passagem, sem contestação —, limitava-se a denunciar mortes, desaparecimentos, torturas e patrulhamentos de uma espécie de segunda unidade da Revolução pretendida, elementos do baixo clero, tanto da repressão como da subversão, militares de média patente, sargentos, policiais e alcaguetes de diversos tamanhos e feitios, que realmente fizeram um serviço simultâneo de limpeza do terreno, notadamente na Argentina, no Uruguai, Paraguai, Brasil e Chile.

Num segundo movimento, a Operação Condor passou a limpar não apenas o terreno da subversão e do terrorismo, mas o próprio terreno, numa operação de queima de arquivo que atingiria a polícia e os serviços secretos dos três países. Este movimento cresceu de virulência quando ficaram evidentes os sinais que os regimes militares, forçados pela conscientização liberal e pela pressão internacional, sobretudo a do governo de Jimmy Carter, teriam de promover a abertura política no continente.

Ora, a morte dos três líderes da Frente Ampla, no período de agosto de 1976 a maio de 1977, seria anterior em poucos meses ao recrudescimento dos movimentos contra as ditaduras e, em consequência, à repressão oficial da qual a Operação Condor era a expressão mais articulada e secreta.

O grande mérito da série de matérias do *Jornal do Brasil* foi ter provocado a formação de duas comissões externas da Câmara dos Deputados, uma para apurar as circunstâncias da morte de João Goulart, por iniciativa do deputado Miro Teixeira (PDT/RJ), elemento de destaque do partido cuja estrela era Leonel Brizola, cunhado de Jango. Outra, para investigar a morte de JK, solicitada pelo deputado Paulo

Octavio Pereira (PFL/DF), casado com uma das netas do ex-presidente e em cumprimento a um pedido de sua sogra, Márcia Kubitschek, que se encontrava doente e viria a falecer pouco depois.

Eu continuava no Sul, ouvindo pessoas que, de uma forma ou de outra, tiveram intimidade com João Goulart, antes de sua fulminante ascensão à vida pública nacional, ao governo e, finalmente, à queda e ao exílio. Mas acompanhei os trabalhos da Comissão e tive acesso a seu relatório final.

Confesso que, tal como já registrei, no começo pouca importância dava às revelações publicadas pelo jornalista José Mitchell, que levantava pontualmente dezenas de mortes, desaparecimentos e torturas, não apenas porque os envolvidos, de um e de outro lado, não tinham peso político, como também a maioria dos casos era posterior ao período em que se verificaram as três mortes que me interessavam.

Mudei de opinião quando, numa das matérias do *Jornal do Brasil*, vi a reprodução de um ofício que pode ser considerado como a ata de fundação da Operação Condor. (Ver nos anexos, p. 276.)

Em papel timbrado da Presidência da República do Chile, datada de 28 de agosto de 1975, quase um ano antes do primeiro caso de repercussão internacional, que foi o de JK, em 22 de agosto de 1976, o coronel Manuel Contreras Sepúlveda, diretor da Inteligência Nacional, escreveu uma carta ao chefe do Serviço Nacional de Informações, general João Batista de Oliveira Figueiredo, que mais tarde sucederia o general Ernesto Geisel na Presidência da República:

Distinguido Senhor General:

Recebi seu informe de 21 de agosto de 1975 e agradeço a oportuna e precisa informação, expressando minha satisfação por sua colaboração que devemos estreitar ainda mais.

Em resposta, cumpre-me comunicar-lhe o seguinte:

1) Compartilho sua preocupação com o possível triunfo do Partido Democrata americano nas próximas eleições presidenciais. Também temos conhecimento do reiterado apoio dos democratas a Kubitschek e Letelier, que no futuro poderia influenciar seriamente a estabilidade do Cone Sul do nosso hemisfério.

2) O plano proposto pelo senhor para coordenar nossa ação contra certas autoridades eclesiásticas e conhecidos políticos social-democratas e democrata-cristãos da América Latina e da Europa conta com o nosso decidido apoio.

3) Sua informação sobre Guiana e Jamaica é de uma indubitável importância para essa direção.

Cremos ser do interesse para o senhor que comunico que ultimamente o governo do Chile tomou a decisão de liberar um grupo de presos que serão expulsos para países europeus. À medida que nos vai chegando a informação relativa à atividade política dos liberados e suas eventuais ligações com os exilados brasileiros, logo lhe transmitiremos.

Saudações atenciosas.
**(a) Manuel Contreras Sepúlveda
Coronel-diretor de Inteligência
Nacional**[12]

Lembrei-me de outro fato: em 1978, Jimmy Carter, então presidente dos Estados Unidos, decidira retirar o apoio do Departamento de Estado aos regimes militares da América Latina. Veio ao Brasil, cumpriu o protocolo oficial, mas exigiu uma entrevista com os principais líderes da oposição, como dom Evaristo Arns e Raimundo Faoro, então presidente da Ordem dos Advogados.

Carter informou a eles que deixara um recado explícito ao general Geisel: o Brasil precisava abrir o regime, caso contrário receberia sanções do governo e da economia dos Estados Unidos.

A partir daí, já em nível do segundo escalão dos dois presidentes, negociado ou não, foi sugerido um "acordo de cavalheiros". Os militares abririam o regime lenta, gradual e seguramente, mas precisariam de tempo para que fosse feita uma "limpeza no terreno", extinguindo os principais focos da subversão e mesmo da oposição, que obviamente aproveitariam a abertura política, e o retorno à liturgia democrática, para cobranças e revanchismos.

Na realidade, com a morte de JK, Jango e Lacerda, dois anos antes, o terreno poderia parecer "limpo", pois desapareciam os três líderes civis mais importantes do país. Contudo, surgiam diversos movimentos liberais espalhados por todo o território nacional, e até mesmo algumas tentativas de luta armada, intermitentes, mal articuladas, mas que davam razão à linha dura do regime, contrária a qualquer concessão democrática.

A expressão adotada, "limpeza do terreno", já estava em processo, com a truculência do governo Médici, que praticamente oficializou a tortura, o estranho desaparecimento de diversas lideranças, como a do deputado Rubens Paiva, do líder sindical Aloísio Palhano, e, até mesmo, a morte suspeita dos três pesos pesados que haviam tentado a Frente Ampla contra o regime autoritário.

Ao lembrar a expressão (limpeza do terreno), que teria sido empregada por Geisel na conversa que manteve com Carter, ampliou-se minha suspeita inicial. Apesar de não ter elementos para adotar outra versão que não a oficial para as mortes de Juscelino, Jango e Lacerda, pela primeira vez, comecei a pensar que a morte dos três poderia ter sido o início da limpeza do terreno, necessária aos militares que temiam, com a chegada dos democratas à Casa Branca, uma pressão pela abertura e pelo fim das ditaduras militares no Cone Sul.

Comecei a dar maior importância às sucessivas matérias sobre a Operação Condor, que passaram também a ser objeto de pesquisa de outros jornais, aqui e no exterior. Tentei fazer um resumo do que seria, em essência, esta operação. Tratava-se de um movimento de âmbito continental destinado a limpar o terreno na América Latina, em especial no Cone Sul, da investida do comunismo internacional que ameaçava a paz do mundo livre liderado e protegido pelos Estados Unidos, e, ao mesmo tempo, queimar arquivos indesejáveis à estabilidade dos regimes autoritários que se alinharam à estratégia global da política do Estados Unidos durante a Guerra Fria.

Sob o pretexto de impedir que as ditaduras militares do Cone Sul fossem perturbadas por sedições, atos terroristas, guerrilhas e até mesmo uma revolução, e tendo como eixo a ditadura mais explícita do Chile, sob o comando do general Pinochet, os serviços de inteligência criaram uma operação transnacional destinada a impedir qualquer tentativa de liberalização dos regimes totalitários, que tradicionalmente garantiam a retaguarda de Washington em numerosos pontos de atrito com a política também imperialista da ex-União Soviética.

Em linhas gerais, as matérias publicadas sobre a Operação Condor foram bem documentadas, uma vez que nenhuma delas sofreu contestação dos antigos detentores do poder nem dos possíveis sobreviventes dos numerosos atentados que foram praticados sobretudo no Chile, Brasil, Argentina, Uruguai e Paraguai.

A Operação Condor foi ampla e eficiente, conseguindo calar, pressionar, eliminar toda uma infraestrutura que poderia criar condições para a liberação dos regimes militares no Cone Sul, mas limitou-se a um corte horizontal tanto no lado da subversão como no da repressão.

Evidente que os alvos prioritários, a verticalidade da repressão, que atingiria as principais lideranças civis e democráticas do Brasil, Chile, Argentina, Uruguai e Paraguai, não aparecem explícitos nas revelações agora feitas. Mas a soma dos casos menores, que eliminaram gente subalterna dos diversos serviços de inteligência e dezenas de pessoas suspeitas de conspiração contra os regimes autoritários, está bem detalhada e comprovada.

Sem falar, é claro, nos numerosos casos de "queima de arquivo", a eliminação de militares, policiais e, eventualmente, civis, que tinham conhecimento das atividades repressivas dos governos que, por medida de segurança, não usavam os quadros oficiais da estrutura administrativa, mas contratavam os serviços de elementos nem sempre ligados ao funcionalismo oficial. Seriam livres atiradores, um aparelho terceirizado de *freelancers* que, a exemplo dos mercenários que serviam nos exércitos coloniais, formavam uma rede de espionagem e extermínio para impedir ações de qualquer grupo que tentasse combater os regimes de força.

Grande parte das revelações data de depois de 1977, ou seja, depois da morte de Lacerda. Mas formam um extenso painel das atividades dessa tropa de choque que, operando em conjunto, em rede internacional, limpava o terreno minado por atos de terrorismo e de guerrilha rural ou urbana, que se tornaram alvo prioritário após o desaparecimento dos grandes tubarões como JK, Letelier, Prats, Jango, Allende e outros.

A Operação Condor atuou como uma varredura da subversão no Cone Sul. Os alvos mais importantes foram eliminados antes da formação orgânica da rede internacional que daria, aos regimes de força, a garantia de muitos anos no poder. Oficialmente, cada país optou por não investigar a fundo a questão; o silêncio teria sido negociado informalmente por ocasião da abertura política, que só se tornaria possível após a limpeza do terreno pretendida pelos regimes totalitários.

No entanto, muitos dos bagrinhos, elementos dos segundos escalões e do baixo clero que dariam estrutura e operacionalidade à Operação Condor, começaram a agir após ou simultaneamente ao ofício do general Contreras ao general Figueiredo, de 28 de agosto de 1975, em que dois nomes foram citados, o de Kubitschek e o de Letelier.

E na época, com a Guerra Fria entre as duas superpotências empenhadas em conservar e manter a imobilidade ideológica em seus respectivos quintais, vigorava um acordo de cavalheiros que poderia lembrar, de certa forma, o Tratado de Tordesilhas, que dividiria o Novo Mundo entre Espanha e Portugal.

Neste contexto, os serviços de inteligência, geralmente confidenciais ou secretos (alguns chegavam a ser clandestinos, ou fora da lei), tinham absoluta prioridade junto aos governos de Washington e Moscou. O movimento militar de 1964, que depôs João Goulart e cassaria os direitos políticos de JK, foi monitorado abertamente pelos órgãos de inteligência norte-americanos e pelo FBI.[13]

Um episódio marginal daquele movimento revela a eficiência desse tipo de espionagem. No dia 29 de março de 1964, dois dias antes da deposição de Goulart, quando a guerra civil parecia iminente, inclusive com o deslocamento de navios de guerra norte-americanos para as proximidades do nosso litoral, Juscelino visitou o ministro do Exército, Jair Dantas Ribeiro, que estava internado no Hospital dos Servidores do Estado, no Rio de Janeiro, devido a uma crise renal que o obrigara a licenciar-se do cargo, enfraquecendo, desta forma, o dispositivo legal do governo.

Nem Jair Dantas Ribeiro nem JK eram protagonistas da crise. Mesmo assim, a CIA, com os recursos tecnológicos da época, mas ainda desconhecidos nos países subdesenvolvidos, conseguiu enviar para o Departamento de Estado, em Washington, o ofício 3/577.05, detalhando o encontro que se verificou num quarto de hospital, onde estavam presentes apenas duas pessoas, o próprio JK e o general Dantas Ribeiro.

Assim começa o ofício da CIA:

> *On 29 march 64 Juscelino Kubitschek de Oliveira visited Minister of War general Jair Dantas Ribeiro at the Hospital dos Servidores do Estado in Rio de Janeiro. Kubitschek told Ribeiro that the recents events surrounding the crisis in the Navy Ministry had now convinced him once and for all the president João Goulart had given in completely to the leftists and comunists and that Goulart "will not turn back". Kubitschek said that it was essential therefore that Ribeiro remain as minister of war since with Ribeiro out of the way Goulart "would have a free hand".*[14]

Os serviços de informação e inteligência do Departamento de Estado norte-americano já dispunham de tecnologia suficiente para rastrear o encontro num quarto de hospital de dois personagens secundários (ou nem isso) no episódio da deposição de Goulart, em março de 1964. Em 1973, por ocasião do caso Watergate, já dispunham de recursos mais sofisticados para grampear conversas até mesmo no Salão Oval da Casa Branca. Podiam gravar, por interesse próprio ou para abastecer aliados de informações *in side*, dispondo de uma tecnologia ainda não acessível aos países subdesenvolvidos.

Enquanto durou a Guerra Fria, em nome da segurança do mundo livre e da sua própria segurança, os Estados Unidos dispunham de recursos técnicos capazes de espionar qualquer cidadão em qualquer parte do mundo, criando condições para o seu desaparecimento, contando, obviamente, com a colaboração dos interessados locais, que se posicionavam no tabuleiro internacional como seus aliados.

De 1962 até o final dos anos 1970, início dos anos 1980, o clima não apenas na América Latina, mas também na Ásia e na África, era condicionado prioritariamente pelo conceito de segurança do mundo livre, cujo baluarte operacional político e militar era o próprio Departamento de Estado norte-americano.

Crises abertas durante o período, como a de 1962, quando os mísseis soviéticos instalados em Cuba ameaçavam os Estados Unidos e por pouco não detonaram a Terceira Guerra Mundial, crise prolongada em outros episódios, como as diversas ofensivas no Sudeste Asiático, a caça e a morte de Che Guevara na Bolívia, as revoltas estudantis em diversas capitais do Ocidente, a invasão da Tchecoslováquia, com os tanques do Pacto de Varsóvia rolando suas esteiras nas ruas de Praga, em conflitos localizados como a Guerra do Yom Kippur de 1973 no Oriente Médio, com a consequente crise no abastecimento de petróleo, os sucessivos incêndios que acabaram definitivamente com a *pax* colonial em diversos países africanos, em Angola principalmente, a Revolução dos Cravos em Portugal, a deposição e o assassinato de Salvador Allende no Chile e o início da ditadura de Pinochet, planejada e mantida pelos serviços de inteligência dos Estados Unidos, a eclosão de movimentos de direita e esquerda desestabilizando o Tratado de Tordesilhas ideológico, informalmente ressuscitado pelas duas superpotências, todos esses fatores formavam um cenário que obrigava a um estado de alerta, de emergência mesmo, cada potência procurando adivinhar o poderio, as ligações e as intenções dos possíveis adversários.

Nos países do Cone Sul, que pela distância dos polos internacionais mais excitados podiam ser considerados menos importantes, a questão era a manutenção de regimes, militares ou não, que garantissem a retaguarda continental dos Estados Unidos. A Revolução de Cuba, em 1959, aparentemente inofensiva para a segurança do mundo livre, em pouco tempo levara a tensão das superpotências a um limite que, por pouco, não se tornou trágico.

Na estratégia do defensor máximo do mundo livre, os Estados Unidos não repetiriam o erro anterior que levou Fidel Castro, inicialmente um liberal, ao poder ditatorial e a seu alinhamento com a superpotência rival. Uma dezena de líderes locais poderia se transformar em outros Castros. Já registrei anteriormente a metáfora de gosto duvidoso, os Andes funcionando como uma nova Sierra Maestra, e se a imagem parece exagerada pelo tamanho e altitude dos Andes, havia a doméstica Serra da Mantiqueira, no eixo dos principais centros do poder político e econômico do Brasil, justamente os estados de Minas, São Paulo e a ex-Guanabara, palco onde se desenrolariam os principais lances do Movimento Militar de 1964.

A importância desta hipótese aparentemente fantástica, a Mantiqueira transformando-se numa Sierra Maestra, frequentava o imaginário político do Departamento de Estado, que passou a contar com o apoio e a estrutura do regime de Pinochet, uma cabeça de ponte importante no confuso xadrez da América Latina.

À semelhança do próprio Departamento de Estado norte-americano, que dispunha de órgãos oficiais e clandestinos para patrulhar as áreas de seu interesse mais imediato, o Chile do general Augusto Pinochet dispunha da Dirección de Inteligencia Nacional (DINA), órgão central de informações da Era Pinochet, equivalente no fundo e na forma ao Serviço Nacional de Informações (SNI) do regime militar brasileiro, cujo fundador fora o general Golbery do Couto e Silva e cujo chefe, na época, era o general João Figueiredo, que sucederia ao general Ernesto Geisel e seria o último militar a ocupar a presidência da República.

Não apenas a carta de Contreras a Figueiredo serviria para ligar as atividades sigilosas da DINA chilena ao SNI brasileiro. O ofício mencionava Kubitschek e Letelier, não mencionava outros nomes, como os de Jango e Brizola, este também exilado no Uruguai e suspeito de arrecadar dinheiro para a compra de armas que abasteceriam os diversos grupos dispostos a iniciar qualquer tipo de guerrilha.

Por ocasião do desaparecimento de Jango, sabia-se que Leonel Brizola também estaria ameaçado de morte. Ameaça tão provável que obrigou o ex-deputado e cunhado de Jango a aceitar o abrigo que o presidente Jimmy Carter lhe ofereceu, ao saber que o político brasileiro não mais tinha condições de viver no Uruguai ou na Argentina.[15]

Uma dose de ironia marcaria o destino dos dois, Contreras e Figueiredo, o remetente e o destinatário do ofício da DINA datado de agosto de 1975. Contreras está preso no Chile, como culpado pela morte de Letelier.[16] Figueiredo está morto. Antes disso, e depois de receber ofício da DINA, foi presidente da República Federativa do Brasil.

***

Do diário do Repórter — maio de 2000. Transcrevo a matéria que o *JB* publicou no domingo, 7 de maio, assinada por Márcio Bueno. A parte inicial de seu texto não é novidade. Já está condensada e arquivada, inclusive registrada neste diário que venho escrevendo. Do meio para o fim, surgem nomes e fatos novos, e um raciocínio também novo que não me havia ocorrido.

> Jack Anderson reafirmou muitos anos depois ao jornalista da TV Globo, Geneton Moraes Neto, que tinha recebido o documento de um alto funcionário de um dos serviços de informação americano e que antes de divulgar tinha checado sua autenticidade. O jornalista e escritor Carlos Heitor Cony, que privou da amizade de Juscelino, disse ao *JB* que a soma de indícios que apontam na direção de um atentado, considerando fatos anteriores, as circunstâncias e o momento político, "é muito maior do que a que aponta para um acidente". Mas acrescenta que não entende como seria a mecânica de um acidente planejado, que levaria o carro com precisão para a outra pista, de encontro a uma carreta que viajava em sentido contrário.

Alguns dos principais indícios, a que se refere Cony, que sinalizam para um atentado, vêm sendo divulgados desde 1978. Um deles é o fato de que, oito dias antes do acidente fatal, circulou em todo o Brasil o boato de que Juscelino tinha morrido em um acidente automobilístico na estrada que liga Luziânia, onde tinha uma fazenda, a Brasília. O ex-presidente não havia saído da propriedade e seus amigos acreditam que o boato foi espalhado por pessoas que sabiam que ele seria alvo de um atentado neste dia, imaginando que tudo tinha saído como o previsto. Um motorista da Cometa foi acusado de ter atingido o carro de Juscelino, mas acabou absolvido no processo porque todos os passageiros depuseram negando o fato. A causa do descontrole do veículo permanece, portanto, sem explicação. O momento político era o da abertura política promovido por Geisel, que encontrava muita resistência nos setores da linha dura do governo. Uma liderança carismática como a de Juscelino poderia galvanizar as massas, atropelar o processo, e a comunidade de informações temia ficar em maus lençóis no novo quadro político. Outro fato suspeito: a família do ex-presidente foi pressionada pelo SNI a não investigar as causas do acidente, usando como arma de pressão as páginas finais de seu diário, que relatavam um romance secreto de Juscelino e brigas com sua mulher, Sarah, segundo revela o próprio Cony. A quantidade de elementos para quem defende a tese de atentado é realmente muito grande. Os passageiros do ônibus da Cometa informaram que o carro de

Juscelino entrou na rodovia vindo de uma estrada auxiliar, na altura de Engenheiro Passos. O jornalista Ivo Patarra descobriu que o ex-presidente esteve parado no Hotel Fazenda Vilaforte, situado perto do local do acidente, de propriedade do brigadeiro da reserva Milton Junqueira Vilaforte. Vilaforte, já falecido, foi professor do general Figueiredo e amigo de Golbery do Couto e Silva, com quem teria estruturado o SNI. O filho de Milton, Gabriel Vilaforte, revela que o pai seria também um dos responsáveis pela estruturação do serviço secreto da Aeronáutica. "Meu pai pegou muito comunista a tapa", contou Gabriel a Ivo Patarra. O jornalista diz que não se sabe se Juscelino tinha parado apenas para fazer um lanche ou se teria sido atraído ao hotel para uma reunião com representantes da comunidade de informações. Um outro amigo de Golbery, o médico Guilherme Romano, coincidentemente ou não, apareceu no local do acidente logo em seguida.

Em relação ao temor da linha dura para com as grandes lideranças políticas no período da abertura, CHC se lembra que em 1977 notou e escreveu sobre a grande coincidência das mortes de Juscelino, do ex-presidente João Goulart e do ex--governador da Guanabara, Carlos Lacerda, no espaço de apenas nove meses. Os três, apesar de separados por visões político--ideológicas bastante distintas, se uniram em 1966 e constituíram a chamada Frente Ampla contra o regime militar. A Frente, no entender de Cony, "foi o verdadeiro motivo da decretação do AI-5, e não o discurso de

Márcio Moreira Alves no Congresso, usado simplesmente como pretexto". Assim como a morte de Juscelino, a de Jango também está cercada de fatos nebulosos, como a não realização de autópsia, segundo registra o ex-governador Leonel Brizola. Carlos Lacerda foi internado para um check-up e para se tratar de uma gripe na Clínica São Vicente, no Rio, recebeu uma injeção calmante, porque estava muito ansioso, e morreu. A família nunca levantou suspeitas sobre as causas da morte e o próprio médico particular de Lacerda escreveu uma carta a Cony contestando qualquer possibilidade de ter sido uma morte provocada. O fato é que, com a morte de Lacerda, em 21 de maio de 1977, desaparecia o terceiro membro da Frente Ampla, em curto espaço de tempo. O ex-governador gaúcho Leonel Brizola, outra liderança fortíssima do campo da oposição, foi expulso sumariamente do Uruguai em setembro de 1977, sob a justificativa de alguns militares de que corria risco de vida e de que não tinham condições de garantir sua integridade física.

O jornalista inglês Richard Gott publicou um artigo no *The Guardian* em 4 de junho de 1976 que pode conduzir à conclusão de que as mortes foram não só provocadas como podem ter sido obra da chamada Operação Condor, organização de informações e de repressão que unificou as polícias políticas do Cone Sul. Gott dizia em seu artigo, baseado em fontes especialistas em América Latina, que estava em curso no nosso continente alguma coisa semelhante à Operação Fênix, programa de assassinatos de lideranças financiado e assistido pela CIA, levada a cabo durante a Guerra do Vietnã. O objetivo era atuar contra aqueles "capazes de agrupar o povo em uma campanha de resistência contra os militares no poder" e praticamente responsabilizava Kissinger pelo processo em curso. O artigo foi escrito poucos dias depois do sequestro e assassinato, em Buenos Aires, do ex-presidente boliviano Juan José Torres, que havia sido deposto por um golpe militar e vivia exilado na Argentina. Dois meses depois, morria na Dutra o ex-presidente Juscelino Kubitschek; mais um mês era vítima de atentado em Washington o ex-ministro de Allende, Orlando Letelier; mais três meses, em dezembro de 1976, morria no interior da Argentina o ex-presidente João Goulart; e cinco meses mais tarde, em maio de 1977, o ex-governador Carlos Lacerda.

Não conheço o jornalista que escreveu a matéria. Bem ou mal, ele desenvolve uma linha de pensamento paralela à minha. A diferença é que perdi qualquer oportunidade de escrever sobre o assunto, consideram-me maníaco, alguns colegas ainda me toleram na base da compaixão. Mesmo assim, a matéria que transcrevi acima, longe de me desanimar, mais reforça o raciocínio básico, princípio, meio e fim de conclusão paradoxal a que cheguei: "Os indícios de crime nas mortes de JK, Jango e Lacerda são mais fortes do que as provas."

Capítulo 10

Do diário do Repórter — 19 de maio de 2000 — Rio de Janeiro. Li hoje no *Jornal do Brasil*: "Governo apura morte de Goulart." Matéria assinada por Sônia Carneiro.

Poderia estar assinada por mim. Em 1977, durante o enterro de Carlos Lacerda, estranhei a coincidência das três mortes sucessivas. Ao chegar à redação e antes de fazer o texto, conversei com o meu editor sobre o assunto; ele me deu uma cortada violenta, que deixasse de lado qualquer cascata, fosse apenas um repórter e me limitasse aos fatos: o enterro, as pessoas presentes, as coroas enviadas.

Mas, por conta própria, comecei a pesquisar, gastei o que não tinha, criei problemas em casa, fiquei sozinho, mas continuei levantando o que podia, me virava em frilas vergonhosos, até livros infantis escrevi para um livreiro caridoso que teve pena de mim e assim mesmo me explorava.

E aí está: vão investigar a morte de Goulart e, segundo se anuncia, outra comissão será formada na Câmara dos Deputados para apurar as circunstâncias do acidente que matou JK.

"*O ministro-chefe do Gabinete de Segurança Institucional, general Alberto Cardoso, atendeu ontem ao pedido do líder do PDT na Câmara dos Deputados, Miro Teixeira (RJ), para começar imediatamente investigações sobre a morte do ex-presidente João Goulart,* em 1976, na Argentina — que até hoje acreditava-se ter sido causada por ataque cardíaco, mas que o atestado de óbito, obtido pelo JB, atribui somente à 'enfermidade'. O general disse a Miro que vai investigar as suspeitas de assassinato do ex-presidente, aproveitando as pesquisas que estão sendo realizadas nos arquivos do antigo Serviço Nacional de Informações (SNI), que estão na Agência Brasileira de Inteligência", diz a matéria.

Do diário do Repórter — Brasília — 6 de junho de 2000, 10h42. Acaba de ter início a primeira audiência pública da comissão externa da Câmara dos Deputados para investigar o suposto assassinato do ex-presidente João Goulart. Fiz questão de acompanhar tudo de perto. Para quê? Não sei.

Não acredito na eficiência dessas comissões. São formadas para dar satisfação a algum grupo poderoso, sobretudo os que têm acesso ou influência na mídia. A série de matérias sobre a Operação Condor não poderia passar em branco. Mas já foi dito que a melhor maneira de não se apurar um fato é formar uma comissão para justamente apurar o fato. E mesmo que venha a apurar qualquer irregularidade ou crime, ela não tem poder de Justiça. A ideia da comissão, explica Miro Teixeira, nasceu de uma conversa sua com o ex-governador Leonel Brizola, presidente do partido do qual Miro era líder. Ao tomar conhecimento das matérias sobre a Operação Condor, Brizola revelou a Miro que o nome dele, Brizola, estava numa lista de pessoas marcadas para morrer. Achava que a morte de Jango e todas as denúncias relativas à Operação Condor deveriam ser investigadas.

Inicialmente, Miro pensou em pedir a formação de uma Comissão Parlamentar de Inquérito (CPI), mas a Câmara estava congestionada com diversas CPIs sobre irregularidades mais recentes. Ele sugeriu, então, uma Comissão Externa.

A Comissão terminaria seu trabalho em 15 de agosto de 2001, e tive acesso ao relatório final. Ao ler a introdução, com os objetivos da apuração, e a conclusão, constataria que a minha desconfiança inicial se justificava.

O relatório final, assinado por Miro Teixeira, introduz o assunto com um levantamento geral da situação criada a partir da Operação Condor: "Os trabalhos desta Comissão se pautaram pela ideia de que a morte do ex-presidente João Goulart não poderia ser excluída das investigações sobre a história recente da repressão em nosso continente."

E depois de ouvir numerosos depoimentos, reconhece: "Trata-se, afinal, de um repositório de informações para futuros investigadores."

Na conclusão final dos trabalhos da Comissão, o relatório lembra que *"João Goulart morreu em 6 de dezembro de 1976, na cidade de Mercedes, Argentina, país governado por uma Ditadura Militar. Seu corpo, colocado às pressas em um caixão, descalço, em traje de dormir, não foi autopsiado, nem no país em que faleceu, nem no Brasil, país em que foi enterrado, e que também vivia sob o jugo de uma ditadura. Ambos os regimes seriam os mais interessados em esclarecer a morte do ex-presidente, se ela decorresse de causas naturais. Até porque, à época, os assassinatos políticos proliferavam na América do Sul — e, em particular, na própria Argentina."*

E arrola entre outros, além da morte de Orlando Letelier, em setembro de 1976 (um mês depois da morte de JK e três meses antes da morte de Goulart), *"os assassinatos do general Juan José Torres, ex-governante boliviano, que apareceu morto com um tiro na nuca; do ex-presidente da Câmara dos Deputados, Héctor Gutiérrez Ruiz; e do ex-senador Zelmar Michelini, uru-*

guaios, mortos em Buenos Aires, Argentina, os três, em 1976, ano da morte de João Goulart".

E acrescenta: *"É importante que ela seja incluída no processo histórico que começou com o golpe de Estado contra o governo João Goulart em 1964 — e que se mostre como dirigentes políticos sul-americanos foram mortos na década de 1970 em função de um projeto político, para impedir o retorno de lideranças populares afastadas por uma sucessão de golpes nos anos anteriores."*

Finalmente conclui: *"Embora as investigações estejam apenas começando, e devam estender-se ainda por alguns anos, seria descabido manter esta Comissão em funcionamento semipermanente até que o quadro da história recente do continente esteja completo. (...) Ao concluir pela impossibilidade de colocar um ponto final na investigação, a Comissão oferece um serviço ao país. Primeiro, porque cumpriu seu papel investigativo, entregando ao público o material passível de recolhimento neste momento, preparando o terreno para investigações futuras.*

Depois, porque não forçou a verdade histórica em um sentido ou noutro, mantendo a coerência com os princípios de uma investigação imparcial.

Jamais imaginamos encerrar essa história. Nossa proposta era iniciá-la. E o fizemos. Não há como afirmar, peremptoriamente, que Jango foi assassinado. Mas será profundamente irresponsável, diante dos depoimentos e fatos aqui consolidados, concluir pela normalidade das circunstâncias em que João Goulart morreu."

***

João Vicente Goulart, filho de Jango, foi o primeiro a depor na Comissão, no dia 6 de junho de 2000. A sessão teve cobertura cinco estrelas, com destaque especial no *Jornal Nacional*, na Rede Globo, uma das referências do jornalismo no Brasil.

Com isso, foi dada uma espécie de "satisfação" à opinião pública sobre as muitas dúvidas e os mistérios não apenas da morte do ex-presidente, mas também da Operação Condor ou parte dela.

A imprensa estava toda lá. Até eu, que há muito não era considerado "da imprensa".

O depoimento durou duas horas e 37 minutos. Antes que falasse, a presença da viúva, Maria Thereza Goulart, na primeira audiência pública realizada da Comissão Externa, foi destacada como "extremamente significativa".

"Primeiro", diz Miro Teixeira em seu relatório, "ela demonstra o desejo da família do ex-presidente de esclarecer um fato da história do Brasil (e dela própria) que vem exigindo a atenção da nação."

Ao contrário do apoio que se esperava da família, a comissão seria encerrada sem o depoimento — talvez o mais importante de todos — de dona Maria Thereza. Depois de ter se comprometido a comparecer, ela desistiu. O motivo seria uma nota da jornalista Hildegard Angel, no dia 19 de maio de 2001, em *O Globo*:

> Maria Thereza Goulart confirmou sua presença, dia 6 de junho, em Brasília, na comissão instalada na Câmara dos Deputados para investigar a morte do ex-presidente João Goulart. Ela vai, pela primeira vez, comentar a hipótese de que Jango tenha sido envenenado e, neste caso, a ex-primeira-dama seria a principal suspeita...
>
> Há tempos corre o rumor de que teria havido um complô para matar Goulart. A novidade é o suposto envolvimento da viúva. A versão, aparentemente fantasiosa, ganha impulso quando se sabe que ele morreu em

sua "La Villa", em Mercedes, província de Corrientes, Argentina, quando dormia com a mulher, apesar de já estarem — sabia-se — separados...

O mais obstinado defensor dessa tese é um amigo de Jango, o corretor Enrique Foch Diaz. Ele diz ter quase certeza da participação dela numa trama para matar Jango, envolvendo política e seu rico patrimônio em terras e aviões. Para Diaz, Thereza recearia perder a posição para Eva de León, com quem o ex-presidente tinha aberto romance há seis anos, desde que ela tinha 16 anos de idade...

O corretor vai mais longe apontando como cabeças da conspiração Cláudio Braga, ex-deputado pernambucano, que depois se tornou procurador da viúva e seu sócio, Ivo Magalhães, procurador de Jango. É claro que ambos negam... A acusação é muito séria e espera-se que Diaz tenha mais elementos do que o seu achismo para respaldá-la...

O deputado gaúcho Luiz Carlos Heinze, integrante da comissão e ex-prefeito de São Borja, terra de Jango, foi atrás, ouviu os envolvidos e já fala em exumação do cadáver, com o que o presidente da Comissão, deputado Reginaldo Germano, concorda. O menos convencido é o relator Miro Teixeira, que prefere crer num possível vínculo dessa morte com a Operação Condor...

A suspeita de Enrique Foch Diaz não era novidade. Em 1982, havia lançado o livro *João Goulart — El crimen perfecto*, no qual acusa dona Maria Thereza, Cláudio Braga e Ivo Magalhães de envolvimento na morte de Jango. Ivo Magalhães, inclusive, mandou uma carta para a Comissão se defendendo dessas acusações, colocando-se à disposição da Justiça para apurar os fatos. Mas isso nunca aconteceu.

No que se refere à mulher de Jango, em 2 de fevereiro de 1982 ela teria dado uma procuração a Foch Diaz, com acesso à contabilidade de seus bens no Uruguai e na Argentina. Ao saber que estava sendo acusada por ele, e a pedido do filho João Vicente, revogou a procuração, quatro meses depois.

Há muitas maneiras de explicar ou de não explicar a decisão da viúva de Jango em não depor na Comissão da Câmara dos Deputados. De início, ela estaria disposta a prestar depoimento, embora já tivesse conhecimento de que fora acusada formalmente por Foch Diaz. Mesmo sabendo da acusação, dona Maria Thereza tinha aceitado depor e desistiu na última hora. Por quê? Talvez pela nota da jornalista Hildegard Angel, segundo a qual os deputados da comissão já estariam propensos a aceitar a denúncia de "crime perfeito" feita por Foch Diaz.

Ela evitaria o constrangimento de comparecer a uma espécie de tribunal que já teria a sentença firmada, colocando numa bandeja sua dignidade pessoal e oferecendo-a aos membros da comissão.

Detalhe igualmente importante é saber como a jornalista obteve a informação, verdadeira ou falsa não importa. Evidente que a fonte deve ter sido algum deputado da própria comissão ou assessor da mesma. Conheço da profissão o suficiente para saber como funciona a mecânica entre o jornalista e suas fontes. Tive algumas e sei que prevalecem os interesses tanto do jornalista (em dar um furo, uma informação privilegiada; na linguagem do turfe: uma informação de cocheira) quanto o das fontes, que procuram plantar uma notícia que lhes interessa e pela qual muitas vezes cobram dinheiro ou prestígio.

Sou repórter desacreditado, está certo, mas tenho estrada no ofício. Quem passou a informação, falsa ou verdadeira, não importa, desejava impedir que a viúva de Jango depusesse. Poderia especular que dona Maria Thereza sendo cunhada de Leonel Brizola, e o relator da comissão, ligado pessoal e politicamente ao ex-governador e presidente de honra do PDT, partido ao qual o relator pertencia, foi encontrado um meio de evitar o constrangimento a que a viúva seria submetida.

Mas seria uma jogada muito sofisticada e imprópria para dois políticos que teriam todos os motivos para clarificar a morte de Jango, políticos vividos e sofridos na oposição.

Dona Maria Thereza, depois de se declarar disposta a depor, resolveu desistir e, com isso, esvaziou a comissão de um dos testemunhos mais importantes para o esclarecimento da morte do marido. E a jornalista Hildegard Angel publicaria um desmentido da nota que deflagrou todo esse contratempo. (Ver nos anexos, p. 278, trechos da nota.)

A família de Jango também foi contra a exumação do corpo. Dona Maria Thereza não queria e João Vicente não confiava nos peritos brasileiros.

Entrevistei-o e ele me disse:

"Não queremos fazer um carnaval em cima disso. Conversei com a mãe e com minha irmã, Denize; a gente até autorizaria, desde que existisse o acompanhamento de um laboratório, de um instituto internacional com credibilidade. Tivemos aqui exemplos de exumação feita por peritos brasileiros que não deram em nada, como no caso do PC Farias, que depois ficou comprovado que foi forjada. Nós pedimos — e eu não sei como o pedido foi recebido dentro da comissão — que nos dissessem quais seriam as tecnologias disponíveis. Informaram-me que, se a suspeita fosse de envenenamento por arsênico, a tecnologia seria uma; se fosse gás sarin, o método de pesquisa seria outro. Vinte e cinco anos se passaram e qualquer tipo de perícia seria complexo e até mesmo duvidoso. A comissão chegou a ouvir dois técnicos, mas a possibilidade de uma solução ficou na retórica. Pedimos um documento técnico que pudéssemos avaliar. Gostaríamos de autorizar a exumação, mas preliminarmente queremos saber quem vai fazer, e como. Aceitamos a investigação se for feita por um instituto internacional. Perito brasileiro nós não queremos."

A exumação já havia sido pedida em 1982, quando Enrique Foch Diaz entrou com um processo, em Curuzú Cuatiá, na província de Corrientes, na Argentina, local mais próximo de Mercedes, onde Jango morreu. Pedia a "investigação da morte duvidosa do ex-presidente do Brasil, João Belchior Marques Goulart, e de delitos de furtos, roubos e defraudações que foram cometidas sobre os bens dele".

A exumação foi sustada por uma solicitação sigilosa do governo brasileiro ao governo argentino, presididos então por generais, que haviam sido chefes dos serviços de inteligência e informação de seus respectivos países.

Sinceramente, nunca aceitei a suspeita de que dona Maria Thereza estivesse envolvida na morte do marido, a não ser acidentalmente, sem saber que estava sendo manipulada pelos interessados na morte de Jango. Impossível fazer a conexão da viúva de Jango com os governos militares da época, a limpeza do terreno que era um braço quase insignificante, mas decorrente do clima provocado pela Guerra Fria, num contexto muito maior do que qualquer tipo de desavença conjugal permanente ou passageira.

***

Interesses financeiros entraram em conflito com a morte de Goulart. Era homem rico, com propriedades no Brasil, no Uruguai, na Argentina e até no Paraguai, muitas das quais não estavam em seu nome. Vinte anos depois de sua morte, a questão dos bens deixados por Jango passou a ser discutida. João Vicente moveria uma ação contra Ivo Magalhães, por conta das terras que ele tinha em sociedade com Jango no Paraguai. No entanto, até hoje a Justiça uruguaia não deu uma decisão definitiva sobre o assunto.

Apesar disso, era impossível imaginar que a morte de Jango, planejada há tempos pela Operação Condor e seus afluentes, em sua última etapa tenha aproveitado um complô entre dona Maria Thereza Goulart, Cláudio Braga e Ivo Magalhães. Até porque os depoimentos que ouvi na Comissão Externa da Câmara dos Deputados, e outros que pesquisei em diferentes fontes, reforçavam a hipótese em que sempre acreditei e continuo acreditando: Jango — não só ele, mas Juscelino e Lacerda — foi eliminado numa "limpeza de terreno", preço que o regime militar cobrou para que fosse feita a abertura.

Igualmente importante, no depoimento de João Vicente, foi a revelação de que o pai já havia decidido voltar para o Brasil, e, nesse sentido, enviara um amigo para sondar os militares do Rio Grande do Sul, que garantiram o seu regresso sem nenhum problema. Todos os processos a que ele respondia estavam arquivados e o ex-presidente nada teria a temer. Mas o ministro do Exército, Sylvio Frota, ao saber da intenção de Goulart, enviou um comunicado interno a todos as guarnições do país *"mandando que, quando o ex-presidente João Goulart entrasse em território brasileiro, prendessem-no e o deixassem incomunicável, sob qualquer circunstância, independentemente de seus processos terem acabado ou não..."*.

E o filho de Jango também lamenta a falta da autópsia no corpo do ex-presidente: "(...) *qualquer pessoa que morre em outro país, seja ela turista ou esteja lá por qualquer outra circunstância, é obrigação do país, para transportar o corpo, realizar uma autópsia, até para o país de origem se eximir de qualquer responsabilidade. No caso do ex-presidente João Goulart, há algumas circunstâncias, como a certidão de óbito, publicada também pelo* Jornal do Brasil, *que foi dada por um pediatra, numa longínqua cidade, Mercedes, apenas dizendo: Morreu de 'enfermedad'."*

★★★

Eu também leria o depoimento do médico Ricardo Rafael Ferrari, que assinou o atestado de óbito de Jango. Ele diria que foi procurado em sua casa, na noite de 5 para 6 de dezembro de 1976, para atender, com urgência, a uma pessoa identificada como "o doutor" e, logo depois, como o "doutor Goulart" — a quem nunca havia visto. Quando chegou à fazenda, e teve contato com o corpo, ele ainda não estava frio, mas já se encontrava com rigidez cadavérica. No quarto, além do cadáver, encontrava-se apenas uma senhora, que disse ser a esposa.

Perguntada, ela respondeu que ele era cardíaco. Quando o médico indagou se ele usava algum medicamento, ela lhe trouxe, de fora do quarto, um frasquinho, cuja composição "estava em inglês, mas a fórmula era similar, igual à dos comprimidos que receitamos para dilatar as coronárias". O médico fez questão de dizer que procurou por medicamentos no quarto e não os encontrou; na mesa de cabeceira não teria visto nem copo de água, nem xícara de café, nem frasco de comprimidos. Nas palavras do médico: "Se ele tomou seus comprimidos, certamente o fez muito antes, não no momento em que se deitou."

O médico Ricardo Rafael Ferrari disse ter tomado algumas precauções, ao perceber que se tratava da morte de uma pessoa importante, e tendo consciência do momento político por que passavam Brasil e

Argentina. Além de procurar marcas de violência no cadáver, o médico afirmou ter passado pela delegacia de polícia para informar que um ex-presidente da República do Brasil falecera em sua estância argentina e sugerir que se procurasse um médico forense e, se fosse o caso, que se mandasse fazer uma autópsia. Ele "não queria ficar com a responsabilidade de ser o único a atestar essa morte". Mas nada foi feito.

João Vicente foi, então, questionado sobre a possibilidade de seu pai ter sido envenenado por meio dos medicamentos que tomava.

> — Ele foi a Lyon fazer exames, que indicaram que estava relativamente bem. Fez um regime alimentar, perdeu vinte quilos, estava bem-disposto inclusive para retornar à Europa (...). Quando vinha para o Brasil, trazia os seus medicamentos. Mas quando ele passava algum tempo sem ir à Europa, esses medicamentos vinham por *packing* a Buenos Aires e ele mandava buscá-los assim que chegavam. Eram medicamentos de que não existiam similares na época na Argentina nem no Uruguai, eram comprados diretamente na França (...). Os outros medicamentos, que não esses importados da França, eram comprados ao acaso, por quem fosse mais cômodo no momento, sem nenhuma preocupação de controlar a origem... ele tomava dois ou três remédios diferentes.
>
> Eu não acredito que houvesse uma pessoa encarregada disso. Geralmente era quem estivesse: "Vai lá e compra." Não havia uma pessoa específica para fazer isso. Ele dizia: "Manda comprar ali o remédio." Os remédios tampouco eram comprados em uma farmácia fixa.

João Vicente falou também sobre a atividade empresarial do ex-presidente, a invasão do escritório que Jango tinha em Buenos Aires, por um comando da repressão e o enterro de Jango:

— Ele organizou várias empresas de exportação de carnes, um setor que conhecia bem. Inclusive, ajudou o Perón, intermediando algumas operações, que estavam complicadas, da Argentina com a Líbia. Devido a perseguições, ele desistiu, praticamente, de continuar naquele país. Inclusive, tinha um escritório grande, montado na avenida Corrientes, Edifício Montecooper Business Center, uma empresa de exportação de produtos do setor primário (carne e arroz), onde foi procurado em uma operação parecida com a do senador Michelini e do deputado Gutiérrez... Depois veio o Prats, o Torres. O seu piloto também foi preso no Uruguai, acusado de pertencer ao Movimento Tupamaro. Ainda houve outro homicídio, este ocorrido no Uruguai. Um ex-candidato a presidente do Uruguai, Tito Herber. Ele recebeu do seu colega, em casa, no Natal, uma cesta de vinhos com coisas falsificadas — ele era congressista, deputado ou senador, não estou lembrado. "Ao querido companheiro de Congresso, ofereço neste Natal..." A coisa era falsificada. A esposa dele abriu uma garrafa de vinho, tomou, e foi detectado o veneno, porque foi feita a autópsia, mas o vinho era para ele. E também foi feito pelo serviço secreto. Hoje já existe este depoimento no Uruguai, de que a Operação Condor estaria por trás dessa morte, que vitimou a esposa dele.

Em 1981, surgiram fatos e surgiram acusações de que teria sido esta ou aquela pessoa (que teria assassinado Jango). Mas realmente nós (a família) decidimos, em 1981, não levar isso adiante, porque não havia condições políticas, não havia situação que pudesse ter uma objetividade maior. Entendemos que seria uma aventura fazer uma investigação desse tipo sem termos o apoio necessário dos governos envolvidos. Essa investigação demandaria, sem dúvida alguma, o envolvimento do governo uruguaio e do governo argentino. E nós entendemos que, naquele momento, não existia uma situação política que pudesse envolver tudo isso. (...) A situação política nessa época era completamente diferente da atual. (...)

***

Eu decidira acompanhar a Comissão até o fim. Tinha quase certeza de que não iria dar em nada. Nem sei se poderia conseguir uma pista sobre o fato novo que buscava. Se alguém me perguntasse a razão daquela insistência, não saberia responder. O fato é que, com o passar dos anos, em vez de se diluir, aumentava esta insistência. Queria pagar para ver. E estou pagando.

Assisti também ao depoimento do ex-governador Leonel Brizola, que estivera no exílio com Jango, foi perseguido tanto ou mais que ele. Brizola, que tinha sugerido ao deputado Miro Teixeira a instalação da Comissão, começou a falar sobre sua experiência no exílio, a solicitação de asilo nos Estados Unidos e a percepção gradual de que o movimento repressivo na América do Sul possuía um grau de articulação maior do que poderia supor inicialmente.

— Recebi de Miguel Arraes o aviso de que o serviço de inteligência da Argélia o informara de que eu estava na lista; portanto, deveria cuidar-me. E passar a informação ao ex-presidente João Goulart, cujo nome também estaria na lista. Tive depois a mesma informação, vinda de duas embaixadas. Assumi o compromisso de jamais revelá-las.

E, depois deste introito pessoal, passou a depor sobre o caso de seu cunhado:

— Fomos surpreendidos com a morte dele. Nada indicava que pudesse vir a falecer. Difundiu-se a notícia de que teria sofrido um acidente circulatório e fora vítima de enfarte, quando estava dormindo. Eu não podia sair do Uruguai, mas conseguimos que minha mulher, Neusa, fosse transportada até Uruguaiana para receber o corpo do irmão. Ela foi a São Borja, acompanhou o enterro. Depois, o quadro ficou cada vez mais claro, com o assassinato de outras personalidades. Passamos a examinar o caso pelo aspecto de que ele tivesse sido assassinado em vez de ter tido morte natural. Ao verificar que se recusaram a fazer autópsia do cadáver para descobrir a *causa mortis*, encontrei o elemento que me levou à convicção de que não havia ocorrido o que fora noticiado.

Ele fez uma refeição num restaurante público. Podia ter sido vítima de um envenenamento. Existem venenos que fazem efeito 10, 12, 24 horas depois de ingeridos. Tecnicamente, sem dúvida, era possível. Tudo indica que foi um processo de envenenamento. Por que não fizeram a autópsia? Quem governava a Argentina à época? Praticamente, este personagem que está preso e sendo julgado atualmente: o general Videla. Os jornais argentinos e as agências noticiam que ele está sendo acusado de ser um dos responsáveis pela Operação Condor. Francamente, acho que o ex-presidente João Goulart foi vítima dessa repressão.

***

Também considerei importantes os depoimentos do deputado Neiva Moreira (que esteve no exílio com Goulart) e do governador Miguel Arraes.

Neiva Moreira fez um quadro do que era o ambiente na América do Sul da época e disse ter visto uma lista em que constava o nome de João Goulart para morrer:

— Um dia, o Paulo Piacentini, que era o diretor argentino da revista *Terceiro Mundo*, me disse: "Neiva, estou informado de que vão matar o general Prats." Primeira indicação macabra desse ciclo de banditismo que havia em Buenos Aires. Eu disse: "Ah, o Prats? Mas eu não me dou com o Prats." "Eu queria que você avisasse o Prats de qualquer maneira." "Mas eu não me dou com o Prats." "Diga a ele que sou eu que estou pedindo a você, porque eu recebi 24 horas para deixar o país e vou deixar amanhã de manhã."

Então, procurei o... "Quem é amigo do general Prats?" "Fulano." Procurei o Fulano, ele me disse: "Bom, então, eu vou fazer um contato com o sr. general Prats para transmitir esse aviso." Fomos ao general Prats: "General, o Paulo, seu amigo, jornalista Paulo

Piacentini, está me informando que o senhor está numa lista macabra, que o senhor vai ser fuzilado." Pois bem. Não disse nada. Uns dias depois, um diplomata me procurou — permitam-me não revelar seu nome, porque ele ainda se encontra em atividade na diplomacia de um país hispano-americano — e disse-me: "Neiva, a situação se agravou consideravelmente. Agora, há listas de matar." Perguntei: "Eu estou na lista?" "Não, você está na lista de deportados; e vai ser deportado já." Perguntei-lhe: "E quem está na lista?" Ele me disse: o general Prats, que tinha sido chefe do Estado-Maior do Exército chileno e estava exilado, que não era homem de esquerda, era um militar absolutamente, diria, hoje, de centro; o general Juan Torres, que fez um governo progressista na Bolívia, o senador Wilson Ferreira Aldunate, da Argentina, e o presidente João Goulart. "Como vamos avisar o presidente Goulart?", pensei. O presidente Goulart jamais se interessaria por essa conversa. Pensaria: por que iriam matá-lo, se estava em uma atividade civil, normal? Muito bem. Procurei um amigo do presidente Goulart, que vivia sempre no Hotel Liberty, e transmiti a ele: "Olha, a pessoa que nos disse isso é uma pessoa da maior responsabilidade. É diplomata encarregado de serviços de segurança em seu país e sabe o que está dizendo." "Não, não. Olha, isso é terrorismo. Não vou me meter nisso." Muito bem. "Presidente, o senhor está avisado." O terrorismo continuava. O general Prats foi morto em setembro de 1974; o Torres, em 2 de junho de 1976. Vejam bem: nesse período, e não me recordo a data, mataram dois eminentes e futuros líderes do

Uruguai, que poderiam levar aquele país a outro destino: o deputado Héctor Gutiérrez, que foi presidente da Câmara, e o senador Zelmar Michelini, homem de esquerda, embora fosse de um partido não comunista, que estava muito atento. Foram fuzilados de maneira brutal na Argentina, naquele período.

***

Era a vez do governador Miguel Arraes falar:

— Eu estava exilado na Argélia. Havia muitos refugiados: cerca de oito mil refugiados políticos em Argel, de todos os países, da Europa até a Indonésia. Havia gente de todo lado. E os argelinos tinham especial cuidado com toda essa gente que estava lá refugiada, porque se consideravam responsáveis por essas pessoas que o governo tinha levado oficialmente para lá. (...) A principal pessoa encarregada dessa tarefa era o coronel Sulleiman Hoffmann, assessor para assuntos internacionais do presidente Boumedienne. Certo dia ele me telefona e diz que quer falar comigo. Eu fui lá. Ele me disse: "Arraes, amanhã e depois de amanhã, você não sai de casa, três pessoas vão lhe procurar." Eu disse: "Pois não, está certo. Fico em casa." E fiquei efetivamente em casa, e apareceram as três pessoas. As três pessoas exigiram muito cuidado na conversa, isto é, eles não queriam em casa ninguém que não fosse da família, não queriam testemunhas. Iam falar comigo. E me disseram o seguinte: "Nós estamos vindo do Cone Sul da América Latina." Não disseram de onde. "Houve uma reunião da extrema direita para apreciar a questão de uma possível abertura." Já se começava a falar, porque isso está ligado àqueles anos da guerra do Vietnã. A guerra do Vietnã estava sendo perdida. E todas as análises indicavam que, na medida em que a guerra fosse perdida, os Estados Unidos não poderiam ficar com o mundo militarizado debaixo das botas de soldado. Teria que ser dada uma solução intermediária qualquer, fosse de transição ou de qualquer outro tipo. Então, já se debatia essa questão, e os militares sabiam disso. Eles viram que essa era uma tendência que não mais seria revertida, porque, como falei, era impossível este mundo todo ficar com os militares mandando eternamente. Teria de haver um paradeiro para isso. Já era negativo esse fato na opinião pública internacional. Naquela fase, algumas figuras da Europa haviam se manifestado contra a guerra do Vietnã, e havia protestos cada vez maiores, inclusive nos Estados Unidos. Uma das pessoas que em primeiro lugar realizou um ato que teve uma grande repercussão foi Olof Palme, primeiro-ministro sueco, do Partido Socialista da Suécia, que reuniu 10 mil pessoas na praça pública para se opor à guerra do Vietnã.[17] Portanto, essa opinião que se formava fazia com que a direita receasse uma mudança, uma transformação. Essa reunião examinava isso e estudava providências e precauções a serem tomadas para evitar que pessoas importantes que estavam presas e exiladas, em diferentes países, pudessem chegar e empalmar a opinião pública no caso de uma eleição, de uma mudança brusca da situação política. Nessa reunião, eles já haviam condenado à morte as pessoas que estivessem nessa situação e que atendessem a esse critério. Assim, eles me pediram que transmitisse essa informação a pessoas de outros países, pessoas que estivessem mais ou menos nessa situação. Enfim, que transmitisse a informação a alguém de confiança para que cada um fizesse o trabalho dentro das suas áreas de exilado. Eu perguntei por que elas, essas pessoas, pediam isso logo para mim. Eles me disseram: "Primeiro, por causa da referência que nos foi dada pelo coronel Hoffmann; segundo, porque, analisados os nomes, verificamos que o senhor é quem está em melhores condições de realizar este trabalho, pela sua condição de exilado aqui na Argélia. O senhor pode se deslocar para alguns lugares, porque nós não podemos contactar todo mundo. Não podemos contactar porque nós não podemos aparecer em canto nenhum. Nós estamos aqui falando com o senhor excepcionalmente, porque é uma questão decisiva e importante. Assim, o senhor vai ter esta missão." Dessa forma, eu procurei realizar a missão. Fui à Europa, procurei alguns exilados chilenos e pessoas de outros países para comunicar essa notícia que me tinham dado. Não se passou um mês desse acontecimento, foram assassinados Gutiérrez e Michelini, dois uruguaios, e uma sucessão de assassinatos se seguiu nos diferentes países da América Latina. Todos sabem, e aqui a Comissão pode até listar, que foi a partir dessa oportunidade que mataram o general Prats, mataram o Letelier, mataram não sei quem... Tudo isso no espaço de algum tempo. Então, vejam, qualquer pessoa sabe que as três pessoas mais importantes no caso da abertura no Brasil eram Juscelino Kubitschek, João Goulart e Carlos Lacerda. Eram essas pessoas que podiam aparecer como condutores de uma frente nacional para refazer o país. Portanto, se os senhores pegam essas três pessoas e juntam com o critério que me foi comunicado naquela oportunidade, só podemos dizer que eles tinham sido condenados à morte. Como é que eles morreram? É outro fato. Mas que a condenação havia, havia. Vejam, no meu caso, o que eu posso dizer, diante dessas informações e sobretudo da comunicação que me foi feita, nas circunstâncias em que recebi tais informações, é que havia essa condenação e que morreram sucessivamente no Brasil, Juscelino, Jango e Lacerda, os homens que haviam sido indicados na condenação prévia nessa reunião no Cone Sul. Então, na minha cabeça, eu não diria que nenhum deles morreu de morte natural.

Do diário do Repórter — 21 de junho de 2000. No jornal *Zero Hora* (Porto Alegre), de hoje, há esta nota:

PRESO DENUNCIA COMPLÔ PARA MATAR JANGO

Um ex-tenente da polícia uruguaia, que cumpre pena em Porto Alegre, enviou carta à Comissão Externa da Câmara. O documento, escrito pelo ex-tenente da polícia uruguaia Mario Neyra Barreiro, insinua que Jango morreu envenenado.

Era talvez o fato novo que eu perseguia.

Mas a Comissão Externa da Câmara dos Deputados não escutou o preso que dizia ser ex-agente da polícia uruguaia e que teria provas de que Jango morrera envenenado. João Vicente mandou faxes para a Comissão solicitando que Mario Neyra Barreiro fosse ouvido. Não foi. Por quê?

— Na minha mão não chegou nenhum fax. Os companheiros lá do Sul são muito ativos, se esse camarada fosse importante teriam ouvido — respondeu-me o relator da Comissão, Miro Teixeira, quando o questionei sobre o assunto.

Cláudio Braga, apesar de acusado e — vim a saber depois — de ter enviado pedidos à Comissão para depor, também não foi escutado. Resolvi não perguntar o porquê a Miro Teixeira, que na certa daria a mesma resposta: "Não era importante." Decidi que iria ouvir essas e outras pessoas por minha conta. Já estava nessa e iria continuar. O pior que podia me acontecer era não chegar a lugar algum.

Mas não esqueci o que o relator da Comissão Externa me disse quando lhe perguntei sobre sua opinião a respeito da morte de João Goulart.

— O que era da vida privada de cada um eu excluí, e partes de documentos eu destruí, como autoriza a legislação brasileira. Tinha uma desconfiança enorme, porque na América Latina, num espaço de seis a oito meses, morreram líderes políticos que, com a abertura nos países latino-americanos, poderiam voltar e empolgar o poder. E o que foi a Operação Condor? Foi isso. Quando se elege o Carter nos Estados Unidos, fica muito claro uma política de redemocratização na América Latina e aí — apontou ele para um pacote de documentos, que devia ter pelo menos seiscentas folhas: era o Relatório Final da Comissão Externa — tem um telegrama de um agente da CIA para a matriz, dizendo: "Olha, os militares latinos aqui estão

se unindo numa operação para aparentemente eliminar líderes políticos que poderiam voltar a seus países e empolgar o poder." Tem também o depoimento de um brasileiro que estava preso no Uruguai que ouvia vozes de brasileiros ajudando em interrogatórios. Fica claro que havia uma conexão absoluta dos serviços de informações. Isto está mais do que caracterizado nesses autos.

Minha conclusão? No relatório estabeleço que não há possibilidade de se considerar um acaso, uma coincidência a morte desses chefes de Estado, desses líderes políticos, desses ex-presidentes da República, desses senadores, ao mesmo tempo, no mesmo pedaço da terra, no Cone Sul da América Latina, e esse telegrama do agente da CIA. Mas a comissão não tem poder de Justiça.

O que nós fizemos foi consolidar o que existe de depoimentos e de documentos possíveis, até porque essas pessoas estão morrendo. O Enrique Foch Diaz que já não bate coisa com coisa e para mim é um agente duplo, esse constrói uma maquinação envolvendo interesses. João Goulart morreu às três da manhã, o corpo dele foi colocado no caixão como estava, não foi autopsiado, as autoridades militares brasileiras proibiram abrir o caixão, o transporte do corpo não poderia ser por terra, teria que chegar de avião a São Borja, ele foi levado para o interior da igreja com o pretexto de renovar o formol, mas o pessoal queria abrir o caixão só para ver se ele estava ali mesmo. Estava espumando, uma irmã dele passou lenço, mas depois também não se sabe do lenço. O gás sarin poderia deixar vestígio até no próprio caixão, mas para fazer a exumação seria algo espetaculoso. A exumação foi pedida em 1982, e agora também, mas a família negou. Uma brasileira foi assassinada no Central Park há um ou dois anos, a polícia demorou oito ou nove dias para entregar o corpo à família, porque o corpo fala, algumas bactérias vão surgindo seis horas depois da morte, oito horas, dez horas, 12 horas, dependendo da natureza da morte, surge essa pista, surge aquela, tem um mundo de exames que a polícia científica realiza e não é essa irresponsabilidade no tratamento da matéria penal que há no Brasil. Sabia que teve um cara que me ofereceu um pedaço do carro do Juscelino no dia seguinte da morte dele, de lembrança, souvenir? Achei de extremo mau gosto. Estavam oferecendo como brinde. Isso é de uma irresponsabilidade na apuração de um fato. Os destroços daquele carro tinham que ser recolhidos, tinham que ser levados para um laboratório, e se atiraram no pneu daquele carro? Na minha conclusão eu afirmo que pode ter sido atentado. Não fui mais adiante, porque, primeiro, tinha prazo; segundo, porque Comissão é um colegiado; e, terceiro, porque nós fomos ao limite da possibilidade. A partir daí eu precisaria ter poder de Justiça, a partir daí poderia virar uma coisa promocional, foi o cuidado que eu tive de não dar entrevistas. Eu tenho minha convicção, mas como advogado e parlamentar eu tenho o dever de me limitar às provas dos autos, eu tenho a convicção de que o presidente João Goulart foi assassinado. Agora, não posso concluir dizendo que ele foi assassinado, porque eu não tenho a prova.

— Pode responder à última pergunta? Dona Maria Thereza tinha se comprometido a depor e depois desistiu por conta de uma nota em O Globo que a apontava como suspeita na morte de João Goulart. Essa não é a primeira vez que ela é acusada. O que pensa sobre isso?

— *Teve gente que prestou depoimento falando isso mesmo. O Enrique Foch Diaz a acusa claramente, mas não dá qualquer evidência factual para dizer de onde extraiu esses fatos. Depois não acho possível que a dona Maria Thereza Goulart tenha poder para se meter na articulação da Operação Condor e programar a morte do marido no contexto da morte do Letelier e do Michelini.*

— Acompanho esse caso há muito tempo e percebo que há um momento em que todo mundo para, a investigação não vai adiante. Esse obstáculo não será o dona Maria Thereza?

— *Param porque todo mundo tem respeito... mas isso não prova nada, nem a favor nem contra ela.*

Capítulo 11

Do diário do Repórter — julho de 2000. Em tese, tive a minha pesquisa facilitada pela Comissão que apurou a morte de João Goulart. E, quase simultaneamente, tive também excelente material ao ser formada em 15 de junho de 2000 uma outra Comissão Externa, esta sobre a morte de JK, por indicação do deputado Paulo Octavio Pereira (PFL/DF). A conclusão dos trabalhos foi apresentada em 25 de abril de 2001, assinada pelo deputado Osmânio Pereira (PMDB/MG), seu relator.

Tanto a Câmara dos Deputados como o governo federal deram apoio à comissão, pois as versões sobre o acidente na Rio-São Paulo confundiam a opinião pública, sobretudo quando Serafim Jardim, amigo e durante algum tempo assessor de JK, reabriu as investigações sobre o acidente, com o advogado Paulo Castelo Branco. Serafim publicou um livro com as hipóteses que se acumulavam contra o laudo oficial que concluíra pela fatalidade de um acidente.

Confesso que fiquei inicialmente alvoroçado, aguardando investigações mais profundas, de alto custo, um custo que eu não teria recursos para bancar. No caso de JK, por exemplo, seria necessário uma viagem minha ao Chile, passar algum tempo lá, pesquisar em arquivos de jornais, levantar o caso Letelier, que está ligado à morte de JK, a carta do general Contreras, chefe da DINA, ao general João Batista Figueiredo, chefe do SNI, alertando sobre o perigo de uma vitória de Jimmy Carter nas eleições presidenciais dos Estados Unidos.

As sessões presididas pelo deputado Paulo Octavio foram relativamente cobertas pela imprensa, tive acesso a quase todos os depoentes e, até mesmo, aos movimentos mais ostensivos das investigações.

Recebi de um conhecido, que é funcionário da Câmara, o relatório final da "Comissão Externa destinada a esclarecer em que circunstância ocorreu a morte do ex-presidente Juscelino Kubitschek, em 22 de agosto de 1976, em acidente rodoviário ocorrido na rodovia presidente Dutra, km 165, no município de Resende".

Achei estranho, para não dizer parcial, que o nome oficial da comissão já declarasse que a morte de JK fora um "acidente rodoviário ocorrido na rodovia presidente Dutra". Seria mais correto — e isento — se o nome da comissão não fosse, em si mesmo, uma conclusão. Acredito que a comissão investigaria a morte de JK, e não o acidente em si, eliminando *a priori* a possibilidade de um atentado.

Mesmo assim, a ressalva poderia ser explicada ou justificada pela falta de experiência dos deputados que integravam a comissão. Para compensar, achei pertinente o texto da apresentação, que não deixa de ser um resumo articulado de todas as dúvidas que foram levantadas a respeito da morte de JK, inclusive as dúvidas que eu próprio venho levantando há tanto tempo, para ser exato, desde 1977, quando fui procurado pelo ex-deputado Max da Costa Santos, que à frente da Editora Paz e Terra, queria que eu abandonasse o meu emprego para trabalhar com ele na apuração daquela morte que estava sendo explicada como simples fatalidade. O ex-deputado, por sinal, fizera a mesma proposta a outros jornalistas, que não aceitaram o convite.

Transcrevo a apresentação, em que pesem as numerosos repetições de atos e fatos que já foram detectados e explicitados por mim em textos e anotações anteriores.

"A criação desta Comissão Externa foi requerida pelo deputado Paulo Octavio, nos termos do Artigo 38 do Regimento Interno da Casa, para esclarecer em que circunstâncias ocorreu a morte do ex-presidente Juscelino Kubitschek, em 22 de agosto de 1976, num acidente rodoviário ocorrido na rodovia Presidente Dutra, no Km 185, no município de Resende."

As razões desse requerimento assim foram fundamentadas:
"Em 2 de agosto de 1979, o colunista norte-americano Jack Anderson denunciou no *The Washington Post*, por meio de seu artigo 'Condor — os criminosos latino-americanos', a existência de uma articulação dos órgãos de segurança de vários países do Cone Sul, apoiados pela CIA, para eliminar as personalidades políticas que se opunham às ditaduras militares da região.

Anteriormente, esse mesmo jornalista, em 1975, havia divulgado uma carta enviada pelo general chileno Manuel Contreras ao ex-presidente João Figueiredo, afirmando que era uma ameaça para a região as atividades de líderes como Orlando Letelier, ex-ministro de Allende, e do ex-presidente Juscelino Kubitschek. A eliminação posterior de Orlando Letelier foi reconhecida pela própria CIA, e a morte de Juscelino Kubitschek, em acidente rodoviário, até hoje não foi devidamente esclarecida.

A proposta articulada de forma conjunta pelo ex-presidente Juscelino com o ex-presidente João Goulart e Carlos Lacerda, todos opositores ao regime militar para a formação de uma Frente Ampla — com o claro objetivo de abreviar a vigência daquele regime e restabelecer a democracia em nosso país —, é um fato que por si só atraiu a ira da linha dura do regime militar contra esses eminentes brasileiros.

O que querem, sim, familiares, amigos e correligionários do ex-presidente Juscelino Kubitschek, é esclarecer as circunstâncias de sua morte, mesmo porque na ocasião não foi feita uma investigação aprofundada das circunstâncias de sua morte, além do desinteresse das autoridades do regime militar, fato inequívoco ante a condução pouco consistente das investigações sobre o acidente.

Por isso, na oportunidade em que outros países do Cone Sul têm expostos os planos de repressão articulados pelas ditaduras de então, conforme matéria publicada no *Jornal do Brasil* de 30 de abril de 2000, é imprescindível que a Câmara dos Deputados busque também o resgate da verdade histórica sobre as circunstâncias em que se deu a morte do ex-presidente Juscelino Kubitschek, tal como ocorrido em relação ao ex-presidente João Goulart, mediante a formação de Comissão Externa da Câmara dos Deputados, de modo que o povo brasileiro possa saber as verdadeiras circunstâncias da morte deste grande brasileiro, recentemente escolhido Estadista do Século.

Atendendo a esse requerimento, o presidente da Câmara dos Deputados, nos termos do artigo 38 do Regimento Interno, decidiu constituir Comissão Externa destinada a, no prazo de 180 (cento e oitenta) dias, 'esclarecer em que circunstância ocorreu a morte do ex-presidente Juscelino Kubitschek, em 22 de agosto de 1976, em acidente rodoviário ocorrido na rodovia Presidente Dutra, no Km 165, no município de Resende'.

Esta Comissão procedeu a uma investigação dos laudos periciais produzidos à época do acidente, analisou o processo judicial instaurado para apurar a morte do ex-presidente, examinou o pedido de reabertura das investigações formulado pelo sr. Serafim Jardim, acolheu depoimentos de pessoas que defendem as duas correntes:

a de acidente automobilístico e a de assassinato, a fim de ouvir e comparar os diversos argumentos, para chegar a uma conclusão isenta.

Além disto, requisitou o auxílio de peritos da mais alta competência para investigarem as peças disponíveis no âmbito desta Comissão e apresentaram um relatório de natureza técnica sobre o acidente, considerando as duas possibilidades aqui discutidas.

Deste modo, pode a Comissão chegar a uma conclusão imparcial, calcada em argumentos técnicos, concretos, científicos, buscando afastar as dúvidas e apresentar uma explicação definitiva sobre as circunstâncias em que ocorreu a morte de Juscelino Kubitschek."

Em linhas gerais, tudo o que foi dito nesta apresentação coincide com o que apurei por conta própria, apesar das condições em que venho trabalhando, sozinho sem recursos de qualquer patrocínio. Poderia ter aceitado a proposta do Max da Costa Santos, teria o patrocínio de uma editora importante, mas o ex-deputado morreria logo depois, e ninguém da Paz e Terra me procurou para dar seguimento ao projeto.

Fui e estou sendo obrigado muitas vezes a transformar uma especulação em pista, a pista em indício, o indício, pela sua consistência, até mesmo pela sua obviedade, em prova.

Estabelecidas as duas preliminares, a apresentação e o pedido de reabertura do caso, ouvi o depoimento de diversas pessoas, a começar por Serafim Jardim, autor do livro *Juscelino Kubitschek — onde está a verdade?*.

Tive acesso também aos depoimentos da jornalista Tânia Fusco, do advogado Paulo Castelo Branco, da filha do motorista de JK, a Doutora Maria de Lourdes Ribeiro, que impossibilitada de comparecer, enviou um relatório à comissão, e mais tarde escreveria um livro sobre o seu pai, Geraldo Ribeiro e as relações de sua família com JK e seus parentes mais próximos.

Importância fundamental teve o depoimento do perito Sérgio Leite, do Instituto de Criminalística, que fez o levantamento oficial do local e da mecânica do fato em si. Entrevistei três vezes o perito, em espaço de dez anos, e já anotei em texto anterior o meu juízo a respeito de seu laudo. É indiscutível em seu aspecto técnico, mas centrado rigorosamente no espaço e no tempo em que se deu o desastre, com detalhes e características da estrada, da pista, das marcas deixadas pelo Opala, pelo ônibus da Viação Cometa e pela carreta que se chocaria com o Opala, provocando a morte de JK e de seu motorista.

Contudo, como já registrei, o laudo de Sérgio Leite se absteve dos antecedentes e consequentes do desastre, uma vez que aceitou a versão anterior feita por militares, a mando evidentemente dos serviços de inteligência do governo militar, versão que inclui uma parada do Opala no Hotel Fazenda Vilaforte, onde, segundo consta de suas declarações, JK teria tido um encontro com uma senhora, tendo o perito declarado que não era de sua atribuições entrar na vida particular, sexual ou sentimental da principal vítima do desastre.

Esta parada no hotel-fazenda condicionou — segundo o laudo — toda a mecânica do acidente ou do atentado, uma vez que foi cômodo levantar o horário e a velocidade do ônibus da Cometa, ouvir o depoimento de alguns passageiros, do motorista Josías Nunes de Oliveira, que chegou a responder a processo judicial, sendo absolvido.

Em resumo: o perito repetiu na comissão o comentário de um jornalista: nem 20 computadores de última geração poderiam programar um acidente daquela natureza, quando o fator determinante para a morte das duas vítimas foi uma carreta que vinha na pista contrária, em direção a São Paulo.

A comissão ouviu técnicos, legistas e policiais em serviço no local, ouviu também o ministro aposentado do Tribunal de Contas da União, Olavo Drummond, que estivera com JK no almoço em casa de Ademar de Barros Filho, horas antes da viagem em que o ex-presidente perderia a vida.

A comissão desfez facilmente duas hipóteses levantadas na ocasião: a de uma bomba colocada no Opala; e da presença de um atirador de elite, que posicionado num determinado local, teria atingido com um projétil a cabeça do motorista de JK.

As duas hipóteses, de tão fantasiosas, impediriam outras investigações e indícios. A explosão de uma bomba foi desmentida pelo exame dos destroços do carro, onde não foram encontrados sinais de pólvora ou de fogo na carroceria.

O tiro na cabeça do motorista provocou a exumação do corpo de Geraldo Ribeiro e gerou um impacto quando, no crânio dele, foi encontrado o vestígio do que poderia ser um projétil de arma de fogo. Não era. Exames posteriores revelaram que se tratava de um prego do caixão, que, ao se decompor, ficara colado à caixa craniana da vítima.

Outra hipótese não confirmada foi a de um gatilho mecânico na suspensão do Opala. Ao parar no Hotel Fazenda Vilaforte, quando JK teria tido um encontro com militares que o procuravam para uma possível abertura do regime, ou com Lúcia Pedroso, sua amante e pivô da crise conjugal que o ex-presidente atravessava, alguém teria mexido na suspensão do carro em que ele viajava, de tal forma que, ao descer a serra, mais adiante, fatalmente teria saído da pista e, pelos acidentes do terreno, provocado um acidente fatal.

O relatório final da comissão se deteve basicamente no detalhe e não no contexto do desastre. Não explica o estranho comportamento de JK nos dias que antecederam sua morte, a obstinada declaração aos amigos mais íntimos de que viajaria para Brasília naquele domingo, quando já tinha combinado com o seu motorista a vinda para o Rio, uma vinda sigilosa, que ele não revelaria a ninguém, nem a seus primos Carlos Murilo e Ildeu, a Adolpho Bloch, que o hospedou em sua casa e a quem fez questão de mostrar o bilhete aéreo de seu retorno a Brasília.

Para explicar tal comportamento, a tese que ficou sendo a oficial e que dava um charme romântico à sua morte, teria sido um encontro com Lúcia Pedroso em algum ponto da Rio-São Paulo, provavelmente no hotel-fazenda, ou mais adiante, sendo citada até mesmo pelo deputado Paulo Octavio, que presidia a comissão, a cidade de Petrópolis, como local combinado para um encontro com a mulher que amava.

É verdade que JK vivia um caso amoroso com Lúcia, romance que já era do conhecimento de seus amigos e de grande parte da sociedade carioca e, em especial, de dona Sarah, que àquela altura, estaria disposta a pedir desquite e, conforme as circunstâncias, obter um flagrante de adultério, que no Código Civil então em vigor, condenaria o marido como cônjuge culpado, sujeito ao rigor de uma lei que considerava o adultério como crime.

Sabendo disso, JK evitava se oferecer a uma degola que não lhe interessava e, na verdade, não interessava a ninguém, nem mesmo a dona Sarah. No fundo, no fundo, ele ainda mantinha a esperança de um dia, em determinado momento da abertura prometida por Geisel, ou numa crise institucional entre os militares e a sociedade civil ou mesmo entre militares e militares de diversas facções, ser chamado para uma transição — o que de fato ocorreria, nove anos depois, com Tancredo Neves, uma espécie de vice de Juscelino em termos políticos, com uma trajetória que, vinda do segundo governo de Vargas, passando pela presidência do regime parlamentarista e pela sua fidelidade aos princípios da democracia liberal, era realmente o que havia de melhor para a transição.

Capítulo 12

Do diário do Repórter – abril de 2002. Comecei minha viagem para São Borja. Poderia ir a Montevidéu, Punta del Este, Maldonado, Buenos Aires, Tacuarembó, qualquer dos lugares em que Jango transitou ou morou durante os anos de seu exílio. Ou mesmo à estância de Mercedes, na Argentina, onde morreu.

Escolhi São Borja, cidade onde ele nasceu. Também está enterrado ali. Achei que perto de sua origem e, de certa forma, dele próprio, seria mais fácil encontrar respostas ou pelo menos uma lógica no intricado labirinto dos muitos indícios que me levavam a suspeitar de que ele teria sido assassinado.

Quando fui demitido do jornal e resolvi continuar, por minha conta, a investigação sobre as mortes de Juscelino, Jango e Lacerda, inicialmente optei pelo "caso Lacerda", cuja vítima eu conhecera bem, mas cujo processo nem sequer fora aberto. As dúvidas existentes sobre sua morte nunca foram formalizadas numa denúncia ou inquérito, limitando-se a suspeitas esparsas e não investigadas nem oficial, nem oficiosamente.

Depois de Lacerda, o mais próximo, com quem tivera contato profissional, era João Goulart. Dos três casos, era o que ainda estava em aberto, podendo de uma hora para outra surgir realmente um dado novo. Um pedido de exumação, por exemplo, que seria o terceiro, uma vez que os dois anteriores foram negados, o primeiro pelo governo militar da Argentina, o segundo por dona Maria Thereza, mulher de João Goulart.

Se por acaso tivesse bom resultado na pesquisa sobre a morte de Jango, e com ele sustentasse as suspeitas de crime político, ficaria mais fácil reabrir o "caso JK" e abrir o "caso Lacerda".

Economizei o pouco dinheiro que ganhava dos meus trabalhos de freelance, e joguei tudo naquilo que eu próprio já começava a considerar uma aventura. Alternando avião e ônibus, hospedando-me em pensões, teria condições de financiar meus deslocamentos, perseguindo os últimos passos do meu personagem.

Diante do portão de entrada do cemitério de São Borja, numa rua de terra malcuidada, quase não acredito que estou aqui. O trajeto foi longo. Não existe voo comercial para o aeroporto de São Borja nem voo direto para Uruguaiana, cidade mais próxima, onde dá para chegar de avião. Tive de ir do Rio para Porto Alegre, de Porto Alegre para Uruguaiana, com uma escala em Santo Tomé, por conta do mau tempo.

Em Uruguaiana, consegui um carro — se posso chamar de carro o veículo que me transportou. Por R$ 100,00, o motorista fez o trajeto de quase duas horas até São Borja. Foi camarada. Disse que normalmente cobra R$ 300,00. Se ele não estava em condições de cobrar, muito menos eu poderia pagar tanto.

Levei comigo a indicação de um hotel modesto, na avenida Presidente Vargas, quase ao lado da casa onde Jango nasceu. Quando me deram a dica, achei irrelevante a informação. Qual a diferença de ficar perto ou longe da casa onde Jango nasceu? Na dúvida, preferi ficar o mais próximo possível do meu assunto.

Mas ao entrar na cidade, não fui diretamente para o hotel. Pedi ao motorista para me deixar no cemitério. Ele não estranhou. Pelo contrário, até perguntou se precisava de ajuda com a mala.

Estranhei a naturalidade com que ele atendeu ao meu pedido. Depois, vim a saber que o cemitério de São Borja é, senão o único, o mais importante ponto turístico da cidade. Lá estão os túmulos de Getúlio Vargas e Jango, um ao lado do outro, ambos descuidados. Foi com espanto que verifiquei um detalhe que pouca gente sabe. No meio dos dois túmulos, está o de Gregório Fortunato, o Anjo Negro, chefe da Guarda Pessoal de Vargas e que teria sido o mandante do atentado contra Lacerda, em agosto de 1954, episódio que provocaria o suicídio do presidente da República.

"E se o corpo de Jango realmente não estiver aqui?" — foi o pensamento que me ocorreu, logo que me aproximei do jazigo de sua família. Nos muitos artigos que li sobre a morte de Jango, há referência à possibilidade de o corpo do ex-presidente não estar mais lá. Teria sido retirado para evitar a exumação, que poderia provar o seu envenenamento. Achava a suspeita impossível, fantasiosa demais. Mas, agora, diante do túmulo, não resisto à curiosidade. Empurro a tampa de cimento para experimentar se sozinho conseguiria removê-la.

Uma voz, de sotaque carregado, me tira do delírio:
— Precisas de ajuda?

É o coveiro. Trabalha há anos ali, perdera a noção do tempo. Lembrava-se do enterro do "Doutor" Jango, mas, naquele tempo, era menino. Realmente, contavam muitas histórias sobre o dr. Jango, casos de aparição, de barulhos no túmulo, até de vozes. Mas nunca ouvira a história sobre o corpo ter sido retirado dali.

— Tu tens que procurar o "seu" Percy. Se alguém sabe de alguma coisa é ele. Até hoje ele me paga para limpar o túmulo.

Percy Penalvo foi capataz de João Goulart em Tacuarembó, no Uruguai. Trabalhou com ele durante os 12 anos de exílio. Era seu homem de confiança. Tomava conta de alguns de seus negócios e costumava viajar com ele. Gaba-se de ter sido mais do que um empregado — era um amigo, "fiel até o fim". A deformação no lado esquerdo do rosto foi por conta de um tiro que levou por defender o "doutor" — é assim que ele se refere a Jango. É uma espécie de troféu.

    O portão da casa amarela, na esquina da avenida Presidente Vargas, está entreaberto. Uma pequena placa de metal, presa ao muro, indica que aquela é a casa onde nasceu João Belchior Marques Goulart.

    Bato palmas. Nenhuma resposta. Entro e tento a porta. Uma senhora morena, de óculos, baixinha e gordinha, atende. Explico que sou repórter, estou escrevendo sobre a morte de Jango e gostaria de conversar com Percy Penalvo.

    — Vou ver se meu marido pode atender. Mas adianto que não gostamos de falar sobre esse assunto. Já nos chateamos muito — disse dona Celeste, que não demorou para ter confiança em mim e volta e meia interromperia minha conversa com o marido, para acrescentar detalhes ao que ele me contava.

    Percy Penalvo estava sentado numa poltrona da sala anexa à sala de jantar. Do lado, uma cesta de vime com a cuia de chimarrão e a garrafa térmica com água quente. Ele se levanta. É um homem alto, apesar de abatido pela doença e pela idade, tem vestígios de uma valentia que deve ter marcado sua mocidade.

    Quando me cumprimenta, reparo na deformação em seu rosto e na dificuldade de fala. Mais uma vez explico minha presença ali.

    — Eu não me animo a dizer que ele morreu de morte natural, como também não me animo a dizer que deram alguma coisa para ele tomar. Eu acho que mataram, mas também acho que pode ter sido morte natural.

    É assim que Percy Penalvo começa a conversa. Fala baixo, quase sussurrando. Peço para que aumente o tom, senão o gravador não registrará sua voz. Ele me diz que não é aconselhável falarmos alto, poderíamos estar sendo vigiados. Acho graça na observação. Mais tarde, ao me despedir no começo da noite, eu compreenderia a sua cautela.

Percy Penalvo tinha voltado do exílio há anos. Mas o exílio continuava dentro dele.

— Para entender porque tenho dúvida sobre a causa da morte do doutor, é preciso compreender o que se passava no exílio. Sei que já deve ter lido sobre o assunto, ter informações que eu não tenho... mas, acredite, para quem não viveu no exílio é difícil imaginar o que seja. No Uruguai, inicialmente, tínhamos um trato melhor, porque eram dois os partidos locais, o Blanco e o Colorado. O doutor tinha mais amigos do Partido Blanco. Depois, quando o Uruguai caiu na ditadura, surgiu o movimento Tupamaro, em confronto com os direitistas da situação. A coisa então mudou. Éramos vistos como latifundiários, por uns, e como comunistas por outros. O general Christí, que era um militar influente no Uruguai, queria prender o dr. Goulart. Ele o acusava de mentor, de ser o cérebro do movimento Tupamaro. Sabíamos disso porque tínhamos amigos no meio deles. Em determinado momento, levaram preso o filho do doutor, o João Vicente, para um quartel. Cortaram-lhe os cabelos. Eles o deixaram numa barraca, no frio, num inverno bravo. Fizeram isso, uma forma de tortura, só para provocar o doutor. Outro exemplo: dona Maria Thereza foi presa porque levava uns quilos de carne na sacola, quando era proibido comprar ou carregar carne no Uruguai, devido ao forte racionamento. Houve um momento em que todos os perseguidos políticos dos países da América Latina se uniram. E os militares da ditadura também. Claro que nós levávamos a pior. A Operação Condor já era conhecida. Muita gente até hoje não acredita na existência desta operação porque não sofreu, porque não teve o pai, não teve a mãe, não teve o irmão sacrificados pela ditadura. Sabíamos que no quartel de Tacuarembó havia amigos nossos sendo torturados inclusive por oficiais brasileiros. Havia militares do Brasil ensinando aos militares do Uruguai como interrogar os prisioneiros. O golpe no Uruguai foi dado com o apoio brasileiro.

Dona Celeste nos interrompe, quer saber se vou ficar para o almoço. Faz questão. Ia preparar um churrasco especial. Penso em dizer que não. Bebo normalmente, fumo bastante, mas aboli a carne. Desisto de ser sincero. Aceito de bom grado o churrasco gaúcho.

Percy Penalvo pede à mulher para encher a garrafa térmica com mais água quente e continua:

— Antes de falar da Operação Condor, vou lhe contar uma história sobre o Uruguai, para ver como estavam de olho no doutor. Um dia, ele vem de avião para a sua estância de Tacuarembó. Passados uns 15 minutos, chega meia dúzia de jipes, caminhonetes da polícia uruguaia, soldados com metralhadoras debaixo do braço, para procurar o cônsul brasileiro Aloysio Dias Gomide, que fora sequestrado pelos Tupamaros. O doutor Goulart disse ao comandante do grupo que chegara há pouco e não sabia o que se passava em Tacuarembó. Mas a estância estava à disposição e que podiam revistá-la. Acho que o doutor se humilhou para eles. Não devia ter consentido na inspeção. Ele era um exilado legal. Aconselhei-o que pegasse o avião dele e voltasse para Montevidéu, fizesse um protesto junto ao Ministério do Interior, onde tratávamos nossos assuntos e que se encarregava de garantir a segurança dos exilados. O doutor respondeu que não podia fazer isso justamente porque éramos exilados. Eu lhe disse: "Doutor, eu atravessei a fronteira correndo, clandestinamente. O senhor não. O senhor consultou o governo uruguaio se precisava levar proteção pessoal, o governo disse que não, tinha condições de garantir a sua segurança, a sua vida normal. E a proteção está aí."

Entra na sala a filha de Percy Penalvo, Neuza. O nome dela, explica o pai, é em homenagem à irmã de Jango e mulher de Leonel Brizola.

— Dona Neuza morreu, mas Brizola, até hoje, fica aqui em casa quando vem a São Borja.

Comento que havia reparado na foto do ex-governador na parede da sala principal da casa. Percy não dá importância ao que digo:

— Neuza, traz a caixa com documentos sobre o doutor.

Quando ela deixa a sala, o pai explica que a filha "sabe mais sobre o doutor do que ele, guarda documentos e fotos da época que viveram no exílio. Não fosse por ela, muita coisa teria desaparecido".

Morena, magrinha, quase raquítica, aparentando mais de 30 anos, calça jeans, camisa amarrada na cintura, cabelo preso num rabo de cavalo displicente, Neuza volta à sala carregando uma caixa de papelão. Levanto-me e me ofereço para ajudá-la. Ela prefere cuidar de tudo sozinha, teve muito trabalho para organizar aquele material... Esforça-se para ser simpática. Não se importa que eu faça cópia de tudo. Também tem contatos no Uruguai, pode me indicar nomes que serão úteis para minha pesquisa.

— Neuza, mostra para ele *El crimen perfecto*.

A moça me mostra um bloco de folhas grampeadas. Em negrito, na capa: *El crimen perfecto — Enrique Foch Diaz*.

— Este não é o livro de um cidadão uruguaio que acusa dona Maria Thereza e o Cláudio Braga de terem tramado a morte de João Goulart? — pergunto.

— Esse é o resumo do livro — diz Penalvo. — Não gosto de falar nesse assunto, estou te mostrando porque é uma oportunidade para esclarecer as coisas. O Foch Diaz faz acusações para atingir dona Maria Thereza e o Cláudio Braga. Mas atingiu violentamente a memória do doutor. A turma que era ligada ao doutor não gostava do comportamento da dona Maria Thereza.

Não quero entrar nesse assunto familiar, mas a mulher dele costumava se referir a essa turma como "a gente do Jango". Existiam dois grupos: a gente dela e a gente do Jango. Ela andava para um lado e ele para outro. O problema é que achávamos que o doutor era apaixonado pela mulher. Quando dona Maria Thereza explodia, o doutor botava panos quentes, "a pobrezinha é meio louquinha". Ela atrapalhava bastante a vida do doutor. Tanto que se algum dia partíssemos para a luta armada, pensávamos em eliminá-la primeiro, sem que ele soubesse. Precisávamos dar sossego para que o doutor pudesse cuidar da política.

Até aí tudo bem, ela prejudicava o doutor com o seu comportamento, mas não acredito que conspirasse com os militares para eliminar o doutor. Se ela fez parte de alguma coisa, foi com a intenção de pegar algum dinheiro, não de colocar em perigo a vida do doutor. Eu sei que o Tito, que era cozinheiro do doutor, lavava a roupa dele, pregava botão, limpava a casa, à noite ficava sentado na sala até o doutor voltar do cassino. Ele recebia cartas avisando que a madame estava conspirando com a, com b, com c, dando nomes e endereços. Aconselhávamos o Tito a não entregar as cartas para o doutor, que tudo era mentira, intriga, lambança. Jamais passaria pela cabeça da gente uma coisa dessa. Mas a verdade é que com as cartas, por mais estranhas que fossem, dava para entender que estava em evolução uma trama contra o doutor...

— Está se referindo à Operação Condor?

— Estou. Num curtíssimo espaço de tempo aconteceu uma série de assassinatos na Argentina. O primeiro foi o do general Prats, chileno, eles puseram uma bomba num carro em que ele e a mulher embarcaram. Quando ligaram a chave, a bomba explodiu e a capota ficou enganchada na sacada do sétimo andar de um edifício. Isso prova que a bomba tinha um enorme poder de destruição.

Em Buenos Aires, naquele período da ditadura, se usava muita bomba. Meses depois do atentado contra o general Prats, houve uma onda de mortes, uma verdadeira matança. Todos sabíamos que um grupo — não sei se era civil ou militar —, com seis carros, às vezes mais, fazia o que chamávamos de "operativa"...

— Batida — acrescentei.

Ele concordou e continuou:

— Chegavam numa casa, prendiam quem tinha que prender, levavam e matavam. Num determinado dia, prenderam o Gutiérrez, que era presidente da Câmara dos Deputados do Uruguai, membro do Partido Blanco. Não era comunista nem coisa nenhuma. Apenas discordou dos militares e teve que se exilar na Argentina. Homem de Tacuarembó, ele recebeu ajuda do doutor para se eleger. Eram amigos. Não me lembro bem, mas acho que nesse mesmo dia, ou no seguinte, os mesmos homens que o prenderam foram ao hotel em Buenos Aires, onde nos hospedávamos, e prenderam o senador Michelini, um homem bom. Cortaram-lhe as orelhas, os dedos, arrebentaram-lhe a cabeça. Depois foram buscar o Ferreira Aldunate, ex-senador uruguaio, que chegou a ser candidato à presidência da República. Ele não estava no apartamento. Aí um jornalista brasileiro, o Flávio Tavares, amigo nosso, ficou na porta do apartamento dele, esperando que chegasse. Então saiu com o Adunalte direto para a embaixada inglesa, se não me engano. Preocupado, o Cláudio Braga me telefonou de Buenos Aires, perguntando onde estava o doutor. Disse que estava em Tacuarembó, comigo, acompanhando pelo rádio a chacina promovida pelos militares e civis ligados à ditadura. Eu menti para proteger o doutor, os telefones eram grampeados, tudo o que se fazia ou dizia era registrado pelos serviços de espionagem do governo. Na verdade, o doutor estava em Mercedes, na estância onde mais tarde morreria. Não houve tempo para dizer a verdade ao Cláudio por meio de um código. O importante era tranquilizá-lo, dizendo que o doutor estava bem.

Chamei um piloto que trabalhava para a gente, o nome dele era Francisco Perussi, mas todos o conheciam como Pinocchio. Escrevi uma carta para o dr. Goulart, contando tudo o que estava se passando. Lá na estância, ele não ouvia rádio nem lia jornal. Pinocchio era um desses pilotos que voavam para o Paraguai, meio aventureiro. Foi e voltou com o doutor Goulart de noitinha. De tarde, o Cláudio Braga me telefonou novamente, dizendo que tinham ido procurar o doutor. Eu tornei a dizer que ele estava no Uruguai. O pessoal da repressão, vendo que era impossível pegar o doutor, saiu e foi apanhar o general Juan José Torres, um ex-presidente da Bolívia, derrubado pelo Banzer e que estava exilado em Buenos Aires. E o mataram. Foi quando conversei com o doutor Goulart: "O senhor não pode voltar para a Argentina, se voltar, o senhor morre." Mas ele atendeu? De jeito algum. Era um homem bom, mas teimoso.

— Esteve com Jango no dia da morte dele?
— No dia anterior o doutor chegou na estância, veio com dona Maria Thereza. Fomos a Salto comprar gado. E voltamos para Tacuarembó. Eu fiquei na cidade e ele foi para a estância. No outro dia, domingo de manhã, fui buscá-lo com o piloto. Um domingo de sol quente. Fomos até Bella Union, mas eu não atravessei a fronteira. Perto do meio-dia, ele e dona Maria Thereza passaram de lancha para a Argentina. O Peruano, um guri de 19, 20 anos, que trabalhava para o doutor, os esperava em Monte Caseros, que não é longe, deve ficar a uns 100 quilômetros de Paso de los Libres. Eles almoçaram lá e seguiram, depois, para a estância em Mercedes.

Júlio Vieira, o capataz da estância, esperava por ele. Desde a perseguição para pegar o doutor em Buenos Aires, ele não tinha ido mais à estância, quem ia era eu. Dona Maria Thereza me contou que ela estava lendo, ele dormindo, e que escutou um grunhido, olhou e o doutor estava abraçado no travesseiro. E que ela saiu correndo gritando pelo Júlio. Tem umas coisas engraçadas. Eu nunca durmo de dia. Mas nesse dia, depois que voltei de Bella Union, não levantei o resto do dia. Acordei com o telefone, às três horas da manhã. Era o Peruano. Ele disse: "*O doutor morreu. Dona Maria quer saber onde enterrar.*"

Pedi que ela falasse com o ex-presidente argentino, o general Lanusse, que dias antes estivera com o doutor. Lanusse poderia obter a autorização oficial para tirar o corpo da Argentina. Enquanto isso, eu falaria com o pessoal no Brasil. Decidimos levar o corpo para São Borja. Quando cheguei em Paso de los Libres, na Aduana, vindo do Uruguai, encontrei uma baita confusão. Veio então o Maneco, que era homem de confiança do doutor, e disse:

— Essa louca da dona Maria Thereza quer levar o corpo direto para o cemitério e enterrar.

— Temos que agir rápido — respondi. — Agora, o doutor não pertence mais a ela, pertence a esse povo que está aí. Vamos fazer o velório em São Borja.

Mais tarde, o João Vicente me censurou:

— A mãe me disse que tu foi culpado de trazer o corpo para São Borja. Ele queria ser enterrado em Mercedes.

— Fiz isso porque o desejo dele era voltar para São Borja — respondi. E acrescentei: — Não havia um dia em que ele não falasse em São Borja.

O doutor estava preparando a volta dele para o Brasil. Um dia, me chamou e disse: "Preciso que tu vás ao Brasil, pois conforme o tratamento que te derem, poderei avaliar como será comigo. Vou avisar o coronel Azambuja, que foi meu ajudante de ordem, para abrir o caminho com os milicos dele para tu chegares lá." Aí o Azambuja me mandou uma carta:

Porto Alegre, 6 de fevereiro de 1976
Percy:

Um grande abraço. Aproveito a ida do meu irmão a Tacuarembó para transmitir algumas ótimas notícias. Pela ordem, passo a relatar o sucedido, após o nosso último encontro em Montevidéu. Fui, como havia combinado contigo, procurar o coronel Solon, chefe da Polícia Federal no Rio Grande do Sul. Expus o assunto e solicitei informações do amigo. Imediatamente colocou-me a par do que havia a teu respeito, que é o seguinte:

a) tens ficha na Polícia Federal;

b) consta que foste preso após o golpe que derrubou o nosso chefe;

c) posto em liberdade por força de um *habeas corpus*, fugiste para Rivera (?), onde passaste a morar temporariamente;

d) solicitaste oficialmente asilo ao governo uruguaio e foi concedido;

e) consta seres presidente dos Sem-Terra na região de Itaqui. (...)

Deu-me outras instruções sobre como deveria me deslocar e, realmente, fui bem recebido na Polícia Federal, quando ali cheguei com o Azambuja. Aproveitei a oportunidade e perguntei ao coronel Solon o que ele pensava sobre a volta de João Goulart ao Brasil. Ele me respondeu: "Pois é, não se concebe que 12 anos depois ele permaneça fora do Brasil. O lugar dele é aqui."

Antes disso, houve uma tratativa do general Serafim Vargas no mesmo sentido, e os homens da situação propuseram confinar o doutor em São Borja. Seria o mesmo que matá-lo. O doutor é um homem inquieto. Se o Uruguai é pequeno para ele, imagine São Borja.

— Mas o confinamento não seria apenas em São Borja. Incluiria as estâncias que ele possuía em Mato Grosso — acrescentou o coronel Solon.

— Bem, isso é outra coisa. Sendo assim, ele pode ir amanhã.

— Não — retrucou Solon. — Terá de esperar a eleição que vamos realizar em outubro. Ele seria procurado pelos candidatos, que o pressionariam para que lhes desse apoio. "Jango pediu para que votassem em mim." Nós teríamos então que agir, o que criaria embaraço para ele e constrangimento para nós. Contudo, após as eleições, o ex-presidente poderia se deslocar, mas sempre em liberdade vigiada.

Eu então falei sobre o motivo de nossas preocupações:

— A situação dele é delicada, está havendo isso e aquilo em Buenos Aires — e relatei todas as mortes que tinham ocorrido naqueles últimos dias.

Disse textualmente para o coronel Solon:

— Temos a certeza de que, se o doutor for para Buenos Aires, de uma hora para outra ele sofrerá um atentado. Se não morrer num, morrerá em outro.

O coronel entendeu que eu me referia à possibilidade de um atentado contra o doutor por parte dos militares brasileiros. Garantiu que não haveria esta possibilidade. Mas reconheceu:

— Agora, que ele não está seguro, não está. Nem na Argentina nem no Uruguai.

Capítulo 13

Do diário do Repórter – dezembro de 2002. A revista *IstoÉ* publica uma informação numa de suas páginas dedicada aos fatos da semana:

BATOM QUE ATIRA; GUARDA-CHUVA ENVENADO

> *Foi inaugurado neste fim de semana, em Washington, o International Spy Museum. É a primeira instituição pública dedicada à história de espionagem, com mais de 600 objetos em exibição. Visitantes terão a oportunidade de ver armas disfarçadas de batom usadas pela polícia secreta de Stálin, um guarda-chuva que atira veneno fatal e um sapato com gravador implantado. O presidente do museu, Dennis Barrie, disse que "os melhores espiões são os soviéticos. Ninguém faz melhor".*

★★★

No período mais agudo da Guerra Fria, o alvo prioritário da CIA, do FBI, do Departamento de Estado norte-americano e de diversos grupos de exilados cubanos, era Fidel Castro. Foram inúmeras as tentativas de assassiná-lo. Daí que a maior parte da verba destinada à segurança de Cuba fosse gasta com a segurança do seu comandante. Os atentados fracassaram por um motivo ou outro, mas houve um que não foi consumado por motivos que escaparam da vigilância contínua e integral do regime cubano.

Um jornalista japonês solicitou entrevista com Fidel, driblou todos os esquemas de triagem, foi revistado truculentamente, sua vida levantada, passou duas semanas em rigorosa observação, confinado num cubículo em que era vigiado dia e noite. Finalmente liberado, foi marcada a entrevista, Fidel o recebeu em seu gabinete à prova de qualquer surpresa, foto, gravação ou atentado.

A entrevista corria normalmente, o jornalista tomando nota num bloco, com uma caneta também japonesa. Tanto a caneta como o bloco haviam sido examinados pelos peritos da segurança máxima do Estado.

De repente, o jornalista parou de tomar nota, encarou o comandante e lhe entregou a caneta. Era uma arma, com uma única bala contendo veneno letal. Por diversas vezes, durante a entrevista, tentara disparar a arma contra Fidel, à queima-roupa, mas não tivera coragem. Por dois motivos: achava que não valia a pena matar o seu entrevistado; e teria de se suicidar em seguida, mordendo uma cápsula contendo cianureto, dentro do segundo molar inferior, do lado esquerdo.

***

Pulando no tempo, Napoleão Bonaparte teve como *causa mortis* uma doença no intestino, provavelmente câncer. Durante quase um século a versão oficial não foi contestada. Até que surgiu uma senhora inglesa cujo pai servira sob as ordens de Hudson Lowe, responsável pelo prisioneiro em Santa Helena. Essa senhora, quando criança, havia guardado um fio de cabelo do imperador. Morando naquela ilha, foi despedir-se de Napoleão quando o pai dela regressou definitivamente à Inglaterra. Como tinha os cabelos longos, o imperador pediu licença para cortar um pequeno cacho, a fim de guardar como lembrança da menina que o visitava quase todos os dias. A menina barganhou, deixou que ele cortasse um pouco de seus cabelos, mas pediu que Napoleão a deixasse fazer o mesmo. Apesar de quase calvo, ele concordou que a menina lhe cortasse uns fios dos ralos cabelos, que nem mais faziam a célebre franja na testa.

Pesquisadores levaram o fio de cabelo para exames e constataram vestígios de arsênico. E a certeza de que Napoleão fora envenenado lentamente pelos seus carcereiros.

***

Quando Stalin morreu em sua Datcha de Kuntsevo, em 5 de março de 1953, houve perplexidade em todo o mundo pela demora com que o fato foi anunciado. A desculpa que os altos hierarcas do regime comunista deram pela demora foi a de evitar o impacto na alma do povo russo, que idolatrava o Guia Genial dos Povos. Houve até quem temesse que o Sol não nasceria no dia seguinte, a morte de Stalin desestabilizava não apenas a História, mas o próprio Universo.

Como acontece sempre que um ditador morre, a sucessão foi complicada, cheia de golpes, baixos alguns, baixíssimos outros. Evidente que os serviços de inteligência dos principais países, sobretudo os dos Estados Unidos, Inglaterra, França, China e Alemanha investigaram a possibilidade de um assassinato, mas as coisas no Kremlin daquele tempo corriam sob controle do pequeno grupo que integrava o primeiro escalão de Stalin, um anel de aço impedindo que os movimentos no núcleo se propagassem para a periferia.

Cinquenta anos após a morte do Pápuska Stalin, o historiador russo Edvard Radiznski afirma que, tal como no caso de Napoleão, o ditador soviético foi envenenado. O responsável seria o comandante da sua guarda, o coronel I, Khrustalev, a mando de Béria.

Radiznski está baseado no testemunho de Piotra Lozgachev, um dos guardas próximos de Stalin. Na noite de 28 de fevereiro de 1953, o ditador assistira um filme na cabine do Kremlin, em companhia de seu Estado-Maior: Béria, Nikita Kruchev, Georgii Malenkov e Nicolai Bulganin. Em seguida, foram jantar na datcha de Kuntsevo, nas proximidades de Moscou. Após a retirada dos convidados, na madrugada do dia 1.º de março, Stalin teria dado ordens para que seus guardas fossem dormir, mas, segundo Lozgachev, a ordem não partira do ditador, mas do chefe da guarda Khrustalev.

No dia seguinte, os guardas ficaram preocupados porque passava do meio-dia e Stalin ainda não saíra do quarto. Ninguém se atrevia a incomodá-lo. Às 22h30, Lozgachev decidiu verificar o que se passava e encontrou Stalin caído no chão, sem conseguir falar. Os guardas avisaram aos dirigentes, mas eles não quiseram chamar os médicos.

Um deles, Béria, disse: "Vocês não estão vendo que o camarada Stalin está dormindo?" Quando os médicos chegaram, já 14 horas haviam se passado desde que Stalin sofrera, segundo laudo oficial, uma hemorragia cerebral.

Esses teriam sido os fatos, bastante prováveis por sinal, para quem conhece os bastidores de qualquer poder ditatorial. O historiador russo que levantou o caso atribui o atentado ao receio que os assessores mais imediatos de Stalin tinham da possibilidade de uma terceira guerra mundial, para a qual a União Soviética ainda não estava preparada. Julgavam que

Stalin, no início dos anos 50, estaria saudoso do prestígio e da glória de ter resistido a Hitler e o derrotado: soldados russos foram os primeiros a penetrar no bunker de Postsdam Platz, onde o líder nazista se suicidara pouco antes.

Stalin capitalizou, com justiça é bom que se diga, o heroísmo da resistência e a definitiva vitória sobre Hitler, embora ao altíssimo custo de milhões de russos que deram suas vidas para o triunfo final. No começo dos anos 50, ele manobrava sub-repticiamente para um confronto com seus antigos aliados, confiando na obstinada resistência do povo russo em vencer aqueles que ousavam pisar em seu território, fossem eles um Napoleão Bonaparte ou um Adolf Hitler.

Enquanto Stalin manobrava com os olhos postos na história e na sua biografia, os hierarcas do Kremlin não sabiam o que fazer para deter a megalomania do chefe. Ele não se convenceria com nenhum argumento de ordem técnica ou política. Desejava passar à posteridade como o maior nome do século XX. A única maneira de detê-lo era eliminá-lo com todas as honras a que tinha direito.

A teoria do historiador Radiznski poderá ser comprovada um dia, mas a verdade é que, no contexto da situação soviética e mundial, a liderança de Stalin já estava exausta e a corte de um ditador alimenta toda espécie de víboras que desejam sucedê-lo. Tanto foi verdade que a nova ordem que assumiu o poder no Kremlin, sob o comando de Kruchev, na primeira oportunidade se livrou de Béria, condenando-o ao fuzilamento.

★★★

Relaciono esses fatos aparentemente marginais, no tempo e no espaço, e poderia citar uma centena de casos parecidos, para dar exemplos da mistificação de muitas mortes que tiveram explicação natural e legal, mas foram provocadas por grupos interessados em eliminar adversários, inimigos, rivais ou pessoas que se tornaram incômodas em determinado contexto.

Voltando aos casos que decidi pesquisar, as mortes de JK, Jango e Lacerda: com exceção deste último, cujo desaparecimento até agora não foi objeto de inquérito ou de comissão, os casos de JK e Jango não apenas provocaram processos. Pessoalmente acompanhei, como jornalista desativado, os trabalhos das duas comissões encarregadas de apurar as circunstâncias do desaparecimento dos dois ex-presidentes.

Tanto no primeiro como no segundo caso, foram registradas falhas de fundo e forma, não por desonestidade dos deputados encarregados das investigações, mas por imperícia, falta de técnica específica e, acima de tudo, constrangimento em invadir a vida particular de um e de outro ex-presidente e de sua família.

No caso de Jango, a Comissão Externa da Câmara dos Deputados, ao contrário de uma CPI, sem poder de Justiça, convidando, mas não podendo obrigar ninguém a depor, deteve-se quando se tornou necessário ouvir o depoimento de sua viúva, única pessoa que confessadamente estava com Jango na noite e na ocasião de sua morte. Compreende-se o constrangimento da Comissão, uma vez que dona Maria Thereza Goulart, sem provas concretas, na base do disse me disse, seria acusada por muitos dos ex-amigos e companheiros do marido de ter participado de um crime que também não ficou definitivamente provado.

O fato de por duas vezes ter sido negada a exumação do cadáver de Jango, uma das vezes pela própria família do ex-presidente, serviu para ampliar as suspeitas. E a confusa partilha dos bens deixados por ele criou cisões e provocaria processos entre seus procuradores, advogados e auxiliares.

A soma de tudo isso impediu que a Comissão chegasse a uma conclusão. O relator, Miro Teixeira, invocando a condição de parlamentar e advogado, declarou que só poderia chegar a um resultado diante de provas concretas, mas deixou clara a sua posição pessoal: diante de tantos indícios, ele acreditava que Jango tinha sido assassinado.

Mais contundente foi o ex-governador Miguel Arraes que, em seu depoimento à Comissão, mandou os fatos às favas, dizendo textualmente que Jango foi realmente assassinado e que os fatos, apurados ou não, constituem uma questão à parte.

No caso de JK, contrariamente a de Jango, amigos e familiares revelaram o propósito de investigar o desastre que o matou, mas, sobretudo nos meados dos anos 90, este propósito até certo ponto prejudicou as investigações, com o surgimento de hipóteses descabidas, que não se confirmaram e tumultuaram mais ainda a questão. Foi o caso da bomba que teria explodido no carro e do atirador de elite que teria alvejado o motorista na cabeça ou num dos pneus dianteiros.

De tudo o que presenciei no Médico Legal, na noite de 22 de agosto de 1976, quando se aguardava a chegada do corpo de JK, de tudo que li e ouvi durante tantos anos, cheguei à certeza de que oficialmente jamais se chegará a uma conclusão, e que a verdade só será obtida pelo esforço e pela sorte de um pesquisador pirata, desvinculado de qualquer mandato oficial ou oficioso.

Para dar um exemplo que não tem identidade, mas analogia com a morte dos três, citaria o caso Watergate, nos Estados Unidos. Não foi a polícia nem os órgãos oficiais de inteligência e investigação dos Estados Unidos que descobriram e divulgaram a escuta clandestina nos escritórios do Partido Democrático situados naquele edifício à margem do rio Potomac. Foram dois jornalistas do *The Washington Post*, que ameaçaram seus empregos e até mesmo seus pescoços na investigação daquele delito, atribuído pessoalmente ao presidente Nixon, que ameaçado de *impeachment*, foi obrigado a renunciar.

Tem mais: a partir de certa etapa das investigações, o principal informante dos dois jornalistas foi um personagem misterioso, cuja identidade até hoje não foi apurada, e que ganharia o codinome de *Deep Throat* (Garganta Profunda).

Aproveitando a deixa: o deputado Neiva Moreira, também cassado e exilado pelo Movimento Militar de 1964, apresentou a João Goulart, na sua estância do Uruguai, uma lista em que estavam relacionadas as principais lideranças políticas da América Latina que deveriam ser eliminadas. O nome de Goulart e Brizola constavam da lista. Perguntado na Comissão Externa da Câmara dos Deputados, e sucessivamente por amigos mais chegados à sua causa e pessoa, ele declarou que não podia citar sua fonte, esclarecia apenas que se tratava de um diplomata ainda em exercício, e que ele se obrigara a mencionar pelo codinome de "X-9".

"Garganta Profunda" e "X-9" podem até ser uma colagem de diversos informantes, mas não importa se o codinome era individual ou coletivo. Importa a veracidade da informação que transmitiam. No Caso Watergate, houve total confirmação dos fatos. No caso do X-9, embora os detalhes e a operação em si não estejam ou não possam ser provadas, o resultado final (a morte dos líderes) aconteceu realmente, num período de tempo que se ajusta ao aviso do misterioso informante escondido no codinome do famoso agente da ficção policial.

A morte de Carlos Lacerda, contudo, não foi anunciada como a dos dois ex-presidentes. Nenhuma suspeita surgiu, embora muitas pessoas ligadas a ele ou à vida pública daqueles anos tenham estranhado, primeiro, a coincidência das três mortes dos signatários da Frente Ampla; segundo, a rapidez com que seu quadro clínico passou de uma simples gripe com dores nas articulações para o quadro final de um óbito em apenas poucas horas de internação numa das clínicas particulares mais conceituadas do país.

Por isso mesmo, a sua morte foi a que mais me preocupou, uma vez que não havia depoimentos, suspeitas e muito menos evidências de uma negligência proposital ou casual que precipitasse a deterioração de seu quadro clínico.

Farei um texto a parte sobre as circunstâncias que apurei junto à Clínica e aos médicos que o atenderam. Mas desde agora, neste *intermezzo*, que ocorre no contexto político da época, a figura de Carlos Lacerda era a que mais ameaçava o regime militar.

Foi ele o responsável direto ou indireto pela deposição de três presidentes da República: Vargas, Jânio e Jango. Apelidado por seus adversários e inimigos de "O Corvo da rua do Lavradio", referência ao endereço da *Tribuna da Imprensa*, jornal de sua propriedade e veículo principal de suas campanhas demolidoras, Lacerda era o porta-voz mais categorizado da extrema direita, apesar de ter atuado, quando moço, na Juventude Comunista.

Seu prontuário no Departamento de Ordem Política e Social (D.O.P.S,) tem momentos de intensa investigação em dois regimes que combateu: o da ditadura Vargas, a partir de 1935 até a queda do ditador em 1945; e a partir da criação da Frente Ampla, em 1967, quando, abandonando seus amigos e companheiros da direita e da extrema direita, teve seus passos seguidos em regime de tempo integral pela polícia política e pelos serviços de inteligência do Exército, uma vez que juntou-se a elementos do Partido Comunista que aceitariam até mesmo ser liderados por ele numa campanha contra os militares, acenando inclusive com a possibilidade de, restaurada a democracia no país, seu nome ser lançado como candidato à presidência da

República pela grande coligação de forças populares e políticas que teriam derrubado a ditadura.

O exame das fichas obtidas no D.O.P.S, revelam a prioridade dos órgão de segurança em monitorar seus encontros, telefonemas, viagens e até mesmo seu lazer em seu sítio no Rocio, nas vizinhanças de Petrópolis, onde cultivava roseiras. A 15 de maio de 1977, sete dias antes de morrer, ferido no dedo polegar da mão direita, ele ditaria para sua secretária Maria do Carmo Evangelhista uma carta agradecendo a um crítico literário da *Folha de S.Paulo* que naquele mesmo dia publicara um artigo elogioso ao seu último livro. Mas não pôde assiná-la — segundo a secretária, por causa de "seu estado de saúde".

Impressionante, também, foi o pavor que a Frente Ampla, em parte criação sua, causara ao regime militar. Desfeita pelo governo, representou realmente o risco mais grave à continuação da ditadura. Ao ser preso, em dezembro de 1968, prestou longo depoimento a uma junta de militares e todas — todas mesmo — as perguntas que lhe foram feitas eram referentes à Frente Ampla.

Numa das respostas, Lacerda se declarou vencido temporariamente. Não podia representar qualquer perigo na situação em que estava, preso, com seus direitos políticos suspensos por dez anos, vigiado severamente em todos os seus passos, com telefones grampeados e correspondência violada. Contudo, num arroubo de valentia que lhe era próprio, declarou que, tão logo tivesse condições, tudo faria, inclusive arriscando a própria vida, para derrubar o regime autoritário.

Não se tratava de uma bravata. As principais lideranças do governo militar eram, de uma forma ou outra, oriundas do lacerdismo mais radical, conheciam e respeitavam, mais que isso, admiravam seu poder de fogo, sua capacidade demolidora.

Com a lenta e gradual abertura do regime promovida pelo presidente Ernesto Geisel, com o fim da suspensão de seus direitos políticos em 1978, nada de admirar que, um ano antes, ele fosse incluído entre aqueles que poderiam mobilizar contra os militares a opinião pública, que necessitava apenas de uma poderosa liderança que Lacerda saberia exercer, pela primeira vez em sua vida, reunindo em torno de si o espectro político da nação.

Capítulo 14

Do diário do Repórter — maio de 2002. Estou em São Borja. Acabo de sair da casa de Percy Penalvo. É quase ao lado do hotel, mas, quando entro na recepção, tenho a impressão de que caminhei quilômetros.

Sinto-me atordoado. Percy Penalvo deu-me ainda mais certeza: o ex-presidente João Goulart foi assassinado numa operação que pretendeu eliminar líderes políticos na América Latina que poderiam ameaçar a abertura do regime militar. Mas Percy não me deu o que mais precisava: a prova. Compactuava com minha teoria, no entanto frisou: "Não me animo a dizer que o doutor foi assassinado."

Peço a chave do quarto 107. O recepcionista me entrega um bilhete: "Verônica ligou". Devia ter acontecido alguma coisa séria. Ela não gostava de ligar. Aliás, isso era o que mais apreciava nela. Não era inconveniente. Respeitava meu silêncio. Respeitava minha solidão. Principalmente quando sabia que eu estava mergulhado no meu assunto, que se transformara em obsessão. Eu vivia deprimido, ela sabia. Não queria ser incomodado enquanto percorria o meu caminho sem volta. E ela, a seu modo, me ajudava.

Liguei, assim que entrei no quarto. Tinha chegado um telegrama de Porto Alegre, urgente. Verônica sabia que eu esperava por isso há tanto tempo, achou que devia me avisar.

Depois do término da Comissão destinada a esclarecer em que circunstâncias ocorreu a morte de João Goulart, decidi procurar pessoas que não haviam sido ouvidas e também algumas que depuseram, mas com as quais gostaria de conversar pessoalmente — para, quem sabe, obter informações que talvez tenham preferido não revelar aos deputados.

Fui atrás do ex-tenente da Polícia Secreta do Uruguai, preso em Porto Alegre, citado pelo *Zero Hora* numa matéria publicada na época da comissão da Câmara dos Deputados. Em sua edição de 21 de junho de 2000, o jornal dizia que ele escrevera uma carta à Comissão na qual afirmava que Jango morrera envenenado.

Miro Teixeira, o relator da Comissão, garantiu-me que esta carta jamais chegara às suas mãos. Muito menos os faxes que João Vicente me mostrou, endereçados à Comissão, solicitando que o preso fosse ouvido. Na época em que conversei com o deputado, ele me disse que, se eu lhe enviasse cópias desses faxes, daria um jeito para que o preso fosse escutado, mesmo já tendo sido encerrada a Comissão. Foi o que fiz imediatamente. Mas o contexto político, comprometido com as eleições marcadas para outubro próximo, absorveu Miro Teixeira integralmente, não lhe sobrando tempo para cumprir a promessa.

A melhor maneira de começar a busca a Ronald Mário Neyra Barreiro, nome citado pela matéria, era óbvia: ligar para o Presídio Central de Porto Alegre. Lá me informaram que teria de telefonar para a Divisão de Controle Legal, a fim de localizar o preso, saber se tinha advogado ou não, e outros detalhes que me permitissem o contato com ele. Depois de duas ou três ligações, mais três ou quatro transferências de ramais, me informaram: essa pessoa ficou registrada aqui com sete nomes diferentes: Mario Ronaldo Barreiro Neyra, Antônio Meireles Lopes, Ronald Mário

Neyra Barreiro e outros. Está na Penitenciária de Alta Segurança de Charqueadas, a mais ou menos uma hora de Porto Alegre. Não adianta solicitar qualquer autorização para entrevistá-lo, antes que ele próprio concordasse.

— Tudo bem. Mas como conseguir a concordância dele? — perguntei ao funcionário que falava comigo.

— O único jeito é mandar uma carta para ele no presídio: RS 405 Km 3 — Charqueadas — Rio Grande do Sul.

— Qual é chance de a carta chegar até ele? — insisti.

— Que chega, chega. Agora, se ele vai responder é outra história...

Era perda de tempo continuar aquela conversa. Agradeci e me resignei a escrever uma carta para quem não sabia sequer o nome correto. Não sei por que optei por Antônio Meireles. Verônica me disse:

— Sabe quando esse preso vai responder? Nunca. Desista.

Não respondi. Não tinha o que responder. Claro que queria a entrevista, mas também se não conseguisse... Tanta coisa já não tinha dado certo ... mais uma, menos uma... Verônica entendeu. Não falou mais no assunto, até aquele dia.

— Posso abrir? — perguntou ela.

— Claro! Leia para mim.

"Favor entrar em contato com as advogadas do sr. Antônio Meirelles, dras. Maria Helena ou Fernanda." E havia os números do telefone das duas.

Desliguei rapidamente e emendei uma ligação na outra.

— Por favor, a dra. Maria Helena ou a dra. Fernanda.

— Sou eu, Maria Helena.

Expliquei que tinha recebido o telegrama, estava ligando para saber da possibilidade de entrevistar Antônio Meireles.

— O senhor me diz quando pode vir a Porto Alegre para eu pedir autorização à Susepe (Superintendência dos Serviços Penitenciários). Mas já aviso que tem um repórter da revista *Veja* que também está interessado nessa entrevista. Mandou umas perguntas que já estão respondidas. O que posso fazer é esperar que ele chegue aqui, antes de mandar as respostas.

Estranhei a objetividade e a rapidez da decisão da advogada. Achei que fosse mais complicado. Também estranhei o comentário sobre o repórter da *Veja*. Não podia imaginar que a revista estivesse interessada no assunto. A única referência que tinha sobre o preso era a da matéria do *Zero Hora*, mas em 2000. Por que somente agora a revista se interessaria? Talvez pelo mesmo motivo que eu: acabou a comissão, saiu o relatório. Mesmo assim... Será que o tal Meireles estava querendo dinheiro? Se a questão fosse essa, não teria jogo. Além de não ter dinheiro, não concordava com isso. Não era ético.

Não comentei o problema com a advogada. Melhor discutir o assunto pessoalmente. Disse que estava em São Borja, precisaria de mais alguns dias, mas teria de passar por Porto Alegre, antes de voltar para o Rio. Era a oportunidade. E assim ficou combinado.

Do diário do Repórter — Porto Alegre, 18 de junho de 2002. Oito horas da manhã. O telefone toca. A recepcionista avisa: A sra. Fernanda o aguarda. Desci imediatamente. Encontro na recepção uma moça morena, bonita, longe dos trinta anos, vestia um sobretudo de lã preto — estava frio, muito frio, e chovia. Impressionou-me. Como podia uma menina como aquela estar envolvida com presos, presídios de alta segurança?

— Prazer. Sou Fernanda, trabalho com a Maria Helena. Ela está nos esperando no carro — disse-me a advogada.

Limitei-me a acenar com a cabeça e a estender-lhe a mão. Quando respondeu ao cumprimento, notei que tinha aliança no dedo anular direito. Era noiva. E daí? Mesmo que não fosse. Há muito não tinha chance com ninguém nem com nada. Não tinha chance nem com a própria vida. Tinha a Verônica... que não chegava a ser uma chance. Era um encontro de semelhantes. Éramos obsessivos. Eu pela minha busca; ela, não por mim, pela minha obsessão.

Maria Helena era uma senhora, mais de quarenta anos. Explicou-me que tinha um escritório e que Fernanda começara há pouco a trabalhar com ela: "É nova, mas competente, firme em suas opiniões, às vezes, até mais do que eu."

Quis saber o porquê de o cliente delas... qual era o verdadeiro nome dele? Parece que tem vários...

— O nome verdadeiro dele é Mário Ronald Neyra Barreiro, mas está registrado no presídio como Antônio Meireles, aliás esse é um dos motivos pelo qual está preso — respondeu Maria Helena.

— Mas falsidade ideológica não leva ninguém a uma penitenciária de alta segurança...

— Ele é considerado indivíduo de alta periculosidade. Também responde por formação de quadrilha, receptação dolosa, uso de armas proibidas e porte de tóxico. Antes, estava no Presídio Central de Porto Alegre, depois que abriu a boca sobre a morte do presidente (João Goulart) foi transferido para a Pasc (Penitenciária de Alta Segurança de Charqueadas). Não tem muito tempo que pegamos o caso dele, estamos tentando a troca de regime. Também corre um inquérito de extradição contra ele — informou Maria Helena, enquanto Fernanda abria uma pasta e me entregava documentos relativos aos processos do preso.

Antes que eu começasse a folheá-los, Maria Helena disse:

— Vou ser sincera. Por mim, o Mário não falava com o senhor e nem respondia nada ao repórter da *Veja*. Isso pode prejudicá-lo. A partir do momento em que ele assume integrar o grupo que assassinou João Goulart, terá que responder por mais um crime.

— Mas não está provado que João Goulart foi assassinado. Houve até uma comissão em 2000 que não chegou a essa conclusão, apesar dos indícios serem fortes. Ele tem provas?

— Ele diz que tem. Já nos relatou, mas nunca nos mostrou nada, além de um livro, manuscrito, em que conta, com detalhes, como foi feita a operação para eliminar João Goulart. Também entramos na Justiça com um pedido para a publicação do livro.

Comecei então a folhear os documentos que Fernanda me entregara. Lá estava, dirigido ao juiz de Direito da Vara de Execuções Criminais do Foro Central de Porto Alegre/RS, o pedido de autorização para publicação de livro, que exaltava a "biografia do réu":

> Primeiro, devem ser ressaltados alguns esclarecimentos sobre a biografia do réu: Mario Ronald Neyra Barreiro pertenceu ao serviço secreto do Uruguai, desempenhando funções como policial e militar, formando parte da polícia das Forças Armadas, além de outras instituições em que foi implantado." Era conhecido como "Tenente Tamuz".
>
> Em consequência de suas atividades acima citadas, presenciando inúmeras ocorrências da história de nosso país, algumas não esclarecidas até a presente data, resolveu escrever um livro com detalhes de todas as operações secretas do governo brasileiro do período da Ditadura Militar, as quais possuíam estreitas relações com o serviço secreto uruguaio, revelando "sórdidas ati-

vidades de inteligência", as quais ocorreram no referido período.

O referido livro esclarece a morte do ex-presidente brasileiro João Goulart (Operação Escorpião), além das façanhas ilegais que aconteceram na chamada época de "chumbo" e que ainda não estão totalmente esclarecidas, e de outras que continuam acontecendo com a mesma cobertura e impunemente burlam nossa ingênua democracia.

Saliente-se que o referido livro fora escrito há alguns anos, tendo sido destruído por autoridades uruguaias, quando descoberto na residência de um amigo do réu, o qual também está sendo alvo de perseguições políticas (...).

Porto Alegre, 27 de março de 2002
Bel. Maria Helena Ferreira Viegas
Bel. Fernanda Fernandes Leal

Num documento em anexo, o próprio preso explicava ao juiz da VEC (Vara de Execuções Criminais) de Porto Alegre, Fernando Flores Cabral:

> Tenho finalizado o manuscrito em português de um livro de minha lavra que titulei *Morte Premeditada* e refere-se às sórdidas e ilícitas atividades exercidas pelos serviços secretos da América Latina durante as ditaduras militares e outras não menos repugnantes e acobertadas que acontecem ainda no presente e burlam sorrateiramente a ingênua democracia e lesam contraditoriamente a sociedade que de ônus deveriam proteger.
>
> O tema principal do livro é a revelação do covarde e premeditado assassinato de

que foi vítima o ex-presidente brasileiro João Belchior Marques Goulart, solicitado pelo D.O.P.S, do Brasil a seus pares e vizinhos, não tão conhecidos, mas não menos sinistros do Serviço Secreto do Uruguai no entorno de um acordo escuro e criminal.

O macabro estratagema foi sutilmente articulado por interesses alienígenas, coordenado entre os serviços secretos de três países e executada por uma equipe seleta de "Agentes Especiais" do Grupo Gamma da elite da Inteligência do Uruguai. A ação que seria classificada de "ultrassecreta" foi chamada de "Operação Escorpião", contou com a cobertura do tão negado "Plano Condor" e teve o patrocínio econômico da CIA que como sempre estava por trás dando conselhos e indicações, fingindo-se de aliada e filantrópica, mas não com muito claras intenções e sim com escuros interesses de tirar vantagens da situação (...). Para sustentar as minhas afirmações tenho provas irrefutáveis em minha posse como, por exemplo, 40 horas de conversações inauditas, gravadas sub--repticiamente, com o ex-mandatário nos últimos anos de seu exílio e dados exclusivos que somente são de conhecimento de alguns dos parentes mais chegados a Jango e dos poucos agentes envolvidos no acontecimento secreto que ainda estão com vida (...).

Mário N. Barreiro
Charqueadas, 22 de março de 2002

Num texto prejudicado, com erros de português e de concordância, talvez por ser uruguaio, e com visível esforço em impressionar as autoridades competentes, Mário Neyra Barreiro era a testemunha que eu procurava há anos! E tinha provas! Pelo menos era o que dizia.

— Vocês já viram e ouviram essas fitas? — perguntei às advogadas.

— Não, ele apenas nos disse que tem e que estão escondidas — respondeu Fernanda.

— E vocês acreditaram! E se ele estiver mentindo? Os antecedentes dele não ajudam. Como o conheceram e se tornaram advogadas dele?

— Bem, sou advogada criminalista há muitos anos. Tenho clientes na Pasc e um deles, o Papagaio, me pediu que ajudasse ao Mário e a um amigo dele, o Ricardo Anacleto, também uruguaio, que está na mesma situação: responde por formação de quadrilha, receptação dolosa, uso de armas proibidas e porte de tóxicos. Tem pedido de extradição também contra ele. Nem cobramos nada. Já ouviu falar do Papagaio? — perguntou Maria Helena.

— Papagaio? — Tive de ser sincero: — Não, nunca tinha ouvido falar no Papagaio.

— Aqui no Sul, ele é uma espécie de Fernandinho Beira-Mar. Manda no presídio, nos presos, controla os celulares usados na penitenciária, tem muito dinheiro. E ai de quem não cumprir as ordens dele. Na época em que estavam apreendendo celulares em vários presídios, eu avisei ao Papagaio para tomar cuidado. Sabe o que ele me disse? "Doutora, não se preocupe, não. Aqui não acontece nada comigo. Para eu cair, muita gente lá de cima tem de cair primeiro."

A vantagem de não se ter nada a perder é justamente não ter nada a perder, pode-se arriscar tudo. Nenhuma dificuldade em conseguir autorização para entrar numa penitenciária de alta segurança e entrevistar um preso, considerado de alta periculosidade, porém, protegido pelo Fernandinho Beira-Mar do Sul. Mais: meu entrevistado teria participado da Operação que assassinou João Goulart. Mais ainda: tinha provas disso.

Aí está o problema de não se ter nada a perder. Poderia desistir de tudo, voltar para casa, escrever um romance sobre aquela história fantasiosa que começava a se desenrolar à minha frente. Mas não, agora, iria até o fim. Era nisso que pensava, quando Fernanda me trouxe de volta à realidade.

— Daqui a uns vinte minutos estaremos na Pasc.

Não respondi. Decidi que não perguntaria mais nada. Não queria escutar alguma coisa que pudesse me dar a certeza de que estava entrando numa fria. Até porque, apesar dos indícios, poderia não estar entrando numa furada. Resolvi que iria pagar para ver. Ridículo por ridículo, tanto me fazia.

Voltei a folhear os documentos. Havia a ementa que deferia o pedido do governo da República Oriental do Uruguai para extradição de Ronald Neyra Barreiro e de Ricardo Anacleto Ruiz Mendieta, assinada, em 21 de março de 2001, pelo ministro Carlos Velloso, presidente do Supremo Tribunal Federal, e pelo ministro do STF, Néri da Silveira. Em seu relatório, Silveira explicava por que o governo do Uruguai pedia a extradição dos presos: eram delitos vários, mas comuns, sem caráter político. Um trecho explícito: "Opondo-se ao pedido de extradição por temer atos atentatórios contra a sua integridade física e a sua própria vida; e atribuindo as acusações à perseguição política a que vem sofrendo por ter participado, no período do regime militar, de operações de repressão aos opositores do governo uruguaio daquela época, o que o levou, aliás, a buscar abrigo em nosso país."

Os dois ministros concediam a extradição dos presos solicitada pelo governo uruguaio. Encontrei também a contestação apresentada por Maria Helena e Fernanda ao inquérito policial de expulsão de Ronald Neyra Barreiro. Nela, as advogadas se referiam no item "Da Perseguição Política e Risco do Indiciado" a um "convite da revista *Veja*, através do repórter Cláudio Carvalho, a fim de que o indiciado concedesse entrevista relatando todas as situações-limites vividas pelo mesmo na época da Ditadura Militar, o que não se concretizou até a presente data, tendo em vista estar preso no país e receoso de que seja expulso e morto em seu país de origem".

— Tiveram contato com esse jornalista da *Veja*?

Maria Helena tomou a iniciativa.

— Não. Mas o Mário nos mostrou o questionário que lhe foi enviado. Parece que esse jornalista esteve com ele na época em que ainda estava no Presídio Central, leu o livro e fez algumas perguntas por escrito. Quando pegamos o caso, formulamos outras perguntas que o Mário também respondeu. O questionário do jornalista tem umas 100 perguntas e respostas. O Mário ficou com medo de devolver o questionário e ser punido depois da publicação.

— Mas vocês não falaram com o jornalista?

— Não.

— Como puderam fazer uma defesa em cima de um fato sem checar?

— Se eu suspeitar que meu cliente está mentindo para mim, não posso defendê-lo.

Achei melhor cortar a conversa. O que menos queria era me desentender com as advogadas.

— Desculpe-me, tem razão. Isso é mania de repórter. Não tive intenção de ser indelicado.

Voltei a folhear os documentos. Eram vários. Logo em seguida, Fernanda me chamou a atenção:

— Está vendo aquela construção ali? É a Pasc.

Um pouco adiante, Maria Helena virou à esquerda numa estrada de terra. Alguns homens capinam à beira do caminho. Fernanda explicou:

— Esses são presos que cumprem regime semiaberto e trabalham como forma de diminuir a pena.

Paramos no estacionamento. Fazia frio. Meu casaco de couro velho e um cachecol que Verônica me emprestara de nada adiantavam. Chovia. Caminhamos até o portão de entrada, onde, numa guarita, nos sujeitamos aos procedimentos de praxe: entrega da autorização da Susepe para a entrevista, documentos e celulares.

Não tenho qualquer motivo para ser amável com as pessoas. Mas, mesmo assim, numa espécie de desvio de personalidade, insisto em ser agradável. Enquanto era revistado por um guarda, disse para a policial que recolheu meu celular: — "Se alguém me ligar, diga que estou numa penitenciária de alta segurança e sem previsão para minha saída."

Ela não riu, o guarda não riu, as advogadas não riram. Não era a primeira vez que entrava num presídio, por obrigação profissional, e já tinha reparado: pessoas que trabalham em presídios nunca riem. Rir em situações assim é para quem não tem mais nada a perder.

Terminaram a revista, outro guarda abriu dois portões de ferro e, enfim, eu e as advogadas saímos num pátio. Depois de atravessá-lo, percorremos um corredor comprido. Estava frio, mais frio do que lá fora. Chegamos diante de outro portão. Fui mais uma vez revistado, antes de passar para uma espécie de hall, onde, atrás de uma velha mesa de madeira, uma policial nos sujeitou novamente ao ritual de conferência de autorização e documentos. A mulher, entre uma pergunta e outra, entre uma conferência e outra, tomava chimarrão. Tive vontade de pedir um gole — sei que gaúchos têm o hábito de compartilhar as cuias de chimarrão. Lembrei-me a tempo que não era conveniente tentar ser agradável.

— A autorização é para que a entrevista seja feita numa das salas da assistência social e não no parlatório — disse Fernanda à policial.

— Por que isso agora? — perguntei.

— Se não avisarmos, vão colocar você para falar com ele ali — Fernanda apontou para uma sala onde os presos, para conversarem com advogados e outras visitas autorizadas, ficam atrás de grades e não têm contato físico com os visitantes. — Nós nunca nos aproximamos do Mário, sempre conversamos com ele no parlatório. Essa será a primeira vez.

A mulher chamou o guarda, entregou um papel para que o diretor do presídio assinasse, deu outro para que eu e as advogadas assinássemos e depois de uns quinze minutos liberou nossa entrada.

Passamos por mais um portão de grades e ferro e fomos conduzidos à uma sala relativamente pequena, com uma mesa de madeira e três cadeiras daquelas que têm um braço que serve como mesa, usadas em escolas. Tudo velho. Tudo decadente. Estava cada vez mais frio.

Não demorou muito para que um policial entrasse conduzindo um homem com os braços algemados para trás. Era Mário Neyra Barreiro. Ou Antônio Meireles Lopes. Ou qualquer outro nome que ele tenha se dado. Nem alto nem baixo, magro, muito magro, calvo, cabelos e barba grisalhos, de óculos. Usava um terno cor de gelo, camisa branca, e uma gravata em tons de marrom e amarelo que dava um toque interessante ao traje. Muito diferente da figura que esperava encontrar. Arrisco-me a dizer que era distinto. Um contraste enorme com os antecedentes que tinha dele.

Maria Helena nos apresentou:

— Esse é o Repórter que está pesquisando sobre a morte de Jango.

Não tinha como cumprimentá-lo. Dirigi-me ao policial:

— Ele vai ficar algemado?

— São ordens.

— Será que pode pelo menos algemá-lo com as mãos para a frente? — pedi.

Já seria difícil conversar com um homem algemado, ainda mais com as mãos para trás. Outro desvio de personalidade: gesticulo muito quando falo. Verônica diz que, se prender minhas mãos, não sou capaz de articular sequer um oi. Mais um desvio de personalidade: penso que os outros são como eu.

O guarda concorda. Muda a posição das mãos do preso e põe ao lado dele uma sacola de papel, já rasgada, repleta de papéis.

— Esse é meu arquivo de documentos. Comprovam que falo a verdade — disse Mário.

A partir de agora, o que passo a relatar é a compilação das declarações que Mário Neyra Barreiro me deu, durante cerca de 14 horas de entrevista, em dois dias, no primeiro, na presença das advogadas e, no segundo, sozinho. Gravava nossa conversa; à noite, usava o computador do hotel para transcrevê-la e salvava o texto num disquete. Jamais teria paciência de esperar meu regresso ao Rio para fazer esse trabalho.

Mário é bem articulado, fala muito, mistura coisas que parecem ser importantes com outras banais, revela às vezes uma certa confusão mental. Vai e volta nas histórias. Tem tendência a repetir a mesma coisa inúmeras vezes. Em alguns momentos, me deixou absolutamente convencido de que participou de uma conspiração que assassinou João Goulart. Em outros, tive certeza de que se tratava de um mitômano.

Como organização nunca foi meu forte — ainda mais agora, que não tenho esperança de ter minha matéria publicada e, mesmo assim, prossigo na minha obsessão —, aqui na quitinete da Glória, diante do computador, tenho dificuldade de dar ordem às declarações de Mário. De qualquer forma, é uma tentativa de fazer um texto final sobre minha experiência em Charqueadas, de dar algum sentido a tudo que escutei e presenciei. Mário começou nossa conversa, depois de lhe explicar o motivo que me levara até ele. Avisei-o que iria gravar tudo o que ele me dissesse.

— Aceitei conversar com o senhor contra a vontade de muita gente — começou Mário, enquanto remexia nos papéis que trouxera na sacola. — O Ricardo, meu amigo uruguaio, que também está preso aqui, me mandou essas duas cartas:

> *Charqueadas, 16 de maio de 2002*
> *Mario:*
> *La abogada dice que vas a dar una entrevista a unos periodistas, quedo muy preocupado, por favor, cuidate en lo que vas a decir, no quiero compromisos, vos tienes derecho a decir las cosas que sabes, pero tu derecho termina donde comiensa el mio, asi que tiene mucho cuidado, no te olvides que yo también estoy siendo prejudicado por esto maldito libro.*
> *Cuando comensastes a escribirlo en 1984 por ayudarte, el Hugo (Fue), lo matarón, a Roberto también y solo por ayudarte, a juntar natos informaciones y pruebas, yo aún estoy vivo po no sé que suerte, mas vos no ignoras cuantas veces quicierón matarnos y cuanto emos sufrido por ese maldito libro, ¿Porque? ¿Porque incistis? Deja todo com esta! (...) Vos tiene derecho a hablar lo que te paresca más justo, más cuidado, yo no quiero más represarias, estoy cansado. Todo eso nos dió, percecución, torturas, balas y carcel.*

A segunda carta acrescentava novos argumentos para que Mário não falasse ou falasse com máximo cuidado.

Si vas a declarar a los de la Tv o jornal, cualquiera que sea mirá bien lo que dices, no quiero compromisos, sin garantias pues tu no ignoras que por tu própio telefono fui amenasado yo y mi familia, y no solo en Uruguay si nos extradictan, si no tambiém aqui. (...) No sea que, nos perjudique más ya no aguanto más, persecuciones, tiros, malas pasadas, causas injustas, fragantes fabricados, riesgo de muerte etc. Por lo que te pido mucha cautela y que me comprometas lo menos posible, ya no soporto más, inclusibe tu también tienes que cuidar tu propia vida y salud, cada ves que sale a luz, esas cosas nosostros más para abajo nos undimos.

¿Mira bién donde estamos cada ves más abajo'? ¿Donde terminaremos o como? cuida muy bién lo que tu dices, estoy aterrado apavorado como dicen aqui. Mucho cuidad.

— Esse seu amigo parece mesmo preocupado. Posso ver o livro? Quais são essas revelações que causaram tantos problemas para você e para o Ricardo?

Mais uma vez Mário abaixou-se e mexeu na sacola de papéis. Tirou um saco plástico, velho e sujo, mais do que manuseado: dentro, folhas menores do que as de tamanho ofício, desiguais, umas brancas, outras pardas, tinha até papel de embrulhar pão. Tudo em desordem. Era o tal livro manuscrito: "Morte Premeditada". Colocou-o sobre a mesa. Meu impulso, claro, foi pegá-lo. Mário foi mais rápido do que eu:

— Não! Ainda vou pensar se vou deixar o senhor ler!

— Não precisa me chamar de senhor — a resposta veio sem querer, não esperava a reação do preso, foi uma maneira de pensar como lidar com a situação.

— Então como lhe trato? Doutor? Jornalista?

— Trate-me de você. Vamos voltar ao assunto que me trouxe aqui.

— Antes de qualquer coisa, vou lhe explicar porque estou nesta penitenciária. É para ficar incomunicável. Porque, quando estava no Presídio Central, ligava para jornalistas, para o Ministério das Relações Exteriores, para o embaixador, para o cônsul e dizia: seu cônsul, sabe que eu sou inocente, vocês estão me perseguindo. Comecei a escrever o livro de novo, lá no Presídio Central — porque, em meados de 1984, eu e alguns companheiros, já havíamos escrito, não para vender, mas para nos proteger. Tiramos cópia, mas a polícia pegou o original. Um dos que ajudou a escrever o livro está preso aqui, com o nome de Marcelo Otensais, mas o nome verdadeiro é Ricardo Ruiz, que tinha o codinome de agente Cataldo. É esse que me mandou as cartas que lhe mostrei. Então, quando eu comecei a trabalhar no Presídio Central e a escrever meu livro, pedi para trabalhar na imprensa, na gráfica. Um dia, o capitão me chama e diz: "Bom, o negócio é o seguinte, você está escrevendo um livro sobre o quê? De maçonaria ou de política? Eu respondi: de política, Operação Escorpião. Ele disse: Pode escrever poesia, sobre maçonaria, se quer escrever — eu gosto do assunto maçônico, não é, mas não pode escrever mais esse livro, senão vai terminar na Pasc. E foi assim. Eu terminei aqui por escrever meu livro. Eles o roubaram, depois foi o jornalista da *Veja*. Eu não vou perder esse livro de novo. Tem de falar com as advogadas, não estou pagando nada a elas, pegaram meu caso por filantropia. Até pensei que fossem do Serviço Secreto para roubar meu livro. A mesma coisa pensei do jornalista da *Veja*, ele quis me dar mil dólares pela xerox do livro, aceitei, mas ele não me devolveu o livro. Tive que escrever tudo de novo — disse Mário, misturando assuntos num português carregado de sotaque uruguaio e entremeado por palavras em espanhol.

Às vezes ficava difícil compreendê-lo. Como não podia mudar o sotaque dele, pelo menos ia tentar colocar ordem nos assuntos:

— Sobre esse repórter que diz ser da *Veja*, Cláudio Carvalho, que as advogadas citam em sua defesa, tem certeza de que trabalha na revista? Estranho essa história de ele pagar mil dólares pela xerox do livro e nunca mais aparecer. Também imaginar que ele pertença a um Serviço Secreto, me desculpe, mas me parece fantasioso.

Antes que Mário respondesse, provoquei uma pausa na conversa. Perguntei ao policial que vigiava a porta como poderia conseguir café e água. As advogadas não estavam na sala. Fernanda tinha uma audiência e fora embora. Maria Helena aproveitou o intervalo para conversar com outros clientes. O guarda foi providenciar o café e água que eu pedira.

Precisava desta pausa. Tantas vezes fora acusado de mitômano, escravo de uma alucinação, pela convicção sobre a operação que eliminara João Goulart, Juscelino Kubitschek e Carlos Lacerda, e agora fazia o mesmo em relação àquele homem que estava na minha frente. Não. Não podia fazer isso. Tinha pelo menos obrigação de escutá-lo até o fim, antes de tirar minhas conclusões. Ainda mais porque ele tivera coragem de ir mais longe e mais fundo do que eu. Estava preso numa penitenciária de alta segurança. Bem verdade tinha nas costas condenações por formação de quadrilha, receptação dolosa, uso de armas proibidas e porte de tóxico, o que não era o meu caso, pelo menos ainda. E, muito provavelmente, estava preso por esses crimes e não por uma suposta perseguição política. Mas, apesar de ter acabado de conhecê-lo, sentia que tinha essa dívida com ele, escutar suas fantasias. E se não fossem fantasias? Acho que a dívida era comigo, não com ele.

— Desculpe-me por interrompê-lo. Estávamos falando do Cláudio Carvalho, que disse ser repórter da *Veja*. Tenho alguns conhecidos na redação da revista e nunca ouvi falar dessa pessoa — voltei à entrevista.

— O Cláudio foi lá no Presídio Central em 1999, levado pelo Daniel, para quem eu trabalhava quando fui preso. Ele disse que era intermediador, não era funcionário, mas fazia trabalhos para a revista. Ele falou: "Quando descubro uma boa matéria, tenho como pagar."

Expliquei-lhe o propósito de minha pesquisa, e ele ficou louco.

— Meu livro fala da morte de João Goulart, do veneno, da investigação, da troca dos frascos, do invólucro, do composto do veneno. Carlos Milles, médico-legista, chefe da Operação Escorpião, que sintetizou o veneno, foi assassinado. O repórter me perguntou: "Quanto tu quer?" Para mim aquilo não valia nada, eu fiz o livro como seguro de vida, não para vender, toda a minha vida eu escrevi poesia. Ele disse que poderia vender a entrevista, era um assunto quente, ia vender para *Veja*. Permiti que ele lesse o livro lá no presídio, então ele me ofereceu R$ 40 mil para eu responder 100 perguntas.

Mário colocou sobre a mesa um calhamaço de folhas tamanho ofício, digitadas em computador, cujo título era: *Questionário da revista* Veja. E continuou:

— Esse dinheiro resolveria meus problemas. Podia pagar as advogadas — que estão trabalhando de graça —, sustentar minha família — tenho uma filha brasileira, de 8 anos. Foi por isso que permiti que, pelos mil dólares, ele levasse o livro para fazer xerox, enquanto eu respondia as 100 perguntas, pelas quais me pagaria R$ 40 mil.

Pensei em questioná-lo sobre o fato de que, na época, ele ainda não tinha essas advogadas, aliás, não tinha nenhum advogado. Mas desisti. Era complicar ainda mais uma história que já era bastante complicada. Deixei que Mário continuasse:

— Depois, o repórter sumiu. Tive de escrever o livro de novo e, quando as doutoras assumiram meu caso, eu dei para que elas lessem. Elas gostaram do conteúdo e me fizeram mais 100 perguntas. E eu me fiz mais 100 perguntas. São 300 ao todo. As advogadas, então, registraram os direitos autorais, porque senão como eu vou pagá-las? Se eu não tenho dinheiro? Tiraram meu carro, roubaram meus bens. Dizem que eu sou assaltante. Se eu fosse assaltante eu teria pagado pelo menos as xerox que elas tiraram para mim. Eu não paguei nada a essas doutoras. Pensei que elas fossem do serviço secreto, que estavam querendo obter informações sobre mim. Até assinei um papel em branco para elas, porque se estavam querendo alguma coisa de mim, já tinham um documento assinado com a firma quente, com minha assinatura que está em meu documento. Terminei confiando nelas, porque como podem ter certeza de que eu vou pagar? Eu sou engenheiro, sempre trabalhei. Aqui no Brasil, quando fui preso, eu estava trabalhando em três empresas e não estava roubando. Estou preso por acusação de ter assaltado um carro-forte. Quando eu roubei um carro-forte? Eu estou prejudicado por ter falado sobre a morte de Jango. Não estou preso aqui porque sou uma cara perigoso. Eu nunca fui a favor da violência.

— Li seus processos, mas minha questão aqui não é se assaltou carro-forte, se usou armas proibidas ou se estava portando tóxico. Sinceramente isso não me interessa. Se é verdade ou não, não sou eu que vou averiguar. Estou aqui porque diz ter participado de uma conspiração internacional que assassinou o ex--presidente brasileiro João Goulart. Não tenho motivos para desacreditar, mas também não tenho motivos para acreditar. Preciso de provas. O senhor as têm?

Entrou o guarda com uma bandeja de alumínio, amassada e fosca — uma bandeja! Era um tratamento especial! Na bandeja, um garrafa velha e suja, duas xícaras, não muito diferentes da garrafa, e um copo de plástico com água.

— Bah!, café! — disse meu entrevistado assim que viu o policial entrar. — Não posso me queixar. Porque até um guarda temos aqui. Está me cuidando.

O guarda não disse nada. Colocou a bandeja em cima da mesa, me serviu, depois encheu a outra xícara. Quando o preso foi na intenção de pegá-la, o guarda segurou-a primeiro e tomou o café.

— Mas... e o Mário? — perguntei.

Foi o próprio Mário que respondeu:

— Não precisa. Estão tratando bem o senhor, para mim está bom.

Entendi que o guarda estava devolvendo a provocação que Mário lhe fizera, quando entrou com o café. Não queria participar daquilo. Tomei a água e perguntei ao preso se ele se incomodava de usar o meu copo. Servi café para ele e continuei a entrevista:

— Estávamos falando das provas. Parece que tem 40 horas de fitas gravadas em que Jango conversa com as pessoas que o cercavam no exílio.

— Tomara que não me prejudique, porque estou lhe ajudando — Mário teimava em evitar o assunto das provas.

— Eu não quero te prejudicar. Como eu poderia te prejudicar?

— Bom, eu estou falando de um crime, do qual a única coisa que não fiz foi compartilhar da ideia de matar o homem, eu era contra, mas acontece que não podia ser de outro modo, senão eles me matavam. Mas participei daquela conspiração, dos atos preparatórios do crime. Isso é uma coisa terrível e grave. Não posso querer notoriedade, não posso ficar orgulhoso daquilo que eu fiz. E isso pode me trazer problemas. Eu já tenho sérias dificuldades, estou condenado à morte, né? Mas, enquanto não me matarem, eu ainda me conformo com aquele rancho (comida) na cadeia, com aquele pátio para tomar um sol, por enquanto eu estou vivo, me entende?

— Entendo, mas tudo que disser, se não tiver como provar, não tem valor algum. Não tenho dúvida de que João Goulart, Juscelino Kubitschek e Carlos Lacerda foram assassinados. Persigo essa história há 25 anos. Nunca consegui publicar uma matéria sobre isso porque não tenho provas. Quando soube de você, achei ter enfim encontrado uma fato novo, concreto, que comprovasse a minha teoria, que fizesse com que as autoridades investigassem realmente o assunto, o que as comissões para apurar as circunstâncias das mortes de Jango e de JK não fizeram, até porque não tinham poder de Justiça.

Foi a mesma coisa que não tivesse falado nada. Mário não deu atenção à minha pergunta e continuou o discurso sobre si mesmo. Decidi não interrompê-lo e a me submeter ao papel de ouvinte. Percebi que teria de ter paciência se quisesse tirar alguma coisa concreta dele, se é que essa coisa concreta existia:

— Entrei para o serviço secreto do Uruguai, o GAMMA (Grupo de Ações Militares Antissubversivas), em 1973, que era a inteligência do governo, a elite. Civis e policiais eram recrutados nos outros órgãos. Antes disso eu era menor de idade. Em 1971, estava no secundário e me filiei ao movimento estudantil de direita JUP (Juventude Uruguaia de Pé). Surgiu então a AID — Alianza para o Desarollo (Aliança para o Progresso). Tinha um escritório na embaixada dos Estados Unidos em Montevidéu. No movimento estudantil, conheci pessoas de direita, e, entre elas, o filho de um diplomata. Ele me disse que podíamos ganhar dinheiro preenchendo formulários e fazendo pesquisas de opinião política da população. Então comecei a trabalhar com levantamentos sobre o que as pessoas pensavam, se eram contra ou a favor do governo, se eram sindicalistas, comunistas, nacionalistas. Ganhava um bom salário como entrevistador e isso era um trabalho, não era ilegal. Naquela época, eu era ignorante, um jovem de 15, 16 anos, estudava eletrônica, não sabia nada de política. Fazia um monte de dinheiro, comprei meu carro, passei a achar então que aquele era meu caminho. Iria chegar a ser engenheiro, ia ser uma pessoa útil, teria uma família, uma profissão, eu não queria ser a vida toda um técnico de eletrônica. Queria ser engenheiro e o que me assegurava isso era aquele trabalho das pesquisas, era bom e era patrocinado pelos Estados Unidos. Fui ganhando a confiança daqueles que nos manipulavam até que um dia fui convidado para ganhar um salário melhor no GARRA 33 (Grupo Armado Antirrevolucionário). Naquela época, havia dois grupos paramilitares de direita, o GARRA e o FARO (Frente Antirrevolucionária Armado).

Recrutado, aprendi muita coisa: a atirar, a descobrir quem era guerrilheiro, como se descobria alguém que estava conspirando contra o governo. Com o tempo vi que o GARRA era um grupo de rapazes mal organizados, um bando de idealistas. Eu queria participar de algo que combatesse o terrorismo. Então um conhecido indicou-me para o serviço secreto, e, aí sim, era uma coisa do governo, participava de missões militares do país. Isso foi em novembro de 1973. Comecei a fazer os cursos de utilização de armas, de estratégia, recebi todo o preparo que se dava a um oficial. Fiz cursos no Panamá de guerrilha urbana, de sobrevivência na selva, operações de comando, aprendi um tiro chamado simultâneo, disparado com ambas as mãos, que é uma grande coisa que o terrorismo não sabia e nós aprendemos com os americanos. Aprendi um monte de coisas e terminei sendo um oficial do serviço secreto, eu era tenente. Meu codinome era Tenente Tamuz. Aí comecei a trabalhar em tempo integral na Operação Escorpião. Tudo o que estou falando é do conhecimento do governo do meu país. Por isso apreenderam o meu livro e quiseram me matar.

Pronto. Finalmente, Mário tinha falado da Operação Escorpião. Era a oportunidade para interrompê-lo e entrar no assunto que me levara ali, a conspiração para matar o ex-presidente João Goulart.

— A operação Escorpião foi feita para eliminar Jango?

— Para entender a Operação Escorpião, o senhor tem que se situar no tempo — respondeu Mário no tom de dono do assunto, como se somente ele soubesse a verdade. Também não tinha a mínima intenção de lhe explicar que pesquisava o assunto há anos, tinha lido muito, conversado com várias pessoas. Não valia a pena. Deixei que ele falasse.

— Na época em que o Jango foi para Montevidéu, o governo uruguaio era uma democracia, então o Fleury (Sérgio Paranhos), delegado do D.O.P.S,, queria informações sobre aquele suspeito, mas a polícia, a inteligência do Uruguai, e o Exército não se interessavam em sair da legalidade. Quando a guerrilha começou a crescer no Uruguai, organizou-se um serviço secreto. A Operação Escorpião era para eliminar dissidentes no estrangeiro. Mas havia outras: a Trabis, por exemplo, destinada aos líderes da oposição que estavam residindo no Brasil. Essa é a que eliminou o Lacerda e o JK, pois atuava dentro do Brasil. A Escorpião era fora. O Mariscot (Mariel, policial da repressão) pertencia a um grupo de vigilância que se chamava Argus. Esse vigiava o JK. Eu sei porque o próprio Mariscot me disse.

— Conheceu o Mariscot? Ele foi para o Uruguai disposto a matar Jango?

— Ele veio cumprir uma ordem. Havia um pacto de cooperação entre os países da América Latina. O pacto era o plano Condor, um conjunto de operações, inclusive essas que estou dizendo, direcionada para o mesmo objetivo. O plano já existia em 1973, mas só foi oficializado em 1975. Vou lhe dar informações precisas da Operação Escorpião que se iniciou com o golpe do Uruguai. O que quero deixar claro é que, no princípio, essa operação não era para eliminação do homem, era uma vigilância discreta. Bom, então eu comecei a trabalhar na Operação Escorpião, a gravar as conversas do Jango. Mas, na segunda vez que o Fleury foi ao Uruguai, em 1973, decidiu que Jango tinha de ser morto — a primeira vez foi em 1971, não tive contato com ele, mas soube porque se hospedou no Hotel Victoria Plaza, e a última foi em 1975. Agora, o acordo era o seguinte: o D.O.P.S, podia matar no Brasil quantos quisesse, mas no Uruguai não. Lá nós é que íamos matar. Mas chegou a hora em que o Fleury achou que estávamos demorando a fazer o serviço, que não dava mais para esperar, até porque Jango começou a falar em voltar para o Brasil, já tinha até mandado o Percy para experimentar como seria recebido aqui. Foi então que o Mariscot foi para o Uruguai fazer o serviço e um major uruguaio me designou para acompanhá-lo.

— Então quem matou Jango, considerando que ele foi assassinado, foi o Mariscot e não o serviço secreto do Uruguai? Ele foi envenenado mesmo, como suspeitaram?

— Foi o serviço. Não foi envenenamento e essa história de falar que a dona Maria Thereza colaborou com a morte de Jango é mentira. Ela é inocente. Não foi um veneno que se usou, foi um composto químico, nós trocamos o remédio.

— Que remédio?

— Ele tomava isordil, adelfan e persantin, eu não lembro, fazem muitos anos. Ele comprava, ou mandava comprar. Mas tomava um outro que vinha da França, que o Serviço Secreto comprou, e trocou um comprimido. Sabíamos do histórico médico, não ia morrer do coração, podia morrer de outra coisa; Jango administrava bem a doença. Aliás, fazia isso tão bem que diversas vezes alegava estar passando mal, a fim de se livrar de certos compromissos que gostaria de evitar. Por exemplo: quando havia eleições no Brasil para deputado ou vereador, diversos candidatos o procuravam em busca de apoio eleitoral e muitas vezes pedindo até mesmo dinheiro para as campanhas. Jango os evitava dizendo-se doente.

Ele fazia o regime do jeito dele, fumava menos. Comprava um maço de Ritz azul, em vez de dois. O uísque ele misturava com água.

— O João Vicente realmente me cedeu uma carta que o pai lhe mandara, depois que voltou da Europa a última vez, em que contava para o filho que estava fazendo regime e tinha parado de beber. Se não me engano, foi a última carta que o pai lhe escreveu.

João Vicente também suspeitava da maneira como seu pai morrera, inclusive foi o primeiro a depor na Comissão que apurou as circunstâncias da morte de Jango. Suspeitava, mas não o suficiente para convencer a mãe e a irmã a autorizarem a exumação do corpo do pai. Esse detalhe, o de impedir a exumação, me fazia desconfiar dele no começo. Mais tarde o compreendi. Ele suspeitava sim, mas era assunto delicado para ele. Talvez, João Vicente tivesse medo de ir fundo na história e descobrir que sua mãe estivera envolvida no crime, como muitos falavam. Mesmo assim, esse tempo todo em que busquei pistas que revelassem as circunstâncias em que Jango morreu, João Vicente muito me ajudou. Colocou à minha disposição o arquivo de fotos, cartas e outros documentos, inclusive o *habbeas data* de seu pai, que sua assessora guarda em casa. Lembro-me que passei um dia inteiro — era um feriado, de que não sei — no apartamento da moça, morena e bonita, no Leblon, vasculhando tudo. Fiquei surpreso, quando ela — Rejane era seu nome — me contou que João Vicente recebeu a caixa de papelão do Arquivo Nacional com o *habbeas data*, que estava fechada e fechada a entregou para ela. Nesse dia entendi João Vicente. Ele queria a verdade, mas não descoberta por ele.

— O senhor não pode ter a última carta que Jango escreveu para o filho porque nós a pegamos. A carta do dia 9 de novembro ele deve ter recebido. Mas a última carta que ele colocou no correio de Maldonado, o João não pode ter recebido, porque interceptamos e depois ele morreu.

— Não tenho as datas de cabeça, não sei dizer se esta carta que tenho como última é de 9 de novembro. Vou ter de consultar meu arquivo quando voltar ao Rio.

Realmente, mais tarde, quando consultei meus arquivos encontrei a carta de 9 de novenbro de 1976. Como poderia Mário saber disso, se não vigiasse Jango? Essa resposta não tenho até hoje.

Cada vez mais, meu entrevistado era para mim um enigma maior. Seria mais fácil acreditar que ele estava inventando tudo aquilo. Mas e o relato detalhado, nomes de remédios, o maço de Ritz azul?... Tudo seria fruto de sua imaginação? Precisava continuar perguntando para testá-lo. Quem sabe ele ficava sem resposta ou caía em contradição.

— Como fizeram a troca do remédio?

— Não vou te responder como fizeram a troca, porque foi feita na França pelo serviço secreto, isso não coube a mim. O que eu sei é que nós não podíamos deixar furo, então, em cada frasco apenas uma das cápsulas tinha o veneno. Isso impediria que encontrassem alguma coisa, caso examinassem os remédios. Por outro lado, não sabíamos quando ele ia morrer, poderia ser qualquer dia, nem se sabia onde. Depois tivemos que fazer revista em todos os locais em que ele poderia ter deixado um dos frascos desse remédio. Ele tomava todos os dias, podia ter deixado em Maldonado, com o Percy. Eu sei porque o seguíamos em todos os lugares, escutávamos tudo o que ele falava.

— Então não foi o Mariscot que matou Jango?

— Não, porque Jango tomou o medicamento, antes que ele pudesse executar a ordem que lhe fora dada. Eu não queria que o Mariscot fizesse o serviço, porque acompanhar as conversas de Jango era uma novela para mim, tinha me acostumado, eu era parte daquele filme. A partir de 1973 começou a se esquematizar uma vigilância mais efetiva sobre o ex-presidente. Entramos em suas fazendas, colocamos microfones, monitorávamos tudo 24 horas por dia, fazíamos maravilhas. Aqueles capatazes eram burros. No começo, eu não entendia sobre o que falavam, era ignorante, um rapaz novo, achava meio chatas aquelas conversas de política, mas depois comecei a me interessar. Acabei gostando do Jango, ele não era terrorista, me tornei o seu amigo secreto, cortava as partes da fita em que se falava sobre o regime, tudo que ele falava de suspeito eu gravava, colava a fita, enviava com relatório. Eu gostava dele, não o achava merecedor de morte.

Filme. Exatamente isso. Se Mário sentia-se como parte do "filme da vida de Jango", a sensação que eu tinha era que ele estava narrando esse filme para mim. Na verdade, parecia que contava sobre o que alguém havia lhe contado ou que tinha lido. No máximo, participado de longe. Tudo que falava era superficial, horizontal. Dava voltas e voltas no mesmo assunto sem dizer nada de consistente. Estava ficando convencido de que, realmente, se tratava de um mitômano e que estava perdendo tempo ali. Uma única coisa poderia me fazer mudar de opinião: escutar as tais fitas.

— Vou poder escutar essas fitas? — consegui fazer a pergunta que realmente me interessava. Era impressionante como Mário, espectador de sua própria fantasia, não dava a mínima para o que eu falava. Falou das fitas, porém sem responder ao que eu lhe perguntara.

— Eu tenho uma fita de 40 horas de gravações, mas não de qualquer frescura, de qualquer porcaria, 40 horas do que eu achava mais importante nas conversações de Jango, me entende? Eu não peguei 40 horas qualquer, eu peguei as 40 horas que me interessavam. Cortava, colava e roubava.

A esta altura, eu já estava ficando impaciente. Há dois dias conversava com Mário, escutei muitas vezes as mesmas histórias, mas não tivera acesso às fitas. Decidi que teria de ser incisivo. Não podia prolongar aquela situação. Até porque não tinha mais dinheiro para me manter em Porto Alegre e fazer o trajeto até Charqueadas.

— Mário, é o seguinte: tem que ser sincero comigo, vai me mostrar ou não as fitas? Já te disse que posso até acreditar no que diz, mas, se não tem como provar, nada posso aproveitar das suas informações.

Ele reagiu. Ficou nervoso. Dava para perceber a alteração em sua voz:

— Tudo bem. Para acreditar em mim, vou mostrar uma gravação com as conversas de Jango, e o senhor me diga, como chegaram ao tal Barreiro. Só quero que me explique uma coisa: para que eu vigiava aquele homem 24 horas por dia? Era para roubá-lo, sou um ladrão? Estaria tentando roubar o Jango? Então sou um ladrão malsucedido, porque um ladrão que investiga por três anos uma vítima e nada lhe rouba é um otário.

— Ok. Então como vou fazer para escutar as fitas? — arrisquei mais uma vez.

— As fitas estão na casa do Juruma. Mas ele não vai entregar a não ser que eu dê um sinal. O Daniel é meu empregador, da Martins Construções, ele está com as transcrições e com a fita original magnética, que é a prova de que eu estive lá investigando, mas não vai poder ouvi-la porque é preciso um aparelho especial.

— Não tem problema. Eu escuto os cassetes que estão com o Juruna e pego as transcrições com o Daniel. Como eu chego a essas pessoas?

— Primeiro eu tenho que concordar em entregar as fitas.

Não podia acreditar que estava escutando aquilo. Como tinha de concordar se ia entregar as fitas, se há dois dias estávamos falando sobre isso? Preferi aceitar como natural aquele comentário e perguntei:

— Concorda?

— Primeiro temos que concordar que eu vou lhe entregar. Com essas informações, vai resolver muita coisa que inclusive possa ter relação com as mortes de JK e Lacerda. Mas não vou perder essas fitas. Tem que falar com as advogadas. Não quero que se repita a mesma história do jornalista da *Veja*, que não me devolveu o livro.

— As advogadas me acompanham. Eu copio as fitas e elas trazem de volta. Nem preciso das 40 horas. Basta gravar uma conversa em que apareça a voz de Jango. Nem precisa estar falando uma coisa extraordinária, qualquer frase serve, "me passa o sal", "quem está ao telefone?" ou "fecha esta porta por favor"; preciso da prova de que realmente o vigiava, na intimidade, no dia a dia, para que tudo o que conta tenha credibilidade.

— O problema é que temos de saber se a família permitirá a divulgação das fitas. A primeira coisa a fazer é pedir essa autorização, pois a maioria das conversas são rotineiras de uma família, de gente que vive, come e dorme num ambiente familiar.

Ficava cada vez mais evidente que Mário não tinha fita alguma ou, se as tinha, não iria mostrá-las. Mas eu insistia.

— Eu peço ao João Vicente a autorização. Tenho certeza de que ele não vai negar.

— Se ele diz que não tem problema divulgar as fitas ou que sejam entregues para o senhor ouvi-las, tudo bem. O cofre tem uma chave que eu joguei fora quando a polícia me prendeu. A combinação eu sei de cor.

— Cofre? Que cofre? Não tinha me dito nada sobre isso!

— As fitas estão guardadas dentro de um cofre. O Juruma é que vai abri-lo. Dentro tem minhas coisas, granada, pistola, guardava essas armas para o caso em que eu tivesse que fugir. E tem as fitas. É minha equipe SERF (Sobrevivência Estratégica Resistência e Fuga). Eu tenho o endereço onde pode pegar as fitas — enquanto falava, Mário remexia mais uma vez na sacola de papel. — Eles mexeram nas minhas coisas. Não acho o endereço onde estão guardadas minhas coisas.

Enfim, Mário colocou um papel sobre a mesa. Era o desenho do interior do tal do cofre. Começou a descrevê-lo. Num compartimento tinha a granada, em outro a pistola, a mochila de sobrevivência. Num papel em anexo, todos os itens de sua SERF: duas cuecas, duas calças, uma azul e outra preta — "as cores precisam ser discretas", explicou —, mais uma granada, uma Bíblia. Inacreditável. Agora não dava mais. Tinha de pôr fim àquele delírio. Estava na hora de encerrar a entrevista. Mário foi mais rápido do que eu.

— Bem, o senhor aguarda um telefonema das minhas advogadas para combinar como pegar as fitas. Enquanto isso, providencie a autorização de João Vicente.

E, antes que eu chamasse pelo guarda, se aproximou de mim e disse no meu ouvido:

— Rua Garibaldi, 44. Neste endereço também pode encontrar cópias das fitas. Se me matarem, antes que nos falemos de novo, não deixe que minha vida tenha sido em vão. Busque as fitas e divulgue-as. Mas vá lá só se eu morrer.

***

Somente quando o táxi parou diante do hotel, dei conta de mim. Se alguém me perguntasse como cheguei até ali, teria que me esforçar para responder.

Depois que Mário foi levado de volta para a cela, ainda fiquei algum tempo naquela sala, tentando dar sentido a tudo que escutara. Um guarda, então, me avisou que precisava fechar a sala. Dali em diante não me lembrava mais de nada. Nem queria me lembrar. Não conseguia pensar em outra coisa a não ser no que Mário me falara. Onde estava o limite entre o real e a fantasia? Acho que ele não fazia ideia. Muito menos eu. Também não fazia ideia do meu próximo passo. Não podia ficar em Porto Alegre esperando por um telefonema, que, talvez, jamais acontecesse.

Foi mais rápido do que imaginava. Devia ter uns quinze minutos que estava deitado, olhando para o nada, quando o telefone de meu quarto tocou.

— Uma ligação. É a dra. Maria Helena.

— Pode passar, obrigado.

— Tenho um recado do Mário. O Gomes, um amigo dele, que está cumprindo pena em regime semiaberto na Casa do Albergado Patronato Lima Drumond, vai nos levar até ao Juruma que tem as fitas. Ele quer saber se já providenciou a autorização do João Vicente. Vou passar para buscá-lo daqui uma hora, mas o Gomes só vai deixar que faça as cópias depois de ver a autorização.

— Ainda não providenciei, mas vou cuidar disso agora. Estarei lhe aguardando na recepção daqui uma hora — respondi, sem saber como conseguiria a tal autorização em tão pouco tempo.

Precisaria ter sorte. E tive.

Nunca fui de ter sorte na vida, mais perdia do que ganhava. Porém acontecia uma coisa interessante comigo, quando me via em situações complicadas como essa: de repente, do nada, a solução aparecia na minha frente. Acho que eu tinha sorte sim. A meu modo. Mas tinha.

Não foi diferente desta vez. Consegui falar com João Vicente na primeira tentativa e não demorou muito para ter nas minhas mãos um fax autorizando que eu tivesse acesso às fitas com gravações de conversas de seu pai durante o exílio.

Uma hora depois, estava no carro de Maria Helena a caminho da Casa do Albergado, no bairro Teresópolis. Fernanda também nos acompanhou. Durante o trajeto, percebi que as advogadas de fato acreditavam em Mário. Não tinham dúvida alguma sobre as histórias que ele contava, de ter feito parte do serviço secreto uruguaio, da existência das fitas, do repórter de *Veja*.

★★★

Era uma rua larga de terra batida. Uma subida. A Casa do Albergado fica lá em cima, quase no alto, do lado esquerdo. Estacionamos na calçada e não demorou muito para Maria Helena dizer:

— Olha o Gomes ali — apontou para um homem de estatura mediana, barriga protuberante, uma pasta preta na mão. Ele acabara de descer de um ônibus do outro lado da rua.

Atravessou e veio em direção ao carro. Antes que se aproximasse, Maria Helena abriu a porta e desceu.

— Vou falar com ele primeiro. Já volto.

Fernanda e eu ficamos esperando. Não tínhamos mais assunto. Percebi que ela estava nervosa. Eu também. Mas aquela situação incomodava mais a ela do que a mim.

Do carro, eu via Maria Helena conversando com o homem. Não me parecia um diálogo tranquilo. Pelo contrário. Tive a impressão de que ela gritava. Gesticulava muito. Ele balançava insistentemente a cabeça.

Enfim, aproximaram-se do carro. Maria Helena entrou e disse:

— Ele quer dinheiro para levá-lo até as fitas.

— Dinheiro? Avisei antes que eu não tinha dinheiro e mesmo que tivesse...

— Não, eu não sabia. Estou me sentindo tão enganada quanto o senhor. Antes de ir buscá-lo no hotel, conversei com o Mário e com o próprio Gomes pelo celular. Nenhum dos dois me disse qualquer coisa sobre dinheiro. Acredite em mim.

Eu acreditava nela. Nada na fisionomia daquela mulher denunciava mentira.

— O Gomes disse que a *Veja* está oferecendo 400 mil reais pelas fitas. Pode dar preferência para o senhor, mas não abrir mão do dinheiro. Essas são as ordens que recebeu do Mário.

— Sabe com quem ele falou na *Veja*? Acho muito difícil que a revista esteja oferecendo essa ou qualquer outra quantia pelas fitas...

— Não. Não sei com quem o Gomes falou. O senhor não quer conversar com ele? — perguntou Maria Helena.

Gomes me disse que fora procurado por Diogo Shelp da revista *Veja*. Estava interessado nas fitas e oferecera 400 mil reais. Era um furo. Merecia a quantia. Sem dinheiro não teria as fitas. Mário fora claro. Nada podia fazer. Estava apenas prestando favor a um amigo. Não tinha nada a ver com aquilo.

Mais tarde, vim a saber que Gomes havia procurado o jornalista Diogo Schelp e oferecido a matéria, e não o contrário. Mas não falara sobre dinheiro. Até porque, me disse o próprio Diogo, não é política da revista comprar informações. O homem ficara de ligar novamente, o que nunca aconteceu.

Tentei argumentar com o amigo de Mário. Não queria admitir que fora ingênuo. De nada adiantara o que já passara por causa da insistência em investigar aquele assunto. Os outros estavam certos. Eu é que estava enganado. Maria Helena sugeriu que ligássemos para Mário. Quem sabe eu não conseguiria convencê-lo. Não foi difícil para a advogada me colocar ao telefone com seu cliente. Uma ligação para o celular do Papagaio — o preso todo poderoso de Charqueadas — e em seguida Mário encontrava-se na linha.

 Estava irredutível. O dinheiro pelas fitas ou nada. "Como eu era ingênuo!", admiti. Mário fora o único que percebera minha fraqueza.

 Fiquei nervoso. Gritei. Chamei-o de mentiroso, vigarista. O que adiantava? Sentia raiva, não dele, mas de mim mesmo. Passei da irritação à depressão, rapidamente. Desisti. Não queria saber de mais nada. Deixei as advogadas na calçada, falando com o tal Gomes, atravessei a rua e entrei no primeiro táxi que passou.

 — Por favor, hotel Master Palace, no Centro. Não. Espera aí. Antes me leve à rua Garibaldi, 44. Conhece a rua Garibaldi?

 — É no centro também. Não é longe do hotel.

 Fomos e voltamos pela rua umas três vezes. Não encontramos o 44. O número não existia. Não existia o endereço onde Mário me dissera para buscar as fitas no caso de ele morrer. "Não deixe que minha vida tenha sido em vão", lembrava-me bem das palavras que ele disse no meu ouvido, quando nos despedimos.

 — Senhor, deve ter se enganado ao anotar o número — disse-me o motorista do táxi.

 — É. Devo ter anotado o número errado. Vamos, então, para o hotel, por favor.

 Foi em Verônica que pensei, quando abri a porta do quarto. Como queria tê-la ali, naquela hora. Não precisaria dizer nada, não precisaria explicar nada. Ela olharia para mim e entenderia tudo. Não perguntaria nada.

 Fui até o telefone. Precisava pelo menos escutar a voz de Verônica. E tinha de ser agora. Na mesa de cabeceira, junto ao aparelho, alguns papéis que Mário me dera: um mapa, cuidadosamente desenhado, com o percurso que Jango fez na véspera de sua morte; o índice do livro "Morte Premeditada", atrás, uma anotação manuscrita de Mário:

— Jango tinha vários ditos. Esse é inédito. Vou colocar no meu livro: "A mentira, é necessário sustentá-la, mantê-la, mas, quando não é mais mantida, ela cai por inércia."

Capítulo 15

Do diário do Repórter – agosto de 2002. Voltei do Sul deprimido pelo fracasso da tentativa em acompanhar uma pista que evidentemente não era pista, mas uma cilada de vigaristas que tencionavam ganhar algum dinheiro vendendo o que não tinham, ou se tinham alguma coisa, nada esclareciam nem provavam.

Mas o caso de Jango continuava desafiando não apenas a mim, mas várias outras pessoas e grupos, eventualmente, até mesmo as autoridades da Argentina e Uruguai, dependendo da situação política daqueles países para abrir a caixa-preta que ainda guarda todos os detalhes daquela operação macabra. Dois pedidos de exumação negados em contextos diferentes — bastava isso para manter o enigma e considerar a morte de Jango suspeita de esconder um assassinato político.

De volta ao Rio, retomei o caso Lacerda, que não chegava a ser um caso, pois nunca fora aberto oficialmente. É certo que muitas dúvidas continuam em torno de sua morte, mas nunca fora aberta uma investigação articulada para apurar as circunstâncias que eliminaram do cenário político nacional aquele que, com a virulência de suas campanhas, conseguira depor três presidentes da República.

Evidente que houve pasmo geral quando a morte dele foi anunciada. Tirante os membros de sua família e os amigos mais chegados, ninguém soubera que ele estava doente. Nos últimos tempos era sujeito a gripes — e seu próprio médico assistente, o dr. Antonio Dias Rebello Filho, o medicava por telefone, receitando aspirinas para combater a febre e um anti-inflamatório (Profenid) para combater as dores nas articulações, um dos sintomas mais frequentes do estado gripal.

Tive acesso facilitado à Clínica São Vicente, graças à gentileza de seu diretor principal, o dr. Roberto Londres. Por interferência dele, também tive acesso aos médicos que o atenderam nas últimas horas, os doutores Pedro Henrique Paiva e Marco Aurélio Pelon, o primeiro, responsável pelo pedido de internação de Lacerda na Clínica São Vicente; o segundo, responsável pelas informações do atestado de óbito, uma vez que, como médico residente, estava de plantão na madrugada do dia 21 de maio de 1977.

Mais importante do que tudo, tive acesso também ao prontuário de Lacerda, só possível pela confiança em mim depositada por Sebastião Lacerda, que com a morte de sua mãe Letícia e de seu irmão mais velho, Sérgio, era o único que poderia autorizar legalmente o exame técnico do prontuário.

O atestado de óbito dá diversas causas próximas para a morte do ex-governador da Guanabara: diabetes, enfisema pulmonar e, finalmente, um enfarte agudo do miocárdio.

O prontuário é bem mais completo e o quadro clínico de Lacerda pode ser acompanhado minuciosamente a partir de sua internação na Clínica, por volta das 12h30 do dia 20 de maio de 1977. Examinado uma hora depois pelo médico de plantão, foram apurados os seguintes dados:[18]

> 1 - que o paciente tem a história de um quadro febril tipo gripal há cinco dias, que se agravou nas últimas 48 horas, com

febre alta, dores musculares e articulares e queda do estado geral. Era diabético e portador de enfisema pulmonar.

2 - no momento do exame de internação, seu estado geral era razoável, tanto que não foi encaminhado à UTI. O médico que o examinou suspeitou de um quadro infeccioso, tendo solicitado exames visando o diagnóstico de doenças que costumam provocar febre prolongada. Tanto o quadro não era preocupante que o médico nem prescreveu antibióticos, esperando que culturas de sangue e urina fossem colhidas em primeiro lugar.

3 - o principal achado do exame físico que poderia preocupar era uma pressão baixa (90x60), que o médico atribuiu ao fato do paciente também estar um pouco desidratado, na ausência de outros dados que indicassem um processo mais grave.

A evolução do quadro clínico do paciente foi rápida e inesperada, agravando-se em horas, evoluindo para a confusão mental, insuficiência respiratória, coma, choque e morte.

Somando-se este parecer de um médico que não pertence à Clínica São Vicente, com o parecer emitido em 28 de fevereiro de 2003 pelos doutores Marcelo Vieira Gomes, chefe do CTI da Clínica e Pedro Henrique Paiva, que em 1977 solicitara a internação de Lacerda e alertara a família para a gravidade de seu estado, podemos chegar a algumas conclusões.

Lacerda morreu devido a um estado altamente infeccioso que não foi devidamente combatido, pois havia dúvidas sobre a verdadeira causa dos sintomas que apresentava. O parecer dos dois médicos da Clínica, em sua concisão, admite a septicemia grave:

> Paciente internado no dia 20 de maio de 1977, diabético, com sopro cardíaco, febre e queda de pressão arterial. Tal quadro caracteriza infecção generalizada, que hoje seria chamada de septicemia grave — já com déficit de oxigenação dos tecidos e possivelmente insuficiência renal. Provavelmente decorrente de endocardite infecciosa (infecção das válvulas do coração) com hemocultura positiva para Staphlococcus aureus (bactéria crescendo no sangue). Hoje, este paciente seria gravíssimo, e, mesmo com os recursos atuais, teria altíssima mortalidade.
>
> **28 de fevereiro de 2003.**
> **Marcelo Vieira Gomes —**
> **Pedro Henrique Paiva**

Analisando a meu pedido o mesmo prontuário, o dr. Max Zulchner Andrade, que não pertence ao quadro clínico da São Vicente, corrobora com o laudo anterior, dizendo na conclusão de seu parecer: "Os dados oferecidos para consulta são relativamente pobres. O tempo de internação muito curto. A elevação da doença muito aguda e grave (tendo levado ao óbito em menos de 24 horas). Apesar de não haver uma coerência forte entre a história, exames laboratoriais e evolução do paciente, o diagnóstico mais provável é de choque séptico, septicemia por *Staphylococcus aureus*, sendo o foco da infecção paroníquia no 1.º quirodáctilo direito. O paciente foi tratado com base nesta hipótese diagnóstica, tendo sido medicado com penicilina cristalina e antibiótico da classe dos aminoglicosídeos, embora o tratamento fosse correto, não houve sucesso tendo o paciente ido a óbito."

Contrariando os dois laudos anteriores, o parecer do dr. Alexandrinos S. Botsaris, invalida a septicemia como *causa mortis*, uma vez que "não há descrição de lesão de porta de entrada (lesão na pele como um furúnculo), presente em mais de 70% dos casos". Aliás, a ausência de uma "porta de entrada" já havia sido mencionada tanto pelo dr. Pelon como pelo dr. Pedro Henrique Paiva, os dois médicos que atenderam Lacerda nas últimas horas.

Mas a presença do estafilococo (*S aureus*) foi detectada claramente. O dr. Botsaris levanta a hipótese da infecção ter sido causada por antraz pulmonar. E explica que o "antraz é uma bactéria que produz uma toxina tão potente e fulminante que tem sido estocada em muitos países para uso na guerra bacteriológica".

Optando pelo diagnóstico do antraz, diz o dr. Botsaris:

— O quadro clínico do paciente se encaixa perfeitamente ao quadro clássico de antraz pulmonar, que possui um quadro clínico bifásico. Após um período de incubação de cerca de seis dias, o paciente começa a sentir um quadro de febre, inicialmente moderada, acompanhada de dores musculares, cefaleia e tosse seca, o que frequentemente lembra o diagnóstico de gripe. Esse quadro dura uma média de quatro dias, quando se inicia a segunda fase, com febre mais alta, hipotensão, dispneia, seguido de choque, coma e morte. Essa fase costuma ser fulminante, com duração média de 24 horas.

Diga-se de passagem que, em 1977, o antraz não era devidamente conhecido nem reconhecido, sendo na realidade mais um produto químico para a guerra bacteriológica do que uma doença em si.

E como inserir, seja o antraz (não detectado), seja o estafilococo *aureus* (este detectado no quadro clínico de Lacerda), no contexto de um assassinato político?

A septicemia — que prevalece em dois laudos como a *causa mortis* — não foi devidamente diagnosticada, pois não houve uma porta de entrada no organismo do paciente, tirante a pequena lesão provocada pelo espinho de uma roseira, dias antes do período final em que Lacerda mergulhou em direção à morte. E o ferimento teria sido ocasional, impossível de ser atribuído a um atentado político.

O antraz, que na época só era conhecido por cientistas que trabalhavam no setor da guerra química, poderia realmente ter sido usado, ainda que em caráter experimental, em casos isolados de pessoas que de alguma forma incomodavam o equilíbrio da Guerra Fria, que era realmente uma guerra declarada, mas não formalizada em termos e ritmos militares.

Lacerda representaria um perigo por diversos motivos. Sua capacidade de mobilizar a opinião das elites. Sua recente "promiscuidade" com os comunistas (uso o termo que aparece num dos relatórios do D.O.P.S, sobre as últimas atividades de Lacerda), comunistas que a ele se associaram ao tempo da formação da Frente Ampla.

E, por último, o detalhe digamos vindicativo da maquinação que o escolheria para ser uma vítima talvez experimental do antraz: a necessidade de castigar pessoalmente um ex-aliado, um traidor da causa do mundo livre, um admirador impenitente não apenas do *american way life,* mas das linhas básicas que formavam a estratégia global dos Estados Unidos em sua cruzada contra o comunismo internacional.

Fica em aberto, portanto, a possibilidade de uma contaminação proposital de antraz em Lacerda, dias antes de sua morte, provocada por qualquer meio, desde uma correspondência, um livro, um alimento ingerido (uma bala, uma pastilha qualquer), uma pomada, até mesmo uma peça do vestuário contaminada ao contato com uma cadeira, um banco, um assento de automóvel.

Como disse Miguel Arraes em seu depoimento à Comissão Externa da Câmara dos Deputados, sobre as circunstâncias da morte de JK, ele tinha a convicção de que tanto JK como Jango e Lacerda foram assassinados. Quanto aos fatos, isso não era com ele, não competia a ele apurá-los.

Junte-se ao quadro de incertezas o comentário daquela enfermeira portuguesa que trabalhara para a PIDE salazarista e estava exilada no Brasil desde a Revolução dos Cravos em Portugal, dois anos antes. De plantão no segundo andar da Clínica São Vicente na noite de 20 para 21 de maio de 1977, ao acompanhar o inesperado e fulminante agravamento do estado de Lacerda, teria dito com calma, ou melhor, com resignação:

— Já vi muito disso em Portugal, nos tempos da PIDE.

Capítulo 16

O dia é 6 de dezembro de 1976. O local, a ponte Augustin Justo, ponte de Uruguaiana, que liga a cidade brasileira à Paso de los Libres, na Argentina. São 2,4 Km sobre o Rio Uruguai. Sei que passam muitos caminhões por ali. Devem ser milhares, pois é importante ligação terrestre comercial entre o Brasil e a Argentina. Mas naquele dia 6, se tivessem passado dois, dez, mil, não importava. A ponte de Uruguaiana estava vazia, deserta. Seria capaz de apostar que jamais alguém cruzara a fronteira.

João Goulart voltava ao Brasil. Morto. A ponte, o retrato da solidão do exílio, que ele já não mais suportava. Estava decidido a voltar, confidenciara a amigos mais próximos.

Voltou. Morto.

Na aduana, de um lado o ex-deputado Almino Afonso e Marcela, mulher de Cláudio Braga; do outro, vindos da estância de Mercedes, o carro da funerária, seguido de outro que tinha Carlos Piegas ao volante, Cláudio Braga, ao lado, e, atrás, dona Maria Tereza e Mara, a mulher de Piegas.

Entrar com o corpo de Jango no Brasil não foi fácil. Os militares resistiram. Não havia permissão. Almino Afonso interveio. Aos berros, não se conformava que o corpo de um ex-presidente do Brasil, ainda que exilado, fosse impedido de ser enterrado em sua terra natal. Um dos funcionários da aduaneira resolveu comunicar-se com autoridades competentes. Os trâmites foram demorados, mas, enfim, veio a autorização do presidente Ernesto Geisel: João Goulart podia ser enterrado em São Borja e o corpo seguir via terrestre até lá. Havia sido cogitado transportá-lo de avião para evitar manifestações populares no caminho. Mas havia uma condição: o caixão teria de ser aberto, Jango seria tratado como qualquer um, por isso, o corpo teria de ser examinado. Foi o que os agentes da aduana repetiram várias vezes.

A essa altura outras pessoas já haviam chegado à fronteira. Percy Penalvo, Maneco, um dos pilotos de Jango, dona Neuza Brizola, irmã de Jango e mulher de Leonel. Brizola ficou. Estava exilado. Não tinha permissão para entrar no Brasil.

Enfim, começou o trajeto até São Borja, pelas muitas estradinhas vicinais, carros iam se agregando e tornou-se um enorme cortejo. Foram 181 quilômetros percorridos até chegar a São Borja, por volta das 19h40. Houve certa confusão. Quase duas mil pessoas esperavam pelo corpo na frente da igreja Matriz, espalhados pela praça central da cidade. E, quando o carro da funerária estacionou e o caixão foi levado para o interior da catedral, uma massa humana rompeu o cordão de isolamento organizado pela Brigada Militar de São Borja e, aos gritos de Jango, Jango, correu até o altar. A cidade coalhada de militares.

***

Uruguaiana, 6 de dezembro de 1976. Quatro horas da manhã. Carlos Piegas, sócio de Jango numa arrozeira em Pasos de los Libres e filho do fazendeiro Henrique Piegas Dondo, que era amigo e também tinha negócios com Goulart, entra no quarto em que Cláudio

Braga está dormindo. No outro dia os dois iriam ao encontro de Jango em sua estância em Mercedes.

— Cláudio, acorda! O doutor morreu!
— Doutor? Que doutor?
— Que doutor pode ser? O doutor Goulart!

Pouco depois, Cláudio Braga, Carlos Piegas e sua mulher partiam em direção a Mercedes.

Eram seis e meia da manhã quando chegaram à estância La Villa. No alpendre encontraram o capataz Júlio Vieira, os peões da fazenda e mulheres da vizinhança.

Cláudio Braga entra na casa. Dirige-se ao quarto do casal. João Goulart na cama, Maria Thereza sentada numa cadeira ao lado, estava meio escuro, quase sombrio.

— Olha! Que coisa! Ainda bem que chegou, olha o que se passou com Jango — Maria Thereza, nervosa, abraça Cláudio Braga.

— Vamos com calma, vamos com calma, o que aconteceu? — ele tentou consolá-la.

Então Maria Thereza lhe contou:

— Fomos nos deitar. Jango tinha fumado uns cinco cigarros, apesar de estar proibido de fumar. Ele estava lendo um livro, então disse que ia dormir porque tinha um encontro pela manhã com Cláudio. Então perguntei se a luz incomodava, pois ia continuar lendo uma revista. Vi que ele dormiu, comecei a escutar uma janela batendo, tinha horror àquela casa, era muito grande, um casarão, fiquei naquela de levanto ou não levanto para ver que janela batia, estava morta de medo. Fui, mas voltei porque tinha medo. Era mais ou menos 1h30 da manhã. Quando deitei de novo, apaguei a luz, mas achei que Jango estava respirando estranho, então acendi novamente a luz. Ele deu um suspiro, como se sufocasse, levantei e ele deu outro suspiro. Vi que ele segurava o travesseiro com força, comecei a sacudi-lo, mas ele não me respondia. Então pensei: "Está acontecendo alguma coisa!" Saí gritando, descalça, desesperada. Era distante a casa dos empregados, quando cheguei no quintal, encontrei o capataz, armado, vindo em minha direção. Pedi socorro, disse que Jango estava mal. Um dos empregados foi buscar um médico, mas não adiantou, ele já estava morto. Estavam aqui o Peruano (amigo de João Vicente, que trabalhava com Goulart) e o capataz Júlio Vieira, que estava dormindo do lado de fora, numa cama de lona, com uns cachorros, cercados de latas, para que, se alguém viesse assaltar Jango, ele dava um tiro para cima, os cachorros correriam, as latas fariam barulho.

Chegou a casa funerária, o funcionário pediu para que todos saíssem do quarto. Era um sujeito meio gordo, usava luvas. Pegou o cadáver, levou para uma sala e o preparou. Quando terminou, colocou, em outra sala, o caixão fechado, com um visor de vidro. Antes de fechar a urna, porque ia viajar e que tinha de ser lacrada, Cláudio Braga pediu que, antes disso, fosse aberta para as pessoas se despedirem. Assim foi feito. O funeral partiu às duas horas da tarde da estância La Villa para Pasos de los Libres.[19]

***

Do diário do Repórter — Montevidéu, 15 de dezembro de 2002. Domingo, 10h30. Estou no apartamento de Cláudio Braga, em Pocitos, bairro nobre da capital uruguaia. Uma manhã de céu limpo, azul, muito azul, sol forte. Faz calor, o que é compensado pela brisa fresca que entra pela janela da sala, onde estamos eu, ele e Marcela, sua mulher.

Cláudio Braga interrompe o relato sobre a morte de João Goulart, onde estava, como foi avisado, como o corpo atravessou a fronteira, o velório. Está chorando.

Não reajo. Procuro apenas observá-lo, sem me deixar levar pelo que, a princípio, me parecia um relato sofrido. Era fundamental que me mantivesse distante. Tínhamos acabado de reviver a morte de Jango, na versão de Cláudio Braga. Já tinha escutado outras versões e, provavelmente, escutaria outras mais. Precisava ficar isento se quisesse depois ter a minha própria versão. Lembro-me que, quando Jango morreu, o jornal em que trabalhava chegou a cogitar me mandar para São Borja, mas, depois, avaliaram que seria mais lógico — e concordei — usar o correspondente que ficava em Porto Alegre.

Cláudio Braga ainda chora. Não sei o que fazer. O que um homem de 64 anos faz diante de outro que chora? Não sei. Ainda mais porque tratava-se de um homem corajoso. Chorava diante de quem via pela primeira vez. E à luz do dia.

— Não sou de chorar. A vida é dura comigo, mas também sou duro com a vida. Não tem problema, eu não choro. Sou covarde.

— Desculpe-me, Cláudio. Não tive intenção de constrangê-lo. Se quiser, podemos continuar nossa conversa outra hora, em outro dia — tentei lidar com a situação com cuidado; cuidado que nunca tiveram comigo, nem eu mesmo. Era o que podia fazer. Cláudio Braga pede licença e se retira da sala.

— Nós já sofremos com tudo isso — explica Marcela.

Antes que eu pudesse fazer qualquer comentário, Cláudio Braga voltou para a sala.

— Vamos continuar a conversar. Já, já isso passa. Daqui a pouco tomo um uísque e fico mais relaxado. Pode perguntar o que quiser. É difícil falar desse assunto, mas faço questão. Nunca me deram a chance de contar minha versão. Mandei vários pedidos para que eu fosse ouvido pela comissão que investigou as circunstâncias da morte do presidente Goulart, mas nunca tive resposta — disse Cláudio Braga.

Enrique Foch Diaz levantou suspeitas sobre Cláudio Braga ter se beneficiado financeiramente com a morte de Jango. Em 1982, fez uma denúncia em Curuzu Cuatiá — na província de Corrientes, onde também fica

Mercedes — sobre a morte de João Goulart e de furtos, roubos e defraudações que teriam sido cometidos sobre seus bens.

Não era, obviamente, a primeira vez que ouvia falar em Foch Diaz. Já tomara conhecimento desse processo, na verdade havia conseguido desarquivá-lo e obter uma cópia. Tinha-o entre os documentos de meu arquivo. Percy Penalvo também me falara dele, e, claro, aproveitando que estava no Uruguai, tinha marcado de encontrá-lo no dia seguinte em Maldonado. Foch Diaz fora aluno da Escola Militar da Aeronáutica, mas havia deixado a carreira militar, há muitos anos — hoje devia ter mais de oitenta anos — e fora pilotar avião particular. Tinha ido à guerra da ocupação da Argélia como mercenário, voltou para o Uruguai com algum dinheiro e, por isso, tinha alguns bens. Foi ele quem vendeu a estância de Maldonado para Jango. A esta altura seus colegas da Escola Militar da Aeronáutica já tinham alcançado altos cargos, e, quando veio a ditadura, ele se achou em condições privilegiadas, porque um dos três comandantes era o brigadeiro Perez Caldas, que tinha sido seu colega de turma.

— Consegui essa denúncia de Foch Diaz em Curuzu Cuatiá. Mas ele não cita o nome do senhor. No livro sim, mas isso talvez não fosse motivo para a comissão colher seu depoimento, mesmo porque não foi dada muita credibilidade a Foch Diaz. Olhe o que concluíram sobre ele — tirei de minha pasta a parte do relatório final da Comissão que se referia ao assunto e mostrei a Cláudio Braga:

"O deputado De Velasco, em nome desta Comissão, deslocou-se à localidade de Curuzu Cuatiá para se informar sobre o processo (que fora movido por Foch Diaz e arquivado), trouxe alguns esclarecimentos: Tratava-se de uma denúncia do sr. Enrique Foch Diaz, em que ele levantava suspeita não quanto à morte, mas quanto ao destino dos bens deixados pelo ex-

-presidente. Todas as pessoas citadas foram ouvidas, inclusive o próprio capataz (Júlio Vieira), o médico que assistiu o dr. João Goulart e todas as pessoas que tinham sido arroladas como possíveis envolvidas em toda a trama de fraude, desvio de bens e coisas dessa natureza. De acordo com o juiz encarregado do caso, o processo foi iniciado em 1982, e, no transcorrer das oitivas dos envolvidos, ele não foi pressionado, nunca recebeu a visita de ninguém, nunca recebeu telefonema de ninguém, nunca recebeu qualquer ameaça que pudesse levantar uma suspeita de que alguém poderia estar interessado em arquivar o processo. O juiz chegou ao final com a sentença de que não havia razão do prosseguimento do feito. O processo foi encerrado com essa sentença. O juiz acreditava que o sr. Foch Diaz não era pessoa que estivesse no domínio de todas as suas faculdades mentais. Ele chegava a Curuzu Cuatiá normalmente de ônibus, maltrapilho, muito desleixado na sua aparência pessoal, e nunca se encontrou qualquer elemento que pudesse validar um tipo de processo que levasse adiante as dúvidas por ele levantadas."

— Não precisa me mostrar esse documento. Pode ter ideia de quantas vezes li e reli tudo isso? Tenho certeza de que, apesar de meu nome não ser citado nesse processo de Curuzu Cuatiá, sabe que fui acusado, mesmo informalmente, de até ter participado da morte de Jango, de estar envolvido numa troca de medicamentos, de ter passado pelo hotel onde ele almoçou em Paso de los Libres e que ele teria se recusado a falar comigo. Disseram de tudo. Até que fui amante de Maria Thereza e depois de Denize, filha de João Goulart.

Sabia de tudo isso sim. E claro que Cláudio Braga se preparara para falar comigo. Tinha de ficar atento. Seguro e até um pouco autoritário no modo de falar, ele era muito convincente em suas declarações.

Obstinado em provar que não teve qualquer envolvimento na morte de Goulart. Isso me confundia um pouco. Eu não era detetive nem juiz nem ninguém a quem ele tivesse de dar satisfações. Apenas estava, assim como ele, na minha busca obstinada em provar o que para a maioria parecia improvável. Mas Cláudio tinha o que eu ainda não conseguira. Tinha provas. Os que o acusavam não tinham.

Mostrou-me uma carta que Goulart lhe mandara de Lyon na qual falava: "Soube aqui que no Brasil as coisas se esquentaram com a notícia de meu possível regresso. Creio que estão se somando muitos detonantes: eleições, situação econômico-social muito difícil, morte de JK com repercussões de toda a ordem, e da maior magnitude (completamente inesperada para o governo). (Graves denúncias no campo moral... etc. etc.)." Na carta, também refere-se à dívida de Mario de la Vechia, negócios em Mercedes, e à possibilidade de vender gados, o que, segundo Cláudio Braga, seria o motivo de ele estar em Uruguaiana e Paso de los Libres no dia 5 e 6 de dezembro: tinha encontro marcado com Jango na estância de Mercedes para resolver esses assuntos. (Ver, nos anexos, p. 279-280, a íntegra da carta.)

Li a carta, mas o que me interessou não foi o que estava escrito e que representava muito para Cláudio: a prova de que ele tinha motivos para estar em Uruguaiana na noite em que Jango morreu e não porque articulava o assassinato, como fora acusado.

Foi a data da carta que me chamou a atenção: 13 de setembro de 1976. Eu era pouco organizado e atento, mas a minha obstinação em provar que a morte de Jango tinha sido resultado de um plano para eliminar líderes políticos no Cone Sul, na Operação Condor, deu-me uma inesperada facilidade de gravar fatos e datas dos documentos que lia ou de declarações que ouvia.

Quando vi no final da carta a assinatura: Jango, Lyon, 13 de setembro de 1976, lembrei-me imediatamente de um telegrama que constava do *habbeas data* de Goulart e que me impressionara (ver, no anexo, íntegra da mesma carta). Até o guardei numa pasta intitulada como "Fundamentais". Essa era uma das poucas partes organizadas de meu arquivo. Colocava ali documentos que, por um motivo ou outro, ou mesmo por intuição, achava que poderiam ser pistas para eu chegar à verdade.

Era um telegrama de 10 de setembro de 1976, que dizia: "João Goulart tentará regressar ao Brasil", e dava a seguinte ordem, assinada pelo ministro do Exército, Sylvio Frota ao Departamento Geral de Investigações Especiais da Secretaria de Segurança Pública do Rio: "*João Goulart deverá ser imediatamente preso e conduzido ao quartel da PM onde ficará em rigorosa incomunicabilidade à disposição da Polícia Federal.*" Junto ao carimbo que classificava o documento como "confidencial" e "reservado", havia uma rubrica que dava como ciente da ordem em 13/9/76. Nunca consegui esquecer esse "13/9/76". Destacava-se mais que a própria data em que o telegrama fora enviado, era o dia do aniversário de Verônica e, agora, coincidia com o dia em que Jango escrevera a Cláudio Braga aquela carta que tinha em minhas mãos (ver radiograma, p. 281).

Antes mesmo de eu ter acesso ao telegrama no *habbeas data*, que João Vicente me cedera, a *Folha de S.Paulo* havia publicado uma matéria em 21 de maio de 2000, assinada pelos jornalistas Luiz Antônio Riffy e Mário Magalhães, sobre o tal documento. Aquilo era o suficiente para mostrar que Jango continuava a ser vigiado mesmo depois de 12 anos de exílio e que sua volta ao Brasil era considerada perigosa.

Mas agora eu tinha mais. Tinha a certeza. Se sabiam das intenções de Jango pouco antes de ele escrever a Cláudio é porque, sem dúvida, haviam acompanhado as conversas que ele vinha mantendo com amigos sobre seu plano.

Depois disso, nada do que Cláudio me falou acrescentou muita coisa ao que eu já sabia. Mesmo assim conversamos ainda por longo tempo. Sentia que ele tinha necessidade de falar, estava disposto a esclarecer qualquer dúvida. Não tive como evitar a conversa. Na verdade, não queria evitar. Entendia a angústia daquele homem e me dispus, por conta própria, a amenizá-la. Cláudio me mostrou documentos, contou e recontou fatos.

Marcela foi gentil. Serviu-nos salgadinhos, vinho para mim e uísque para o marido. Ela não comia nem bebia nada disso. Explicou que há muitos anos optara por uma alimentação totalmente natural, nem mesmo usava sal. Cláudio tentara acompanhá-la, mas, contou, por causa da convivência com Jango, que adorava uísque e churrasco, fora impossível.

No final da tarde, Cláudio e Marcela me acompanharam até a Rambla Gandhi, uma das avenidas principais de Montevidéu que beira o rio Prata. Lá me disseram que eu poderia ir andando até meu hotel que ficava quase no final da avenida, esquina da rua Parva Domus, e foi o que fiz. Não dissera nada a eles, mas tinha pouco dinheiro para aquela viagem, no outro dia já teria de gastar para ir a Maldonado, entrevistar Enrique Foch Diaz, e não podia andar de táxi.

Quando, de São Borja, decidi ir para Porto Alegre entrevistar Mário Neyra Barreiro, e depois ao Uruguai falar com Cláudio Braga, foi Verônica que me deu suporte financeito para viabilizar a viagem. Ela sugeriu que eu não perdesse a oportunidade de estar no Sul para fazer todas as entrevistas que ainda faltavam. Verônica tinha uma amiga que trabalhava numa agência de viagens, que poderia facilitar tudo, tinha uma reserva de dinheiro que não precisaria tão cedo.

Ela falava docemente. Eu percebia que se esforçava para não me magoar, queria me ajudar, não me humilhar. Jamais tive dúvida disso. A dúvida que eu tinha era se ainda conseguiria sentir-me humilhado.

Despedi-me de Cláudio e Marcela, caminhei três ou quatro quadras e resolvi atravessar a avenida para sentar-me num dos bancos do calçadão, uma espécie de réplica da praia de Copacabana ao modo uruguaio, de frente para o rio Prata.

Queria organizar minhas ideias. Mentira. Não queria nada. Queria olhar para o rio Prata, com seu jeito de mar, apesar da água barrenta. E não pensar. Pensar em nada. Ainda havia sol. Nessa época do ano em Montevidéu escurece tarde. Às 20h30, quando entrei no hotel, ainda havia sol.

***

Quando na recepção, pedi a chave de meu apartamento, um rapaz que estava ao telefone limitou-se a apontar para o mezanino.

Lá estava Ivo Magalhães. De cabeça baixa, cabelos e bigode totalmente brancos. Triste. Foi essa a impressão que me deixara no dia anterior quando foi ao meu encontro com um amigo jornalista, Jorge Otero. E era essa a impressão que me dava agora, ao observá-lo de longe, sozinho.

Lembrei-me do que Cláudio Braga dissera, quando comentei que tinha estado com Ivo no dia anterior e que o achei um homem triste: "Deve ter quase uns 20 anos que não o vejo. Fomos sócios, tivemos alguns conflitos quando Jango morreu, rompemos. Não tenho nada contra ele, mas Ivo era um homem forte, imperativo, fazia sucesso com as mulheres. Não tinha nada de triste."

O sofrimento muda as pessoas. Muito provavelmente mudara Cláudio também. Mudara a mim. Quando fui a Montevidéu cobrir o encontro de João Goulart e Lacerda, encontro esse em que também estavam Cláudio e Ivo — apesar de eu quase não ter tido contato com eles, eu era gente do Lacerda e eles, gente do Jango — me achava dono da vida. Faria dela o que quisesse. Sentia-me imprescindível ao jornal, ao mundo. Colecionaria furos, colecionaria prêmios. Jamais uma pauta minha seria recusada!

Mas foi. Muito antes do que eu imaginava. Não soube lidar com a inutilidade do orgulho. Agarrei-me desesperadamente a uma improbabilidade — não duvidava de que minha teoria sobre a eliminação de JK, Jango e Lacerda fosse verdadeira, pelo contrário. Mas, paradoxalmente, sabia que era uma teoria improvável. Improvável porque não interessava que ela fosse provável, como, sem dúvida, não interessa até hoje. Talvez jamais interesse. Servia, pelo menos, para eu sobreviver. Estava vivo. Vinha sobrevivendo. Engano meu. Agora, ali, naquele momento, percebi que me enganei. Vinha morrendo. Aos poucos. A cada dia. Gota a gota. Voltei 35 anos depois a Montevidéu para fechar um ciclo. Era mais do que uma sensação. Era a certeza que me invadia ao contemplar a tristeza de Ivo Magalhães, tristeza que era mais minha do que dele. Não havia mais esperança. Depois dali, o naufrágio.

— *Señor, todo bien?* — disse o rapaz da recepção, já não mais ao telefone, mas com preocupação no rosto diante de alguém que se ausentara da vida por instantes.

— Tudo bem, estava apenas pensando — limitei-me a responder.

Neste momento, Ivo me viu e acenou. Fui em sua direção.

Não podia imaginar o porquê de ele ter voltado ao hotel. Achei que nossa conversa tinha se encerrado no dia anterior. A entrevista não havia acrescentado muita coisa, mas fora agradável, cordial.

Quando o vi acompanhado por Jorge Otero, a quem me apresentou como um "jornalista amigo", que sabia muito mais sobre Jango do que ele próprio, entendi que estava tentando não ficar vulnerável diante de um "jornalista desconhecido".

Tinha certa razão. Depois da morte de João Goulart, por ter sido seu procurador universal, pesaram sobre ele muitas suspeitas quanto o destino dado aos bens do amigo.

Entendi que ele tinha suas razões para querer se aproximar de mim. O que não entendia era o porquê de ter me escolhido para tantas explicações. Deixara claro que não pretendia entrar em questões de partilha de bens, um assunto geralmente complicado, ainda mais nesse caso. Até porque não conseguia fazer uma ligação entre o plano de eliminação de Jango, por questões políticas, e seu patrimônio. Estava convencido de que eram coisas distintas. Não conseguia considerar a possibilidade de que Claudio, Ivo ou qualquer outro — ou mesmo todos juntos — tivesse planejado a morte de João Goulart para se apropriar de seus bens.

Mesmo assim, Ivo fez questão de explicar tudo, várias vezes, nos mínimos detalhes. E, naquela noite, foi ao hotel me mostrar alguns bilhetes e cartas trocados entre ele e Jango, a prova material da desorganização com que o ex-presidente tratava seus negócios, fato que me relatara no dia anterior.

Ivo segurava aqueles papéis como uma carta de alforria. Não falava, não precisava. O olhar embaciado pedia absolvição de uma culpa que não tinha. O único culpado ali era eu.

No outro dia, bem cedo, fui a Maldonado para encontrar Foch Diaz. Quando o motorista do táxi que contratei parou diante de sua casa, numa rua arborizada — aliás, todas as ruas em Maldonado são arborizadas, pelo menos as por onde passei —, Foch Diaz estava do outro lado da rua com seu advogado, Rafael Barla Galván, um homem rechonchudo, com cara feliz, e de uma garotinha magrinha, raquítica, ar de desprotegida.

Somente Foch Diaz veio em minha direção. Lembrei-me da declaração do juiz de Curuzu Cuatiá, que consta do relatório final da Comissão que apurou a morte de Jango: "O juiz acreditava que sr. Foch Diaz não era pessoa que estivesse no domínio de todas as suas faculdades mentais. Ele chegava a Curuzu Cuatiá normalmente de ônibus, maltrapilho, muito desleixado na sua aparência pessoal, e nunca se encontrou qualquer elemento que pudesse validar um tipo de processo que levasse adiante as dúvidas por ele levantadas."

Não sei se poderia dizer que Foch Diaz estava maltrapilho. Vestia, apesar do calor, uma suéter de lã que não chegava a ser surrada, mas era bem velha, e um jeans claro — esse sim, todo sujo. Os olhos, esbugalhados, atrás de um par de óculos, gestos nervosos, urgentes, ansiedade transbordando.

Combinamos de conversar em uma lanchonete próxima. Foch Diaz achava sua casa bastante apertada. Não se sentiria à vontade.

Não fiz objeção. Ele, o advogado e a menina seguiram num carro e meu táxi os acompanhou.

No caminho, de longe, se via a silhueta de Punta del Este, motivo de orgulho de todo uruguaio. Meu motorista apontou para a cidade e a exibiu como um troféu.

Não mais que dez minutos depois, estávamos diante da lanchonete. Foch Diaz me apresentou ao advogado, e esse, à menina.

— Minha chica — disse Rafael, orgulhoso.

A garota, inesperadamente, se jogou em minha direção. Senti toda sua fragilidade quando me abraçou.

Notei que tinha feridas espalhadas pelo corpo. Tive vontade de cuidar dela. O advogado percebeu:

— Ela esteve doente. Essa menina não gosta de nada, não se alimenta.

Enrique Foch Diaz falava alto, não admitia ser contrariado em sua tese de conspiração entre Cláudio Braga, Ivo Magalhães e Maria Thereza para se apossarem dos bens de Goulart, após sua morte. Tentei argumentar duas ou três vezes, mas desisti. Repetia o mesmo que escreveu em seu livro *El Crimen Perfecto*. Não se dava conta de que eu estava ali. De que era uma entrevista. Repetia para si mesmo, numa busca desesperada para que ele próprio acreditasse em si mesmo. No final de tudo, me propôs uma sociedade, queria escrever outro livro contando tudo que sabia. Sabia muito mais do que revelara — garantia. Seria um idiota se não topasse o negócio. Bastava conseguir um editor no Brasil e mudaríamos a história. Se não aceitasse, não tinha problema, arranjaria outro meio de contar tudo que sabe — mas que não podia adiantar, não agora —, somente eu perderia com isso, ele não desistiria nunca. Mesmo sabendo que fora condenado por calúnia e difamação num processo que Claudio Braga moveu contra ele.

Foch Diaz não desistiria, mas eu desisti. Ali, naquela hora. Não queria mais. Precisava sair dali imediatamente. Não podia deixar aquele homem me convencer de que o repugnante era eu, não ele. Era tarde. Que direito tinha eu de invadir a vida daquelas pessoas? Não só as do Uruguai, mas as outras ligadas a Jango, a Juscelino e a Lacerda, a própria morte dos três. Questionar o que estava estabelecido, o que estava combinado e aceito por todos. Até mesmo Foch Diaz, com toda sua incongruência, tinha seu espaço nessa verdade. Eu não. Sobrava. Agora, que tinha ciência de que meu ciclo estava se encerrando, mais ainda. Cada vez mais.

No início da noite, quando o avião decolou do aeroporto de Carrasco em direção ao Rio de Janeiro, tinha em mente o sorriso de Eva de Leon, amante de Jango, que, depois de muita insistência, fora ao hotel se encontrar comigo, meia hora antes de eu partir.

Desde antes de partir para o Uruguai, vinha tentando convencê-la, por telefone, a me receber. Pretendia mais cedo ou mais tarde ir ao Uruguai e queria entrevistá-la. Estava resistente, disse que já não era a mesma dos tempos de Jango, engordara muito, não queria se expor. Foi Ivo Magalhães que a convencera. Não perguntei sob qual argumento. Mas com a condição de que não seria fotografada.

Ao descer do elevador, já com minha mala na mão, vi Eva sentada num sofá do hall do hotel. Era gorda sim, mas não era isso que chamava a atenção. Os olhos verdes, grandes, redondos, intensos, que sorriam mais do que suas gargalhadas, que não eram poucas. Ria muito, de quase tudo. Eu estava convencido de que se tratava de uma mulher feliz, mas, sem querer, ela deixou escapar, de relance, o esforço descomunal que fazia para esconder a tristeza. Foi quando me disse:

— Antes de partir para Mercedes, onde morreu, Jango me disse ao telefone: "Gordita, eu te amo." Ele nunca havia dito que me amava.

Volto para casa de mãos vazias, mas fiz o que podia. Devo ter errado em algum ponto. Levantei todas as possibilidades ao meu alcance. Acho que cheguei perto da verdade que buscava. Como tantos outros em tantos assuntos.

A dúvida permanecerá. Sinto-me cansado, mas não desiludido. Agora, ao sobrevoar Montevidéu, eu tenho apenas um desejo: dizer para Verônica que a amo.

Fim do diário do Repórter

Notas

[1] Contreras cumpriu pena de prisão perpétua no Chile e morreu em 2015.

[2] A Editora Nova Fronteira fora fundada por Carlos Lacerda, logo após ter deixado o governo do antigo Estado da Guanabara.

[3] Livro de memórias de Carlos Lacerda.

[4] Nas conversas preliminares, ficara mais ou menos estabelecido que o candidato presidencial do movimento seria Lacerda ou JK, conforme avaliação a ser feita posteriormente, havendo ainda a possibilidade de um terceiro nome que poderia surgir no cenário que a Frente Ampla abriria.

[5] Os detalhes do encontro Jango-Lacerda, em Montevidéu, e a quase totalidade do texto foram extraídos da matéria publicada na Revista *Fatos&Fotos*, número 349, de 07 de outubro de 1967 e assinada pelo jornalista Carlos Leonam, acrescidos de comentários do mesmo jornalista em entrevista dada aos autores deste livro. Os detalhes do enterro de Lacerda fazem parte da matéria publicada na *Folha de S.Paulo* em 22 de maio de 1977.

[6] Mais tarde, pouco antes da prescrição do acidente na fase judicial, Serafim Jardim, o ex-assessor de JK, formalizou a falsa hipótese da bomba e do atirador de elite.

[7] Anos mais tarde, investigações detalhadas classificaram como atentado político a morte da mãe de Stuart Angel, jovem que foi torturado e assassinado pelo regime militar.

[8] *Memorial do exílio*, 1981 — Bloch Editores — pág. 148.

[9] O general Sylvio Frota, ministro da Guerra, manipulado pela linha dura, pretendia depor o general Geisel da presidência da República, para impedir a abertura política que estava em andamento. O caso está bem documentado no livro de Elio Gaspari, na introdução de *A ditadura envergonhada* (ver nos anexos o texto citado). Não seria, porém, a última tentativa da linha dura em derrubar o processo de distensão iniciado por Geisel e Golbery. Em 1981, já no último governo militar, presidido pelo general João Figueiredo, a bomba que estourou no Riocentro por ocasião de um show de música popular demonstrou que os gorilas da linha dura ainda tentavam interromper o processo penosamente conduzido pelos militares moderados. Dois militares, um capitão e um sargento, foram vitimados pela explosão antecipada de um bomba que teria matado centenas de jovens que curtiam um show com alguns dos maiores artistas da época.

[10] Segue resumo do livro de Oriana Fallaci, *Un uomo*, em que narra o acidente de automóvel em que morreu o deputado Alexis Panagulis, que liderava a oposição contra os coronéis que dominava o regime de direita radical naquele país. A mecânica do acidente foi parecida com a do desastre que matou Zuzu Angel.

[11] O repórter Carlos Leonam fazia parte do grupo de amigos, funcionários e jornalistas que ficaram entrincheirados no Palácio Guanabara entre 31 de março e 1.º de abril de 1964, a serviço do *Jornal do Brasil*.

[12] O coronel Contreras, antigo diretor da DINA (Dirección de Inteligencia Nacional), cumpriu pena de prisão por ter sido o principal responsável pelo atentado que matou Orlando Letelier, ministro da Fazenda do governo de Allende, quando uma bomba destruiu seu carro em Washington, pouco depois do acidente em que morreu Juscelino Kubitschek na estrada Rio-São Paulo.

A DINA era o órgão central de informações do governo chileno ao tempo da ditadura de Augusto Pinochet. A carta foi divulgada em 1978 pelo colunista norte-americano Jack

Anderson e a assinatura de Contreras confere com a de outros documentos oficiais que ele assinava. Inclusive com o da convocação de uma reunião que se realizou de 25 de novembro a 1.º de dezembro de 1975, em Santiago do Chile, destinada a um plenário dos órgãos de inteligência da América Latina que daria melhor coordenação para garantir a segurança de "nossos respectivos países".

[13] Há uma vasta e bem documentada bibliografia a respeito, entre outros: *O golpe começou em Washington*, de Edmar Morel, 1965 — *A batalha da América Latina*, Otto Maria Carpeaux, 1966.

[14] Em 29 de março de 1964, Juscelino Kubitschek de Oliveira visitou o Ministro da Guerra general Jair Dantas Ribeiro no Hospital dos Servidores do Estado do Rio de Janeiro. Kubitschek disse a Ribeiro que os eventos envolvendo a crise do Ministério da Marinha de Guerra o convenceram de que o presidente João Goulart tinha aderido completamente aos esquerdistas e aos comunistas e que "não voltaria atrás". Kubitschek ainda disse que seria essencial que Ribeiro permanecesse como ministro, já que, se ficasse fora do caminho, Goulart "teria as mãos livres".

[15] A propósito: o argumento dos governos da Argentina e do Uruguai para se livrarem de Brizola era o risco de um assassinato do ex-governador, considerado, por muitos militares, o elemento mais perigoso da subversão contra os regimes de força. No depoimento prestado por Percy Penalvo na Comissão da Câmara dos Deputados, ele depôs textualmente: "Como nós falamos, se ele (Jango) não estava seguro no Uruguai, o dr. Brizola também não estava. Aí ele mesmo disse que eu fosse conversar com o Brizola para ele sair, ir embora para outro país. Mas, quando ele veio, deve ter conversado com o pessoal de lá (da Europa) sobre a situação. Percy me disse: 'O pessoal da Europa está muito preocupado com o Brizola.' E o Mário Soares manda dizer que tem trabalho para ele em Portugal, entendeu? E eu falei isso com o dr. Brizola."

[16] Contreras cumpriu pena de prisão perpétua no Chile e morreu em 2015, conforme mencionado anteriormente.

[17] Olof Palme seria assassinado pouco depois, mas aparentemente por motivos alheios à política.

[18] O resumo do prontuário foi feito pelo dr. Alexandrinos S. Botsaris, ex-médico do Serviço de Doenças Infecciosas do HCE, com especialização em doenças infecciosas no Hospital Claude Bernard, Paris, 1984.

[19] Os dados foram extraídos dos depoimentos de Cláudio Braga e Almino Afonso.

Anexos

ÍNTEGRA DA NOTA - FRENTE AMPLA

Convencidos da necessidade inadiável de promover o processo de redemocratização do Brasil, reunimo-nos em Montevidéu.

Sabemos o que significam as privações e as frustrações do povo, especialmente dos trabalhadores, os que mais sofrem as consequências da supressão das liberdades democráticas.

Sabemos o que quer dizer o silêncio de reprovação dos trabalhadores, submetidos à permanente ameaça da violência e privados do direito de reivindicar seus direitos.

É preciso que se transforme, corajosa e democraticamente, a estrutura de instituições arcaicas que não mais atendem aos anseios de desenvolvimento do país. É preciso assegurar aos brasileiros o aproveitamento das riquezas nacionais em favor do seu povo e não de grupos externos e internos, que sangram e exploram o seu trabalho.

Ninguém tem o direito de suprimir, pela mistificação, pela usurpação total do Poder Civil, ou pelo ódio, as esperanças do país de solucionar, pacificamente, os grandes problemas do nosso tempo.

Pensamos que é um dever usar todos os recursos ao nosso alcance, na busca de soluções pacíficas para a crise brasileira, sem cultivar ressentimentos pessoais, nem propósitos revanchistas.

Não nos entendemos para promover a desordem, mas sim para assegurar o estabelecimento da verdadeira ordem democrática, que não é a do silêncio e da submissão.

O salário mais justo, mais do que nunca, é uma exigência do trabalhador, esmagado pela pobreza, e de todo o país, para a expansão do mercado interno.

A retomada do processo democrático, pela eleição direta, é essencial para conquistar, ao mesmo tempo, o direito de decisão, que pertence ao povo; e a pacificação nacional, instrumento de mobilização do Brasil para o esforço do desenvolvimento com justiça social e autonomia nacional.

Queremos a paz com liberdade, a lei com legitimidade, a democracia não como uma palavra, mas como um processo de ascensão do povo ao poder.

A Frente Ampla é o instrumento capaz de atender com esse sentido, responsavelmente, ao anseio popular pela restauração das liberdades públicas e individuais; pela participação de todos os brasileiros na formação dos órgãos de poder e na definição dos princípios constitucionais que regerão a vida nacional: pela retomada dos esforços para formular e pôr em execução as reformas fundamentais; e a reconquista da direção dos órgãos que decidem do destino do Brasil.

A formação desse movimento — uma verdadeira Frente Ampla do Povo, integrado por patriotas de todas as camadas sociais, organizações e correntes políticas — é a grande tarefa que nos cabe realizar, com lealdade e coragem cívica, mobilizando nossas energias e concentrando-as, sem desfalecimento, para reconduzir o Brasil ao caminho democrático.

Movidos exclusivamente pela preocupação com o futuro do nosso país, não fizemos pactos, não cogitamos de novos partidos, nem de futuras candidaturas à Presidência da República.

Conversamos sim, longamente, com objetividade e respeito, sobre a atual conjuntura política, econômica e social do país.

Não temos ambições pessoais, nem o nosso espírito abriga ódios. Anima-nos tão somente o ideal que jamais desfalecerá, de lutar pela libertação e grandeza do Brasil, com uma vida melhor para todos os seus filhos.

Assim, só assim, evitaremos a terrível necessidade de escolher entre a submissão e a rebelião, entre a paz da escravidão e a guerra civil.

Montevidéu, 25 de setembro de 1967.
João Goulart — Carlos Lacerda

Julio Vieira se encontrava na Estância "La Villa", na Argentina, na noite da morte de Goulart

Justiça argentina vai pedir exumação do corpo de Jango

A Justiça argentina solicitará ao Governo brasileiro a exumação do corpo do ex-presidente João Goulart, sepultado em São Borja, para a realização de necropsia. A medida se deve à denúncia judicial apresentada pelo advogado uruguaio Enrique Foch Diaz, levantando a suspeita de que a morte do ex-Presidente, ocorrida em 6 de dezembro de 1976, possa ter sido por envenenamento e não por infarto do miocárdio, como foi diagnosticado à época. O juiz Juan Espinoza, do tribunal argentino de Curuzu Cuatiá, onde corre o processo, disse ontem que o caso somente poderá ser apurado com a exumação, ao lado do depoimento de pessoas que conviveram com Goulart nos últimos anos.

Júlio Vieira, amigo e sócio do ex-Presidente, contou ontem em Mercedes, Argentina, que ele não se queixou de qualquer indisposição nem tomou bebidas alcoólicas na noite de sua morte.

Página 3

Sol e calor voltam ao Rio no fim de semana
Página 7

ANO LVIII — Rio de Janeiro, sexta-feira, 20 de agosto de 1982 — Nº 17.825

O GLOBO
FUNDAÇÃO DE IRINEU MARINHO
Diretor-Redator-Chefe: ROBERTO MARINHO
Vice-Presidentes:
Diretor-Secretário: RICARDO MARINHO
Diretor de Redação: EVANDRO CARLOS DE ANDRADE

Fluminense goleia com grande

TRECHO DA MATÉRIA PUBLICADA NO JORNAL O GLOBO, EM 20 DE AGOSTO DE 1982.

Justiça Argentina vai pedir exumação do corpo de Jango

URUGUAIANA (O GLOBO) — A Justiça Argentina vai solicitar ao Governo brasileiro a exumação do corpo do ex-presidente João Goulart, sepultado em São Borja, para a realização de uma necropsia. Com essa medida, seria possível apurar se o ex-presidente foi envenenado, conforme denúncia do advogado uruguaio Enrique Foch Diaz, que pediu à Justiça maiores esclarecimentos sobre a morte de Goulart.

O juiz Juan Espinoza, do Tribunal Criminal de Curuzu Cuatia, que está apurando o caso, disse ontem que somente após ouvir os depoimentos de pessoas que conviveram nos últimos anos com Goulart e com a exumação do corpo é que então se poderá chegar a uma conclusão sobre o alegado envenenamento.

Ele não quis dar maiores informações sobre o processo, explicando ter recebido determinação do Ministério do Interior argentino para manter em sigilo as investigações. Informou apenas que, no começo da semana, recebeu ordens para dar início ao processo.

O DENUNCIANTE

Localizado em Punta del Este pela reportagem do matutino "El País", de Montevidéu, o fazendeiro, advogado e ex-piloto da Força Áerea uruguaia Enrique Foch Diaz disse que, por ser parte no processo instaurado no Foro de Curuzu Cuatia, na Província de Corrientes, para apurar as circunstâncias em que ocorreu a morte do ex-presidente João Goulart, está impossibilitado de fornecer maiores elementos ou esclarecer as causas que o levaram a tomar essa atitude.

Apesar disso, Foch Diaz concordou em responder a algumas perguntas da jornalista Marta Vial, a única a ter acesso ao seu apartamento, no Edifício Ligúria, em Punta del Este.

A entrevista foi a seguinte:

— Qual é o real conteúdo da denúncia apresentada pelo senhor ante o Juizado de Curuzu Cuatia na Província de Corrientes?

— A denúncia foi apresentada como "morte duvidosa" do ex--presidente brasileiro.

— Esse termo pode significar que Goulart não morreu de morte natural?

— Morte duvidosa é uma tipificação legal: dúvidas sobre a morte natural de uma pessoa.
— Por que essas dúvidas?
— Não posso dizer.
— O senhor age só, ou por acaso, existem outras pessoas interessadas no caso?
— Diante da Justiça, me apresentei só, mas quem direta ou indiretamente conheceu o dr. Goulart em vida, também afirma o mesmo. Quero dizer: seus pilotos, gente a seu serviço, seus amigos e o pessoal de suas estâncias, inclusive aqui no Uruguai.
— E a família do ex-presidente?
— Reiteradamente, a seus filhos e à sua viúva tenho informado sobre a situação. Mas, agora, perdoe-me, não posso continuar com essa conversa.

Marta Vial insistiu e perguntou a Foch Diaz que eventuais consequências poderá provocar a investigação judicial:

— Só posso dizer que estou apenas no começo de uma extensa trama de acontecimentos. E, agora, somente a Justiça argentina é que poderá dizer a última palavra — respondeu ele.

AMIGO NÃO NOTOU INDISPOSIÇÃO

URUGUAIANA (O GLOBO) - O ex-presidente João Goulart não se queixou de qualquer indisposição nem tomou bebidas alcoólicas na noite em que morreu. A revelação é de um amigo íntimo do ex-presidente, Júlio Vieira, que foi seu sócio numa plantação de arroz, em entrevista dada ontem em Mercedes, na Argentina.

Segundo o seu relato, o ex-presidente ficou três dias em Tacuarembo, no Uruguai, voltando a 5 de dezembro de 1976 à Argentina, passando por Paso de los Libres, na fronteira com o Brasil, onde almoçou. Depois, foi de automóvel até Mercedes, na Província de Corrientes.

Júlio Vieira disse que o ex-Presidente aparentava tranquilidade, "pois estava vivendo um momento calmo de sua vida".
[...]

VENENO

Quanto à possibilidade de o ex-Presidente ter sido assassinado, pela colocação de veneno em sua bebida, Júlio Vieira limitou-se a responder:

Amigo não notou indisposição

URUGUAIANA (O GLOBO) — O ex-presidente João Goulart não se queixou de qualquer indisposição nem tomou bebidas alcoólicas na noite em que morreu. A revelação é de um amigo íntimo do ex-Presidente, Júlio Vieira, que foi seu sócio numa plantação de arroz, em entrevista dada ontem em Mercedes, na Argentina.

Segundo o seu relato, o ex-Presidente ficou três dias em Tacuarembó, no Uruguai, voltando a 5 de dezembro de 1976 a Argentina, passando por Paso de Los Libres, na fronteira com o Brasil, onde almoçou. Depois, foi de automóvel até Mercedes, na Província de Corrientes.

Júlio Vieira disse que o ex-Presidente aparentava tranqüilidade, "pois estava vivendo um momento calmo de sua vida".

— Ele havia conseguido uma escola para João Vicente estudar em Londres e estava novamente junto de sua mulher, Maria Teresa. Naquela noite, o doutor (como os amigos chamavam o ex-Presidente) não quis tomar qualquer bebida alcoólica. Apenas comeu algumas frutas, pois estava de regime, e foi se deitar. A uma hora da madrugada ele morreu — contou Júlio Vieira.

VENENO

Quanto à possibilidade de o ex-Presidente ter sido assassinado, pela colocação de veneno em sua bebida, Júlio Vieira limitou-se a responder:

— Não posso dizer nem que sim, nem que não.

Ele conheceu Goulart por intermédio de Mario la Veccha, um amigo comum, que o apresentou ao ex-Presidente em 1973.

— O que o doutor mais gostava na vida era negociar. Ele adorava uma proposta de sociedade e recebia várias por dia. Assim, ficamos sócios numa plantação de arroz, em que eu entrava com o trabalho e a administração e ele com as máquinas, capital e sementes — explicou Vieira, que conviveu diariamente com Jango em seus últimos três anos de vida.

Foi ele quem acabou ficando com o cachorro do ex-Presidente, um enorme mestiço preto, apelidado de "Gaúcho" e que até hoje está na casa de Vieira, em Mercedes. Ele contou que Jango estava preocupado com a saúde, pois seu médico particular, na França, o havia advertido de que poderiam ocorrer problemas devido à gordura e ao abuso de bebidas.

— O médico assustou bastante o doutor, que acabou se cuidando um pouco, moderando-se na alimentação. Mas ele não cumpria à risca as determinações médicas: quando passava dois ou três dias sem beber ou jantar, no quarto tirava a diferença — disse Vieira que contou que o ex-Presidente fumava, em média, duas carteiras de cigarros por dia.

INQUIETO

— "Jango não parava quieto num lugar mais de dois dias", pois fazia viagens seguidas pelo interior da Argentina e Uruguai. No entanto, a estância de que mais gostava entre as suas propriedades era "La Villa", a 15 quilômetros de Mercedes, com cerca de dois mil hectares. A estância foi vendida depois de sua morte a um estancieiro chamado Vidal Jaime, que ainda mantém o nome do local — disse Vieira.

— Em "La Villa" — prosseguiu — o doutor estava cercado de vários amigos, alguns dos quais não gostava, mas tinha de aturar, conforme me explicou, por se tratar de políticos, ex-políticos e filhos de gente importante. Mas não se falava de política, só de negócios ou distrações.

Vieira contou ainda que Jango recebera um convite para voltar ao Brasil e que "a proposta fora feita por militares", mas ele acabou recusando. Segundo Vieira, o ex-Presidente tinha medo de aborrecer-se por qualquer motivo que fosse, quando voltasse ao Brasil, "mesmo com um pequeno incidente". Disse que o ex-Presidente "sempre se avistava ou mesmo almoçava ou jantava com altas autoridades militares brasileiras; quando passava por Paso de Los Libres". Contou ainda que Goulart tinha contato seguido com essas autoridades e relatou o seguinte:

— Certa vez, o doutor e eu estávamos tomando mate em "La Villa" "quando ele me disse que tinha problemas com suas terras no norte do País. Explicou-me então que teria de falar com o "alemão", para resolver o caso. Fiquei intrigado, pois não havia ninguém no nosso círculo mais íntimo de amizade que tivesse este apelido. Dias após, perguntei ao doutor quem era esse tal de "alemão". Ele, com seu jeito simples, disse-me: "o presidente Geisel. E acrescentou: "por falar nisso, os problemas foram resolvidos".

Enrique Foch Diaz

— Não posso dizer nem que sim, nem que não.

Ele conheceu Goulart por intermédio de Mario la Veccha, um amigo comum, que o apresentou ao ex-Presidente em 1973.

— O que o doutor mais gostava na vida era negociar. Ele adorava uma proposta de sociedade e recebia várias por dia. Assim, ficamos sócios numa plantação de arroz, em que eu entrava com o trabalho e a administração e ele com as máquinas, capital e sementes — explicou Vieira, que conviveu diariamente com Jango em seus últimos três anos de vida.

Foi ele quem acabou ficando com o cachorro do ex-presidente, um enorme mestiço preto, apelidado de "Gaúcho" e que até hoje está na casa de Vieira, em Mercedes. Ele contou que Jango estava preocupado com a saúde, pois seu médico particular, na França, o havia advertido de que poderiam ocorrer problemas devido à gordura e ao abuso de bebidas.

— O médico assustou bastante o doutor, que acabou se cuidando um pouco, moderando-se na alimentação. Mas ele não cumpria à risca as determinações médicas: quando passava dois ou três dias sem beber ou jantar, no quarto tirava a diferença — disse Vieira, que contou que o ex-presidente fumava, em média, duas carteiras de cigarros por dia.

INQUIETO

— "Jango não parava quieto num lugar mais de dois dias", pois fazia viagens seguidas pelo interior da Argentina e do Uruguai. No entanto, a estância de que mais gostava entre as suas propriedades era "La Villa", a 15 quilômetros de Mercedes, com cerca de dois mil hectares. A estância foi vendida depois de sua morte a um estancieiro chamado Vidal Jaime, que ainda mantém o nome do local — disse Vieira.

— Em "La Villa" — prosseguiu — o doutor estava cercado de vários amigos, alguns dos quais não gostava, mas tinha de aturar, conforme me explicou, por se tratar de políticos, ex-políticos e filhos de gente importante. Mas não se falava de política, só de negócios ou distrações.

Vieira contou ainda que Jango recebera um convite para voltar ao Brasil e que "a proposta fora feita por militares", mas ele acabou recusando. Segundo Vieira, o ex-presidente tinha medo de aborrecer-se por qualquer motivo que fosse, quando voltasse ao Brasil, "mesmo com um pequeno incidente". Disse que o ex-presidente "sempre se avistava ou mesmo almoçava ou jantava com altas autoridades militares brasileiras, quando passava por Paso de los Libres". Contou ainda que Goulart tinha contato seguido com essas autoridades e relatou o seguinte:

— Certa vez, o doutor e eu estávamos tomando mate em "La Villa" quando ele me disse que tinha problemas com suas terras no norte do País. Explicou-me então que teria de falar com o "alemão", para resolver o caso. Fiquei intrigado, pois não havia ninguém no nosso círculo mais íntimo de amizade que tivesse este apelido. Dias após, perguntei ao doutor quem era esse tal de "alemão". Ele, com seu jeito simples, disse-me: "o presidente Geisel". E acrescentou: "por falar nisso, os problemas foram resolvidos".

Exmº. Senhor
Dr. Carlos Heitor Cony

Lisboa, 12 de Dezembro de 2002

Meu caro Carlos Heitor Cony:

Li com muito interesse o seu livro *JK - Como nasce uma estrela*, de que ontem fez o lançamento, com êxito, na Embaixada do Brasil. Confirmo, como deseja, que o Presidente Juscelino, por quem tive grande admiração e amizade, no dia do acidente (22 de Agosto de 1976) vinha para o Rio de Janeiro, onde tínhamos aprazado um almoço no dia seguinte. Trataríamos de uma questão judicial que em Lisboa o incomodava, e sobre a qual pretendia orientação e apoio para rapidamente lhe colocar um ponto final. Foi em casa do Adolfo Block, onde o Cony também se encontrava, que tivemos notícia da tragédia, que Adolfo se recusava a acreditar. A minha agenda, que lhe mostrei, tirou-lhe toda a esperança, e a crise de saúde que imediatamente o atingiu mostrou mais uma vez a profundidade da estima entre ambos.

Com os melhores cumprimentos,

CARTA DE ADRIANO MOREIRA PARA CARLOS HEITOR CONY.

TRECHO DO LIVRO *A DITADURA ENVERGONHADA*, DE ELIO GASPARI.

"O Frota queria me emparedar, mas eu emparedei ele", explicava Geisel. Ele vira, doze anos antes, como o ministro da Guerra, general Arthur da Costa e Silva, emparedara o marechal Humberto Castello Branco e o obrigara a aceitá-lo como seu sucessor. Como chefe do Gabinete Militar de Castello, nunca se conformou com o fato de ele não ter seguido seus conselhos e arriscado um confronto com Costa e Silva. O dia 12 de outubro de 1977, para o general de exército Ernesto Geisel, era uma revanche da batalha que perdera em 1965, como general de divisão.

Enquanto Frota procurava dar um golpe de manual, com generais chamados ao QG, manifesto e a indefectível lembrança do perigo vermelho, Geisel conduzia do Planalto duas operações simultâneas. Uma, resultante da natureza pública da demissão, o país podia perceber. A outra deveria escapar à publicidade. A primeira era tirar Frota. A segunda, colocar no seu cargo um novo ministro sem que houvesse dúvida de que era o presidente quem mandava no Exército. Precisava da primeira para continuar no poder. A segunda era necessária para restabelecer a ordem nos quartéis e prosseguir seu projeto de "lenta, gradativa e segura distensão", anunciado cinco meses depois de ele tomar posse, em 1974.

Os detalhes de natureza prática da execução de Frota são curiosos a partir da data, escolhida por Geisel. No dia 12 de outubro, o feriado era uma exclusividade dos moradores de Brasília. Enquanto todas as guarnições militares do país trabalhavam normalmente, a da capital, onde o ministro do Exército tinha os seus oficiais de estrita confiança, estava quase sem pessoal. O general, apanhado de surpresa, teria dificuldade para movimentar suas peças. Imaginada havia meses, decidida duas semanas antes e planejada por quase dez dias, a demissão do ministro coincidia propositadamente com o feriado.

Os generais de Frota acordaram tarde e os de Geisel, de véspera. Quando o ministro, a bordo de seu Landau, passou a caminho do Planalto pelo QG da 3ª Brigada de Infantaria Motorizada, a mais poderosa força militar de Brasília, no mastro do quartel tremulava o estandarte do comandante. O general Roberto França Domingues, casado com uma sobrinha de Geisel, estava em seu posto de comando, apesar do feriado. O presidente montara um dispositivo pelo qual os oficiais fiéis ao seu esquema souberam antecipadamente da demissão. Desde o sábado anterior, o chefe do Gabinete Militar da Presidência, general Hugo Abreu, tomara o que ele mais tarde chamaria de "medidas de segurança preliminares". Consistiam num dispositivo pelo qual, no exato momento em que Frota fosse demitido, os comandantes dos quatro Exércitos estariam sendo avisados em nome do Planalto.

Por cautela, Geisel tomara suas próprias medidas de segurança complementares e avisara dois desses quatro generais. Um de seus mais antigos colaboradores, o general Gustavo Moraes Rego, da 11.ª Brigada de Infantaria Blindada, em Campinas, levara a notícia ao comandante do II Exército, em São Paulo. Dois dias antes, Geisel revelara o segredo ao comandante do I Exército, José Pinto de Araujo Rabello, sob cujas ordens estavam as tropas do Rio e de Minas Gerais. "Já devia ter tirado", respondeu-lhe o general.

Para a operação do dia 12, o chefe da segurança de Geisel, tenente-coronel Germano Arnoldi Pedrozo, reforçara a sua própria guarda, tanto com homens como com armas. O secretário particular do presidente, Heitor Aquino Ferreira, homem de confiança de Golbery, conta que "naquele dia os corredores estavam povoados com gente que eu nunca tinha visto, um pessoal que não se separava de umas maletinhas". Em algumas dessas maletinhas havia submetralhadoras. A própria gaveta de Heitor guardava uma pistola. Sobre a grande laje do teto do Planalto, Pedrozo dispusera observadores capazes de controlar as cercanias do palácio. O chefe da segurança considerado um obsessivo até por seus amigos, propôs a Geisel que um de seus homens ficasse no gabinete durante a audiência, para evitar qualquer possível contratempo. A ideia foi rejeitada pelo presidente. A segurança do palácio, ingrediente essencial em toda crise militar, tinha motivos para ser reforçada. Poucos meses antes, Frota colocara no comando do Batalhão da Guarda Presidencial um coronel de sua confiança. Pela rotina, em outubro, o Planalto estava entregue a uma tropa do Regimento de Cavalaria de Guarda, comandado por um oficial leal ao presidente e íntimo do chefe do seu Serviço Nacional de Informações, o general João Baptista Figueiredo.

Garantidos os principais comandantes de tropa nos estados, assegurada a proteção do palácio, preservado o sigilo e encerrada a audiência com o ministro, Geisel concluíra o que se poderia chamar de primeira parte da engenharia da demissão. Marchara para o confronto sem nenhum receio quanto ao seu desfecho. Diante de uma pergunta relacionada com sua segurança pessoal, responderia: "Se eu tivesse qualquer receio, não teria deixado minha mulher e minha filha no Alvorada."

A partir de então jogavam as pretas, as pedras de Frota.

De volta ao seu quartel-general, o ministro fez acréscimos ao texto de um discurso que havia preparado semanas antes, adaptando-o às novas circunstâncias, e convocou os dez generais que compunham o Alto-Comando do Exército. O feriado voltava a atrapalhá-lo. Três dos quatro generais comandantes de exércitos encontravam-se em suas sedes, longe de Brasília, enquanto quatro dos que deveriam estar na capital tinham viajado. O chefe do Estado-Maior, por exemplo, estava no Piauí. O diretor do Material Bélico, em São Paulo. Até o seu chefe de gabinete estava no Rio. No quartel-general, onde habitualmente trabalhavam 2500 pessoas, havia cerca de duzentas. Quando a notícia da demissão se espalhou, começaram a chegar ao QG oficiais dispostos a resistir. Um coronel de seu serviço de imprensa, localizado num clube, veio de bermudas. Alguns traziam granadas na cintura. Em uniforme de campanha, vieram os comandantes do Batalhão da Guarda e da Polícia do Exército, unidades de elite. Somadas, tinham poder de fogo equivalente ao das demais unidades da capital, compostas em sua maioria de recrutas.

Às quinze horas, Frota ouviu de um jornalista:

— General, qual é a evolução lógica dos acontecimentos?

— Não sei. Estamos esperando que as coisas aconteçam.

Quatro horas depois, o mesmo jornalista voltou a telefonar, com a mesma pergunta. Frota já não esperava por mais nada: "Você acha que pode ter alguma coisa? [...] A situação agora é com o presidente."

Ao Centro Augusto Lacerda
de Coury

2286755

Rocio, 15 de maio de 1977

Sr. José Geraldo Nogueira Moutinho
Rua Japão, 50/32
São Paulo - SP

Caro Nogueira Moutinho,

Várias vezes reli seu artigo na "Folha de S.Paulo" de hoje.
Antes da descida para o Rio, que tumu[...]inho, esta
carta, do alto da falésia - bela pal[...]
conceito que não entendi; pois é tal[...]
em que você julga pelo que ouve dize[...]
mais do que eu precisa de um estímul[...]
mas para viver. Nada de falésia, po[...]
Aliás, estou em dificuldad[...]
ver esta carta? Simplesmente agrade[...]
sas coisas? Há muito tempo não lia,[...]
crito, tão completo, tão capaz de r[...]
cetas, como se dizia. Quando acont[...]
quanto acrescenta. No que foi publ[...]
foi escrito. Certas vezes me arrep[...]
pela falta do que por me parecer qu[...]
por exemplo essa escapada na direçã[...]
entanto, como você intuiu que era [...]
me pegou, me convidou para essa va[...]
inconformidade, a insubmissão, o s[...]
costumam vir no gene e se transmit[...]
Não sei mais porque pe[...]
novo o livro. Fiquei ansioso por [...]
Em Rosto Macio, título tão difícil[...]
tação, para ver o que você encontr[...]
parentescos. (Li-o esta noite.[...]
artigo). Creio que ao reler de n[...]
rá algumas vezes, não é nada do q[...]
afinco, o narcisismo, que estará [...]
versão que registrei, da qual ate[...]
tanta dedicação, mais do que sim[...]
da mal contado; na verdade ele s[...]
que não chegaria a ser igual à i[...]
dava ser sua, não conseguia cre[...]
seu artigo. Não que tenham, t[...]
saído, em geral generosas. Mas [...]
preciso escrever algo sobre.[...]
dável obrigação, uma espécie de [...]
gaba mais me interessou do que [...]
volvido, qu[...]

3

É perigoso dizer, nessas ocasiões, apareça, quando vier ao
Rio venha almoçar com a gente. Pode ser um dia ruim, inesperado, etc.
Mas, ao concluir penso que seria bem agradável uma conversa mais longa, aproveitando a lareira de Petrópolis, que se acende agora, nestes meses, para uma conversa na qual possivelmente se conseguiria não falar mais desse livro, mas certamente falaríamos de muita coisa que nos interessa. E nos aproxima.

Devo ao Pedro Paulo de Sena Madureira, que está trabalhando conosco, o seu endereço de casa - casa à qual me recomendo e aos que a habitam.

Um abraço do

Secretária: Maria do Carmo C. Frazeloto

Carlos Lacerda

Não foi possível Dr. Carlos assinar esta carta devido ao seu estado de saúde.
Maria do Carmo C. Frazeloto

CL/mce

CARTA DE LACERDA PARA JOSÉ GERALDO NOGUEIRA.
ESCRITA EM 15 DE MAIO DE 1977, ELA FOI ASSINADA
POR SUA SECRETÁRIA, QUE EXPLICA NO FINAL DO TEXTO:
"NÃO FOI POSSÍVEL DR. CARLOS ASSINAR ESTA CARTA
DEVIDO AO SEU ESTADO DE SAÚDE."

REPUBLICA DE CHILE
PRESIDENCIA DE LA REPUBLICA
D.I.NA.

CONFIDENCIAL

SANTIAGO, 28 de Agosto de 1975.

Distinguido señor General:

He recibido su envío del 21 de Agosto de 1975 y al agradecerle su oportuna y precisa información me es grato expresarle mi satisfacción por su colaboración que debemos estrechar aún más.

En respuesta cumplo en comunicarle lo siguiente:

1) Comparto su preocupación por el posible triunfo del Partido Demócrata en las próximas elecciones presidenciales en los Estados Unidos. También tenemos conocimiento del reiterado apoyo de los demócratas a Kubichek y Letelier, lo que en el futuro podría influenciar seriamente en la estabilidad del Cono Sur de nuestro hemisferio.

2) El plan propuesto por Ud. para coordinar nuestra acción contra ciertas autoridades eclesiásticas y conocidos políticos socialdemócratas y democratacristianos de América Latina y Europa, cuenta con nuestro decidido apoyo.

3) Su información sobre Guyana y Jamaica es de una indudable importancia para esta Dirección.

Por creerlo de interés para Ud. le comunico que últimamente el Gobierno de Chile tomó la decisión de liberar un grupo de presos que serán expulsados a países europeos. Le transmitiremos, a medida que nos vaya llegando, la información relativa a la actividad política de estos liberados y sus eventuales contactos con la emigración brasileña.

Lo saluda muy atentamente,

MANUEL CONTRERAS SEPULVEDA
CORONEL
DIRECTOR DE INTELIGENCIA NACIONAL.

AL SEÑOR GENERAL DE DIVISION
JOAO BAPTISTA DE OLIVEIRA FIGUEIREDO,
JEFE DEL SERVICIO NACIONAL DE INFORMACIONES.
BRASILIA, DF.

CARTA ENVIADA PELO CORONEL MANUEL CONTRERAS SEPÚLVEDA,
CHEFE DA DINA (DIRECCIÓN DE INTELIGENCIA NACIONAL)
PARA O CHEFE DO SNI (SERVIÇO NACIONAL DE INFORMAÇÕES),
GENERAL JOÃO BAPTISTA FIGUEIREDO EM 28 DE AGOSTO DE 1975.
NELA, CONTRERAS INFORMA QUE SABIA DO "REITERADO APOIO
DOS DEMOCRATAS A KUBITSCHEK E LETELIER,
O QUE NO FUTURO PODERIA INFLUENCIAR SERIAMENTE
A ESTABILIDADE DO CONE SUL DO HEMISFÉRIO".

NOTA DE HILDEGARD ANGEL, *O GLOBO*, 23 DE MAIO DE 2001.

Relatório de Miro isenta viúva de Jango...

O AUTOR da denúncia de assassinato contra Maria Thereza, Enrique Foch Diaz, que se apresenta como grande amigo de João Goulart, é visto pelo deputado Miro Teixeira como um agente duplo. O que estará revelado no relatório final da comissão que investiga a morte de Jango...

MIRO, RELATOR da comissão e detentor de todos os documentos, afirma categoricamente que tentar envolver o nome de Maria Thereza Goulart no episódio é uma manobra para desviar o foco. Por outros caminhos investigatórios, como os depoimentos de Arraes, Neiva Moreira e outros amigos de Jango, amigos de verdade, a comissão encontra pegadas... pegadas de pássaro... de condor. Da Operação Condor!

[...]

NOTA DE HILDEGARD ANGEL, *O GLOBO*, 27 DE MAIO DE 2001.

O desabafo de Denize, a filha de Jango

[...] SEGUNDO ELA, já foi pedida perícia psiquiátrica do depoente Foch Diaz por suspeita de insanidade mental no Uruguai. Ele também sofre processo por difamação e calúnia, por Cláudio Braga, que apontou como outro possível assassino de Jango e, caso seja considerado capaz, receberá as penas previstas para caluniadores.

Lyon 13/9/76

ROYAL HÔTEL
SOCIÉTÉ ANONYME AU CAPITAL DE 220.000 FRANCS
20, PLACE BELLECOUR, LYON
TÉLÉPHONE : (78) 37.57.31
TELEX 31.785 ROYALTEL-LYON
R. C. LYON 957.502.578 B

Meu caro Cláudio

C/ um abraço amigo desejo a você, seus familiares, Manoela e nossos amigos, paz e felicidade. —

P/ aqui tudo "andando" mais ou menos bem. Estou concluindo m/ exames médicos c/ resultados bem razoáveis especialmente considerando que não me sujeitei nunca à precauções e regimes. Algum "reparo" p/ os mestres de Lyon e tudo evoluirá satisfatoriamente. Soube aqui, que no Brasil as coisas se esquentaram c/ a notícia do m/ possível regresso. Creio que se estão somando m.to detonantes: Eleições, situação econômica-social m.to difícil, morte do JK c/ repercussões de toda a ordem, e da maior magnitude (inesperada completamente p/ o governo) (grandes derrimen's no campo moral — etc etc). — Sem ter tomado nenhuma iniciativa estranho a reação inesperada também p/ mim, e p/ outros, que lá estão e se sentem bem informados (militarmente). Bem, de qualquer forma vamos aguardar... p/ hora no silêncio e expectativa. E as coisas p/ aí, como correm?

CARTA DE JANGO PARA CLÁUDIO BRAGA DO DIA 13 DE SETEMBRO DE 1976. NELA, O EX-PRESIDENTE AFIRMA QUE "SOUBE QUE NO BRASIL AS COISAS SE ESQUENTARAM COM A NOTÍCIA DO MEU POSSÍVEL REGRESSO".

ÍNTEGRA DA CARTA QUE JANGO ENVIOU PARA CLÁUDIO BRAGA, CUJO FAC-SÍMILE ESTÁ NA PÁGINA ANTERIOR.

Lyon, 13/09/76

M/ caro Claudio:

C/ um abraço amigo desejo a você e seus familiares, Marcela e nossos amigos, paz e felicidade.

P/ aqui tudo "andando" mais ou menos bem. Estou concluindo m/ exames médicos c/ resultados bem razoáveis especialmente considerando que não me sujeitei nunca às prescrições e regimes. Alguns "reparos", 2.º os Mestres de Lyon, e tudo evoluirá satisfatoriamente. Soube aqui, que no Brasil as coisas se esquentaram c/ a notícia do m/ possível regresso. Creio que se estão somando muitos detonantes: eleições, situação econômico-social muito difícil, morte de JK c/ repercussões de toda a ordem, e da maior magnitude (inesperada completamente para o governo) (Graves denúncias no campo moral... etc. etc...)

Sem ter tomado nenhuma iniciativa estranho a reação inesperada também para mim e para outros que lá estão e se sentiam bem informados (militarmente). Bem, de qualquer forma vamos aguardar... p/ hora no silêncio e expectativa.

E as coisas p/ aí, como correm? Caso Mario não tenha dado nenhuma solução, o que seria bastante surpreendente convém veres c/ Bijuja a possibilidade de conseguir algo ao menos pra desapertar até, eu aí, vender laes e novilhos. A solução é tentar algum empréstimo a curto prazo... mas não parar! Eu participo do t/ pensamento de que se trata de um bom negócio.

E Marcos Paz? E de Mercedes que notícias? Ainda inverno ou o tempo e pastagens já estão melhorando? Como fostes de Brasil? Tudo bem? E o nosso Orpheu? E por Montevideo tudo em ordem? Vicente e Denize ótimos. Aguardo o neto, pra 1.ª quinzena de outubro. M/ dúvida até o momento: ir e voltar ou aguardar. Em breve tomarei uma decisão te avisando.

Até breve e outro abraço.

Jango
Lyon,13/09/76

E a nossa Argentina, como está?

RADIOGRAMA

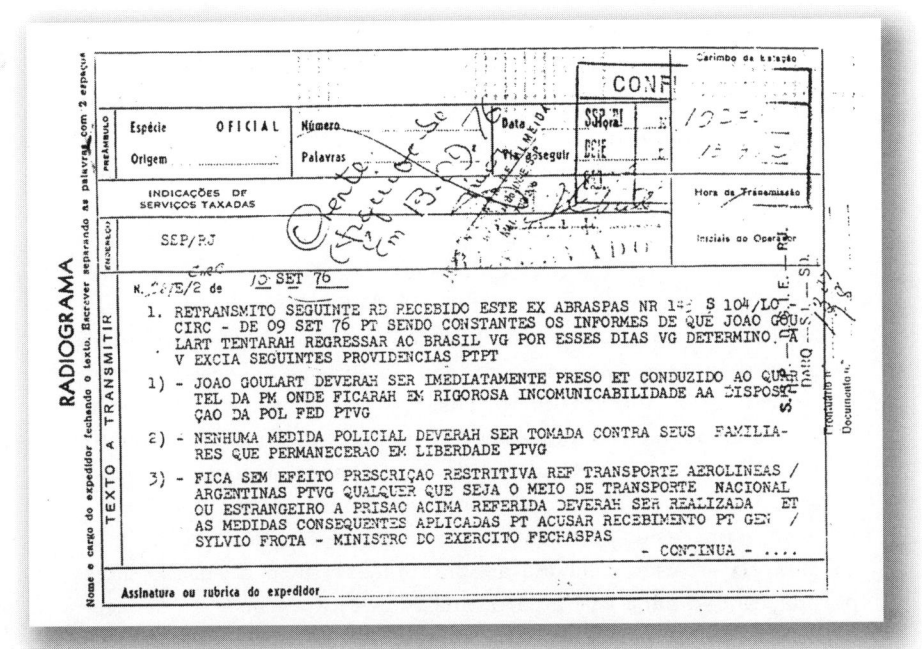

N. ~~/E/2 de 10 SET 76

1. RETRANSMITO SEGUINTE RD RECEBIDO ESTE EX ABRASPAS NR 1-- S 104/LO-- CIRC - DE 09 SET 76 PT SENDO CONSTANTES OS INFORMES DE QUE JOAO GOU-- LART TENTARAH REGRESSAR AO BRASIL VG POR ESSES DIAS VG DETERMINO CA V EXCIA SEGUINTES PROVIDENCIAS PTPT

1) - JOAO GOULART DEVERAH SER IMEDIATAMENTE PRESO ET CONDUZIDO AO QUAR-- TEL DA PM ONDE FICARAH EM RIGOROSA INCOMUNICABILIDADE AA DISPOSI-- ÇAO DA POL FED PTVG

2) - NENHUMA MEDIDA POLICIAL DEVERAH SER TOMADA CONTRA SEUS FAMILIA-- RES QUE PERMANECERAO EM LIBERDADE PTVG

3) - FICA SEM EFEITO PRESCRIÇAO RESTRITIVA REF TRANSPORTE AEROLINEAS / ARGENTINAS PTVG QUALQUER QUE SEJA O MEIO DE TRANSPORTE NACIONAL OU ESTRANGEIRO A PRISAO ACIMA REFERIDA DEVERAH SER REALIZADA ET AS MEDIDAS CONSEQUENTES APLICADAS PT ACUSAR RECEBIMENTO PT GEN / SYLVIO FROTA - MINISTRO DO EXERCITO FECHASPAS

- CONTINUA - ....

RADIOGRAMA COM DATA DE 10 DE SETEMBRO DE 1976 ENVIADO PELO GENERAL REYNALDO PARA O MINISTRO DO EXÉRCITO, SYLVIO FROTA. DOCUMENTO REVELA QUE: "SENDO CONSTANTES OS INFORMES DE QUE JOÃO GOULART TENTARÁ REGRESSAR AO BRASIL POR ESTES DIAS, DETERMINO QUE V. EXCIA TOME AS SEGUINTES PROVIDÊNCIAS: JOÃO GOULART DEVERÁ SER IMEDIATAMENTE PRESO E CONDUZIDO AO QUARTEL DA PM, ONDE FICARÁ EM RIGOROSA INCOMUNICABILIDADE E À DISPOSIÇÃO DA POLÍCIA FEDERAL."

Capítulo 4

Rio, 3 de maio de 2013

Nunca achei que a vida fosse outra coisa senão uma sucessão de acontecimentos que nos empurram para um único caminho, aquele em que somos lançados ao nascer, independentemente de nossa vontade ou de nossos pais. É nosso destino e pronto. Mesmo que a tentação de anulá-lo nos faça dar voltas e pegar atalhos, ele está sempre ali à espreita, manso e certo de que o nosso encontro é inevitável. Articulei infinitas explicações e interpretações para justificar minha fuga. Não tive coragem de transformar *O Beijo da Morte* em cinzas, como o Repórter me pedira antes de morrer. Mas sabia que também não suportaria a convivência com ele, um espectro me observando sem trégua.

Quando entreguei a quitinete da Glória, há mais de dez anos, guardei os arquivos do Repórter no quartinho dos fundos de casa e tranquei a porta, transformando o local numa espécie de mausoléu de memórias interditadas. O quarto proibido. Até minha gata, Angelina, sabe disso. Ela, que não suporta uma porta fechada, arranha todas até eu abrir, passa longe dali. Destranco-a apenas uma vez por ano para o rapaz da dedetização entrar. E espero do lado de fora.

Tentei a todo custo escapar de meu destino, mas hoje fui capturada. A primeira notícia que surgiu na minha frente, quando liguei o computador pela manhã, foi que a Comissão Nacional da Verdade (CNV),[1] em conjunto com o Ministério Público Federal do Rio Grande do Sul (MPF-RS) e a Secretaria de Direitos Humanos da Presidência da República (SDH/PR), decidiu exumar o corpo de João Goulart.

Já tinha ouvido falar por alto da Comissão da Verdade pelo noticiário, mas nunca havia me detido no assunto. Eu era sobrevivente conformada, a quem a Lei da Anistia de nada serviu. Meu pai e minha mãe jamais voltaram para mim. E, depois que, de certa forma, a Ditadura Militar também me tirou o Repórter, menos motivos ainda eu tinha para me interessar por isso.

Porém, ali, diante do computador, me veio uma espécie de *déjà-vu*. A última vez que papai passou pela porta do meu quarto, antes de desaparecer para sempre; o rastro do sangue de minha mãe no assoalho da sala; o olhar febril do Repórter como adeus. Num impulso, cliquei no link da reportagem. Em seguida, digitei num site de busca: "Comissão Nacional da Verdade" e descobri que ela tinha sido instalada em maio de 2012 para investigar as violações de direitos humanos ocorridas no Brasil por agentes do Estado, no período entre 18 de setembro de 1946 e 5 de outubro de 1988 — recorte temporal que corresponde às promulgações da Constituição Brasileira de 1946 e de 1988. Entre seus principais focos de investigação estavam as prisões arbitrárias, as torturas e os assassinatos ocorridos durante a Ditadura Militar (1964-1985), o que incluía a apuração das circunstâncias das mortes de João Goulart e Juscelino Kubitschek.

Descobri também que, desde 2007, corria no Ministério Público Federal do Rio Grande do Sul um inquérito civil, questionando as possíveis causas da morte de Jango. Por pedido de familiares do ex-presidente, versões de que ele teria sido assassinado por agentes da Operação Condor passaram a ser investigadas. Esta suspeita baseava-se em depoimentos de Ronald Mario Neyra

Barreiro, ex-agente do serviço de inteligência uruguaio, que afirmava ter participado de um complô para assassinar Jango, em seu exílio, entre o Uruguai e a Argentina.

Quando li aquele nome, congelei. Esse era o sujeito que o Repórter tinha entrevistado no presídio de Charqueadas, no Rio Grande do Sul, em 2002, 11 anos antes. Eu tinha ajudado a organizar a viagem. Fixei os olhos no computador para ter certeza de que não estava enganada. Nessa hora, todos os fantasmas que durante anos me impediram de penetrar no quartinho dos fundos se desfizeram e, quando dei por mim, já estava mergulhada naquela montoeira de arquivos. Encontrei a entrevista feita com Barreiro, e veio à minha mente a imagem do Repórter deprimido, recém-chegado do Sul, me dizendo que tinha se deparado com uma cilada, não com uma pista que podia levar ao esclarecimento da morte de João Goulart. Para ele, o tal uruguaio era um engodo. Melhor, era um soldado raso de um esquema do qual tinha apenas conhecimento superficial. Falava muito do que pouco sabia e podia provar.

Mas isso, agora, era o que menos importava. O fato era que Neyra Barreiro, com sua verborragia, tinha propiciado a abertura de um inquérito para apurar as circunstâncias da morte de Jango. E isso, sim, poderia levar à prova do que o Repórter sempre buscou: João Goulart fora assassinado pelo Regime Militar, no contexto da Operação Condor. Enfim, sua vida e sua morte não teriam sido em vão.

Passei o resto da semana pesquisando para me inteirar do assunto que eu evitara desde a morte do Repórter. Soube que, depois do inquérito de 2007, a família de Jango, em 2011, estendeu o pedido de apuração das circunstâncias da morte do ex-presidente à então ministra Maria do Rosário, da Secretaria de Direitos Humanos da Presidência da República. E que, com a instalação da Comissão Nacional da Verdade, a demanda ganhou força. Mas foi só em 18 de março de 2013 que familiares de Jango entregaram à CNV uma petição, assinada por João Vicente e Denize Goulart, filhos de Jango com dona Maria Thereza, requerendo a exumação dos restos mortais do pai, a fim de apurar se ele havia sido envenenado.

Com a petição, foi apresentada uma farta documentação do antigo SNI e de ministérios do Interior, da Defesa e das Relações Exteriores uruguaios mostrando que Jango foi vigiado permanentemente pelos serviços secretos dos Estados Unidos, do Brasil e do Uruguai desde o momento em que deixou o país. O material relata com minúcias a vida particular do ex-presidente, citando até mesmo os remédios que ele usava. A principal fonte das informações seria uma agente infiltrada pelos serviços de inteligência uruguaios dentro da casa do presidente, a empregada doméstica Margarita Suárez. A partir disso, a então coordenadora da CNV, Rosa Cardoso,[2] considerando que a documentação tinha elementos concludentes de que Jango foi vítima da Operação Condor, resolveu tornar pública a decisão de exumar o corpo do ex-presidente.

Entendi, finalmente, que não havia mais sentido em tentar esconder de mim mesma a realidade que eu evitara desde meus cinco anos de idade e que, agora, qualquer um podia saber. O destino estava me dizendo que não aceitaria mais minhas trapaças. A notícia de que o corpo de Jango seria exumado atravessou minha vida em linha reta e, numa espécie de vertigem, mudou meu percurso de forma definitiva. Tive a certeza de que havia chegado a hora de tirar meus esqueletos do armário e encarar meus cadáveres: arquivos sedimentados, alguns escritos diretamente no meu corpo. O destino estava me conduzindo para a estranha cerimônia de o beijo da morte.

Não recusei o convite. Resolvi que iria acompanhar a exumação do corpo de Jango, e tudo mais que acontecesse a partir dali. Emendar novamente as folhas do arquivo do Repórter era um dever de amor que a vida me exigia.

Rio, 16 de outubro de 2013

Hoje, comecei a me preparar para ir a São Borja. No dia 13 de novembro, será feita a exumação de João Goulart. Depois, partirei para Brasília, onde haverá uma solenidade para receber, com honras de Chefe de Estado, os restos mortais do ex-presidente — os quais, mais tarde, serão devolvidos ao mesmo cemitério, numa espécie de segundo enterro, no dia 6 de dezembro, data de 37 anos de sua morte.

Os recursos para custear essa minha jornada virão do dinheiro da venda da casa de meus pais, que está aplicado há anos. Nunca me senti confortável para usar a única herança deixada por eles. Evitar aquele dinheiro era me manter blindada contra meu passado. E eu podia ter esse luxo, já que minha avó sempre me deu tudo de que precisei. Aliás, materialmente, sempre tive mais do que precisava. Hoje, vivo da pensão que ela me deixou e moro na casa herdada dela. Para ser sincera, nunca pensei que poderia encontrar um destino tão justo para aquele dinheiro.

Com toda a dificuldade de quem não é jornalista, tratei de me inteirar de como poderia acompanhar todos os procedimentos que aconteceriam em São Borja e Brasília. Sabia que precisaria inventar uma história consistente para conseguir as autorizações necessárias. Comecei pelo caminho mais óbvio. Liguei para a assessoria de imprensa da Secretaria de Direitos Humanos, e, quando dei por mim, já estava dizendo para a pessoa responsável pelo credenciamento de jornalistas que eu era escritora e estava fazendo pesquisas sobre João Goulart para um livro. Eu mesma me espantei com a desenvoltura com que explicava a necessidade absoluta de estar presente nos dois eventos. Confesso que foi uma tarefa mais fácil do que imaginava. Em menos de quinze minutos, garanti minhas credenciais.

A equipe[3] responsável pela exumação deve chegar dois dias antes a São Borja para a preparação dos trabalhos, como isolamento do cemitério e logística para o deslocamento dos restos mortais a Brasília. Vão participar peritos não só brasileiros, mas uruguaios e argentinos, além do médico cubano Jorge Perez, da Escola Latino--Americana de Medicina de Havana, onde o neto de Jango, João Marcelo, se gradua. Meu interlocutor na Secretaria de Direitos Humanos também me explicou que a participação do Uruguai e da Argentina nesse processo se justificava por dois motivos: o primeiro é que o ex-presidente morou nesses países, durante o exílio. O outro argumento tinha a ver com a Operação Condor, contexto em que Argentina e Uruguai foram diretamente atingidos, além do Brasil.

Quando desliguei o telefone, os olhos febris do Repórter, no leito de morte, vieram à minha mente, e pensei: "Todo delírio contém um grão de verdade." Estava convencida de que, mais uma vez, o Repórter merecia meu crédito.

Capítulo 5

Santa Maria, 10 de novembro de 2013

Não há voos diretos para São Borja, apesar de a cidade ter aeroporto. O local mais perto que se consegue chegar de avião de carreira é Santa Maria, e mesmo assim é necessário fazer conexão em Porto Alegre. Depois é preciso enfrentar uma estrada de quase trezentos quilômetros até lá. Na época em que o Repórter esteve em São Borja, em 2002, ele foi por Uruguaiana, que é mais próxima, mas não existe mais esse voo.

Enquanto espero o horário de meu ônibus, na lanchonete da rodoviária de Santa Maria, aproveito para fazer algumas anotações e imagino o Repórter aqui em meu lugar. Posso adivinhar sua satisfação prestes a alcançar a redenção. Finalmente o corpo de João Goulart será exumado, e, quem sabe, ficará provado que ele foi mesmo assassinado pela Operação Condor. Me sinto feliz pelo Repórter. Por mim também.

Resolvi sair do Rio com um dia de antecedência para ter tempo de contornar qualquer imprevisto no meio do caminho. Quero já estar a postos, amanhã, quando os peritos começarem os trabalhos em São Borja.

A exumação propriamente dita deve acontecer somente na quarta-feira, dia 13. Na terça, haverá uma audiência no Centro de

Tradições Gaúchas (CTG) Tropilha Crioula, com a presença dos ministros da Justiça, José Eduardo Cardozo, e dos Direitos Humanos, Maria do Rosário, além de familiares de Jango, para explicar à comunidade o longo processo que levou à exumação, desde o pedido da família, as motivações, os possíveis resultados, enfim, todo o contexto histórico e as questões técnicas. Na quinta, dia 14, pela manhã, os restos mortais do ex-presidente seguirão em avião da FAB para Brasília, onde serão recebidos pela presidente Dilma Rousseff e autoridades. Como também quero acompanhar essa cerimônia, já deixei pré-agendado um táxi, o que vai me sair bem caro, para me trazer de volta a Santa Maria assim que acabar a exumação. Fiz reserva num hotel no caminho do aeroporto, para passar a noite e conseguir pegar o voo das sete da manhã a tempo de já estar em Brasília por volta da hora do almoço, quando o esquife de Jango deverá chegar.

A moça do guichê onde comprei a passagem disse que devo chegar hoje a São Borja por volta de oito da noite, tempo suficiente para me instalar no hotel, o mesmo em que o Repórter se hospedou, fazer um reconhecimento do terreno, jantar e descansar para enfrentar a maratona dos próximos dias.

O trajeto entre as duas cidades é feito principalmente pela Rodovia da Integração, BR-287. Ela corta transversalmente o Rio Grande do Sul, começando em Porto Alegre e terminando em São Borja, que é banhada pelo rio Uruguai, a fronteira natural com a cidade de Santo Tomé, na província de Corrientes, no nordeste da Argentina. Jango morreu em Mercedes, justamente nessa província.

Quanto mais perto de São Borja, mais reta e sonolenta a estrada fica. Não tenho costume de viajar de ônibus, mas, nas poucas vezes em que isso acontece, escolho sempre uma das poltronas da frente, no lado oposto ao do motorista. Gosto de ver a estrada sendo desbravada à minha frente, e brincar de imaginar o que cada curva vai me revelar. É um pouco como tentar adivinhar o futuro, mesmo sabendo que isso é impossível. A vida é caprichosa e intempestiva. Lembro que, na infância, esse era meu passatempo predileto, quando meu pai me levava ao sítio de um amigo, na serra de Petrópolis. Quase nunca a mamãe ia, e eu, sentada atrás, me colocava entre os dois bancos da frente para ver bem a estrada. Volta e meia, papai me mandava fechar os olhos e adivinhar a direção da próxima curva, direita ou esquerda. Dificilmente eu errava, era boa nessa brincadeira e gostava da sensação de ser dona de todos os caminhos. Essa é uma lembrança feliz que tenho de meu pai.

Desta vez não foi diferente, escolhi a poltrona de número três, na primeira fileira do ônibus e na janela, em diagonal ao assento do motorista, mas pouco vi da estrada, pois rapidamente cochilei. Estava cansada, tinha acordado às quatro da manhã para pegar o voo das sete. De repente, o motorista parou o ônibus no acostamento, e eu dei um pulo com a freada. Acordei sobressaltada, sem saber direito onde estava, e, quando consegui me situar, o ônibus já estava de volta à estrada. Firmei os olhos e me deparei com um senhor de seus sessenta e tantos anos, vestindo bombachas e bota, com um facão numa bainha de couro na cintura. Ele estava em pé encostado no painel do ônibus, de costas para a estrada, e, com um sotaque carregado, falava indignado: "É um baita sacrilégio o que tão fazendo com o homem, levando os ossinhos dele pra lá e pra cá." Ao que o motorista retrucou: "Isso se devolverem o defunto pra nós."

Percebi que falavam de Jango e resolvi puxar conversa. Fiquei sabendo que parte da população e de vereadores de São Borja resistia à exumação. Consideravam "desrespeitoso" abrir o jazigo para "atrapalhar o descanso" do ex-presidente. Outros ainda temiam que os restos mortais não retornassem de Brasília. Foi aí que entendi o porquê da tal audiência pública na véspera do procedimento. A comissão municipal de acompanhamento da exumação iria filmar a audiência para deixar registrada em imagem e áudio a promessa da ministra Maria do Rosário de voltar com os restos mortais de Jango para São Borja. No final da solenidade, a ministra dos Direitos Humanos e também o ministro da Justiça assinariam um termo confirmando o compromisso.

~

São Borja, 11 de novembro de 2013

O dia amanheceu chuvoso. Quando cheguei à recepção do hotel, a primeira notícia que recebi foi de que o avião com a equipe de peritos responsável pela exumação de Jango e representantes do governo federal e da Comissão Nacional da Verdade não conseguiria pousar no aeroporto João Manuel, por causa do mau tempo. Alguns jornalistas que também estavam hospedados ali me disseram que a comitiva desceria em Santa Maria, e um ônibus do governo do Estado a levaria para São Borja, mas o imprevisto não deveria alterar os planos.

Porém, a chegada do grupo, programada para o início da tarde, acabou ocorrendo apenas por volta de meia-noite. E isso começou a me preocupar. Se houvesse muito atraso, eu teria problemas para chegar a Brasília a tempo da cerimônia oficial para receber o esquife do ex-presidente.

A segunda-feira foi de ansiedade, e, no decorrer do dia, me perguntei muitas vezes o que estava fazendo ali. Pensei mesmo em voltar para casa e esquecer tudo aquilo. Mas, para isso, eu teria que passar pela prova de fogo do perdão, que é perdoar o imperdoável. E disso eu não era capaz. A memória da Ditadura Militar no Brasil, representada pelas mortes de meus pais e do Repórter, estava para sempre viva em mim, como sinal permanente de advertência.

Com todo o atraso, ficou para a manhã da terça, 12, a reunião entre a equipe técnica e representantes da prefeitura de São

Borja, quando o perito Amaury de Souza Júnior, da Polícia Federal, explicou como seriam os procedimentos da exumação: após a retirada da tampa do jazigo, os peritos entrariam na cova, onde havia oito gavetas, quatro de cada lado. Eles trabalhavam com a informação de que os restos mortais de Jango estariam na segunda gaveta superior do lado direito. Encontrado o caixão, haveria a coleta de material gasoso, dentro da sepultura, o que, segundo Amaury de Souza, seria fundamental para reconhecer as substâncias pesquisadas na investigação sobre envenenamento.

No Instituto Nacional de Criminalística da Polícia Federal, em Brasília, seriam coletadas amostras do cadáver: um fragmento do osso do fêmur, fios de cabelo e um dente em bom estado, para confirmar que se tratava mesmo dos restos mortais do ex-presidente, por meio da comparação com o DNA de seus filhos. Depois dessa confirmação, que deveria sair em torno de 15 dias, o material seria analisado em laboratórios estrangeiros, para buscar resquícios dos medicamentos usados por Jango (Isordil e Adelfan) e de eventuais substâncias tóxicas, que poderiam ter sido responsáveis pelo envenenamento. O perito apostava num resultado positivo: "Se não pudéssemos obter alguma resposta, teríamos abortado a missão. É possível, sim. Basta verificar os casos de Pablo Neruda e de Yasser Arafat."

Inicialmente, estava previsto que o caixão com o corpo de Jango fosse transportado de helicóptero até a sede da PUC-RS, onde ocorreria a primeira etapa do processo de genética forense. O Ministério Público Federal do Rio Grande do Sul também pretendia recomendar que a análise fosse feita pelo laboratório da Universidade FEEVALE (Novo Hamburgo/RS), que é o mais qualificado do país nesse assunto, e pelo Departamento de Medicina Forense da Monash University, em Melbourne (Austrália).

No entanto, a ministra Maria do Rosário e o governo do PT dispensaram a colaboração do MPF-RS e do Movimento de Justiça e Direitos Humanos (MJDH), assumindo todo o processo. Os laboratórios escolhidos foram: Instituto Nacional de Medicina Legal e Ciências Forenses (Portugal), Serviço Externo de Ciências e Técnicas Forenses (Espanha) e Tasqa Serviços Analíticos (Brasil).

Apesar de todo o atraso na chegada da equipe, a previsão para o término da exumação continuava confirmada para as 15 horas da quarta-feira, quando a urna deveria ser levada em um caminhão do Corpo de Bombeiros até o aeródromo de São Borja e transportada de helicóptero para uma base militar em Santa Maria. De lá, na manhã da quinta-feira, partiria para Brasília. Isso me deu um alívio enorme, pois era o tempo perfeito para eu conseguir acompanhar a cerimônia oficial.

Da família de Goulart, eram esperados os filhos João Vicente e Denize, netos e agregados. Rui Noé Goulart, primogênito de Noé, primeiro filho do ex-presidente, nascido antes do casamento com Maria Thereza, também iria acompanhar a exumação do avô. A viúva estaria presente apenas em Brasília.

~

São Borja, 13 de novembro de 2013

Todo o planejamento da véspera resultou num fiasco. A partir do momento em que a equipe de exumação entrou no cemitério, em torno das seis e meia da manhã, o que se pôde constatar foi que havia mais dúvidas do que certezas entre os participantes do processo, informações desencontradas e disputas de interesse.

Para começar, os 12 peritos quebraram o protocolo e posaram para fotos antes da exumação, com seus sapatos, luvas e impecáveis macacões brancos, que os transformavam em uma espécie de astronautas macabros. A cidade também tinha amanhecido com a notícia, veiculada pelo jornal *Zero Hora*, de que a Secretaria dos Direitos Humanos da Presidência da República havia consultado a prefeitura de São Borja sobre a possibilidade de montar um palanque em frente ao cemitério, onde seriam prestadas homenagens ao ex-presidente. O site do jornal afirmava que o PT pretendia transformar a exumação em espetáculo eleitoreiro, já que no ano seguinte haveria eleições para presidente, senadores e deputados federais e estaduais. Inclusive, a própria ministra Maria do Rosário deixaria o cargo dentro de dois meses para se candidatar ao Senado. O prefeito Farelo Almeida, do PDT, não atendeu ao pedido, alegando não ter condições financeiras e técnicas para tal. Por outro lado, a SDH negou ter feito a solicitação oficialmente, mas confirmou o pedido para que a prefeitura decretasse feriado nas escolas, para voltar as atenções dos moradores para a exumação, o que também não foi atendido.

Quando cheguei ao cemitério, encontrei manifestantes com cartazes pedindo punição aos crimes da Ditadura, enquanto outros protestavam contra a exumação. Da calçada, onde os repórteres se concentraram — apenas fotógrafos e cinegrafistas puderam entrar —, eu conseguia ver, através das grades, que o túmulo já estava completamente isolado por painéis de lona preta, e os peritos não permitiam o acesso nem mesmo aos familiares, que aguardavam os procedimentos sob um toldo, numa das alamedas do cemitério. Do lado de fora da improvisada tenda mortuária, também estavam a ministra Maria do Rosário, o ministro José Eduardo Cardozo, autoridades argentinas, fotógrafos, cinegrafistas e uma Brigada Militar. Por volta das dez, foi a vez de Tarso Genro, governador do Rio Grande do Sul, se juntar à comitiva do PT. Fora dele a iniciativa da abertura do inquérito no Ministério Público Federal, em 2007, que tinha culminado naquela exumação.

Além do inquérito civil que corria no Brasil, sob a responsabilidade da procuradora da República, Suzete Bragagnolo, havia um inquérito criminal na Argentina, que investigava a morte de Jango. Por isso, a juíza federal Gladis Mabel Borda e Pablo

Balsante Vilagra, da Secretaria Federal de Direitos Humanos, os dois de Paso de los Libres, acompanhavam de tão perto o processo, assim como o representante do Conselho de Magistratura da Argentina, na Superintendência de Delitos de Lesa-Humanidade, Pablo Andrés Vassel.

O procurador da República em Uruguaiana, Ivan Cláudio Marx, havia apresentado ao tribunal da província de Corrientes uma denúncia pelo suposto crime contra Jango. Junto tinha protocolado documentos que supostamente provavam que o ex-presidente e uma dezena de outros exilados brasileiros sofreram perseguições e vigilância de militares do Brasil e também da Argentina e do Uruguai. Em novembro de 2011, o Juizado de Instrução de Paso de los Libres acolheu a representação, e a juíza Mabel Borda era quem tinha assumido o inquérito.

Marx entrou com o pedido na Argentina, porque o inquérito criminal que tramitava no Brasil tinha sido arquivado, sob alegação de que o fato já havia prescrito e que a Lei de Anistia sepultava qualquer investigação sobre as mortes ocorridas durante a Ditadura Militar brasileira. Como Jango morreu em Mercedes, na província de Corrientes, Marx considerou que o país tinha atribuição para investigar o caso. E, segundo ele, a Suprema Corte argentina já havia declarado que as leis de anistia não são válidas e esses crimes não prescrevem lá. Sublinhei o nome da juíza Mabel em meu caderninho de anotações. Achei que seria uma pessoa interessante para procurar mais tarde.

O dia passou arrastado e cansativo. Às 15h, não havia nenhum sinal de que a exumação estava para ser concluída, e cada vez mais eu me convencia de que seria impossível chegar a tempo a Brasília. Desmarquei o táxi e disse que voltaria a chamá-lo assim que tivesse notícias mais concretas sobre o horário que partiria para Santa Maria. Isso só aconteceu no início da noite, quando a ministra Maria do Rosário, que não havia saído de perto do cemitério nem por um minuto, não pôde mais evitar falar com os jornalistas. Ela estipulou novo horário para a conclusão do procedimento, meia-noite, sob a justificativa de que o atraso havia ocorrido "pela necessidade de cumprimento do protocolo ético e científico muito rigoroso". E negou erros graves na exumação, mesmo sabendo, a essa altura, que seus peritos já tinham desenterrado dois corpos e nenhum deles era o de Jango. Durante a tarde, circularam boatos de que a equipe estava tendo dificuldade em encontrar o esquife certo.

O médico cubano Jorge Perez, com a credencial de ter participado como observador na exumação dos cadáveres de Che Guevara e de Simón Bolívar, estava ao lado da ministra e foi mais prudente ao falar sobre a conclusão do procedimento: "Pode ser hoje ou pode ser amanhã. Os peritos sabem quando começam, mas não quando terminam."

Nesse momento, fiz minhas contas: se fosse como a ministra afirmara, a cerimônia oficial ocorreria em Brasília no dia seguinte, normalmente. E eu tinha que conseguir pegar o voo das sete da manhã, como havia planejado. Eu ficaria sem dormir, mas dentro do contexto aquilo era o de menos. Ainda havia o trajeto até Santa Maria, que levaria, com a boa vontade do motorista, três horas e meia. Liguei e marquei o táxi para três da manhã, dando uma margem para atrasos. Eu pegaria o voo das sete, faria escala em Porto Alegre, às oito, e estaria em Brasília às dez e meia, com tempo suficiente para me deslocar até a Base Aérea. O problema é que eu sabia que a hipótese levantada pelo cubano Perez não podia ser descartada. Talvez, nem houvesse a cerimônia oficial no outro dia.

A missão só acertou o passo depois que o filho do coveiro que enterrou Jango foi chamado ao cemitério, porque o próprio já tinha morrido há muito tempo. Imaginou-se, acertadamente, que o pai tinha contado a história do sepultamento ao filho, cuja memória ajudou os peritos na hora da remoção dos restos mortais. Todos os cadáveres da família estavam em mau estado de conservação e foi impossível identificar o corpo do ex-presidente visualmente. Além disso, o dono de uma funerária local também acabou acudindo os agentes do governo federal, com instrumentação adequada para remover o esquife.

Eram quase três horas da madrugada quando soldados da Brigada Militar empunhando as alças do esquife, coberto pelas bandeiras do Brasil e de São Borja, transpuseram o portão do cemitério e iniciaram uma lenta caminhada conduzindo os restos mortais de Jango.

Nesse momento, o táxi já esperava para me levar a Santa Maria. Entrei no carro e partimos. Enquanto pegávamos a estrada, no aeroporto João Manoel, estava à espera dos despojos um Hércules da FAB, um avião militar camuflado, com longos bancos de madeira encostados na fuselagem interna, um de cada lado, próprio para conduzir soldados, cargas e armamentos. Não havia mais tempo para cumprir a programação e parar em Santa Maria.

O avião decolou às 7h40 direto para Brasília, deixando muita gente em São Borja pensando que poderiam ter embarcado os restos mortais errados.

Eu não tive tempo de averiguar a suspeita. Não naquele momento.

Capítulo 6

Brasília, 14 de novembro de 2013

Quando o avião sobrevoou Brasília, não pensei no Repórter. Também não pensei em Jango. Nem em Juscelino Kubitschek, que, na época em que foi presidente, sancionou a lei[1] permitindo a construção da cidade no interior do país, para onde seria transferida a capital do Brasil. Assim como Jango, ele foi perseguido pela Ditadura Militar: sendo cassado, exilado duas vezes, processado e preso. A Comissão Nacional da Verdade também investigava se a morte de JK, num acidente de carro na rodovia Presidente Dutra, teria sido planejada pelos militares.[2]

"A Ditadura Militar foi torturadora e assassina! Tudo avalizado pela elite brasileira!", o Repórter gritou uma vez comigo, num surto enquanto espalhava pelo chão da quitinete todos os seus documentos de pesquisa. Ele não imaginava o tanto que eu tinha certeza daquilo.

Ao avistar Brasília de cima, pensei em minha avó. Ela mantinha, como enfeite, no guarda-louça da sala de jantar, uma minigarrafa de vidro cheia até em cima com a poeira vermelha de Brasília. Nunca consegui entender a utilidade, ou mesmo a graça, de alguém guardar aquilo. A vó dizia que tinha sido presente de uma amiga querida, em sua primeira viagem à capital, na década de

1970, o símbolo de um país desbravado, nessa época, já sob a tutela dos militares. Eu precisava mesmo de um lembrete diário do que tinha acontecido com minha mãe e meu pai? Ela argumentava que, quando a capital Federal foi transferida para Brasília, não havia Ditadura. Conservava o souvenir porque trazia recordações de uma amizade, nada mais. Que eu não me livraria da minha dor jogando objetos fora, ou evitando-os. Não discuti, mas jurei em silêncio que, se ela morresse antes de mim, seguindo a lei natural da vida, na primeira oportunidade colocaria aquilo no lixo. Depois de sua morte, passei a achar que, quando fosse a Brasília, se devolvesse a poeira ao seu solo, seria uma boa maneira de me desfazer daquilo e até homenagear minha avó. Mas, nas poucas vezes em que estive ali, não me lembrei de trazê-la de volta ao seu lugar de origem. Até que um dia a minigarrafa desapareceu do guarda-louça, não sei como. A dor permaneceu guardada em mim, como previra minha avó.

Já no saguão do aeroporto, que obviamente tem o nome de Presidente Juscelino Kubitschek, o que me incomodou não foi a poeira, mas a dificuldade de respirar. Nascida e criada perto do mar, reajo de imediato à secura do clima de Brasília: uma cidade encravada à força na vastidão do cerrado e que há muito explodiu em seus limites do plano-piloto original. Tenho sempre a sensação de que não há ar suficiente para todo mundo, que vou morrer sufocada.

Peguei um táxi na área de desembarque e pedi ao motorista que me levasse à Base Aérea. A cerimônia seria no mesmo hangar de onde Goulart partiu em março de 1964.

Ao chegar, passei pela burocracia de apresentar documento de identidade, crachá e autorização para estar ali, até alcançar o platô, onde se concentravam jornalistas, fotógrafos e cinegrafistas, impedidos de se aproximarem do local da cerimônia, em que já se encontravam um cortejo de autoridades e políticos. Enfim, tinha ganhado forma o palanque político que a ministra Maria do

Rosário pretendeu montar em São Borja. Tínhamos de registrar tudo de longe, e, no final da cerimônia, poderíamos tentar as entrevistas.

Por volta das 11h30, o avião da FAB com os restos mortais de Jango aterrissou. Os ministros José Eduardo Cardozo e Maria do Rosário já estavam perfilados ao lado da presidente Dilma Rousseff e dos ex-presidentes Fernando Collor, José Sarney e Luiz Inácio Lula da Silva. Os dois tinham vindo de São Borja com familiares de Jango. Um avião militar os levou até a Base Aérea de Santa Maria, de onde seguiram para Brasília a bordo da aeronave presidencial. A ex-primeira-dama Maria Thereza estava entre a presidente e Lula. Ao lado deles, também filhos e netos de Jango, ajudando a formar um corredor pelo qual passaram a guarda de honra das três forças militares e os Dragões da Independência, conduzindo o caixão. Nesse momento, ouviu-se o som de 21 tiros de canhão e dos acordes do Hino Nacional. Os ministros militares vacilaram por um instante, mas se postaram em posição de sentido e fizeram continência ao esquife do ex-presidente. Diante de Dilma Rousseff e da viúva, os soldados retiraram do caixão a bandeira do Brasil que o cobria, a dobraram e a entregaram à presidente, que a repassou a Maria Thereza. Antes disso, as duas colocaram uma coroa de flores brancas sobre a urna de madeira. A ex-primeira-dama chorou e foi amparada por Dilma. Não houve discursos oficiais, apenas aplausos. "Este é um gesto do Estado brasileiro para homenagear o ex-presidente João Goulart e sua memória", afirmou a presidente, em seu perfil no Twitter.

Os pouco mais de vinte minutos que a cerimônia durou não foram capazes de me convencer de que a memória de Jango, enfim, estava redimida. Nem a dele nem a de nenhum dos torturados, desaparecidos e assassinados pelo Regime Militar.

"A exumação não é o fim desse processo. Solicitamos ao Ministério Público outros documentos, outras oitivas, existem agentes americanos que estiveram envolvidos na Operação Condor que já foram ouvidos em outros países, mas não aqui. É um primeiro grande passo para o país, mas ainda há uma longa caminhada", disse João Vicente, logo depois que o esquife de seu pai foi colocado numa van da Polícia Federal e seguiu para o Instituto Nacional de Criminalística.

~

É provável que no dia 6 de dezembro, quando o corpo de Jango deve voltar ao jazigo da família, ainda não tenha saído o resultado da exumação. Os peritos disseram que não há prazo para que os laudos forenses fiquem prontos. De qualquer forma, pretendo ir a São Borja para o segundo enterro. Vou usar o tempo até lá para aprofundar minhas pesquisas sobre a Operação Condor. Muitos documentos foram liberados pelos Estados Unidos e pelo Uruguai, depois da morte do Repórter.

E foi justamente nele que pensei ao avistar Brasília do alto pela segunda vez naquele dia. Eu gostaria de chegar em casa e lhe contar tudo o que vivi nos últimos dias. Nessa hora, meus olhos encheram-se de lágrimas.

Capítulo 7

São Borja, 5 de dezembro de 2013

A mesma estrada comprida e sonolenta me levando de volta a São Borja. Eu repetia o trajeto de vinte dias atrás. Do Rio para Santa Maria, de avião, e agora, na mesma poltrona três do ônibus, observava a vastidão reta dos Pampas. No dia seguinte, João Goulart teria seu segundo sepultamento, exatos 37 anos após a morte no exílio. Provavelmente, uma multidão estaria esperando por ele. A prefeitura decretou feriado municipal e o cemitério Jardim da Paz seria aberto ao público. Em 1976, milhares de pessoas também estiveram em seu primeiro sepultamento. A diferença: desta vez, Jango chegará num avião da FAB e receberá honras de chefe de Estado. Não será enterrado às pressas. Eu estarei lá. O Repórter, não.

O governo Federal tinha divulgado que a cerimônia em São Borja seguiria os mesmos preceitos da homenagem em Brasília, ou seja, sem pronunciamentos. Uma recomendação inútil, na tentativa de aparentar uma isenção partidária impossível. Principalmente porque a esta altura já era sabido que a própria família Goulart tinha quebrado a imparcialidade política do ato.

Por conta de divergências com a cúpula do PDT, em um comunicado no site do Instituto João Goulart, presidido por seu filho

João Vicente, a família confirmou o pedido formal ao ministro do Trabalho, Manoel Dias, secretário-geral do partido, e ao presidente nacional do PDT, Carlos Lupi, que não comparecessem ao evento fúnebre, considerando-os *personæ non gratæ*. A publicação afirmava que Dias e Lupi "não representam legitimamente os ideais de Jango e do trabalhismo"; e que a viúva do ex-presidente "deplora o oportunismo da dupla". Estarão presentes à cerimônia apenas lideranças regionais do PDT e do PMDB, que abrigaram políticos egressos do antigo PTB, partido ao qual Jango pertencia.

Curiosamente o estado do Rio Grande do Sul será representado pelo presidente da Assembleia Legislativa Pedro Westphalen, do PP, partido oriundo da Arena, que, por sua vez, deu suporte ao Regime Militar, responsável pela queda de Goulart. O governador Tarso Genro (PT) e seu vice, Beto Grill (PSB), têm outros compromissos. Westphalen diz que sua presença será institucional, evitando polêmicas sobre discordâncias políticas, já que, segundo ele, o momento não era de retomar discussões sobre a deposição prévia à Ditadura.

"A exumação de Jango e seu segundo enterro, ainda que desprovidos de discursos e manifestações partidárias, não são em si um ato político?", foi o que me perguntei, antes de apagar o abajur da cabeceira da cama do hotel e adormecer.

~

São Borja, 6 de dezembro de 2013

Cheguei ao aeroporto João Manoel pouco antes das 11 horas, horário previsto para o pouso do avião da FAB, que, além do esquife de Jango, traria dona Maria Thereza, João Vicente e Denize Goulart, e também uma comitiva do governo Federal, incluindo a ministra da Secretaria de Direitos Humanos, Maria do Rosário.

Eu contava com algum atraso e, como o dia estava quente, preferi ficar um pouco mais no hotel.

O avião cargueiro modelo C-105 Amazonas só chegou às 12h50. Mas, bem antes disso, o aeroporto já estava repleto de repórteres, fotógrafos, cinegrafistas, políticos e centenas de conterrâneos de Jango. Na sala de espera, as autoridades estavam separadas dos demais por um cordão de isolamento, mas não era tarefa difícil transpô-lo. Muitos jornalistas iam e vinham, tentando a entrevista que garantiria a reportagem do site, do jornal ou da TV em que trabalhavam. Aproximei-me mais por curiosidade do que por obrigação de ofício, já que não tinha nenhuma matéria para escrever. Na verdade, nem tinha ideia do que fazer com o material que estava recolhendo, a não ser fomentar o arquivo do Repórter, no quartinho dos fundos de casa.

Notei que um homem não muito alto, meio grisalho e calvo, olhava em minha direção. Conferi ao redor, para verificar se ele se dirigia a outra pessoa, pois eu não o conhecia; quer dizer, o tinha visto em São Borja, ao lado do prefeito Farelo Almeida, depois, em Brasília, mas não havíamos trocado nenhuma palavra.

Era para mim mesmo que Iberê Teixeira olhava. Cumprimentei-o acenando com a cabeça e dirigindo-lhe um meio sorriso. Então, descobri que ele é advogado, escritor, ex-vereador e, sobretudo, conterrâneo de Jango — a quem se referia como dr. Goulart. Orgulha-se de, em 1976, ter ido esperar o corpo do ex-presidente, no trevo de Itaqui, já em solo brasileiro, depois de o esquife ter atravessado a ponte Uruguaiana-Paso de los Libres. Me disse que não acreditava na hipótese de envenenamento, achava que Jango morrera de tristeza, por causa do exílio. "De todo jeito, a Ditadura seria a responsável", retruquei. "Não dá para dissociar a morte de Jango do contexto da época, em que líderes políticos do Cone Sul foram vítimas da Operação Condor. Hoje não há mais dúvidas sobre isso!" Me surpreendi com a propriedade e a convicção com que defendia a causa do Repórter.

Iberê aquiesceu, mas devolveu: "Estou falando das teorias conspiratórias, como a daquele jornalista que escreveu sobre um complô para assassinar o dr. Goulart, Juscelino e Lacerda, num período de nove meses."

Nesse momento, senti um frio na barriga, achei que ele estivesse falando do Repórter. Mas se referia a Carlos Heitor Cony, autor do artigo "O Mistério das Três Mortes", na revista *Manchete*, em 1982. Tive o impulso de lhe contar sobre o Repórter e o que me trazia ali. No entanto, ao nosso lado, jornalistas começavam a se concentrar, com certo tumulto, em torno de um militar do Exército, que, pela vestimenta, tinha patente alta. Achei que, agora sim, era meu dever de ofício me inteirar do que estava acontecendo. Pedi licença a Iberê e me aproximei do grupo.

O comandante militar do Sul, general Carlos Bolivar Goellner, que ali era a autoridade máxima do Exército, dizia que nem sua presença nem de suas tropas significava uma retratação histórica por conta do golpe militar de 1964: "A história não comete erros. A história é a história."

Goellner é gaúcho, como Jango, e comanda a maior concentração de tropas do Exército brasileiro, mais de cinquenta mil homens, um quarto do efetivo total do país. Era recente no alto--comando do Exército, tinha ganhado sua quarta estrela em março de 2011, concedida por Dilma Rousseff em sua primeira promoção de generais, três meses após assumir a presidência. Começara a carreira militar em 1967, três anos após o golpe, e tornara-se aspirante a oficial da Infantaria pela Academia Militar das Agulhas Negras em dezembro de 1972, na fase mais dura da Ditadura, sob o comando do general Emílio Garrastazu Médici.

Alguém entre os jornalistas lembrou a Goellner que, em 1976, Jango não havia recebido as reverências devidas a um chefe de Estado. O Regime Militar não permitira nem mesmo o hasteamento a meio mastro da bandeira nacional. A passagem do carro funerário pela fronteira entre Argentina e Brasil, em Uruguaiana, exigiu dura negociação envolvendo principalmente o então vice-presidente, gen. Adalberto Pereira dos Santos (natural de Taquara/RS), e de seu ajudante de ordens, cel. Bermudez (natural de Uruguaiana/RS — cuja família tinha relações com Jango). Naquele dia, o vice-presidente se encontrava no aeroporto Salgado Filho, em Porto Alegre, embarcando para o centro do país. O cel. Ernani Azambuja (ajudante de ordens de Jango) e seu irmão foram as pessoas que intermediaram as negociações, a pedido da família Goulart. O cel. Solon Rodrigues D'Ávila, então superintendente da Polícia Federal no Rio Grande do Sul, foi quem operacionalmente autorizou a entrada do corpo de Jango em território nacional. O que lhe custou muito caro.

No dia seguinte, ele foi severamente repreendido pelo comandante do III Exército, gen. Fernando Belfort Bethlem. Solon foi convocado a comparecer ao gabinete de Bethlem, que lhe perguntou: "Quem mandou que autorizasse a entrada do caixão de Jango em território nacional?" Ao que Solon respondeu: "Foi o meu chefe." O general devolveu: "E quem é seu chefe?" Solon não vacilou: "Meu chefe é o ministro da Justiça." O ministro da Justiça era Armando Falcão. Enquanto Bethlem era subordinado ao ministro do Exército, Sylvio Frota, ou seja, ele não tinha autoridade para questionar a atitude de Solon. Foi aí que Bethlem não se conteve: "Ponha-se para fora de meu gabinete! Ponha-se para fora de meu gabinete!"

De qualquer forma, a autorização para a travessia do corpo do ex-presidente pela ponte Uruguaiana-Paso de los Libres foi concedida com a ressalva da advertência explícita do ministro Sylvio Frota, de que o esquife fosse transportado em alta velocidade, para evitar a saudação popular à beira da estrada, e que o cortejo acelerado não parasse nem para reabastecer. Me lembrei que o Repórter costumava dizer que somente a dificuldade de entrar no Brasil com o corpo de Jango já deveria ser suficiente para desconfiar que sua morte não tinha sido natural, mas um assassinato.

O mesmo jornalista encarou o general: "O fato de, na cerimônia em Brasília, terem estado sentados lado a lado, na terceira fila de cadeiras reservadas às autoridades, os três comandantes militares do país — o brigadeiro Juniti Saito, o almirante Júlio Soares de Moura Neto e o general Enzo Martins Peri — chefe de Goellner — não significa por si só uma retratação das Forças Armadas a Jango?

"Estamos prestando as honras regulamentares, nada mais do que isso. As instituições não mudam na história. Não há nenhuma modificação em relação ao Exército", insistiu o general.

O senador Pedro Simon (PMDB/RS) estava próximo à espécie de coletiva de imprensa que Goellner concedia e foi, imediatamente, confrontado sobre a declaração. "Faz bem o comandante em dizer isso. Ele acerta em citar o regulamento. A presidente manda e ele obedece", declarou.

Nunca eu tinha estado diante de uma exemplificação tão exata da "banalidade do mal". O presidente da Ditadura Militar ordenava, seus subordinados obedeciam, sem questionar. Da mesma forma, a presidente democrata manda, o general obedece. Pela fala de Goellner, para os militares, nunca esteve em questão a moral e a ética ou a falta delas nas práticas cruéis da Ditadura, nem mesmo em atos que consolidam a democracia, como a investigação sobre as circunstâncias da morte de Jango. Agem de acordo com o que pensam ser seu ofício, cumprindo ordens superiores, segundo a lógica institucional, sem refletir sobre o bem ou o mal que possam causar. Da mesma forma que Adolf Eichmann: o "indivíduo Eichmann", analisado por Hannah Arendt, que não possuía histórico ou traços antissemitas, apenas cumpria ordens sem questioná-las, com o maior zelo e eficiência, ao deportar centenas de milhares de judeus para campos de concentração.

A sala de espera do aeroporto era estreita e abafada, estava abarrotada de gente, lá fora, o sol a pino. Senti minha vista escurecer, o coração bater forte, meu estômago embrulhar. Corri para a rua. Precisava vomitar. Meu pai tinha sido arrancado de mim por uma decisão burocrática e impessoal, vinda de um quartel qualquer. Minha mãe arrastada com ele. Meu irmão, natimorto. Ainda fiquei algum tempo sentada no meio-fio, o suor escorrendo pelo rosto. Meu vômito ali, enfatizando minha impotência. Pensei, então, no Repórter. Respirei fundo. Precisava encontrar um banheiro. Molhar o rosto. Lavar a boca.

Refeita, fui direto para o local onde o esquife de Jango seria recepcionado. Numa arquibancada de madeira improvisada, centenas de pessoas já aplaudiam de pé, outras se apoiavam na grade que separava o público da pista do aeroporto, onde o avião da FAB tinha acabado de pousar. Depois do desembarque, o esquife, coberto por uma bandeira do Brasil, foi carregado por quatro militares da Aeronáutica e passou diante de 150 soldados do Exército, que dispararam três tiros de fuzil e executaram a marcha fúnebre. Em seguida, foi colocado sobre um caminhão do Corpo de Bombeiros e levado em cortejo guardado por cavaleiros da Brigada Militar até a Igreja São Francisco de Borja, no centro da cidade. No trajeto, foi saudado por pessoas nas janelas das casas, decoradas com bandeiras do Brasil. Por onde o caixão passava era aplaudido e saudado com gritos "Jango, Jango, Jango".

Uma multidão estava na igreja para acompanhar a missa, ministrada pelos padres Irineu Machado e Alvano Freitas, diante do esquife do ex-presidente. João Vicente segurava um quadro com a fotografia do pai. O hino nacional, cantado em coro pelo público, ecoava como uma oração cívica. O ato penitencial da liturgia católica, desta vez, concedia o perdão político a Jango. Um perdão às avessas. A anistia tardia que o governo outorgava a João Goulart pretendia apagar seu próprio crime e não simplesmente esquecê-lo. Mas a memória do primeiro enterro não permitia a expurgação do passado com o véu do presente. Ali, passado e presente coexistiam. As pessoas formavam uma longa fila para se aproximar do caixão e tocá-lo — alguns faziam o sinal da cruz, outros davam gritos com saudações e manifestações políticas. Tudo acontecia como se lembranças do dia 7 de dezembro de 1976 fossem repetidas, mesmo para quem presenciava a cena pela primeira vez, o que era o meu caso.

~

São Borja, 7 de dezembro de 1976

Mais de 50 mil pessoas — embora a cidade gaúcha de São Borja, a 400 quilômetros de Porto Alegre, não tenha mais de 40 mil habitantes — acompanharam o cortejo fúnebre do ex-presidente João Goulart através dos 2,5 quilômetros que separam a Igreja São Francisco de Borja do Cemitério Municipal. Uma forte chuva, que começou de madrugada, caiu sobre São Borja até as duas horas da tarde, quando o padre Wiro Rauber iniciou a missa de corpo presente.

Milhares de pessoas assistiram à missa, no interior da igreja e na praça XV de Novembro, em frente ao templo.

O cortejo fúnebre teve início às 15 horas, quando o padre Rauber encerrou a missa dizendo que lamentava "profundamente o fato de que o homem que mais contribuiu para a construção da Igreja de São Francisco nunca tenha conseguido vê-la concluída".

O deputado Pedro Simon, o senador Paulo Brossard e Tancredo Neves, representando a direção nacional do MDB, a bancada da oposição no Senado e a direção nacional do partido, auxiliaram João Vicente (filho), Neusa Brizola (irmã), Denize (filha) e Maria Thereza (esposa) a carregar o esquife, erguido acima das cabeças na saída da igreja enquanto a multidão gritava: "Liberdade, viva

Jango, viva Getúlio Vargas", e novamente diversas vezes "Liberdade, Liberdade, Jango, Jango".

O cortejo durou mais de uma hora e meia, e, somente com muito custo, amigos e familiares, auxiliados pela multidão, conseguiram que o esquife fosse colocado num carro fúnebre, como determinou a guarda de segurança da Polícia Montada da Brigada Militar do Rio Grande do Sul. O povo queria que o percurso fosse feito a pé. E isto somente aconteceu depois de 15 minutos de discussões entre o capitão que comandava a segurança e amigos e parentes do ex-presidente João Goulart.

No cemitério, nenhuma autoridade estadual, municipal ou federal. Apenas compareceram parlamentares e políticos do MDB e o povo, em grande número: eram pessoas de quase todos os estados, mas principalmente do interior do Rio Grande do Sul. Dois discursos foram pronunciados quando o corpo do ex-presidente baixou ao jazigo 12, situado a apenas 30 metros do local onde estão os restos mortais do ex-presidente Getúlio Vargas. O deputado estadual Pedro Simon falou em nome do MDB regional.

"É triste e gloriosa a sina desta cidade de São Borja. Gloriosa porque não há em nenhum outro lugar do Rio Grande do Sul terra que tenha dado dois presidentes da República. Triste porque tem que enterrar seus dois ilustres filhos na melancolia e dor da ausência enquanto vivos. Os dois, João Goulart e Getúlio Vargas, não conseguiram mais ver sua terra natal enquanto foram presidentes. Getúlio Vargas só voltou a São Borja depois que foi levado ao suicídio e João Goulart depois de 12 anos de exílio, chegando morto. Tenho que ressaltar na figura do ex-presidente João Goulart a característica de sua personalidade pacificadora e desprendida. Como ministro do Trabalho, renunciou para evitar uma violenta crise em nosso país. Como vice-presidente, João Goulart aceitou a Presidência sob o parlamentarismo para evitar talvez uma guerra civil e como presidente aceitou abdicar para evitar talvez um maior derramamento de sangue que nossa pátria teria."

Pedro Simon encerrou seu discurso fazendo um chamamento à "paz, liberdade, e justiça para toda a nação, pois que num curto espaço de tempo vemos dois ex-presidentes serem enterrados sem lhes terem sido restituídos os direitos democráticos. Precisamos de liberdade para que todos possamos viver em nosso país um clima de concórdia e compreensão".[1]

~

São Borja, 6 de dezembro de 2013

Após a missa, Pedro Simon, repetindo o ritual do primeiro enterro, discursou:

"Eles não queriam que voltasse nem morto. Jango era querido pelo povo, uma multidão acompanhou seu caixão quando chegou a São Borja. A multidão se amontoou, baixou o caixão do carro funerário e o levou para a igreja, desafiando os militares que queriam enterrá-lo logo em seguida. O povo não parecia ter medo."

Depois, foi a vez de João Vicente falar sobre o pai, pouco antes de o esquife ser levado em cortejo ao cemitério, para a reinumação. Emocionado e apoiado pelo filho Christopher, ele disse que a ocasião era "uma segunda despedida" e a "cova da Ditadura". Mais cedo, havia declarado que estava "enterrando um pai pela segunda vez" e "desenterrando uma luta, uma luta de dignidade, de sofrimento pelo Brasil".

Eu não pude enterrar meus pais.

Capítulo 8

Rio de Janeiro, 30 de março de 2014

O tempo passou sem novidades sobre o resultado da exumação de João Goulart. Ocorreram apenas dois eventos que me chamaram a atenção, não porque se referiam diretamente ao laudo pericial, mas por ajudarem a ter uma visão mais global dos fatores envolvidos nas investigações das circunstâncias da morte do ex-presidente.

Em 20 de fevereiro, eu soube por uma matéria do jornal *O Globo* que tinha sido deferida uma petição do procurador Miguel Angel Osorio para que a Justiça Federal da cidade de Paso de los Libres transferisse o caso sobre a morte de Jango para o Juizado Criminal e Correcional Federal. É ele quem coordena as investigações sobre atos da Operação Condor na promotoria de Buenos Aires. Com essa decisão, de 13 de fevereiro, o Ministerio Público de la Nación de Argentina, equivalente ao Ministério Público Federal no Brasil, passou a investigar a possibilidade de o ex-presidente ter sido assassinado em terras argentinas, durante a Operação Condor. E a juíza Mabel Borda, que eu tinha conhecido em novembro passado, deixou de responder pelo caso.

A iniciativa do procurador Miguel Osorio foi fundamentada em um documento da 5.ª Região Militar do III Exército brasileiro, de 12 de maio de 1976, em que são listados 97 subversivos brasileiros baseados em Buenos Aires e que pretendiam sair do país, devido ao golpe militar que derrubou a presidente Isabelita Perón,[1] em 24 de março do mesmo ano.

Entre esses subversivos aparece o ex-presidente João Goulart, exilado na Argentina desde 1973. O documento traz o endereço exato de Jango em Buenos Aires — Av. Corrientes, 319/347 —, sendo que ele é o único dos citados com o paradeiro indicado.

O informe confidencial 0938/76, que foi retransmitido de uma unidade militar de Cascavel, no Paraná, ao chefe da Polícia Federal neste estado, no dia 20 de maio, pede colaboração às forças militares do país vizinho para identificar e monitorar os opositores da Ditadura brasileira, sempre que possível com provas fotográficas, dos seus acompanhantes e do provável destino dos exilados. E, quando aprisionados e se interrogados, que sejam enviadas as cópias de seus depoimentos.

Assim que acabei de ler a matéria, corri para o cabeçalho para verificar o nome do jornalista que a tinha escrito. Era Flávio Ilha, que se hospedara no mesmo hotel que eu em São Borja. Conversamos bastante, ele era uma espécie de setorista do caso Jango, em intensidade muito menor do que o Repórter. Procurei o cartão que Flávio tinha deixado comigo e liguei para ele.

Flávio me disse que o tal informe do III Exército tinha sido enviado à Promotoria argentina pelo Movimento de Justiça e Direitos Humanos (MJDH) do Rio Grande do Sul e que, se eu realmente estava interessada em me aprofundar nas pesquisas sobre a Operação Condor, deveria procurar Jair Krischke, presidente do MJDH. Anotei o telefone dele no verso do cartão de Flávio.

INFORME CONFIDENCIAL 0938/76 DO III EXÉRCITO QUE RELACIONA OS SUBVERSIVOS BRASILEIROS NA REPÚBLICA ARGENTINA.

O outro evento sobre o caso Jango tinha ocorrido no dia 18 de dezembro, 12 dias após a cerimônia em São Borja, quando o Congresso Nacional devolveu a Goulart, de maneira simbólica, o mandato de presidente da República.

O projeto de resolução pedindo a anulação da sessão legislativa que destituiu Jango da presidência, em 1.º de abril de 1964, fora apresentado pelo senador Randolfe Rodrigues (PSOL/AP) com o senador Pedro Simon na mesma semana em que o corpo de Jango foi exumado, e tinha sido aprovado em 21 de novembro.

O argumento para tal pedido era o fato de o presidente do Congresso Nacional, senador Auro de Moura Andrade, ter convocado uma sessão extraordinária, às duas horas da madrugada, e declarado a vacância da Presidência da República, apesar de Tancredo Neves, líder do governo na Câmara, ter lido uma mensagem da Casa Civil informando sobre o paradeiro de João Goulart. Segundo a Constituição vigente em 1964, o cargo de presidente só poderia ser considerado vago se seu ocupante estivesse fora do território nacional.

Jango estava em Porto Alegre, em busca de apoio de aliados, uma vez que estava na iminência de ser detido pelas forças golpistas. No dia 1.º de abril, após o Movimento Militar, iniciado em Juiz de Fora, sob o comando do general Olímpio Mourão Filho, Goulart seguira do Rio de Janeiro para Brasília, de onde foi com esposa e filhos para o Rio Grande do Sul. A essa altura, Moura Andrade já articulava o apoio do Congresso ao golpe. Até que, por volta das 2h40 da madrugada, anunciou que Jango tinha deixado a "nação acéfala", e o presidente da Câmara, deputado Ranieri Mazzilli, foi empossado, a despeito de o então chefe da Casa Civil do governo Goulart, Darcy Ribeiro, ainda estar no palácio do Planalto.

~

Rio de Janeiro, 31 de março de 2014

Me dei conta de que sou adepta dos rituais rotineiros como meu pai. Todas as manhãs, assim que acordo, invariavelmente, sento diante do notebook com minha caneca de café preto puro, sem açúcar, para dar uma olhada no que aconteceu no mundo enquanto eu dormia. Se não fizer isso, não consigo dar o dia por começado. É também uma forma inútil de tentar ter controle da vida.

Hoje, quando abri a tela do computador, me deparei com a manchete: "Ex-deputados relatam bastidores da sessão que depôs João Goulart". O Golpe Militar estava completando cinquenta anos. Cliquei no link da reportagem e me transportei para a madrugada de 1964.

~

Brasília, 1.º de abril de 1964
Congresso Nacional — duas horas da manhã[2]

Presidente do Congresso Moura Andrade:
As listas de presença acusam o comparecimento de 29 senadores e 183 deputados, num total de 212. Senhores congressistas, havendo número legal, declaro aberta a sessão. Essa sessão conjunta do Congresso Nacional foi convocada a fim de que a presidência pudesse fazer um comunicado e uma declaração. Passo a enunciá-las...

Sr. Bocayuva Cunha:
Senhor presidente, peço a palavra!
Sr. presidente:
A presidência não pode ser interrompida. Darei a palavra a vossa excelência depois de haver a presidência encerrado a exposição...
Sr. Bocayuva Cunha:
Pedi antes a palavra.

Sr. presidente:
Não é possível. Antes de colocar o tema, vossa excelência não pode suscitar questão de ordem.
Sr. Bocayuva Cunha:
O governador do estado do Rio de Janeiro foi preso por oficiais da Marinha...
(tumulto no plenário)
Sr. presidente:
(Faz soar a campainha) Peço licença ao nobre deputado Bocayuva Cunha. Não posso permitir que vossa excelência prossiga numa questão de ordem que não diz respeito à ordem dos trabalhos desta casa. O assunto que sua excelência traz ao conhecimento da Casa é matéria para deliberação...
(tumulto no plenário)
Sr. presidente:
(Faz soar a campainha, novamente) Atenção aos senhores deputados. Serei forçado a suspender a sessão até que a calma volte ao plenário, para que esta presidência possa cumprir o seu dever de fazer a comunicação e a declaração que lhe cabe formular nesta hora angustiosa da vida brasileira. Está suspensa a sessão.
(suspende-se a sessão)
(um tempo depois)
Sr. presidente:
Está reaberta a sessão. Comunico ao Congresso Nacional que o sr. João Goulart deixou, por força dos notórios acontecimentos de que a nação é conhecedora, o governo da República.
(aplausos prolongados, protestos, tumulto)
Sobre a Mesa, ofício do sr. Darcy Ribeiro, chefe da Casa Civil da Presidência da República, que será lido pelo 1.º secretário Tancredo Neves.
Tancredo Neves:
"Senhor presidente,

O senhor presidente da República incumbiu-me de comunicar a vossa excelência que, em virtude dos acontecimentos nacionais das últimas horas, para preservar de esbulho criminoso o mandato que o povo lhe conferiu, investindo-o na chefia do Poder Executivo, decidiu viajar para o Rio Grande do Sul, onde se encontra à frente das tropas militares legalistas e no pleno exercício dos poderes constitucionais e o seu ministério.

Atenciosamente,
Darcy Ribeiro, chefe da Casa Civil."

Sr. Sérgio Magalhães:
Senhor presidente, peço a palavra pela ordem, baseado no Regimento Comum.
Sr. presidente:
Tem a palavra o nobre congressista Sérgio Magalhães.
Sr. Sérgio Magalhães:
Senhor presidente, minha questão de ordem se baseia, como disse, no regimento comum, cujo art. 1.º estabelece que o Senado Federal e a Câmara dos Deputados reunir-se-ão em sessão conjunta para: inaugurar sessão legislativa; elaborar ou reformar o regimento comum; receber o compromisso do presidente e do vice-presidente da República; deliberar sobre veto aposto pelo presidente da República; eleger o presidente e o vice-presidente da República nos casos do art. 70 da Constituição Federal. Nessas condições, senhor presidente, não vejo como enquadrar no regimento comum a convocação que vossa excelência fez com o fim de que o Congresso ouvisse um comunicado. Essa comunicação, portanto, é antirregimental, como antirregimental, em consequência, é a convocação do Congresso para ouvi-la.
(aplausos e vaias)
Sr. presidente:
Em 1961, vossa excelência não entendeu dessa forma.

Vossa excelência presidia, então, a Câmara dos Deputados...
(*palmas prolongadas, "muito bem", "muito bem", "muito bem". Vaias, tumulto*)
Sr. Sérgio Magalhães:
Senhor presidente, peço a palavra para outra questão de ordem.
Sr. presidente:
Vossa excelência tem a palavra.
Sr. Sérgio Magalhães:
De conformidade com os regimentos, não só da Câmara e do Senado, mas também com o regimento comum, uma vez proposta a questão de ordem, é obrigação do presidente respondê-la de forma conclusiva (*aplausos e vaias*). Não pode vossa excelência invocar quaisquer erros que tenham sido cometidos no passado para fugir à resposta à nossa questão de ordem que, por acaso, se baseia precisamente no art. 19 do regimento comum. Responda, vossa excelência, à questão de ordem para merecer o respeito dos congressistas.
(*aplausos e vaias. Protestos veementes*)
Sr. presidente:
Desrespeito é o que ocorre quando o ímpeto do parlamentar que discorda do pronunciamento da mesa interrompe a resposta à questão de ordem (*palmas prolongadas, "muito bem", protestos e vaias*).
Sr. Sérgio Magalhães:
É a mesa que não se respeita!
Sr. presidente:
A resposta a esta questão de ordem está não apenas no regimento, como nos fatos. Em 1961, para tomar conhecimento de gravíssima ocorrida na vida brasileira, o Congresso Nacional se reuniu seguidamente. Permaneceu mesmo em sessões permanentes das duas casas porque assuntos dessa natureza só podem ser apreciados pelas casas reunidas.
(*palmas prolongadas e protestos*)
A presidência deve concluir a sua comunicação.

*O senhor presidente da República deixou a sede do governo (**protestos, palmas, não apoiados**). Deixou a nação acéfala numa hora gravíssima da vida brasileira em que é mister que o chefe de Estado permaneça à frente do seu governo. (**apoiados, "muito bem"**) O senhor presidente da República abandonou o governo.*

*(**aplausos calorosos, tumulto**. **Soam insistentemente as campainhas**)*

Sr. presidente:

*A acefalia continua. Há necessidade de que o Congresso Nacional, como poder civil, imediatamente tome atitude que lhe cabe, nos termos da Constituição (**palmas, protestos**) para o fim de restaurar, na pátria conturbada, a autoridade do governo, a existência de governo. Não podemos permitir que o Brasil fique sem governo, abandonado.*

*(**Palmas, tumulto**)*

*Há sob a nossa responsabilidade a população do Brasil, o povo, a ordem. Assim sendo, declaro vaga a presidência da República (**palmas prolongadas, protestos**) e, nos termos do art. 79 da Constituição, declaro presidente da República o presidente da Câmara dos Deputados, Ranieri Mazzilli.*

*(**Palmas prolongadas e protestos**)*

A sessão é encerrada às três horas. Tumulto no plenário. O deputado Almino Afonso ouve Tancredo Neves gritar para Moura Andrade: "Canalha! Canalha!"

~

Rio de Janeiro, 23 de julho de 2014

A ministra da Secretaria de Direitos Humanos, Ideli Salvatti,[3] anunciou que o relatório da exumação dos restos mortais do ex-presidente João Goulart deve ser concluído até outubro. O veredito sobre a causa da morte de Jango está prestes a ser dado. Se o resultado indicar que ele foi envenenado, a honra do Repórter estará passada a limpo. Ainda que apenas para mim. Provavelmente, nenhum jornalista dirá que foi ele o primeiro a levantar a hipótese sobre o assassinato de Jango. Se for negativo, com certeza, ninguém se lembrará de que houve um repórter que arruinou a carreira e a vida por uma causa inútil. No final, sei que estarei novamente sozinha diante do arquivo do quartinho dos fundos. Agora, com suas folhas emendadas e mais algumas informações coletadas por mim. *O Beijo da Morte* terá um final, não importa se feliz ou não. Eu terei cumprido meu dever de amor. E depois?

Só prevejo um vazio no caminho. A frustração perante a conquista do objeto desejado, sem que eu veja qualquer serventia nele. A história do Repórter vai ser concluída, a minha não.

Foi necessário algum tempo para que eu pudesse entender que minha existência só fez sentido enquanto estive ao lado do Repórter. E, depois, apenas nesse curto espaço de tempo, desde maio de 2013, em que estive buscando um desfecho para a história que ele deixou inacabada. Eu não vivi desde sua morte até o dia em que descobri sobre a exumação de Jango. Seu espectro, como pano de fundo desse breve percurso, foi o que me fez chegar até aqui, porque o trouxe de volta para mim e, de certa forma, meu pai também. Dos meus cinco anos de idade, quando aquele monstro me estuprou, até a noite de 1982, em que conheci o Repórter, eu também não vivi.

Como é difícil transformar essa dor em palavras. Preciso de um motivo para sobreviver.

~

Rio de Janeiro, 1.º de agosto de 2014

Talvez o relatório sobre a exumação de Jango não fique pronto até outubro, como prometido pela ministra Salvatti. O Instituto Nacional de Criminalística, encarregado de fazer o laudo final, não tem como prosseguir com o trabalho, porque os peritos ainda não receberam o resultado de todos os exames. Até agora, as análises feitas na ossada do ex-presidente e nos gases contidos no túmulo, pelos laboratórios de São Paulo e da Universidade de Coimbra, não indicaram a presença de veneno, mas, para concluir as investigações, falta o laudo do laboratório espanhol, da Universidade de Murcia, que está retido por falta de pagamento. Ainda assim, o governo espera ter o resultado a tempo de incluí-lo no relatório final da Comissão Nacional da Verdade, que deve ser entregue em 10 de dezembro à presidente Dilma Rousseff.

A justificativa para o atraso no pagamento foi a troca de ministras na Secretaria de Direitos Humanos da Presidência, em abril, quando a senadora Ideli Salvatti assumiu a pasta antes comandada pela deputada federal Maria do Rosário, que deixou o cargo para concorrer à reeleição. Em março, a *Folha de S.Paulo* fez uma reportagem dizendo que a equipe envolvida nos trabalhos de coleta de material no cemitério em São Borja e de análise não foi remunerada. Segundo portaria publicada no ano passado, o trabalho dos peritos seria considerado apenas "serviço público relevante". Mesmo assim, as despesas com a equipe técnica consumiram R$ 98.991,75, com equipamentos, transporte, hospedagem e alimentação.

Não era mais esse desgaste desnecessário do governo, depois de todas as gafes que ocorreram durante o processo de exumação, que me incomodava. É claro que esse impasse não ia perdurar muito tempo. Em ano de eleições, o PT, depois de todo o investimento político e econômico, não deixaria para outro partido, caso Dilma não fosse reeleita, o mérito de dar uma resposta para a dúvida histórica sobre a morte do único presidente brasileiro que pereceu no exílio.

Eu estava profundamente angustiada, desde que me dei conta de que sempre participei como coadjuvante da estranha cerimônia de *O Beijo da Morte*, mas isso já não me bastava. Agora, eu precisava ser protagonista nesta busca em que tinha investido minha energia, meu tempo e dinheiro, minha vida. Tinha que descobrir urgentemente o meu motivo para prosseguir. Se eu não encontrasse uma razão pessoal muito forte, melhor seria atender enfim ao pedido do Repórter e queimar seu arquivo. O problema era que, quando eu me imaginava fazendo isso, não tinha nenhuma sensação de libertação, pelo contrário, minha angústia aumentava.

Foi no olhar de João Vicente que encontrei a resposta que procurava. Ao me deparar com a foto do dia em que ele, em nome do pai, recebeu o diploma de restituição simbólica do mandato de ex-chefe de Estado brasileiro, compreendi como atos presentes tornam mais fácil suportar a vida para os sobreviventes. Independentemente do resultado das análises da exumação, João Vicente tinha recuperado o documento que nomeava João Goulart presidente da República. Isso era mais do que o resgate da memória de Jango. Era um ato que demarcava o sentido de sua luta e de sua morte. Isso redimia o pai, mas, sobretudo, o filho.

Ter acesso aos arquivos secretos da Ditadura Militar e entender os motivos pelos quais meu pai se engajou num combate, que resultou na destruição de nossa família, poderia ser apenas uma forma de enganar minha dor e sobreviver. Mas poderia ser também um ato de libertação. O destino me prometia a redenção, desde que eu desse um passo além. Senti que era minha obrigação abrir passagem para o fluxo vital de meu pai, que fora precocemente interrompido.

Então, entendi o papel do Repórter nisso tudo. Provar que Jango de uma forma ou de outra fora vítima da Operação Condor era a chave para que eu demarcasse o sentido da luta e da vida de meu pai. Enfim, eu tinha encontrado o meu motivo para prosseguir.

Capítulo 9

Rio de Janeiro, 31 de outubro de 2014

Hoje é o último dia de outubro e o resultado da exumação do corpo de Jango ainda não saiu. Então, resolvi não esperar mais por uma resposta que de antemão eu sei que, positiva ou negativa, não encerrará minha busca. Decidida a dar um passo além do Repórter, começo hoje a programar minha viagem para Porto Alegre, onde vou encontrar Jair Krischke, que, em 1979, fundou a primeira organização de direitos humanos do Brasil, o Movimento de Justiça e Direitos Humanos. Como Flávio Ilha tinha me dito, Krischke tem um arquivo considerável sobre as ditaduras do Cone Sul e é especialista no assunto. Ele também participou da comissão do Rio Grande do Sul formada para apurar as circunstâncias da morte de Jango, antes que o governo Federal assumisse as investigações. Achei que essa era uma boa maneira para começar a trilhar o caminho que não era mais somente do Repórter nem do meu pai, era principalmente meu, porque eu tinha escolhido assim.

De Porto Alegre, pretendo ir a Paso de los Libres. Quero refazer parte da última viagem de Jango, antes de sua morte na madrugada do dia 6 de dezembro de 1976, na estância La Villa. O Repórter fez esse percurso, quando esteve na Argentina para suas pesquisas. Acreditava que nenhum relato era capaz de dar conta da experiência. O cheiro, o gosto, a textura, a cor, os barulhos não são traduzíveis em palavras, sempre dizia ele. Demorei a compreender o significado de sua crença, mas acabei por lhe dar razão.

No início da manhã do dia 5 de dezembro, um domingo, Jango e sua mulher, Maria Thereza, partiram da fazenda El Rincón, em Tacuarembó, no Uruguai, a bordo do avião Ceesna, de propriedade do ex-presidente. Eles desceram em Bella Unión, na fronteira com a Argentina, onde embarcaram numa lancha alugada e cruzaram o rio Uruguai até Monte Caseros. Lá, empregados de La Villa os esperavam. Por volta das dez e meia, seguiram todos de carro para Paso de los Libres, cidade vizinha a Mercedes, onde almoçaram no hotel Alejandro I. Jango, que havia reduzido o álcool por ordens médicas, bebeu água com gás e comeu carne. Às 16 horas, finalmente, chegaram à estância, de onde o ex-presidente saiu morto.

Em Paso de los Libres, também vou me encontrar com a juíza federal Mabel Borda e com Pablo Balzante, secretário penal de direitos humanos, que, apesar de não serem mais responsáveis pela "investigação de possível delito de lesa-humanidade" no caso da morte de Jango, ainda têm documentos do processo, cujas cópias autenticadas foram mandadas para o Juizado Criminal e Correcional Federal, em Buenos Aires. Isso vai me economizar tempo e trabalho.

Tenho o mês de novembro para organizar a viagem.

~

Porto Alegre, 1.º de dezembro de 2014

O fato de ter chegado a Porto Alegre justamente no dia em que saiu o laudo da exumação não me fez pensar que fosse propósito do destino. Mas me deu a certeza de que eu estava no caminho certo.

Ao entrar em meu quarto de hotel, abri a cortina e, ao longe, avistei o lago Guaíba, que alguns chamam de rio. Sua quietude ressoou em mim. Não me lembro de já ter estado tão tranquila na vida. E eu ainda nem sabia que o termo "Guahyba" vem do Tupi-Guarani e significa ponto de encontro.

~

Porto Alegre, 2 de dezembro de 2014

O homem que abriu a porta da sala num prédio antigo no centro de Porto Alegre tinha o cabelo e a barba brancos, a voz forte, mas gentil. O sotaque gaúcho carregado. Jair Krischke, além de presidente do MJDH, é ativista dos direitos humanos na Argentina, no Uruguai, no Chile e no Paraguai. Tem suas lutas marcadas no rosto. Mas, de seu olhar fundo, ainda escapa o desejo de desafiar o que se apresenta como impossível.

Nosso primeiro assunto não poderia deixar de ser o laudo apresentado pela Polícia Federal como inconclusivo, já que, segundo os peritos, não foram encontradas substâncias tóxicas ou resquícios de medicamentos que poderiam ter provocado a morte do ex-presidente. No entanto, a hipótese de envenenamento também não foi descartada, uma vez que haviam se passado 37 anos e a ação do tempo poderia ter maculado ou mesmo apagado a presença de tais agentes.

— Embora as autoridades não tenham divulgado, os exames laboratoriais apontaram a presença de tetranitrato de eritritol nos restos mortais de Jango. Essa substância é um componente químico explosivo — me disse Jair, assim que sentamos à sua mesa de trabalho, frente a frente.

SERVIÇO PÚBLICO FEDERAL
MJ - DEPARTAMENTO DE POLÍCIA FEDERAL
DITEC - INSTITUTO NACIONAL DE CRIMINALÍSTICA
DPER - ÁREA DE PERÍCIAS DE MEDICINA E ODONTOLOGIA FORENSES

LAUDO Nº 1816/2014 - INC/DITEC/DPF

LAUDO DE PERÍCIA CRIMINAL FEDERAL

Aos vinte e oito (28) dias do mês de novembro do ano de dois mil e quatorze (2014), no Distrito Federal e no INSTITUTO NACIONAL DE CRIMINALÍSTICA do Departamento de Polícia Federal (INC-PF), designados pelo Diretor, Perito Criminal Federal JÚLIO CESAR KERN, os Peritos Criminais Federais JEFERSON EVANGELISTA CORRÊA,

[...] considerando a decisão do Estado brasileiro de proceder à exumação dos restos mortais do Ex-Presidente da República João Belchior Marques Goulart, [...], e considerando a *expressa autorização da família*, solicitamos a Sua Senhoria a realização da exumação dos

129. 6. O óbito decorreu de causa violenta ou externa? Qual e como se chega a essa conclusão?

130. **Resposta:** Os elementos periciais disponíveis não permitem afirmar a ocorrência de uma morte violenta ou por causas externas, em particular com a utilização de uma substância tóxica (veneno) ou mesmo de medicamentos. Contudo, em face do tempo decorrido desde a morte até a exumação (quase 37 anos), das condições de preservação dos restos mortais e do processo de degradação de substâncias conhecidas e desconhecidas, limitando a investigação e suas conclusões, os elementos disponíveis também não permitem negar a utilização de uma substância tóxica (veneno) ou mesmo de medicamentos que pudessem ter provocado a morte.

131. 7. O óbito *pode* ter decorrido de causa violenta ou externa? Qual e como se chega a essa conclusão?

137. 10. Alguma outra substância a foi identificada? Qual?

138. **Resposta:** Foi confirmada nas amostras ósseas T23 e T28, conforme Relatório Brasil J 2013, do Serviço Externo de Ciências e Técnicas Forenses da Universidade de Múrcia da Espanha (anexo L), a presença de: *i)* metil parabeno; *ii)* DDE (principal metabolito do diclorodifeniltricloroetano); e *iii)* cafeína. A presença destas substâncias pode ser explicada

139. Foram ainda detectados nas referidas amostras ósseas vestígios que sugerem a presença de tetranitrato de eritritol, uma substância com efeito vasodilatador coronário, com indicação para doença cardíaca. No entanto os níveis estimados sugerem valores dentro do

140. 11. O tempo decorrido entre a inumação e a exumação pode ter contribuído para o decréscimo e/ou desaparecimento de eventual substância capaz de causar a morte?

141. **Resposta.** Sim. A não detecção de substâncias com interesse médico-legal para o estabelecimento da causa e circunstâncias da morte de Jango nas amostras analisadas e com as metodologias adotadas, não pode excluir a exposição a uma das substâncias suspeitas ou outras substâncias. A decomposição dos materiais biológicos devido à putrefação e outros processos sofridos por um cadáver, a decomposição microbiana e química, a redistribuição *postmortem*, tanto maior quanto maior o tempo decorrido entre a morte e a coleta das amostras, e a diluição das amostras resultante da decomposição da matéria orgânica são fatores que podem condicionar as possibilidades de detecção de substâncias que possam estar eventualmente presentes nos tecidos/órgãos no momento da morte.

LAUDO PERICIAL DA EXUMAÇÃO DOS RESTOS MORTAIS DO EX-PRESIDENTE JOÃO GOULART INDICANDO A PRESENÇA DE TETRANITRATO DE ERITRITOL.

— Está me dizendo que Jango pode ter morrido envenenado por essa substância e que isso não foi divulgado? — Eu mal podia acreditar no que tinha ouvido.

Jair me contou que a justificativa oficial era o fato de ter sido encontrada uma quantidade insignificante. Para os peritos, a presença dessa substância devia-se, provavelmente, a uma derivação do remédio que Jango tomava para o coração. Mesmo assim, não foi descartada a possibilidade de se tratar de resíduo de um composto diferente.

Jair e eu não precisamos de muitas elucubrações para concordar que uma etapa fundamental havia sido pulada nas análises laboratoriais. Se havia a chance do tetranitrato de eritritol não ser apenas resquício de medicamento, era necessário avaliar a partir da quantidade encontrada a provável degradação da substância no transcurso do tempo. O que fatalmente remeteria a uma nova análise interpretativa.

Nossa conclusão óbvia foi de que o resultado, assim como todo o processo de exumação, tinha sido adequado à agenda do governo Dilma, que havia se comprometido a finalizar a Comissão da Verdade em seu primeiro mandato. A essa altura, a presidente já estava reeleita.

O próprio filho de Jango tinha questionado a data de divulgação do laudo, por ter sido ajustada aos compromissos da ministra Ideli Salvatti e não às necessidades da perícia. João Vicente considerava que os exames para testar diversas substâncias eram complexos e precisavam de tempo para ser analisados.

A campainha tocou. Era Christopher Goulart, neto de Jango. Eu havia pedido para Jair chamá-lo para uma entrevista, pois ele, na família, era um dos mais inteirados sobre a exumação. Vinha acompanhando todos os passos.

A primeira informação que ouvi dele me deixou ainda mais descrente da exatidão do resultado dos exames laboratoriais:

— Talvez eu me sinta mais confortável em relação a essas dúvidas que você tem, porque de alguma forma tive acesso às análises, sei que foram pesquisadas 32 substâncias diretamente, entre as muitas que foram localizadas. Dessas, nenhuma poderia ter causado envenenamento, o que não descarta a possibilidade de entre as substâncias não investigadas ter alguma que possa ter sido responsável pela morte do meu avô.

— O tetranitrato de eritritol, por exemplo, que é utilizado na fabricação de explosivos? — perguntei.

— Sim. O índice encontrado dessa substância foi de 60%.

— Sessenta por cento?! — me espantei com a naturalidade com que Christopher falava aquilo.

— Por isso eu disse que, depois de conversar com um perito, você vai entender melhor. Para nível pericial, esse valor de 60% é muito baixo. Eles trabalham com índices de 95% para cima. Teria que ser feita uma contraprova, para detectar a presença da substância, que pode ser decorrente do próprio remédio cardiovascular que ele tomava.

— Mas essa contraprova já não devia ter sido feita? Afinal, tudo que foi realizado até aqui era para saber se Jango foi envenenado. Aí aparece uma substância que poderia ter produzido esse efeito, e os técnicos dizem que a quantidade é pequena? E a degradação do tempo? Não acha que isso deveria ter sido investigado a fundo?

— Acho. Mas não sou perito, fiquei sabendo disso há dois dias. Essas questões todas vão aparecer, com certeza. Só que os técnicos trabalham com frieza, o que conta são os números, não as suposições históricas.

— E a família não vai cobrar do governo o porquê de não terem pesquisado a presença do tetranitrato de eritritol?

— Você está sugerindo que se faça outra exumação? — retrucou Christopher.

Jair, que até então se mantivera calado, se manifestou.

— Não precisa de outra exumação. Pelo que entendi foram guardadas amostras do material recolhido.

— Mesmo assim uma nova análise tem um custo altíssimo. A verdade é que existe um universo enorme de substâncias para ser analisado; e, desde o primeiro momento, nós já sabíamos que, em função do tempo, todo esse processo poderia resultar em nada. Isso já era uma coisa mais ou menos previsível.

Aquela resposta me bateu muito mal. Christopher estava invalidando toda a busca do Repórter e, agora, a minha.

— Isso significa que, diante do resultado inconclusivo da exumação, não há mais possibilidade de provar que Jango foi vítima da Operação Condor?

— Na petição inicial em que a família requisitou a investigação das circunstâncias da morte do meu avô, nem foi falado em exumação. Só mais tarde houve essa solicitação. Antes, encaminhamos para o Ministério Público Federal uma série de outros pedidos, como, por exemplo, a oitiva de testemunhas e de personagens conhecidos envolvidos na Operação Condor. A gente também pedia desclassificação de documentos nos Estados Unidos. E usamos o livro do embaixador Lincoln Gordon,[1] em que ele fala abertamente que injetou cinco milhões de dólares na compra de votos para desestabilizar o governo João Goulart. Sem falar nos inúmeros documentos que provam que Jango foi monitorado durante todo o tempo em que esteve no exílio, e até no Brasil, antes do golpe de 1964.

— Por que a família, então, não cobra do governo que, diante de todas as evidências, assuma oficialmente que Jango estava marcado para morrer, independentemente de ele ter sido envenenado?

Nem deixei Christopher responder.

— Vou te dizer por que isso não acontece: o governo teria que assumir também que o Brasil estava inserido na Operação Condor. E não há interesse nisso, apesar de todas as provas existentes.

Mais uma vez Jair interveio.

— Quando se fala de Operação Condor, eu digo e mostro documentalmente que o governo militar brasileiro não estava apenas inserido nela, mas foi ele quem a criou. Naquela reunião no Chile, onde foi formalizado o acordo entre países do Cone Sul, o Brasil participou efetivamente com dois militares. Eu tenho esse documento.

— Tudo bem, Jair. Mas como podemos cobrar mais das autoridades? Nós abrimos um inquérito, a exumação foi feita...

— O problema é que isso não serviu para nada — retruquei.

— Não — admitiu Christopher.

Fiquei um pouco frustrada com aquela entrevista. Admito que muito mais por culpa minha do que de Christopher. Eu tinha a expectativa de que ele me dissesse que a família ia contestar a exumação, ia contratar outros peritos, outros laboratórios, se fosse preciso iria ao fim do mundo atrás das provas de que Jango foi vítima da Operação Condor. Eu estava acostumada a lidar com um quixote que partia para suas bravatas individuais certo de que a sua verdade salvaria a humanidade, quando quase ninguém sabia sequer de sua existência. Christopher não era o Repórter. E isso, sem dúvida, era melhor para ele. Quanto a mim, eu já tinha ido longe demais para desistir.

~

Depois que Christopher foi embora, Jair e eu continuamos conversando ali no escritório. Entre um gole e outro de chimarrão, ele me fez um panorama da Operação Condor. Foi como se ele tirasse da minha frente o véu que me obrigava a ver aquilo tudo pela ótica do Repórter. Entendi que para provar que Jango, JK e Lacerda tinham sido vítimas do Regime Militar e, consequentemente do acordo entre ditaduras do Cone Sul, o Repórter deveria ter olhado mais em volta e não se concentrado apenas em seus personagens.

— Tu não podes pensar somente no Brasil, tens que olhar os países vizinhos e ver o que estava acontecendo. O assassinato do ex--chanceler chileno Orlando Letelier, em Washington, no dia 21 de setembro de 1976, aconteceu depois da reunião de 28 de novembro de 1975, em que nasceu oficialmente a Operação Condor, por exemplo. Mas foi uma ação escrachada, no meio da rua para quem quisesse ver, por isso, não tem como ser negada. O que diferenciou a Ditadura brasileira dos demais países do Cone Sul foi a sutileza dos nossos militares, que sempre foram absolutamente hipócritas em fazer as coisas sem deixar impressões digitais. — Ao afirmar isso, Jair puxou um papel da pasta que estava em cima da mesa e colocou na minha frente.
— Está aqui a certidão de nascimento da Operação Condor.[2]

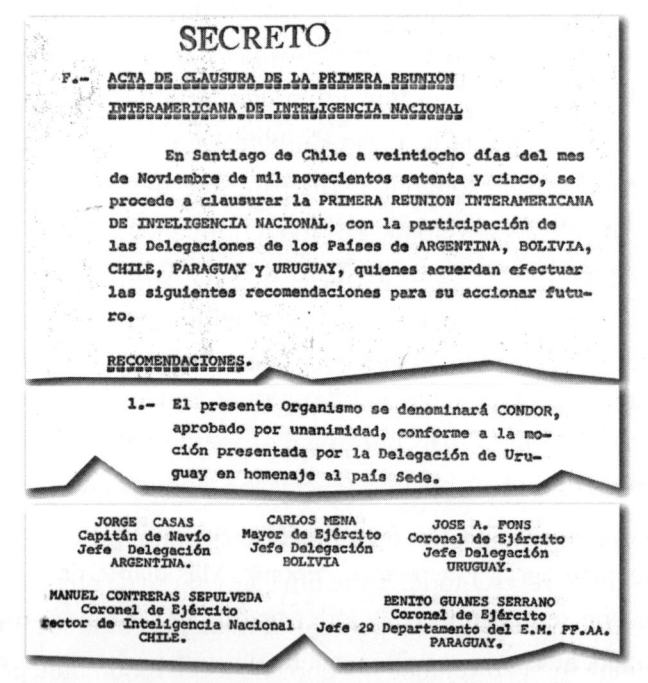

> **SECRETO**
>
> F.- ACTA DE CLAUSURA DE LA PRIMERA REUNION INTERAMERICANA DE INTELIGENCIA NACIONAL
>
> En Santiago de Chile a veintiocho días del mes de Noviembre de mil novecientos setenta y cinco, se procede a clausurar la PRIMERA REUNION INTERAMERICANA DE INTELIGENCIA NACIONAL, con la participación de las Delegaciones de los Países de ARGENTINA, BOLIVIA, CHILE, PARAGUAY y URUGUAY, quienes acuerdan efectuar las siguientes recomendaciones para su accionar futuro.
>
> RECOMENDACIONES.
>
> 1.- El presente Organismo se denominará CONDOR, aprobado por unanimidad, conforme a la moción presentada por la Delegación de Uruguay en homenaje al país Sede.
>
> JORGE CASAS
> Capitán de Navío
> Jefe Delegación
> ARGENTINA.
>
> CARLOS MENA
> Mayor de Ejército
> Jefe Delegación
> BOLIVIA
>
> JOSE A. PONS
> Coronel de Ejército
> Jefe Delegación
> URUGUAY.
>
> MANUEL CONTRERAS SEPULVEDA
> Coronel de Ejército
> Director de Inteligencia Nacional
> CHILE.
>
> BENITO GUANES SERRANO
> Coronel de Ejército
> Jefe 2º Departamento del E.M. FF.AA.
> PARAGUAY.

Ata de Encerramento da Primeira Reunião Interamericana de Inteligência Nacional, datada de 25/11/75, que marca a fundação da Operação Condor, com a presença de representantes da Argentina, da Bolívia, do Chile, do Paraguai e do Uruguai.

Folheei o documento que dava conta de que no dia 28 de novembro de 1975 foi realizada, em Santiago, a "Primera Reunión Interamericana de Inteligencia Nacional", com a participação de delegações de Argentina, Bolívia, Paraguai e Uruguai, além da comitiva chilena, anfitriã do encontro.

O sistema de cooperação entre esses países foi divido em três etapas e estabelecia recomendações e objetivos, como, por exemplo, o estreitamento de troca de informações entre os participantes e a criação de um escritório de coordenação destinado a fornecer antecedentes de pessoas e organizações conectadas à subversão. No documento também ficou definido o nome da entidade que então se formava: "O presente Organismo se denominará CONDOR, aprovado por unanimidade, conforme a proposta apresentada pela delegação do Uruguai, em homenagem ao país-sede." Na última página do documento constavam os nomes dos chefes das delegações: Jorge Casas (Argentina), Carlos Mena (Bolívia), Manuel Contreras Sepúlveda (Chile), José A. Fons (Uruguai) e Benito Guanes Serrano (Paraguai).

"Condor" é um abutre típico dos Andes que se alimenta de carniça. Nunca esqueci o termo que dava nome ao cabograma a que o Repórter teve acesso em abril de 2000, quando voltou às pesquisas. O documento do FBI de 28 de setembro de 1976 talvez tenha sido a pista mais próxima da conexão entre as mortes dos líderes da Frente Ampla e a Operação Condor a que ele chegou. Nele, estavam todos os indícios que eram ratificados pela "certidão" que agora Jair me apresentava. Mas diante da bifurcação com que se deparou, o Repórter optou pelo caminho mais acidentado. Se tivesse seguido na outra direção, poderia, por meio de documentos do acordo das ditaduras do Cone Sul, ter conseguido provar sua teoria sobre os políticos brasileiros.

ALFABETO DE SUSTITUCION SIMPLE

```
CLARO    a b c d e f g h i j k l m
CLAVE    D Q Z Y C R U I X B P M
```

INSTRUCCIONES PARA CIFRAR Y

Para Cifrar.

Cada letra del Alf
titu í da por una letra distinta, (En Mayúsc
tra del texto que deseamos cifrar, la busca
aparece debajo de esta, (Alfabeto Cifrador)
de estas hasta terminar el mensaje.
Una vez cifrado todo el texto, se
criben en el formulario definitivo para tra
por lo cual deberá reemplazarse por la letr

Para Descifrar.

Al recibir un Crip
letras, la ubicamos en el Alfabeto Cifrador
está sobre ella en el Alfabeto Claro (Con M
las letras, se lee cuidadosamente el texto q
el formulario en que se entregará a su dest

EJEMPLO: MENSAJE A CIFRAR:

La letra "v" en el Claro se reemplaza por

```
viajaremanana              mensaje en cla
NXDBDTCADJDJD              mensaje cifrac
```

"Alfabeto de substituição simples para cifrar e decifrar mensagens" contido no documento intitulado Primeira Reunião de Trabalho Nacional datado de 29/10/75.

```
        p  q  r  s  t  u  v  w  x  y  z
        G  K  T  F  W  L  N  E  S  H  O
```

IFRAR

Normal (claro, escrito con minúsculas) está su
Para cifrar un mensaje tomamos la primera le
n el Alfabeto Claro y la reemplazamos por la qu
mismo se hace con la segunda letra y con el res

las letras y se agrupan de cinco en cinco. Se
ir o enviar. La letra "Ñ" no se ha considerado

ma (mensaje cifrado), tomamos una por una sus
Mayúsculas), y la reemplazamos por la letra qu
las). Una vez que se hayan reemplazado todas
lió y se separan las palabras, luego se escribe

REMANANA".

a "N" que la clave. La letra "i" por la letra "

MENSAJE A ENVIAR: NXDBD TCADJ D

Junto à ata de fundação da Operação Condor também estava outro, denominado "Primera Reunión de Trabajo de Inteligencia Nacional", de 29 de outubro de 1975, que dava informações sobre fundamentos e propostas para o acordo Interamericano de Inteligência Nacional. Além disso, continha a programação do encontro e orientações gerais para os países participantes, e até um alfabeto de substituição para cifrar e decifrar mensagens.

No mesmo dossiê, encontrei a carta-convite que o coronel chileno Manuel Contreras, chefe da DINA (Dirección de Inteligencia Nacional), de Pinochet, enviara ao general Dom Francisco Brites, chefe da Polícia da República do Paraguai, convocando-o para a tal reunião de trabalho de Inteligência Nacional. Esse documento eu já tinha visto no arquivo do Repórter. Na época em que ele me mostrou, disse ter conseguido com um amigo. Por um segundo, achei que esse amigo poderia ser o Jair. Mas preferi não perguntar nada. Gostei de pensar que os dois se conheciam e não queria ser contrariada na minha imaginação.

Em 2005, essa carta-convite também tinha sido publicada pelo jornalista norte-americano John Dinges, em seu livro *Os anos do Condor*.[3]

Depois de alguns minutos em que Jair e eu passamos em silêncio, enquanto eu examinava os documentos, o encarei.

— Não encontrei nenhuma referência ao Brasil aqui.

— A cínica Ditadura brasileira sempre ocultou que participou dessa reunião de novembro de 1975 — disse Jair, sem desviar o olhar.

Então, ele me falou da pesquisa do jornalista brasileiro Luiz Claudio Cunha, que, em 2008, publicou o livro *Operação Condor: O sequestro dos uruguaios*.[4] Segundo o autor, quando Contreras quis promover um encontro da cúpula da repressão no Cone Sul, mandou o vice-chefe do organismo, o coronel da Força Aérea Mario Jahn, percorrer as capitais dos países dessa região para entregar os convites em mãos.

Quase trinta anos depois, quando depôs a Juan Guzmán Tapia,[5] o primeiro juiz que ousou processar Pinochet, o coronel Jahn não lembrava a quem havia visitado, a não ser por um destinatário: "João Baptista Figueiredo, persona que conocía de un viaje anterior que hice a Brasil."

Nesse momento, me recordei da outra carta de Contreras que o Repórter tinha em seu arquivo, em que o coronel chileno falava para Figueiredo do "reiterado apoio dos democratas[6] a Kubitschek e Letelier, o que no futuro poderia influenciar seriamente a estabilidade do Cone Sul do hemisfério".

O chefe do SNI só não compareceu à reunião que instituiu formalmente a Operação Condor porque foi impedido pelo presidente Ernesto Geisel, que ordenou que outros dois militares fossem no lugar do general Figueiredo.

— Levamos trinta anos investigando até encontrar o nome dos dois. E nessa reunião sabe o que eles disseram? "Somos apenas observadores." A dupla viajou com uma ordem estrita de Geisel de não assinar a ata de fundação da Condor. E não assinou, você viu aí — disse Jair, apontando para os documentos que estavam em minhas mãos.

Os nomes dos militares brasileiros que estiveram em Santiago, no dia 28 de novembro de 1975, foram revelados por Cunha em seu livro: coronel Flávio de Marco e o major Thaumaturgo Sotero Vaz, ambos do Centro de Informações do Exército (CIE) e veteranos do combate à guerrilha do Araguaia. O coronel De Marco morrera de infarto aos 52 anos, em 1984, quando exercia o cargo de diretor administrativo do Palácio do Planalto no Governo Figueiredo. Thaumaturgo já era general da reserva e trabalhava como assessor parlamentar do Comando Militar da Amazônia (CMA), quando foi convocado duas vezes para depor na CNV, mas alegou razões de saúde para não comparecer.[7]

Jair continuou:

— Ainda tem o informe da CIA, de 19 de julho de 1976, que fala de outra reunião da Operação Condor, em Santiago, no início de junho do mesmo ano, na qual mais uma vez os brasileiros estiveram presentes como observadores. E que ficou decidido que o Brasil se tornaria membro efetivo da organização.

> In early June of this year, representatives of the intelligence services of Argentina, Bolivia, Chile, Paraguay, and Uruguay met again, in Santiago, with Brazilian observers present, to further organize long-range cooperation among the participating countries. The following decisions were made:

> --an intergovernmental computerized data bank of information on known and suspected subversives will be established in Santiago;
>
> --Brazil will become a full-fledged member of the group; and

INFORME DA CIA, DATADO DE 19/07/76, QUE TRATA DE UMA REUNIÃO DA OPERAÇÃO CONDOR OCORRIDA NO MÊS ANTERIOR COM A PRESENÇA DE REPRESENTANTES BRASILEIROS.

Ele fez uma pausa e, então, me encarou novamente.

— Depois de tudo isso, você acha que ainda dá para acreditar que Geisel era a favor da abertura política no Brasil?

Aquela pergunta me incomodou. O próprio Repórter considerava que o processo de liberalização do Regime Militar começara no governo Geisel, sob o lema "abertura lenta, gradual e segura". Mas, algum tempo depois, já no meu processo de escrita deste livro, quando foi divulgado um documento secreto da CIA, de 1974, intitulado "Decisão do presidente brasileiro Ernesto Geisel de dar continuidade à execução sumária de subversivos perigosos sob certas condições", eu me lembraria de Jair.

O informe, assinado por William Colby, na época chefe da CIA, e enviado originalmente para Henry Kissinger, então secretário de Estado do governo Richard Nixon (1969-1974), faz parte de um lote de documentos liberados pelos Estados Unidos, em 2015, tendo sido divulgado no Brasil por Matias Spektor, professor de relações internacionais da Fundação Getulio Vargas (FGV).

> **OFFICE OF THE HISTORIAN**
>
> FOREIGN RELATIONS OF THE UNITED STATES, 1969-1976, VOLUME E-11, PART 2, DOCUMENTS ON SOUTH AMERICA, 1973-1976
>
> **99. Memorandum From Director of Central Intelligence Colby to Secretary of State Kissinger [1]**
>
> Washington, April 11, 1974.
>
> **SUBJECT**
>
> Decision by Brazilian President Ernesto Geisel To Continue the Summary Execution of Dangerous Subversives Under Certain Conditions
>
> 1. [1 paragraph (7 lines) not declassified]
>
> 2. On 30 March 1974, Brazilian President Ernesto Geisel met with General Milton Tavares de Souza (called General Milton) and General Confucio Danton de Paula Avelino, respectively the outgoing and incoming chiefs of the Army Intelligence Center (CIE). Also present was General Joao Baptista Figueiredo, Chief of the Brazilian National Intelligence Service (SNI).
>
> 3. General Milton, who did most of the talking, outlined the work of the CIE against the internal subversive target during the administration of former President Emilio Garrastazu Médici. He emphasized that Brazil cannot ignore the subversive and terrorist threat, and he said that extra-legal methods should continue to be employed against dangerous subversives. In this regard, General Milton said that about 104 persons in this category had been summarily executed by the CIE during the past year or so. Figueiredo supported this policy and urged its continuance.

Memorando de Colby, diretor da Central de Inteligência, para o secretário de Estado Kissinger, datado de 11/04/74, cujo assunto é a decisão do presidente do Brasil Ernesto Geisel de dar continuidade à execução sumária de subversivos perigosos sob certas condições.

Naquele momento em que eu estava diante de Jair, sem saber direito se teria fôlego para percorrer o caminho a que estava me propondo e muito menos aonde ele iria me levar, me limitei a dizer que, se não houvesse provas de que Geisel, ao contrário do que se acreditava até então, esteve bem longe de trabalhar pela abertura política, aquela afirmação, baseada apenas em indícios, estaria na mesma seara das evidências que levavam a concluir que Jango fora assassinado pela Operação Condor. Sem documentos não há verdade histórica, ainda que saibamos o tanto que o conceito de "verdade histórica" é questionável. O resultado inconcluso da exumação de Goulart era a comprovação disso.

Jair apenas me lançou um meio sorriso e disse que tinha certeza de que um dia a história da Ditadura no Brasil seria recontada, só desejava estar vivo para ver isso acontecer. Ele ia me mostrar por que acreditava nisso e nunca tinha desistido de sua luta. Havia encontrado o elo perdido que ligava o Regime Militar brasileiro à origem da Operação Condor, que se deu muito antes daquele documento que oficializou o acordo entre países do Cone Sul para combater a subversão. Se eu estava realmente interessada em me aprofundar naquele assunto, que eu voltasse ao escritório dele no dia seguinte.

Olhei para o relógio. Eram nove horas da noite. Não imaginava que já fosse tão tarde. Mesmo assim, eu não queria ir embora, seria capaz de virar a noite ali. Jair pareceu adivinhar meu pensamento.

— Eu gostaria de prolongar nossa conversa por muito mais tempo, mas acho que você está exausta. E eu também. Continuamos amanhã ao meio-dia.

Foi assim que Jair deu por encerrada a entrevista, naquele dia.

Capítulo 10

Porto Alegre, noite de 2 de dezembro de 2014

Quando deixei o escritório de Jair, estava com a mesma sensação de quando ia ao cinema com o Repórter e ele pedia para sairmos antes de o filme terminar. Na primeira vez, estávamos assistindo a Meus caros amigos, de Monicelli, seu diretor italiano preferido, num cinema no comecinho de Copacabana. Ele sempre escolhia essa sala, porque, depois da sessão, gostava de caminhar até um bar que ficava na orla do Leme para comer pizza e tomar chope. Fizemos isso muitas vezes.

Naquele dia, quando o Repórter, de repente, se levantou e me conduziu para fora do cinema, não entendi nada. Achei que ele estivesse gostando do filme. Na verdade, poucas vezes o vi rindo tão à vontade como na cena em que os cinco amigos cinquentões promovem um mutirão com os turistas que estão visitando a Torre de Pisa, colocando um grupo para empurrá-la com estacas, outro para puxá--la com cordas, e outro, ainda, dentro do monumento para fazer contrapeso. Então, soube que ele já havia visto aquele filme e, depois, pude constatar que sempre reagia da mesma maneira àquela cena, pois revimos Meus caros amigos outras vezes. E descobri também que o Repórter, na primeira vez em que assistia a um filme e gostava, saía da sessão antes do final, para estender o prazer da expectativa pelo desfecho até o outro dia, quando voltava para sabê-lo. Ele fez o mesmo comigo para que eu vivenciasse a sensação que sentia. Essa também foi a primeira vez em que o ouvi dizer que nenhum relato pode substituir a experiência. Um paradoxo, já que ele acreditava que as experiências existem para gerar relatos.

Quando Jair disse que, se eu retornasse ao seu escritório no dia seguinte, ele me revelaria o elo perdido que ligava a Ditadura brasileira à origem da Operação Condor, me senti exatamente como se tivesse sido arrancada do cinema sem saber o final do filme. Só que a sensação que eu experimentava não era a de prolongamento de um prazer, estava dominada por uma ansiedade que eu não conseguia controlar. Minha vontade era caminhar até o lago Guaíba, talvez suas águas mansas me acalmassem mais uma vez, mas, antes de sair do hotel, o recepcionista tinha me alertado para não andar a pé pelo Centro depois de escurecer, pois a cidade andava muito violenta. Achei prudente pegar o primeiro táxi que passou e tentar lidar com minha angústia.

No hotel, parei no bar que ficava no saguão de entrada e pedi um Dry Martini. Não foi suficiente. Minha cabeça continuava a mil. Tomei outra dose, e, quando subi para o quarto, estava meio tonta. A ideia era essa mesmo, que eu desabasse na cama. Mas não foi isso que aconteceu. Passei a noite em claro.

Depois de virar e revirar na cama, resolvi vasculhar alguns arquivos do Repórter e de minhas pesquisas recentes, que eu tinha mandado digitalizar e transferir para o notebook. O tal "elo perdido", mencionado por Jair, não me saía da cabeça, e eu queria checar se havia me passado despercebida alguma menção a isso. Eu relutava em acreditar que, na sua obsessão, o Repórter tivesse deixado escapar justamente a peça-chave que resolveria o quebra-cabeça da Operação Condor no Brasil.

Acabei encontrando um arquivo intitulado "Gabriel García Márquez". Este escritor me remetia imediatamente a *Cem anos de solidão*, o nosso livro. Quando em 2000 o Repórter retomou a investigação sobre as três mortes, ele me deu de presente um exemplar antigo que conseguira num sebo, com o autógrafo de García Márquez, e disse que, conhecendo a família Buendía, eu o entenderia melhor. Lemos juntos. Cada um lia dez páginas em voz alta e, então, passava para o outro. Eu deitava a cabeça no colo dele e passávamos horas assim, muitas delas nas longas esperas de aeroporto, em suas viagens para Uruguai, Argentina e Sul do Brasil. No final, eu realmente compreendi que há uma estirpe de gente que carrega as paixões à flor da pele e não necessariamente fazem parte da mesma família: meu pai, o Repórter e, agora, Jair vinham se encaixar nessa categoria.

Cliquei no arquivo e surgiu na tela do computador o título: "Entrevista com Philip Agee". Não era uma referência a *Cem anos de solidão*, como eu esperava. O texto em questão tinha sido publicado no jornal mexicano *Excelsior*, em 19 de dezembro de 1974,[1] e fazia parte da obra jornalística de García Marquéz.

Nele, descobri que o entrevistado tinha sido recrutado pela CIA aos 19 anos, quando se formou em Filosofia na Universidade de Notre Dame, em Indiana. Trabalhou como oficial de inteligência durante dez anos nos postos de Quito, Montevidéu e Cidade do México. Em 1969, desertou da CIA convencido pela própria experiência de que os Estados Unidos financiavam a injustiça e a corrupção para conservar e expandir o controle do imperialismo na América Latina. García Márquez esteve com Philip Agee, em Londres, às vésperas do lançamento do livro *Inside the Company: CIA Diary*,[2] e relatou: "Em nossa longa e intensa conversa, examinando dados, evocando fatos, estivemos prestes a absolver a CIA de todas as suas culpas. Na verdade, com todo o seu poder e dinheiro, a CIA nada faria sem a cumplicidade de classe dos governos da América Latina, sem a venalidade de nossos funcionários e a quase infinita possibilidade de corrupção de nossos políticos."

Márquez continua mais adiante: "No entanto, a operação mais difícil, mas também a mais bem-sucedida, foi a do Brasil. Em 1963, ao regressar de uma viagem ao Rio de Janeiro, Ted Noland[3] dissera a Agee que 'o Brasil é nosso problema mais sério na América Latina: mais sério do que Cuba desde a crise dos mísseis'. Para fazer frente àquele problema, a CIA financiou candidatos da direita na campanha eleitoral de 1962 com uma operação que custou 'não menos que 12 milhões de dólares e talvez mais de vinte'. A campanha se fez cada vez mais intensa até conseguir, em 1964, não só a queda de Goulart, mas também o estabelecimento absoluto do poder gorila." E Agee completa: "Parece que a decisão foi tomada pelo próprio presidente Johnson, não só para impedir um contragolpe a curto prazo, mas para restabelecer o mais rapidamente possível uma força de segurança interna que assegurasse uma ação a longo prazo."

Puxei meu bloco que estava na mesa de cabeceira, anotei o nome do livro de Philip Agee, liguei para a recepção, pedi um bule de café e dei por encerrada a noite de sono que nem começara. Precisava rever todos os arquivos que estavam em meu notebook e me certificar de que não tinha deixado passar nenhum dado importante, antes de voltar ao escritório de Jair. No dia seguinte ao nosso reencontro, eu iria bem cedo para a Argentina e não podia perder a oportunidade de tirar o máximo de informações dele.

Criei uma nova pasta no computador, à qual dei o nome de "1976 – Jango", e fui ordenando por data os documentos referentes àquele ano, incluindo uns dos que eu conseguira com Jair naquela tarde, além de anotar ao lado de cada um o nome do órgão que os produzira e suas principais informações.

O primeiro naturalmente foi o documento da 5.ª Região Militar do III Exército, de 12 de maio de 1976,[4] em que o nome de Jango aparece entre os 97 subversivos brasileiros baseados em Buenos Aires e que fez o inquérito criminal do caso de sua morte ser incluído nas investigações sobre atos da Operação Condor na Argentina.

Logo depois, listei um telegrama do U.S. Department of State,[5] distribuído a partir da embaixada americana em Brasília, em 13 de julho, com o assunto: "Possible Return of Former President Joao Goulart to Brazil". Segundo o Departamento de Estado dos Estados Unidos, a imprensa brasileira estava supondo que "o Governo, a fim de evitar qualquer responsabilidade caso Goulart seja ferido ou morto no exterior, está preparado para permitir que ele retorne ao Brasil desde que se abstenha de qualquer atividade política ou pronunciamento e permaneça confinado numa de suas fazendas no estado do Rio Grande do Sul". Mas, no fim do documento, considera que "esse rumor parece muito improvável. Goulart é anátema para conservadores civis brasileiros e militares". (Ver nos anexos, p. 394-395, íntegra do documento.)

Em seguida, se encaixava o informe da CIA de 19 de julho, que, além de falar que o Brasil se tornaria membro efetivo da Operação Condor, flagrava uma operação entre Geisel e Videla:[6] "Uma fonte brasileira confiável descreveu um acordo Brasil-Argentina em que os dois países caçam e eliminam terroristas que tentam fugir da Argentina para o Brasil. Unidades militares brasileiras e argentinas operam conjuntamente e dentro da fronteira uns dos outros, quando necessário." A essa altura, já era sabido que Jango, por conta do golpe no Uruguai, em 27 de junho de 1973, tinha se fixado na Argentina, mas pretendia voltar ao Brasil. Não seria difícil encaixá-lo entre os "terroristas" citados no informe.

> --A reliable Brazilian source has described a Brazil-Argentina agreement under which the two countries hunt and eliminate terrorists attempting to flee Argentina for Brazil. Brazilian and Argentine military units reportedly have operated jointly and inside each other's border when necessary.
>
> --Despite pointed GOA denials, published charges persist to the effect that Argentine authorities are forcibly repatriating political exiles.
>
> On balance, the evidence does not conclusively establish the existence of formal, high-level coordination among Southern Cone security forces for the express purpose of eliminating exiles. It strongly suggests, however, that cooperation does occur on at least a localized and opportunistic basis, particularly in border areas and in instances involving the capture of terrorist leaders.
>
> Prepared by J. Buchanan/W. Lofstrom
>   x22251   x22367   EXEMPT FROM DECLASSIFICATION
>   SCHEDULE E.O. 11652: 5B (2)
> Approved by G. H. Summ   (Classified by M. Packman)
>   x22229

INFORME DA CIA DE 19/07/76, INTITULADO AMÉRICA DO SUL: PRÁTICAS DE SEGURANÇA DO CONE SUL, NO QUAL SE ATESTA O ACORDO ENTRE BRASIL E ARGENTINA DE ELIMINAÇÃO DE TERRORISTAS.

Em 30 de julho, o SNI produziu um documento intitulado "Atividades de João Goulart e suas intenções de retornar ao Brasil", dando conta de que Jango estava "comprando terras na República Argentina, fronteira com São Borja/RS, registrando-as em nome de pessoas que são intimamente ligadas consigo". E que, em 1.º de junho, "o nominado" encontrava-se "hospedado em Hotel de Paso de los Libres/República Argentina, desde o dia 31 de maio de 1976. Teria vindo da cidade de Mercedes, onde possui estabelecimento agropastoril em parceria com outros brasileiros [...]" para se reunir com "elementos de São Borja/RS". Mais adiante também informava que "a Fazenda ITU, no Município de São Francisco de Assis/RS, de propriedade de Lutero Vargas, foi remodelada, tendo sido instalada 'biruta' em terreno plano, indicando estar preparada para receber João Goulart". E que uma notícia divulgada em 7 de julho, em jornal de São Paulo, dizia que o ex-presidente João Goulart estava tratando de retornar ao Brasil, "face ao crescente número de atentados a asilados políticos no Uruguai e na Argentina". Por último, dizia: "O dr. João Goulart, que deverá viajar até o fim do mês ou início de agosto para a Europa, mandou instruções com recomendações especiais ao seu advogado, Wilson Mirsa, para incrementar suas ações na liquidação das questões processuais e empregar nesse aspecto o que for necessário."

Outro informe do SNI, de 26 de agosto, tinha o seguinte título: "Cassados fazem especulações sobre a situação do país". Os cassados em questão eram o brig. Francisco Teixeira, o gen. Nelson Werneck Sodré, o cel. Kardec Leme[7] e o ex-ministro Wilson Fadual.[8] Alguns tópicos sobre suas "especulações" chamaram minha atenção: "*b. Que o Presidente GEISEL ainda dispõe de controle do Sistema Militar, como trunfos que pode usar, pois tem podido manter sua autoridade, fugindo, desta maneira, aos cabrestos que querem lhe impor.*"

Peguei o bloco de anotações mais uma vez e escrevi: "Cabrestos"; era uma referência à imposição para que se fizesse a abertura "lenta, gradual e segura"? Me lembrei que mais cedo Jair tinha questionado se Geisel realmente era a favor do processo de liberalização do Regime Militar.

"*p. Que CARLOS LACERDA estaria se mobilizando no sentido de rearticular antigos aliados da Frente Ampla.*" Era justamente essa a tese do Repórter. E o mais curioso é que esse documento foi produzido quatro dias após a morte de JK, em 22 de agosto. Se Lacerda realmente pretendia refazer o acordo político entre a direita, a esquerda e o centro, a Ditadura já tinha tratado de eliminar um dos elementos da coalizão.

"*r. Que JOÃO GOULART pretende retornar ao BRASIL no fim do ano; que esta atitude do ex-presidente é plausível diante da situação de insegurança que está vivendo no sul do continente*";

"v. Que as manifestações em BRASÍLIA no enterro de JK foram atos de hostilidade e ataque à Ditadura Militar. Estas versões vêm sendo desenvolvidas em todos os setores, a fim de mostrar as possibilidades potenciais dos movimentos populares contra o sistema militar brasileiro";

"w. Que diante de tantos fatos e da gravidade da situação, está para acontecer alguma coisa nas Forças Armadas. Ante o colapso financeiro, a inflação, a elevação do custo de vida e as insatisfações, militares não poderão ficar inertes, frente a estas deteriorações."

Também incluí na pasta o telegrama de 10 de setembro, que estava no arquivo do Repórter, com o assunto: "João Goulart tentará regressar ao Brasil". Estava assinado pelo ministro do Exército Sylvio Frota e dirigido ao Departamento-Geral de Investigações Especiais da Secretaria de Segurança Pública do Rio, dando a seguinte ordem: "João Goulart deverá ser imediatamente preso e conduzido ao quartel da PM, onde ficará em rigorosa incomunicabilidade à disposição da Polícia Federal."

No dia 29 de novembro, o Centro de Informações e Segurança da Aeronáutica (CISA) publicara o informe: "Retorno ao Brasil – Elemento Cassado – João Goulart", avisando: "O sr. JOÃO GOULART decidiu que regressará ao BRASIL logo após as eleições de 15 de novembro de 1976. Seguidamente, tem manifestado sua decisão de retornar ao país ao sr. TC R/I-ERNANI CORREA DE AZAMBUJA, seu ajudante de ordens na época em que exercia a presidência da República. Recentemente, JANGO revelou que, quaisquer que sejam as consequências, retornará ao país, pois não suporta mais as saudades da Pátria." (Ver nos anexos, p. 401, o documento.)

Eu ainda tinha uns arquivos com o nome de "Henry Kissinger", que também havia sido secretário de Estado dos Estados Unidos do governo Gerald Ford (1974-1977), depois que Nixon renunciou. Em minhas pesquisas recentes, havia encontrado mensagens diplomáticas sigilosas liberadas para consulta pelos Estados Unidos, tratando da Ditadura brasileira.

Em setembro de 2012, veio a público a transcrição de um diálogo entre o general Golbery do Couto e Silva — o conspirador do golpe de 1964, criador do SNI e homem forte de Geisel — e Kissinger em 20 de fevereiro de 1976, no Palácio do Planalto. Aquela era a primeira viagem do secretário de Estado norte-americano ao Brasil desde 1962. Logo no início da conversa, Kissinger diz que, na época, achava que "Goulart era um homem perigoso ou limitado. Ele se permitiu ficar dependente dos sindicatos e dos estudantes, e estava indo na direção de uma ditadura de esquerda peronista". Ao que Golbery retrucou: "Nós estávamos esperando. Queríamos manter a presidência de Goulart até o último instante." Kissinger aquiesceu: "Eu fui solidário com o que vocês fizeram."

Golbery, então, entra no ponto central do que seriam suas preocupações, já que, nesse momento, havia uma pressão da comunidade internacional, da mídia e do Congresso dos Estados Unidos contra as violações indiscriminadas de direitos humanos, cometidas pelas ditaduras do Cone Sul. Ele admitiu que, "numa primeira etapa", o Brasil viveu sob uma "Ditadura Militar". Mas isso seria passado. Agora ele diria que o país atravessava um período tão somente "autoritário". Do qual enfrentava "problemas" para sair. E justificou: "Nós não podemos abrir o processo muito rapidamente. Nós temos uma política gradualista." Kissinger reagiu amistosamente: "Os Estados Unidos não vão pressioná-los. Cabe a vocês decidirem a velocidade com a qual vão se movimentar."

Essa era uma questão para ser levada em conta: a tolerância de Kissinger em relação à Ditadura brasileira, num momento em que se falava que, se os democratas vencessem as eleições americanas, seria retirado o apoio de Washington aos regimes totalitários do Cone Sul. De que maneira eu poderia estabelecer uma conexão entre isso e a morte de Goulart?

Eu pressentia que estava tateando um indício importante que, se confirmado, poderia abrir para mim a caixa de Pandora da Operação Condor. E essa impressão se acentuou quando examinei outro arquivo que também tinha o nome de "Henry Kissinger", porém acompanhado da palavra "Argentina". Tratava-se do "Memorando de Conversação", de 13 páginas, entre o secretário de Estado norte-americano e o ministro das Relações Exteriores argentino, almirante Cesar Augusto Guzzetti. Os dois se reuniram em Santiago, em 6 de junho de 1976, e Kissinger teve a mesma postura que adotou na conversa com Golbery, sendo também condescendente em relação à Ditadura argentina: "Estamos cientes de que você está em um período difícil. É uma época curiosa, em que atividades políticas, criminosas e terroristas tendem a se fundir sem qualquer separação clara. Entendemos que você deve estabelecer autoridade", disse ele a Guzzetti.

Por outro lado, Kissinger ponderou: "Nos Estados Unidos, temos fortes pressões domésticas para fazer algo sobre os direitos humanos. Queremos que você tenha sucesso. Não queremos prejudicá-lo. Eu farei o que puder."

Então, Guzzetti falou sobre uma coordenação da inteligência argentina com ditaduras vizinhas: "O problema terrorista é geral para todo o Cone Sul. Para combatê-lo, estamos incentivando esforços conjuntos para integrar nossos vizinhos." Kissinger quis saber a quais países se referia, e ele respondeu: "Todos eles: Chile, Paraguai, Bolívia, Uruguai, Brasil."

Por fim, o secretário de Estado instruiu Guzzetti: "Se há coisas que precisam ser feitas, você deve fazê-las rapidamente. Mas você deve voltar o quanto antes aos procedimentos normais."

Esse "Memorando de Conversação" foi obtido pelo Projeto de Documentação do Cone Sul do National Security Archive e divulgado em 2004. Foi um dos primeiros documentos que encontrei quando resolvi dar continuidade às pesquisas do Repórter. Com ele, achei outros documentos que evidenciam o embate entre Kissinger e a conduta do embaixador norte-americano em Buenos Aires Robert Hill, que, pelo menos publicamente, fazia forte oposição à onda de ataques contra refugiados políticos do Cone Sul praticados pelo governo ditatorial de Videla.

Por último, acrescentei à pasta "1976 – Jango", o que eu considerava ser a cereja do bolo de todos os documentos que eu havia recolhido, antes de conhecer Jair: em abril, no rastro dos cinquenta anos do Golpe Militar e em meio aos depoimentos da Comissão Nacional da Verdade, foram revelados dois telegramas mostrando que Jango foi monitorado no ano de sua morte por Roberto Campos, na época embaixador brasileiro em Londres. E outro da embaixada em Buenos Aires, falando da morte do ex-presidente e se referindo a "aspectos delicados do caso". (Ver nos anexos, p. 396-401, íntegra dos documentos.)

Não há dúvida de que esses telegramas reforçam a teoria de que Jango foi assassinado pela Operação Condor, levando-se em conta principalmente a importância de uma espionagem feita por Roberto Campos, um dos idealizadores do plano econômico do Regime Militar, tendo ocupado o Ministério do Planejamento do governo do general Castelo Branco.

No primeiro documento, de 12 de agosto, Campos diz que, "segundo rumores da BBC", Jango e o ex-governador Miguel Arraes, também perseguido pela Ditadura e exilado, teriam se encontrado. E que Arraes teria proposto um "movimento subversivo", a partir de bases na Guiana, mas Jango teria considerado o plano "imprudente e impraticável".

Já no segundo, de 17 de setembro, Campos conta em detalhes uma viagem de Jango à França, para tratamento médico, e a Londres, para visitar familiares, tendo feito uma rápida passagem por Madri. Ainda relata que sua família queria que ele permanecesse na Europa, pois temia por sua segurança pessoal, com a "virada direitista", no Uruguai. E que Goulart teria declarado que só regressaria ao Brasil "quando essa viagem significasse alguma coisa".

O terceiro telegrama, de 6 de dezembro, também dava conta de que o corpo de Jango devia chegar a Paso de los Libres às quatro da tarde.

Na madrugada desse mesmo dia, por volta de uma da manhã, dona Maria Thereza estava deitada ao lado do marido, na estância La Villa, quando se assustou com a maneira estranha como ele roncava. Ela se levantou, acendeu a luz e começou a chamá-lo pelo nome, mas não teve resposta. Jango estava morto.

A linha do tempo que eu havia construído, ao ordenar cronologicamente documentos reproduzindo acontecimentos a partir de fevereiro de 1976 que culminaram na morte do ex-presidente em dezembro, me dava um caminho, mas não a prova concreta que eu buscava.

No entanto, Jair tinha me prometido o "elo perdido", que, se eu pensasse em termos da escala antropológica a que esse conceito me remetia, significava que ele me daria a prova final não da evolução animal, mas do assassinato cometido pela Operação Condor.

Talvez eu estivesse sendo otimista: um estado de espírito que eu mal conhecia. Mas confesso que, reforçado pelos raios de sol que já despontavam no Guaíba, estava gostando de experimentá-lo.

Eram seis da manhã. Eu ia me encontrar com Jair ao meio-dia. Ainda tinha algumas horas para dormir.

Capítulo 11

Porto Alegre, 3 de dezembro de 2014

Cheguei ao escritório de Jair 15 minutos antes do horário combinado. Ele já estava me esperando, mas não como eu tinha imaginado, com uma pilha de documentos provindos de seu mítico arquivo da Operação Condor, uma espécie de Biblioteca de Babel contendo uma infinidade de mensagens enigmáticas, que apenas ele sabia decifrar.

Jair me aguardava com o filme *Estado de sítio*, do cineasta Costa-Gavras, para me mostrar alguns trechos. Fiquei um pouco desapontada.

— O "elo perdido" está nesse filme?

— Digamos que ele é o fio de Ariadne que vai te conduzir até lá. — Jair estava disposto a me oferecer a redenção, mas me impunha a jornada. E ele se comprazia disso.

O filme se passava em Montevidéu,[1] onde um funcionário americano da Agency for International Development (AID) é sequestrado por um grupo de guerrilha urbana de extrema esquerda autodenominado Tupamaros.[2] Mais duas autoridades são raptadas no mesmo dia, o cônsul Campos, do Brasil, e outro, funcionário da embaixada dos Estados Unidos, sendo que este consegue escapar. Durante o interrogatório pelos captores encapuzados, o americano se diz um simples técnico, mas é confrontado com evidências de que sua missão real é instruir policiais de vários países sul-americanos, ensinando métodos de tortura, intimidação e assassinatos, o que levaria à formação de Esquadrões da Morte, sob o aval de autoridades governamentais.

A história foi baseada em fatos reais: o sequestro do agente americano Dan Mitrione e do cônsul brasileiro Aloysio Gomide pelos Tupamaros, em 1970. Mitrione foi um oficial do FBI que, de 1960 a 1967, trabalhou com a polícia brasileira, colaborando com a Ditadura Militar na repressão aos antagonistas do regime. Ele retornou ao seu país em 1967, atuando como expert de contraguerrilha da AID, em Washington, D.C. Em 1969, foi para o Uruguai, sob a cobertura da mesma agência.

— Reparou na cena da chegada da pasta diplomática destinada à embaixada do Brasil no Uruguai, de onde são retirados aparelhos de tortura, e na outra em que o agente americano, que representa o Mitrione, está ministrando uma aula de tortura, com uma bandeira do Brasil, fixada na parede em frente a ele?

Jair não esperou minha resposta e prosseguiu:

— A cooperação entre forças de segurança e inteligência na América Latina não começou com a Operação Condor. O Brasil já exercia essa prática muito antes de 1975. A partir do golpe de 1964, a Ditadura Militar brasileira adotou a plena vigência da "Doutrina da Segurança Nacional", como fundamento teórico e prático de suas ações não somente no âmbito interno, como também na busca pela hegemonia na América Latina. Em decorrência, passou a atuar fortemente na formação de "agentes de inteligência". Os primeiros cursos de formação de repressores e "arapongas" iniciam-se em 1965, um ano depois do golpe, funcionando nesses moldes até 1973, quando foi criada a Escola Nacional de Informações (EsNI), destinada a formar os novos quadros das denominadas "forças de segurança".

Foi assim que Jair me explicou a presença da bandeira brasileira no filme de Costa-Gravas. Ele continuou:

— E o Itamaraty foi o aparato para o sistema repressivo da Ditadura funcionar no exterior. Por isso há aquela cena da mala diplomática.

Em seguida, Jair me mostrou uma série de reportagens publicadas, em 2007, pelo jornal *Correio Braziliense* e assinada pelo jornalista Claudio Dantas Sequeira, que revelou a existência do Centro de Informações do Exterior (CIEx): organismo criado dentro do Ministério das Relações Exteriores, nos moldes do MI6 britânico e de sua versão norte-americana, a CIA, e que funcionou de 1966 a 1985. O CIEx era tão secreto que nunca constou na estrutura formal do Itamaraty.

Sequeira prossegue:

— A escassez de evidências da participação da diplomacia brasileira na repressão fez crer a todos que o Ministério das Relações Exteriores foi a reserva moral da democracia, em pleno Regime Militar. Construiu-se, com o silêncio, a imagem de diplomatas sem partidos ou tendências ideológicas, incólumes aos vaivéns da política e dedicados exclusivamente à defesa do interesse do Estado. Mas não é bem assim. A cúpula do Itamaraty se ajustou perfeitamente aos interesses do governo militar, e o CIEx contribuiu de maneira decisiva para a localização e detenção de muitos asilados.

"Por isso eu digo que o Brasil foi o criador da Operação Condor. O nome não era esse, mas o esquema definido como "Plano de Busca Externa" tinha a mesma função do acordo que Contreras mais tarde viria firmar entre as ditaduras do Cone Sul. O CIEx é o 'elo perdido' que faz a conexão da Ditadura brasileira com a Operação Condor."

Nessa hora, interrompi o relato de Jair.

— Quer dizer que a morte de Jango está relacionada com a atuação desse sistema de inteligência?

Jair foi enfático:

— Eu não apostaria minha vida que não tem a ver.

Numa das reportagens, Sequeira ainda contava que o CIEx foi idealizado pelo diplomata Manoel Pio Corrêa, formado na Escola Superior de Guerra. Logo depois do golpe, o presidente Castello Branco o nomeou como embaixador em Montevidéu e o coronel Câmara Senna como seu adido militar.

"Os dois formariam uma dupla dedicada a neutralizar articulações contrarrevolucionárias, especialmente por parte de Goulart e Leonel Brizola — naquele momento, consideradas perigosas lideranças de oposição. Juntos, o diplomata e o adido militar arquitetaram uma rede de contatos que incluía políticos, militares, juízes, delegados de polícia, fazendeiros e até comerciantes. Os contatos foram travados em seguidas viagens pelo país, e o Uruguai acabou servindo de experiência-piloto para a criação do CIEx."

O serviço de inteligência da diplomacia estava sob o guarda-chuva do SNI, que, por sua vez, era um órgão diretamente subordinado à Presidência da República e deveria se ater a assuntos relacionados à segurança nacional.

De acordo com a legislação vigente à época, o SNI e seus congêneres[3] não poderiam atuar no plano externo, mas não foi o que aconteceu. Sendo o CIEx também uma criação do Ministério das Relações Exteriores — o qual já detinha alguma experiência no monitoramento das atividades de militantes do Partido Comunista Brasileiro no exterior —, gradualmente, permitiu que os militares constituíssem um amplo sistema de informações que extrapolava em muito os seus limites territoriais. Diplomatas de vários escalões foram recrutados para compor o CIEx. Como escreveu Sequeira, "a malha de agentes e informantes operada pelo Itamaraty se estendeu para além da América Latina, alcançando o Velho Continente, a antiga União Soviética e o Norte da África".

Agora, eu entendia o fato de Roberto Campos, quando ocupava a embaixada brasileira em Londres, ter sido escalado para monitorar o passo a passo de Jango, na sua última viagem à Europa, antes de morrer.

Por conta de seu caráter ultrassecreto, o CIEx foi camuflado atrás da denominação de Assessoria de Documentação de Política Exterior, ou apenas ADOC, e, dos primeiros anos da ditadura até 1976, funcionou na sala 410, do 4.º andar do Anexo I do Palácio do Itamaraty.

— Pio Corrêa, com destacada atuação como repressor, exerceu nos Anos de Chumbo a representação diplomática do Brasil não só em Montevidéu. Posteriormente, foi para Buenos Aires, onde ficou célebre por, em pleno aeroporto de Ezeiza, dar recibo a agentes da repressão argentina, pela entrega de brasileiros perseguidos, que seriam embarcados em avião da FAB rumo ao Brasil. Ele também foi citado pelo ex-agente da CIA Philip Agee, em seu livro de memórias, como um membro da Agência Central de Inteligência nos Estados Unidos — revelou Jair.

Coincidência era uma palavra de que o Repórter gostava e que usava com frequência, principalmente quando se referia às mortes de JK, Jango e Lacerda. Já eu sempre fui incrédula quanto às coincidências. Prefiro pensar em termos de causalidade. Se Jair e eu nos interessávamos pela Operação Condor, era natural que em algum momento esbarrássemos numa referência análoga, mesmo ele tendo muito mais anos de estrada no assunto do que eu. Contei a Jair que, na noite anterior, eu havia encontrado uma entrevista que Agee dera a Gabriel García Márquez, na época do lançamento de *Dentro da "Companhia": Diário da CIA*. Pretendia adquirir o livro o quanto antes.

Jair, então, me apresentou as páginas 383 e 384 da obra, com o registro feito por Agee em Montevidéu, no dia 17 de junho de 1964:

"O governo brasileiro continua a nos pressionar no sentido de agirmos contra a possibilidade de Goulart, Brizola e outros exilados recomeçarem suas atividades políticas [...] As pressões exercidas pelo Brasil poderão vir a provocar reações negativas imediatas, porém, mais cedo ou mais tarde, os uruguaios terão de assumir uma atitude de linha dura contra o comunismo, porque o país é bastante pequeno para resistir às pressões do Brasil [...] a base do Rio [da CIA] decidiu enviar mais dois de seus elementos para a embaixada do Brasil aqui — além do adido militar, coronel Câmara Senna. Um deles é um funcionário de carreira de alto nível do Ministério das Relações Exteriores do Brasil, Manoel Pio Corrêa, que virá como embaixador [...] Até o mês passado, Pio era embaixador do Brasil no México, onde, de acordo com o currículo enviado pela base [da CIA] do Rio, demonstrou muita eficiência nas tarefas operacionais para a base [da CIA] da Cidade do México. Contudo, como o México não reconheceu o novo governo militar do Brasil, Pio foi chamado de volta ao seu país e a base [da CIA] do Rio de Janeiro providenciou para que fosse nomeado para Montevidéu, que no momento é o ponto em ebulição da diplomacia brasileira [...] De uma forma ou de outra, a base [da CIA] do Rio está decidida a elaborar operações contra os exilados, e — ao que parece — Pio é o homem indicado, pois tem perseverança suficiente para manter as pressões sobre o governo uruguaio."

— Ao longo dos anos, tem sido muito confortável para os militares brasileiros atribuírem toda e qualquer responsabilidade aos norte-americanos pelos golpes militares ocorridos nas décadas de 1960 e 1970, especialmente na América Latina — sentenciou Jair.

Ele compactuava com a tese de García Márquez e Agee de que a CIA não teria atuado tão fortemente na América Latina se não tivesse contado com a cumplicidade de suas ditaduras. Jair também apontava o pioneirismo do Brasil nesse processo:

— Os acontecimentos políticos e institucionais ocorridos no Cone Sul, durante o ano de 1973, ou seja, o golpe no Uruguai, em junho, e o golpe no Chile, em setembro, tiveram participação decisiva da Ditadura brasileira. Os militares não admitiam a existência de governos de esquerda em países vizinhos, pois poderiam, internamente, estimular a chamada subversão e, no exterior, dificultar a expansão de seus interesses econômicos.

Para corroborar com o que afirmava, ele me mostrou um memorando do Departamento de Estado norte-americano, sobre a estada do presidente Médici nos Estados Unidos, de 6 a 9 de dezembro de 1971. O documento tratava dos "supostos compromissos assumidos pelo presidente Richard M. Nixon com o presidente brasileiro Emílio Garrastazu Médici", que propôs uma cooperação entre os dois países "para ajudar outros países democráticos da América Latina a combater a tendência da expansão marxista/esquerdista".

O mais curioso era que o general Médici preocupava-se com os países democráticos da América Latina, sendo que o Brasil viveu, em seu governo (1969-1974), o período mais duro de repressão contra toda e qualquer oposição ao regime.

Quando acabei de ler o memorando, Jair, enfim, chegou ao ponto que mais me interessava.

— Agora é hora de voltar à sua pergunta sobre a responsabilidade do CIEx na morte de Jango — disse ele, enquanto estendia em minha direção outro documento.

Era um informe que, num papel timbrado do CIEx e datado de 2 de março de 1973, falava, entre outros assuntos, que Jango tinha estado na Europa e se encontrado com Juan Perón, ex-presidente argentino exilado na Espanha. Perón o convidara a se fixar na Argentina, caso o peronismo ganhasse as eleições.

— Veja que o CIEx já atuava na Europa bem antes da Operação Condor — disse Jair.

Também me chamou a atenção o fato de um organismo ultrassecreto redigir documentos em papel timbrado, produzindo provas contra si mesmo.

Em seguida, Jair me mostrou outros documentos que tiveram como origem o CIEx. Um deles, de 16 de junho 1969, tinha como assunto "Asilados brasileiros no Uruguai" e falava de Jango e sua proximidade com Roberto Emilio Manes, ex-pracinha da Força Expedicionária Brasileira, combatente na Itália, e que participou do levante de sargentos e suboficiais de 1964. Outro, de 26 de setembro de 1972, tratava do encontro de Goulart com seu amigo gaúcho Leocádio Almeida Antunes, que fora ao Uruguai para lhe entregar um relatório de Pedroso Horta, líder da oposição (MDB), sobre manobras feitas para forçar uma abertura política no Brasil, fazendo coincidi-las com as projetadas eleições gerais argentinas.

DOCUMENTO SECRETO, PRODUZIDO PELO CIEx E DATADO DE 26/09/72. RE-GISTRA O ENCONTRO DE JOÃO GOULART COM LEOCÁDIO ALMEIDA ANTUNES PARA TRATAR DE MANOBRAS QUE FORCEM UMA ABERTURA POLÍTICA NO BRASIL.

— Talvez por isso estivessem preocupados com a reunião entre Jango e Perón na Espanha, em março de 1973 — comentei.

— Por isso, mas não só. A verdade é que o Regime Militar brasileiro sempre considerou Jango uma forte ameaça, e o CIEx esteve em seu encalço durante todo o exílio até sua morte.

Sem dúvida, aqueles documentos eram a prova de que o Brasil engendrou um sistema de inteligência que precedeu a Operação Condor e extrapolou seus limites territoriais e da América Latina. Eram também uma evidência irrefutável de que o centro de informações da diplomacia brasileira tinha Jango como alvo contumaz, mesmo antes do acordo entre as ditaduras do Cone Sul. Se Jango realmente tinha sido assassinado pela Operação Condor, era difícil imaginar que o CIEx não estivesse envolvido. Mas a prova definitiva eu ainda não tinha. Nem a exumação dos restos mortais do ex-presidente foi capaz de produzi-las. E, naquele momento, comecei a achar que, talvez, eu nunca a encontrasse.

~

Brasília, 10 de dezembro de 2014

Quando saiu o relatório final da Comissão Nacional da Verdade, como Jair anunciara, estavam lá muitos outros documentos que atestavam a existência e as atividades do CIEx. Entre eles, inclusive, um informe interno do Itamaraty, de 12 de julho de 1967, intitulado "Criação do Serviço de Informações no Exterior", que detalhava a forma como foram pensadas suas diretrizes iniciais, especificando que o serviço deveria "existir dentro do mais absoluto grau de sigilo". E ressaltando: "Essa 'clandestinidade' é fundamental para a segurança e eficiência de seu funcionamento [...]"

Ao me deparar com o que deve ter sido o rascunho do decreto que instituiu o CIEx, liguei imediatamente para Jair e passamos muito tempo ao telefone analisando seu conteúdo. (Ver nos anexos, p. 405 - 408, íntegra do documento.)

Chamou nossa atenção o número de vezes que o documento reforçava a "clandestinidade" do órgão, destacando, inclusive, que não deveria "comprometer, em hipótese alguma, o próprio Governo". Jair também comentou sobre o "item 11", que dizia: "Esse grau de sigilo deverá ser mantido no mais alto nível, assegurando-se que a própria existência do serviço só seja do conhecimento de um número reduzido de autoridades, determinadas por meio de rígido critério de compartimentação [...]"

— Quando se menciona que a existência do serviço deveria ser de conhecimento de um "número reduzido de autoridades" e "rígido critério de compartimentação", fica claro que não era uma simples portaria que ia criar o CIEx, mas um dos famosos "Decretos Secretos", cujas cópias se encontram nos arquivos do gabinete da Presidência da República.

Jair me explicou que diversos documentos oficiais da época da Ditadura continuam guardados nos cofres governamentais, com a desculpa de que a legislação de regência determina que eles sejam mantidos sigilosos.

— Você está falando dos que não foram destruídos, né? — retruquei.

Em 2012, tinha vindo a público um conjunto de quarenta relatórios encadernados, contendo o resumo de mais de 19 mil documentos secretos produzidos ao longo da Ditadura Militar, pelo SNI, e destruídos em 1981, durante o governo Figueiredo.

Eu me recordava bem da reportagem que a *Folha de S.Paulo* tinha publicado na época, dizendo que parte dos documentos eliminados tratava de pessoas mortas até 1981 e era provável que o SNI tivesse considerado que os dados sobre elas não eram mais de importância para as atividades de vigilância da Ditadura. Isso me marcou porque, ao ler a matéria, senti meu coração parar de bater por um segundo, enquanto eu pressentia que qualquer resquício das lutas políticas de meu pai tinha sido destruído ali. Em seguida, fui tomada por um imenso alívio provocado pela certeza de que a possibilidade de me confrontar com meu passado também tinha sido eliminada.

No entanto, dois anos depois, estava eu ali, ainda presa ao mesmo assunto, e convicta de que podia dar um passo além de meu pai e do Repórter.

— Verônica?! — do outro lado da linha, Jair me arrancou do devaneio.

Ainda passamos muito tempo ao telefone. Era impressionante o número de documentos atribuídos ao CIEx, no relatório final da CNV. (Ver nos anexos, p.402-405, íntegra dos documentos). Entre eles, havia um de 30 de setembro de 1968, falando da troca do diretor executivo do órgão; outro, de 27 de agosto de 1974, sobre a instalação de uma "base" em Portugal; e ainda outro, de 7 de julho de 1976, falando sobre as novas instalações do órgão, no anexo do Palácio do Itamaraty.

Também havia uma minuta de telegrama, de 15 de maio de 1975, do Ministério das Relações Exteriores para a embaixada brasileira em Paris, informando que o SNI e o SDECE (*Le Service de Documentation Extérieure et de Contre-espionnage*) fizeram um acordo de troca de informações sobre a situação política em Portugal, que à época vivia o impacto da Revolução dos Cravos. No documento, fica claro que o Itamaraty, por meio do CIEx, cumpria funções do SNI no exterior: "Diante da impossibilidade de vir o SNI a deslocar um oficial de informações que se encarregasse da referida ligação, recaiu tal responsabilidade sobre o Centro de Informações do Exterior (CIEx), que me é diretamente subordinado [...]"

Nisso tudo, o mais relevante para mim era o fato de a CNV ter revelado que o monitoramento do CIEx a Jango intensificou-se nos meses que precederam sua morte. Uma série de comunicações, expedida pelo Ministério das Relações Exteriores, datada de setembro de 1976, solicita informações sobre a estada de Goulart em Madri, Lisboa e Roma. No dia 9 do mesmo mês, telegramas enviados à embaixada de Paris informam sobre a viagem do ex-presidente à cidade de Lyon para consulta com cardiologista e transmitem detalhes sobre sua passagem pela capital, além de pedir informação sobre "todo e qualquer deslocamento" dele. Outro telegrama do dia seguinte, enviado pela embaixada do Brasil em Madri, comunica também sobre consulta oftalmológica de Goulart em Barcelona. Nos primeiros dias de outubro, telegramas da embaixada em Lisboa especulam sobre encontro de Goulart com o primeiro-ministro de Portugal, Mário Soares, em sua passagem pela cidade.

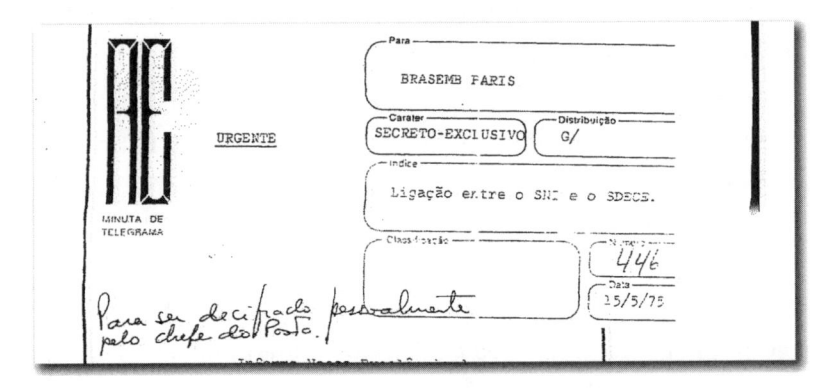

```
MINUTA DE TELEGRAMA        URGENTE
Para: BRASEMB PARIS
Caráter: SECRETO-EXCLUSIVO    Distribuição: G/
Índice: Ligação entre o SNI e o SDECE.
Classificação:            Número: 446
                          Data: 15/5/75
Para ser decifrado pessoalmente pelo chefe do Posto.
```

```
Diante da impossibilidade de
vir o SNI a deslocar para Paris um oficial de informações
que se encarregasse da referida ligação, recaiu tal res-
ponsabilidade sobre o Centro de Informações do Exterior
(CIEX), que me é diretamente subordinado. Assim, para
atender àquele objetivo, decidi determinar a abertura, na
Embaixada em Paris, de uma "base" do CIEX e designei o Con-
selheiro Guy Mendes Pinheiro de Vasconcellos responsável
pela mesma.
```

TELEGRAMA DO MINISTÉRIO DAS RELAÇÕES EXTERIORES PARA A EMBAIXADA BRASILEIRA EM PARIS, DATADO DE 15/05/75, EM QUE SE EVIDENCIA QUE O ITAMARATY CUMPRIA FUNÇÕES DO SNI NO EXTERIOR.

A esses documentos se juntavam os informes da embaixada brasileira em Londres, assinados por Roberto Campos, que já tinham sido divulgados em abril e relatavam a viagem de Goulart à Europa e o dispositivo especial de segurança militar que teria cercado seu embarque em Buenos Aires, assim como sobre suas possíveis intenções para o futuro, obtidas "de boa fonte ligada a familiares do ex-presidente".

Todas aquelas informações me davam a sensação de estar cada vez mais próxima da outra ponta do novelo que me permitiria decifrar o labirinto da Operação Condor, um emaranhado de documentos que dava crédito à vida do Repórter e sentido à morte de meu pai. Afinal, não deixava dúvida das perseguições de que um e outro foram vítimas, cada qual na medida e no tamanho de suas searas de atuação política. Eu poderia me dar por satisfeita. Mas não estava. Se no início eu apenas suspeitava que havia outro labirinto paralelo ao que eu estava, me separando da verdade definitiva por um imenso muro de pedra impenetrável, agora, tinha certeza de sua existência. E eu não tinha mais a ilusão de alcançá-lo. Ninguém confessaria ter trocado os medicamentos de Jango por pílulas produzidas nos laboratórios de armas bioquímicas do ditador chileno Pinochet. Eu também não encontraria nos cofres do Itamaraty ou da Presidência da República a ficha do meu pai nos arquivos do DOI-CODI confirmando que ele foi eliminado por ameaçar a ordem do Regime Militar. Que estúpido erro de percepção o meu de ter pretendido isso. E Jair não teve como não concordar comigo.

Quando desligamos o telefone, eu me lembrei de quando saí de seu escritório, na semana anterior. Enquanto caminhava pelas ruas do centro de Porto Alegre, de tudo que havia tomado conhecimento naquele dia, o que mais ecoava na minha mente era o argumento de Pio Corrêa, quando, depois de assumir ter sido autor intelectual e material do CIEx, preferiu não se estender no assunto, encerrando a questão com a seguinte frase: "Certas histórias não devem ser contadas."

Apesar disso e certa de que não encontraria um desfecho para a história que eu tinha me proposto contar, ainda achava que valia a pena encontrar o homem João Goulart. Foi com esse sentimento que parti para Paso de los Libres.

Capítulo 12

Posadas, 5 de dezembro de 2014

A vastidão da paisagem sem nenhuma ondulação fazia com que eu me sentisse desamparada, eu, vinda de uma terra de montanhas entremeadas pelo mar. O carro beirando a margem esquerda do rio Paraná, que separa Posadas do Paraguai. O sol esquentando aos poucos, enquanto eu tentava adivinhar pegadas do Repórter e, sobretudo, de Jango.

O motorista tinha passado no hotel às seis da manhã e, agora, seguíamos para Paso de los Libres. Eu iria me encontrar com a juíza Mabel Borba e o secretário de Direitos Humanos, Pablo Balzante, para conversamos sobre o inquérito criminal da morte de João Goulart que corria na Argentina. Apesar de a investigação ter sido transferida para Buenos Aires, a Justiça Federal daquela cidade ainda tinha alguns documentos que poderiam me interessar. Além disso, o que mais me importava nessa viagem era, seguindo a cartilha do Repórter, experimentar o último trajeto de Jango. Eu estava apostando que meus sentidos poderiam apreender daquela paisagem uma compreensão sobre o homem Jango que ninguém nem nenhum documento foram capazes de me dar. Minha reunião estava marcada para 11 da manhã e ia durar no máximo duas horas. Eu teria o restante do dia para conhecer a região.

São quatro horas de viagem até Paso de los Libres. No dia anterior, eu fora de Porto Alegre para Buenos Aires e, depois, para Posadas. Não havia aeroporto mais próximo. O trajeto que eu percorria agora, sentada no banco de trás do carro alugado, lembrava as minhas idas a São Borja. A estrada longa e monótona me embalou até eu adormecer.

Quando acordei, estava sem noção do tempo. Olhei pela janela e vi, de um lado, um paredão de pinhos desenhando o caminho; do outro, ainda um rio.

— É o mesmo rio Paraná? — perguntei ao motorista.

— Esse é o rio Uruguai, estamos quase chegando — disse ele, apontando para o outro lado da margem. — Lá é o Brasil.

Em seu aspecto geral, Paso de los Libres, referida pela população local apenas como Libres, poderia ser qualquer pequena cidade fronteiriça do Brasil, a não ser pelo castelhano que sua gente fala. Pensando bem, nem isso. Certa vez, conversando com um conterrâneo e amigo de Jango, um senhor já idoso, de fala retraída e fechada, tive a impressão de estar ouvindo castelhano e não português, tal era o seu sotaque.

Ao chegar, segui direto para o Juizado Federal. Era um sobrado antigo, com uma escada de madeira escura, no interior. Fui atendida, primeiro, por Balzante, que me falou não ter se surpreendido com o resultado da perícia dos restos mortais de Jango. A juíza Mabel, Pablo Vassel, da Superintendência para Delitos de Lesa-Humanidade, e ele tinham assistido ao processo de exumação em São Borja, apenas como representantes dos Direitos Humanos da Argentina, por ser este país reconhecido mundialmente nesta área, mas não tiveram nenhuma participação efetiva. Segundo Balzante, eles aconselharam aos responsáveis pelo procedimento que fosse seguido o protocolo internacional para todos os casos de lesa-humanidade e que muitos países reconhecem, mas não foi o que aconteceu.

— Quando chegamos, já estava tudo pronto. E a Polícia Federal tinha a direção absoluta de tudo. Ninguém nos escutou em nada. Nós não queríamos que houvesse interferência de qualquer força militar ou de segurança brasileira. Tampouco que a exumação chegasse às competências e atribuições de um organismo que respondesse ao Poder Executivo. Recomendamos que a perícia fosse feita judicialmente, isto é, coordenada por uma procuradoria do Brasil.

O inquérito criminal que corria na Argentina estava baseado em farta documentação provinda principalmente do Uruguai, dando conta da perseguição sofrida por Jango durante todo o exílio, o que não era nenhuma novidade. Mesmo assim, me chamou a atenção a resposta do Ministério do Interior uruguaio a um ofício do Juizado Federal de Paso de los Libres que, entre outras informações sobre o ex-presidente, dizia: "Por nota enviada al sr. Ministro de Relaciones Exteriores firmada en Maldonado el 09/11/1976, [Jango] renuncia a su Asilo Politico outorgado por el Poder Ejecutivo el dia 21/04/1964."

— Entrar numa embaixada estrangeira era a maneira de Jango voltar ao Brasil de forma declarada, por isso ele abriu mão da condição de asilado no Uruguai. Essa é a ideia que podemos mais ou menos reconstituir historicamente através de pessoas vinculadas a esse processo de alguma forma — explicou Balzante.

Jango encaminhou o pedido de renúncia ao status de asilado ao então ministro das Relações Exteriores do Uruguai, Juan Carlos Blanco, no dia 9 de novembro de 1976, praticamente um mês antes de sua morte.

No ofício em espanhol, ele assinala que não tinha outro objetivo que não fosse "proceder de acordo com o ordenamento jurídico vigente, que reclama a dita atitude como requisito prévio e fundamental para solicitar residência nesta República".

No entanto, efetivamente, sem esse benefício e com documentos de morador, o ex-presidente poderia agir como um cidadão comum. Ou seja, não tinha obrigação de comunicar às autoridades do Uruguai, então governado por uma junta militar que colaborava com a Ditadura brasileira, sobre seus deslocamentos, e ele poderia regressar ao Brasil sem que a informação se tornasse oficial.

Para mim, esse não era apenas mais um indício de que Jango pretendia voltar logo, mas, principalmente, um forte motivo para que o Regime Militar tentasse impedir a concretização de sua intenção.

Outra informação vinha corroborar com esta minha hipótese: pelo menos cinco dos 97 "subversivos" brasileiros baseados em Buenos Aires, que foram listados no documento da 5.ª Região Militar do III Exército, de 12 de maio de 1976, e entre os quais Jango estava, constavam como desaparecidos nos registros da Conadep (Comisión Nacional sobre Desaparición de Personas) na Argentina. Eram eles: Joaquim Pires Cerveira, João Batista Rita Pereda, Daniel José de Carvalho, Joel José de Carvalho e José Lavechia. Apenas "desaparecer" com o ex-presidente brasileiro, como aconteceu com essas pessoas, envolveria questões complicadas, seria necessário um plano mais sofisticado. Mas, de qualquer forma, ele estava na lista.

Perguntei se Balzante achava que existia alguma resistência do governo brasileiro para realmente apurar as circunstâncias da morte de Jango. Ele me respondeu que sim:

— O Brasil teria toda autoridade e capacidade para fazer a investigação. A Comissão da Verdade é um evento histórico, mas não foi realmente a fundo nem deu segurança às testemunhas. Acho que faltou vontade política, porque o Exército continua muito forte no país.

Balzante ainda me disse que a Argentina pretendia pedir nova exumação, mas, quando fui falar com a juíza Mabel, ela foi bem mais cautelosa em suas afirmações, certamente, pelo cargo que ocupava. Disse que qualquer atitude só poderia ser tomada quando o Brasil comunicasse oficialmente o resultado da perícia, ainda que informalmente já o soubessem.

— A partir disso, vamos escutar as opiniões de nossos peritos e de instituições de outros países, como da França e da Inglaterra, com experiência em investigar mortes duvidosas ocorridas há muito tempo. É preciso saber se todos os procedimentos de análise dos restos mortais seguiram o protocolo internacional — disse a juíza Mabel.

Não esperava encontrar no Juizado Federal de Paso de los Libres a porta que me levaria à evidência material irrefutável do assassinato de Jango pela Operação Condor, mas saí de lá levando mais do que imaginava. Para mim, foi muito importante ouvir a avaliação sobre a exumação do ex-presidente de um especialista em Direitos Humanos que, por ser argentino, trazia uma visão de fora, ao mesmo tempo em que também carregava a herança da ditadura vivida por seu país.

Quando Balzante falou da força do Exército na dinâmica da política brasileira, ainda presente nos dias atuais, e da resistência da classe política em apurar a fundo as mazelas do Regime Militar, consegui finalmente vislumbrar uma explicação para a dificuldade do Brasil em assumir claramente sua participação efetiva na Operação Condor. A transição democrática brasileira feita de forma "lenta, gradual e segura" levou à coexistência pacífica entre instituições autoritárias e liberais, estabelecendo-se assim uma espécie de pacto de silêncio entre políticos e militares.

Um exemplo disso foi a Lei da Anistia, que beneficiou quase cinco mil brasileiros processados pelo regime e permitiu a volta de exilados políticos, mas, em contrapartida, anistiou os agentes responsáveis por práticas repressivas e inclusive de tortura. Até agora, o Brasil não julgou ninguém por crimes da Ditadura, nem mesmo a CNV foi capaz de provocar isso; ao contrário do que aconteceu nos países que foram seus principais comparsas na Operação

Condor. Na Argentina, o ditador general Videla foi julgado e condenado; no Chile, Manuel Contreras; e, no Uruguai, o ditador Juan María Bordaberry.

Somente em duas ocasiões a Corte Interamericana de Direitos Humanos reconheceu crimes da Ditadura brasileira. A primeira sentença foi em relação ao Caso Gomes Lund y otros, no contexto da Guerrilha do Araguaia, em 24 de novembro de 2010. E, em julho de 2018, condenou o Estado brasileiro pela falta de investigação, julgamento e sanção dos responsáveis pela tortura e assassinato do jornalista Vladimir Herzog, em 24 de outubro de 1975.

Nesse cenário não era difícil entender que, em 2014, arquivos oficiais importantes sobre o período da Ditadura continuassem a ser mantidos em sigilo absoluto, quase trinta anos depois da abertura política e apesar de o país ter sido governado por pessoas perseguidas pelo Regime Militar, como Fernando Henrique Cardoso e Dilma Rousseff.

Quando dei por mim, o motorista já estava estacionando na frente do hotel Alejandro I, onde Jango almoçara pela última vez. Depois de sair do Juizado, eu tinha pedido a ele para dar uma volta de carro pela cidade, queria ver seu cotidiano, tentar adivinhar como eram as ruas e as construções em 1976, mas me perdi em pensamentos.

— Já chegamos?!

— A cidade é pequena.

O edifício ficava numa esquina e o restaurante, no térreo. Pelo mobiliário ultrapassado e malconservado, imaginei que fosse o mesmo ambiente do tempo de Jango. Era verão, o tempo estava quente e abafado. Pedi uma cerveja e dividi uma parrillada com o motorista. Eu não estava com vontade nenhuma de conversar, mas para não deixá-lo mais constrangido do que parecia estar, sentado diante de mim, resolvi lhe perguntar se sabia que um ex-presidente brasileiro tinha morrido ali perto, em Mercedes, e o último lugar em que tinha estado era naquele restaurante. Ele estava exilado por conta da Ditadura no Brasil. O motorista nunca havia ouvido falar de Jango. Mas também não se interessou em saber mais nada. Voltamos a comer, cada um no seu silêncio. E, quando o garçom ofereceu a sobremesa, já estava na hora de voltarmos para Posadas. Eu tinha que chegar ao aeroporto a tempo de pegar o voo das oito horas da noite para o Rio.

No caminho, quando ainda estávamos do lado argentino do rio Uruguai, meu celular apitou avisando que não estava mais em *roaming* internacional, eu podia fazer chamadas como se estivesse no Brasil. São Borja estava apenas a 17 quilômetros dali. Foi então que imaginei Jango no lugar onde eu estava, margeando o rio, enquanto olhava do outro lado o seu país. E vi em sua figura a dimensão de um homem exilado que não queria ter partido. Ele ali como um animal expulso de casa. Podia ter ido embora para a Europa, como a família queria. Mas Jango era da terra, dos pampas, na sua essência. Um cão rejeitado pelo dono que continuava fiel e esperançoso de ser perdoado um dia. Nessa hora, experimentei seu absoluto desamparo.

Depois do fim

Muito tempo se passou desde que o Cony e eu decidimos reeditar *O Beijo da Morte* até a conclusão desta versão ampliada. Isso falando do tempo do relógio da gente, em que eu poderia enumerar uma série de acontecimentos que, independentemente da nossa vontade, foram fazendo com que protelássemos a finalização do projeto. E esse mesmo tempo, que passa indiferente aos nossos destinos, amores e compromissos, às nossas dores, escolhas e obrigações, mais uma vez inexorável, determinou a partida do Cony sem que ele pudesse ver este livro publicado.

A partir daí houve outro tempo ainda maior dentro de mim, que o relógio não dá conta de contabilizar porque ele é infinito. O tempo do luto.

Na primeira vez em que tentei voltar ao trabalho, o cheiro de Cohiba, impregnado nas folhas de papel do nosso arquivo, tomou conta do ambiente e me paralisou. O Cony não estava mais sentado ali, na poltrona perto da minha mesa de trabalho, fumando seu charuto. Eu não podia mais contar com ele. Estava profundamente sozinha. E tive medo.

Foi um processo longo e dolorido até eu entender que o único lugar onde eu poderia encontrá-lo agora era dentro de mim. E que isso ninguém me tiraria, nem a morte. Doeu. Doeu muito até eu perceber que, apesar de acharmos que o pai vai embora sempre antes da hora, ele não faz isso porque não se importa mais com a gente. Ele faz isso porque precisa deixar para o filho a missão de continuação. Então, eu entendi que era meu dever terminar o que Cony e eu tínhamos começado juntos.

A segunda parte deste livro é o resultado desse processo. E não há dúvida: ela está impregnada do Cony.

~

Enquanto escrevíamos esta versão, vieram à tona outros documentos mostrando que o Brasil foi membro efetivo da Operação Condor e não apenas observador. Considerei relevante mencionar alguns deles aqui.

Em 24 de março de 2016, no 40.º aniversário do golpe de Estado na Argentina, Barack Obama, então presidente dos Estados Unidos, esteve em Buenos Aires e se comprometeu a liberar arquivos de inteligência dos Estados Unidos relacionados a abusos de direitos humanos cometidos durante a ditadura naquele país, período que ficou conhecido como *The Dirty War* ou Guerra Suja (1976-1983). Esses registros do governo americano incluem mais de quarenta mil páginas, sendo que duas dezenas delas fazem menções ao Brasil e à sua participação na Operação Condor.

Antes de Obama deixar o cargo, foram divulgadas as duas primeiras parcelas desses documentos. Mais tarde, em abril de 2017, foi a vez do sucessor de Obama, o presidente Donald Trump, entregar pessoalmente ao presidente argentino, Mauricio Macri, outra parcela de registros. E, em abril deste ano de 2019, o arquivista norte-americano David Ferriero apresentou o último lote de arquivos do Projeto de Desclassificação para a Argentina ao ministro de Justiça e Direitos Humanos da Argentina, Germán Carlos Garavano.

O material produzido por esse projeto, além de ter sido entregue ao governo argentino, foi também divulgado no site https://icontherecord.tumblr.com/tagged/argentina.

Nele, consta um informe, de 28 de dezembro de 1977, em que é possível entender o motivo pelo qual o alcance da atuação brasileira no acordo entre as ditaduras do Cone Sul nunca ficou muito claro. Segundo o documento da CIA, o Brasil participou de uma reunião, entre 31 de maio e 2 de junho de 1976, em Santiago, mas teria assumido uma "postura muito agressiva e tentado usurpar a liderança, uma ação que não caiu bem entre os outros membros". Por isso, diz a CIA, os militares brasileiros decidiram mais tarde ficar "na periferia da organização".

INFORME DA CIA, DATADO DE 28/12/77, EM QUE SE ESCLARECE OS MOTIVOS DE O BRASIL TER UMA ATUAÇÃO PERIFÉRICA NA OPERAÇÃO CONDOR.

Sabendo-se da larga experiência do Brasil, desde 1967, na busca de dissidentes do Regime Militar no exterior, por meio do CIEx, uma espécie de precursor da Operação Condor, pode-se deduzir o porquê da postura adotada pelo país.

Também há um informe anterior, de 16 de fevereiro de 1977, que diz que o objetivo dessa reunião do final de maio e início de junho de 1976, entre os chefes da polícia secreta de seis regimes militares do Cone Sul, era criar uma "nova unidade, que recebeu o codinome de 'Teseo'" — uma referência ao mítico rei grego dos atenienses e heroico matador do Minotauro. A missão de "Teseo" era "realizar ataques físicos contra alvos subversivos" no exterior, particularmente esquerdistas latino-americanos da Junta de Coordenação Revolucionária (JCR),[1] militantes na Europa.

Ao ler sobre isso, me surpreendi com a sincronicidade entre a analogia do labirinto de Creta que escolhi para me referir à sensação da personagem Verônica, quando, diante de tantos documentos sobre a Operação Condor, não consegue achar a prova definitiva do assassinato de Jango pela Ditadura, e o nome escolhido para a nova iniciativa dos governos militares do Cone Sul. Se fosse o Repórter, diria que era uma coincidência.

Outro informe de 16 de agosto do mesmo ano relata que, em setembro de 1976, foi firmado o documento de planejamento sobre financiamento, pessoal, logística, treinamento e seleção de alvos da missão "Teseo". A base de operações estaria localizada "na Condor 1 (Argentina)". Cada país concordou em fornecer agentes (pelo menos quatro) para as equipes de inteligência, que iriam levantar informações sobre os alvos e localizá-los, e para as equipes de operações, que iriam executá-los. Os países depositariam, cada um, US$ 10 mil em um fundo para custear a ação e cada agente receberia US$ 3,5 mil para cada dez dias de operação, além de armas, explosivos e equipamentos. Os alvos seriam apresentados pelos países-membros e a prioridade de execução seria decidida por votação.

Ainda um documento da CIA, de 3 de dezembro de 1976, trata da crítica de altos oficiais militares argentinos às políticas brandas do presidente Videla em relação aos "terroristas" no país e da determinação para que a polícia da província de Buenos Aires adotasse uma linha mais dura com os subversivos, sendo que, até nova ordem, não se queria mais prisioneiros para interrogatório, "apenas cadáveres".

Como Verônica, eu não acredito em coincidências. Assim, acho que vale voltar mais uma vez ao registro da 5.ª Região Militar do III Exército do Brasil, de 12 de maio de 1976, em que Jango aparece na lista dos 97 subversivos brasileiros baseados em Buenos Aires, além de reiterar que o ex-presidente morreu três dias depois dessa ordem.

~

Apesar de tantas evidências, principalmente em relação à morte de João Goulart, à qual nos detivemos nesta edição ampliada, encerramos este livro sem uma prova material concludente da teoria de que os líderes da Frente Ampla foram vítimas da Operação Condor. Mesmo porque, como dizia o Cony, essa não é a função de jornalistas e escritores. Nós levantamos hipóteses, o dever de comprová-las é das autoridades policiais.

Nesses 16 anos, entre a publicação de *O Beijo da Morte*, em 2003, e a atual publicação, nenhuma investigação foi adiante sobre a morte de Carlos Lacerda. Já a morte de Juscelino Kubitschek, como a de Jango, foi investigada pela Comissão Nacional da Verdade, que concluiu ter sido o ex-presidente realmente vítima do acidente de trânsito, na rodovia Presidente Dutra. No entanto, vale ressaltar que a CNV não levou em conta provas e testemunhos da Comissão Municipal da Verdade Vladimir Herzog (CMVVH), de São Paulo, instaurada em 2012 e encerrada em 2014, determinando que ele foi assassinado pela Ditadura Militar.

Talvez, as reais circunstâncias das mortes de JK, Jango e Lacerda nunca sejam esclarecidas, principalmente se o ponto de partida de investigações for a posição do Exército, quando questionado sobre os documentos secretos do governo americano envolvendo o Brasil, revelados no Projeto de Desclassificação para a Argentina: "Não há nos arquivos do Exército brasileiro documentos e registros sigilosos produzidos entre os anos de 1964 a 1985, tendo em vista que foram destruídos, de acordo com as normas existentes à época."[2]

Em tempo

Na edição do jornal argentino *La Nación*, de 1.º de junho deste ano, Jair Bolsonaro, capitão reformado e atual presidente do Brasil, reconheceu publicamente a Operação Condor, atitude que nenhum outro governante brasileiro, militar ou civil, tinha tomado até então. No entanto, não foi uma declaração de repúdio ao período sanguinolento vivido pelas ditaduras do Cone Sul, do final dos anos 1960 aos meados dos anos 1980.

Quando o jornalista argentino Alberto Armendáriz quis saber se o fato de a ditadura do general Videla ter feito trinta mil vítimas transformou a Argentina num país melhor — referindo-se a uma declaração dele, na época em que era deputado federal, de que a Ditadura brasileira devia ter matado uns trinta mil —, Bolsonaro respondeu:

— Não, não. Tivemos a Operação Condor entre vários países e os militares daquela época evitaram que o país caísse no comunismo. Foi isso o que aconteceu. Quantas pessoas morreram ou desapareceram e por quais motivos? Que cada país escreva sua história...

Por enquanto, o Brasil segue escrevendo a história de seus Anos de Chumbo pela coragem de outros países em abrir seus arquivos e encarar as entranhas de suas ditaduras.

Notas

Capítulo 1
[1] A Operação Condor foi uma ação conjunta de repressão a opositores das ditaduras instauradas nos sete países do Cone Sul: Brasil, Argentina, Chile, Bolívia, Paraguai, Uruguai e Peru.

Capítulo 2
[1] A Lei da Anistia Política foi promulgada em 1979, no governo do presidente João Baptista Figueiredo, para reverter punições aos cidadãos brasileiros que, entre os anos de 1961 e 1979, foram considerados criminosos políticos pelo Regime Militar.

Capítulo 3
[1] Esta carta está publicada na página 270 de *O Beijo da Morte*.
[2] O general Alfredo Stroessner foi ditador no Paraguai de 1954 a 1989.

Capítulo 4
[1] A lei que institui a Comissão Nacional da Verdade (Lei n.º 12.528 de 2011) foi sancionada pela presidente Dilma Rousseff em 18 de novembro de 2011, e a comissão foi instalada oficialmente em 16 de maio de 2012.
[2] Rosa Maria Cardoso da Cunha, advogada e professora, foi a quarta coordenadora da CNV, entre maio e agosto de 2013.
[3] O Grupo de Trabalho da exumação foi coordenado, de forma conjunta, pela Secretaria de Direitos Humanos da Presidência da República, pela Comissão Nacional da Verdade e pelo Departamento de Policia Federal. Da SDH/PR, integraram o grupo os seguintes servidores: Bruno Gomes Monteiro e Gilles Gomes; da Comissão Nacional da Verdade: André Martins Sabóia e Rosa Maria Cardoso da Cunha; do Departamento de Polícia Federal: Amaury Allan Martins de Souza Júnior, Alexandre Raphael Deitos, Gabriele Hampeel, Jorge Marcelo de Freitas e Jeferson Evangelista Correa. Ainda foram convidados para participar das perícias os especialistas vinculados aos seguintes órgãos e países: Argentina — Patricia Bernardi e Mariana Soledad Selva; Uruguai — Alicia Lusiardo e José Lopez Mazz. Além do médico cubano Jorge Caridad Perez Gonzalez. Todas as atividades contaram com a participação do Comitê Internacional da Cruz Vermelha, na condição de observador internacional.

Capítulo 6
¹ As obras de Brasília começaram em novembro de 1956, depois de Juscelino Kubitschek sancionar a Lei n.º 2874.
² A Comissão Nacional da Verdade concluiu que a morte de JK foi acidental. Por outro lado, a Comissão Estadual da Verdade de São Paulo, em seu relatório final de novembro de 2014, afirmou que o ex-presidente foi assassinado pela Ditadura Militar, e a Comissão da Verdade da Câmara Municipal de São Paulo, com o nome do jornalista Vladimir Herzog (assassinado por agentes da Ditadura em 1975), em 26 de outubro de 2015, também concluiu que JK foi vítima do Regime Militar. Em 13 de dezembro de 2017, a Comissão da Verdade em Minas Gerais anunciou que ele, provavelmente, sofreu um atentado político.

Capítulo 7
¹ Texto baseado em trecho de matéria publicada no jornal *Folha de S.Paulo*, no dia 8 de dezembro de 1976, caderno Nacional, p. 6.

Capítulo 8
¹ María Estela Martínez Perón, conhecida como Isabelita Perón, foi deposta pela Junta Militar encabeçada pelo general Jorge Rafael Videla, que governou a Argentina entre 1976 e 1981.
² Diálogo inspirado na reportagem especial sobre os 50 Anos do Golpe Militar, publicada pelo site G1 em 31/03/2014.
³ Ideli Salvatti substituiu Maria do Rosário na Secretaria de Direitos Humanos, a partir de 1.º de abril de 2014.

Capítulo 9
¹ GORDON, Lincoln. *A segunda chance do Brasil – A caminho do primeiro mundo.* Editora Senac, 2002. Lincoln Gordon foi embaixador dos Estados Unidos no Brasil de 1961 a 1966.
² A ata de fundação da Operação Condor foi encontrada entre as quatro toneladas de documentos da Polícia Política da Ditadura de Alfredo Stroessner no Paraguai (1954-1989), que constituem o Arquivo do Terror, descoberto pelo ativista de direitos humanos paraguaio Martín Almada, em 22 de dezembro de 1992. Um acordo assinado em 3 de agosto de 2007 entre a Suprema Corte do Paraguai e o Arquivo de Segurança Nacional desse país permitiu que esses documentos fossem digitalizados e disponibilizados para consulta.
³ DINGES, John. *The Condor Years: How Pinochet and His Allies Brought Terrorism to Three Continents.* Nova York: New Press, 2004.
⁴ CUNHA, Luiz Cláudio. *Operação Condor: O sequestro dos uruguaios — Uma reportagem dos tempos da ditadura.* Porto Alegre: L&PM Editores, 2008.
⁵ Advogado e ex-juiz chileno reconhecido internacionalmente por ser o primeiro a processar o ex-ditador Augusto Pinochet por crimes contra os direitos humanos. Em 29 de janeiro de 2001, Guzmán abriu o processo contra Pinochet e o manteve em prisão domiciliar durante seis semanas por sua responsabilidade em 75 fuzilamentos na ação conhecida como Caravana da Morte, planejada para execução de líderes de resistência contra o regime militar chileno.

⁶ Jimmy Carter era o candidato do Partido Democrata e ganharia as eleições americanas em 1976.
⁷ Thaumaturgo Sotero Vaz morreu aos 83 anos, em 20 de dezembro de 2015.

Capítulo 10
¹ O texto está publicado em: *Reportagens Políticas 1974-1995*/Gabriel García Márquez; tradução: Léo Schlafman. Rio de Janeiro: Record, 2006.
² AGEE, Philip. *Inside the Company: CIA Diary*. Londres: Penguin Books, 1975. *Dentro da "Companhia": Diário da CIA*; tradução: Sylvia Jambeiro. São Paulo: Círculo do Livro, 1976.
³ Ted Noland foi diretor da CIA em Quito (Equador).
⁴ Publicado parcialmente na página 67.
⁵ O Departamento de Estado dos Estados Unidos é o departamento executivo federal responsável pelas relações internacionais do país e o equivalente ao Ministério das Relações Exteriores de outros países.
⁶ Jorge Rafael Videla Redondo (1925-2013) foi general e presidiu a Argentina entre 1976 e 1981. Chegou ao poder em um golpe de Estado que depôs Isabelita Perón, iniciando a ditadura em seu país.
⁷ Os três militares se opuseram ao Golpe de 1964.
⁸ Foi ministro da Saúde no governo Jango.

Capítulo 11
¹ Na verdade, foi filmado no Chile, ainda governado por Salvador Allende, em 1972.
² Militantes do Movimento de Libertação Nacional Tupac Amaru.
³ Centro de Informações do Exército (CIEx), Centro de Informações da Marinha (CENIMAR), Centro de Informações e Segurança da Aeronáutica (CISA), Centro de Informações do Departamento de Polícia Federal (CI/DPF) e as diversas Divisões de Segurança Interna (DSI), criadas no âmbito dos ministérios civis e pelas Delegacias de Ordem Política e Social (DOPS).

Depois do fim
¹ Em 1974, foi fundada em Paris a JCR, composta pelo Movimento de Esquerda Revolucionária (MIR) do Chile, pelo Exército Revolucionário Popular (ERP) da Argentina, pelo Movimento de Libertação Nacional –Tupamaros (MLN-T) uruguaio e pelo Exército de Libertação Nacional (ELN) boliviano.
² Em *O Estado de S. Paulo*, de 28 de abril de 2019, pelo jornalista Marcelo Godoy.

Anexos

Cabograma de 28/09/76, redigido por Robert Scherrer, do Federal Bureau of Investigation (FBI) na Argentina, e enviado para Brasília, Madri e Paris, dando ciência do nome-código da Operação Condor e tratando dos seus países-membros.

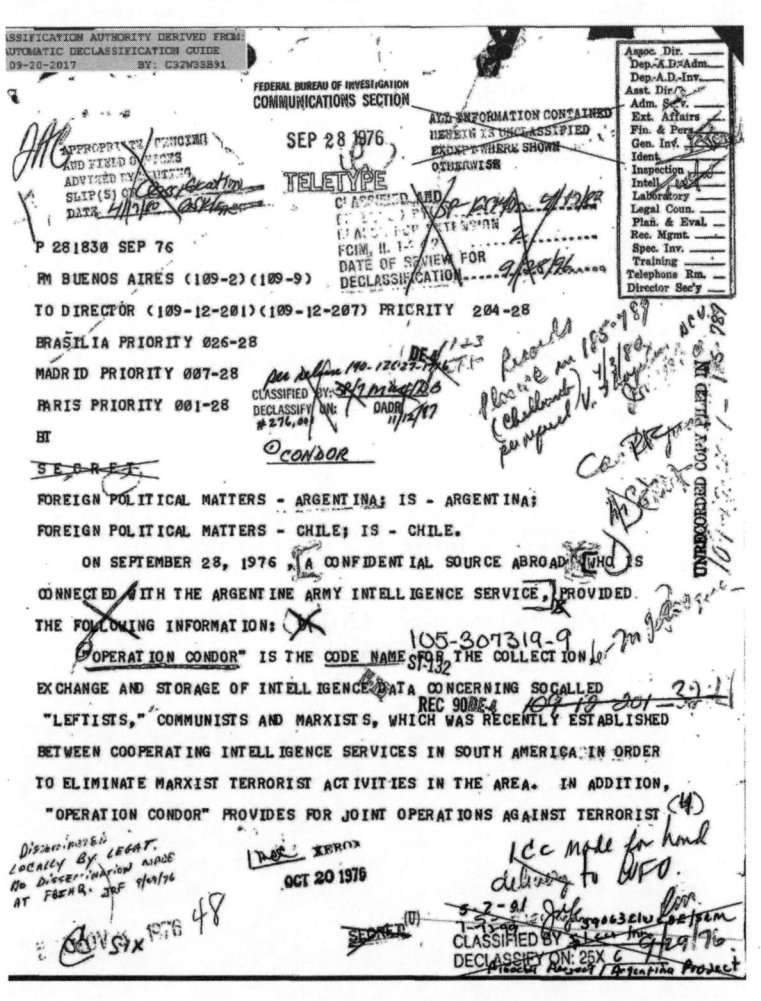

PAGE TWO BUE 109-2 109-9 ~~SECRET~~

TARGETS IN MEMBER COUNTRIES OF "OPERATION CONDOR." CHILE IS THE CENTER FOR "OPERATION CONDOR" AND IN ADDITION TO CHILE ITS MEMBERS INCLUDE ARGENTINA, BOLIVIA, PARAGUAY, AND URUGUAY. BRAZIL ALSO HAS TENTATIVELY AGREED TO SUPPLY INTELLIGENCE INPUT FOR "OPERATION CONDOR." MEMBERS OF "OPERATION CONDOR" SHOWING THE MOST ENTHUSIASM TO DATE HAVE BEEN ARGENTINA, URUGUAY AND CHILE. THE LATTER THREE COUNTRIES HAVE ENGAGED IN JOINT OPERATIONS, PRIMARILY IN ARGENTINA, AGAINST THE TERRORIST TARGET. DURING THE WEEK OF SEPTEMBER 20, 1976, THE DIRECTOR OF THE ARGENTINE ARMY INTELLIGENCE SERVICE TRAVELED TO SANTIAGO, CHILE, TO CONSULT WITH HIS CHILEAN COUNTERPARTS WITH RESPECT TO "OPERATION CONDOR."

A THIRD AND MOST SECRET PHASE OF "OPERATION CONDOR" INVOLVES THE FORMATION OF SPECIAL TEAMS FROM MEMBER COUNTRIES WHO ARE TO TRAVEL ANYWHERE IN THE WORLD TO NON-MEMBER COUNTRIES TO CARRY OUT SANCTIONS UP TO ASSASSINATION AGAINST TERRORISTS OR SUPPORTERS OF TERRORIST ORGANIZATIONS FROM "OPERATION CONDOR" MEMBER COUNTRIES. FOR EXAMPLE, SHOULD A TERRORIST OR A SUPPORTER OF A TERRORIST ORGANIZATION FROM A MEMBER COUNTRY OF "OPERATION CONDOR" BE LOCATED IN A EUROPEAN COUNTRY, A SPECIAL TEAM FROM "OPERATION CONDOR"

PAGE THREE BUE 109-2 109-9 ~~SECRET~~

WOULD BE DISPATCHED TO LOCATE AND SURVEIL THE TARGET. WHEN THE LOCATION AND SURVEILLANCE OPERATION HAS TERMINATED, A SECOND TEAM FROM "OPERATION CONDOR" WOULD BE DISPATCHED TO CARRY OUT THE ACTUAL SANCTION AGAINST THE TARGET. SPECIAL TEAMS WOULD BE ISSUED FALSE DOCUMENTATION FROM MEMBER COUNTRIES OF "OPERATION CONDOR" AND MAY BE COMPOSED EXCLUSIVELY OF INDIVIDUALS FROM ONE MEMBER NATION OF "OPERATION CONDOR" OR MAY BE COMPOSED OF A MIXED GROUP FROM VARIOUS "OPERATION CONDOR" MEMBER NATIONS. TWO EUROPEAN COUNTRIES, SPECIFICALLY MENTIONED FOR POSSIBLE OPERATIONS UNDER THE THIRD PHASE OF "OPERATION CONDOR" WERE FRANCE AND PORTUGAL. (U)

 A SPECIAL TEAM HAS BEEN ORGANIZED IN ARGENTINA MADE UP OF MEMBERS OF THE ARGENTINE ARMY INTELLIGENCE SERVICE AND THE STATE SECRETARIAT FOR INFORMATION (SIDE) WHICH ARE BEING PREPARED FOR POSSIBLE FUTURE ACTION UNDER THE THIRD PHASE OF "OPERATION CONDOR." (X)

CLASSIFIED BY 5931 XGDS-2 INDEFINITE.

ADMINISTRATIVE - SOURCE IS DR. ARTURO HORACIO POIRE, WHO IS A MEMBER OF THE ARGENTINE SPECIAL GROUP, WHICH WILL POSSIBLY PARTICIPATE IN THE THIRD PHASE OF "OPERATION CONDOR."

PAGE FOUR BUE 109-2 109-9 SECRET
   COORDINATED LOCALLY. (4)

   IT SHOULD BE NOTED THAT NO INFORMATION HAS BEEN DEVELOPED INDICATING THAT SANCTIONS UNDER THE THIRD PHASE OF "OPERATION CONDOR" HAVE BEEN PLANNED TO BE CARRIED OUT IN THE UNITED STATES; HOWEVER, IT IS NOT BEYOND THE REALM OF POSSIBILITY THAT THE RECENT ASSASSINATION OF ORLANDO LETELIER IN WASHINGTON, D. C. MAY HAVE BEEN CARRIED OUT AS A THIRD PHASE ACTION OF "OPERATION CONDOR." AS NOTED ABOVE, INFORMATION AVAILABLE TO THE SOURCE INDICATES THAT PARTICULAR EMPHASIS WAS PLACED ON THE THIRD PHASE ACTIONS OF "OPERATION CONDOR" IN EUROPE, SPECIFICALLY FRANCE AND PORTUGAL. THIS OFFICE WILL REMAIN ALERT FOR ANY INFORMATION INDICATING THAT THE ASSASSINATION OF LETELIER MAY BE PART OF "OPERATION CONDOR" ACTION. (4)
BT

Informe secreto do D.O.P.S. de 19/06/64 enviado para o Secretário-
-Geral do Conselho de Segurança Nacional, comunicando articulações entre João Goulart e Leonel Brizola.

1) Estão os srs. João Goulart e Leonel Brizola em articulações francas no Uruguai, o primeiro, porém, sempre mais discreto do que o segundo. Estão de viagem marcada para a Europa, onde Brizola disse , segundo publicou a imprensa local, iria manter contatos políticos.
Os dois recebem e enviam emissários ao Brasil. Há cerca de uma quinzena, receberam um industrial de São Paulo, que lhes prometeu dinheiro, e recado de um general ainda na ativa. Não foi possível apurar-lhes os nomes. Entre os refugiados, com um dos quais, de importância no govêrno passado - o eng. Hebert Maranhão, ex-diretor da E.F. Leopoldina e homem ligado a Brizola-é pacífica a idéia do retôrno deles ao poder. Contam, para tanto: a) divisão entre os militares; b) impopularização do govêrno Castelo Branco. Acreditam os refugiados que, ainda no fim do corrente ano, já possa dar início, no Brasil, a guerrilhas isoladas e, sobretudo, a atentados contra autoridades do govêrno brasileiro.
Provas das articulações dos srs. Jango e Brizola: a) manutenção, no Departamento de Tacuarembó, de estações de rádio-amadores, montadas e dirigidas por irmãos de Brizola, que fazem emissões clandestinas e subversivas para o Brasil; b) relatório, já publicado pelo O GLOBO de 12 último, do sargento Albieri Vieira dos Santos, apreendido pela polícia uruguaia na casa de um coronel Jefferson, antigo funcionário do Loide em Montevideu, contendo nomes dos contatos em diversos municípios gaúchos e dados sôbre o movimento armado clandestino em preparação.
2) Entre todos que, no Uruguai, acompanham o assunto, é pacífico - e não poderia ser de outra maneira- que Brizola e Jango preparam-se, sem preocupação de tempo, para a revanche e, para tanto, se articulam. Dois elementos chaves seus são o uruguaio Moacir Sosa, dono aparente da estância "Carpintaria" e Carlos Miteguy, ex-funcionário do Seyro de Montevideu. Ambos têm ficha na polícia uruguaia, são contrabandistas e, por isso mesmo, em ótimas relações entre os marginais que passam de um país para o outro, além de conhecerem gente de dinheiro, capaz de se interessar pelo retôrno de Jango ao govêrno do Brasil.
3) Oficiosamente, Jango e sua causa gozam de simpatia no Uruguai. O govêrno, constituido por nove membros de um Conselho, possui alguns membros que têm relações pessoais com Jango. Seu grande sustentáculo, político, é, porém, o ex-presidente do Conselho, Victor Haedo, e o presidente da Comissão de Relações Exteriores do Senado, senador Payssé Reyes. Tais amizades e a propaganda extremista local criaram um clima de simpatia por Jango e descaracterizaram a Revolução, dando-o como fascista e reacionária.
4) A nossa embaixada aqui em Montevideo nada faz. Começa por não ter nº embaixador, mas apenas dois funcionários de carreira: o ministro encarregado de Negócios e um secretário. O adido militar, major Pamplona, apesar de parecer estar solidário com a Revolução, foi nomeado pelo govêrno an-

- 2 -

terior, enquan__ d da Marinha, inteiramente nosso, é bisonho e novo no pos. A impressão que os diplomatas transmitem é de que têm pudor de defender a Revolução, talvez constrangidos com o que se diz ser a tradição liberal e civilista do povo uruguaio. Se se lhes pede alguma ajuda, prontificam-se a dá-la, mas pedem pelo amor de Deus que não se deixe saber que a Embaixada está ajudando. Talvez além do pudor concorra para isso inaptidão para exercer a função naquele local e naquele momento;

5) Contrastando com a simpatia oficiosa do governo uruguaio, a sua polícia colabora com os adidos militares e têm inclinações pró-Revolução, x ágem, porém, à revelia dos políticos(do Conselho de Govêrno), com receio até de serem punidos.

Na Argentina o ambiente é francamente favorável à Revolução. O embaixador Decio Moura é que parece ter simpatias pelo grupo Jango-JK, tendo mesmo dito, em uma roda na Embaixada, que se recebesse ordens do Itamaratí para defender a cassação do mandato do sr. Juscelino Kubistchek, não o faria de nenhuma maneira.

Sugestões

1) Preencher a embaixada do Brasil em Montevidéu com os elementos mais experimentados e adequados à função, que gozassem de prestígio e dr fôrça no Uruguai para neutralizar o ambiente favorável à dupla Jango-Brizola;

2) Considerando-se ser o Uruguai a base de operações de Jango para tentar voltar, procurar o Itamaratí fazer gestões mais firmes e sérias junto ao govêrno uruguaio para conter as articulações de Jango e Brizola e tirar os asilados dos Departamentos limítrofes com o Brasil, já que êles estão se concentrando no de Rivera, cujas fronteiras não têm qualquer vigilância;

3) Considerar devidamente o problema da divulgação da Revolução e do Govêrno Castelo Branco no Uruguai, colocando-se na embaixada em Montevidéu ou um adido de imprensa(jornalista) trazido do Brasil ou, então, contratar um jornalista uruguaio de prestígio para fazer esse trabalho. A embaixada tem, aliás, contatos com dois ou três jornalistas locais indicados idealmente para essa tarefa. Esse jornalista, brasileiro ou uruguaio, poderia ser contratado também ou pelo Sepro ou pelo Loide ou, então, ser mantido como correspondente da Agência Nacional, que o abasteceria periodicamente de notícias;

4) Convidar um grupo prestigioso de jornalistas e homens de televisão para virem ao Brasil, a fim de se inteirarem, realmente, do que foi o governo Jango e o que está sendo o atual. O CAN poderia fazer esse serviço, havendo, assim, despesas somente de hospedagem;

5) Convidar para visitar o Brasil o chefe do Serviço de Inteligência do Uruguai, um coronel pró-Revolução, e aqui, pô-lo em contato com os nossos serviços especializados.

TELEGRAMA DA CIA, DATADO DE 13/07/76, QUE TRATA DE UMA POSSÍVEL VOLTA DO EX-PRESIDENTE JOÃO GOULART AO BRASIL.

DEPARTMENT OF STATE
TELEGRAM

INDICATE
☐ COLLECT
☐ CHARGE TO

FROM: Amembassy BRASILIA
CLASSIFICATION: LIMITED OFFICIAL USE

POL-15

E.O. 11652: N/A
TAGS: PINT, BR, UY, AR
SUBJECT: Possible Return of Former President Joao Goulart to Brazil

ACTION: Secstate, WASHDC

ACTION:
POL-3

INFO:
AMB
DCM
PSS
ECON
DAO
USIS
ADMIN
LEGATT
USAID
CONS
CHRON

POUCH:
BELEM
PA
RECIFE
SALVADOR

INFO: Amembassy BUENOS AIRES
Amembassy MONTEVIDEO
Amconsul RIO DE JANEIRO
Amconsul SAO PAULO

This was not sent. Amb suggested this unless Dept specifically requests info on Goulart.
Orig filed BIO

LIMITED OFFICIAL USE BRASILIA

REF: Brasilia 5044, State 137156

1. Over the last two years there have been recurring rumors in press circles that former President Joao Goulart was tired of living in exile in Argentina and Uruguay wished to return to Brazil. Occasionally rumors would circulate within press and certain military xxxx circles that the Geisel Government was actually considering Goulart's return. In recent weeks the magazine Manchete and the newspaper Folha de Sao Paulo have both mentioned that Goulart's return to Brazil is under study and apparently imminent.

2. The fuel behind this latest resurgence of rumors appears to be the insecure situation of political exiles in Argentina and Uruguay. As a result of murders, beatings and harassment of

DRAFTED BY: POL:DMcDade:DKanes:MFrechette:dd
DRAFTING DATE: 7/13/76
TEL. EXT.: 388
CONTENTS AND CLASSIFICATION APPROVED BY: DCM:RHJohnson

CLEARANCES: PSS:DHuebner   DAO:JGiles
USIS:LCopmann

LIMITED OFFICIAL USE
CLASSIFICATION

DECLASSIFIED Authority NND 79201
by MP/AMW on 11/26/2014

of political exiles in Argentina (see refs), the major Brazilian daily newspapers have recently discussed the presence of Brazilian political exiles in those countries. MDB Senator Paulo Brossard publicly called on the Brazilian Government to take steps to protect Brazilians abroad. Goulart is now reportedly in Uruguay but fears for his life. The deal suggested in press accounts is that the Government, wishing to avoid any responsibility should Goulart be hurt or killed abroad, is prepared to allow him to return to Brazil provided he abstains from any political activity or pronouncement and remains confined to one of his ranches in the State of Rio Grande do Sul.

3. COMMENT: This rumor seems far fetched. Goulart is anathema to Brazilian civilian conservatives and the armed forces. He is the embodiment of the leftist influence and political and economic chaos ended by the 1964 Revolution. In late March Federal Deputy Amaury Muller was unseated as a federal deputy and had his political rights suspended (Brasilia 2715 NOTAL), in part at least, for calling for the return to Brazil of Leonel Brizola, Goulart's frequent brother-in-law and political ally, who is also in exile. Protecting Joao Goulart is not likely to appeal to President Geisel, the armed forces or, for that matter, most conservative civilians. END COMMENT.

Telegramas secretos, datados de 12/08/76 e 17/09/76, enviados de Londres por Roberto Campos, que evidencia o monitoramento de João Goulart no ano de sua morte.

DE BRASEMB LONDRES
EM 12.08.1976.

SECRETO-EXCLUSIVO-URGENTE   114276
G/
POLITICA.ENCONTRO GOULART-
ARRAES EM LONDRES.

  1266 51530 . INFORMO. SEGUNDO RUMORES PROVENIENTES DA BBC, TE-
RIA HAVIDO ONTEM UMA ENTREVISTA, NESTA CIDADE, ENTRE O EX-PRESIDEN-
TE JOAO GOULART, QUE SE ACHARIA EM LONDRES HAH ALGUNS DIAS, E O EX-
GOVERNADOR MIGUEL ARRAES, QUE TERIA VINDO DE PARIS EXPRESSAMENTE PA
RA ESSE ENCONTRO. TERIAM SERVIDO DE INTERMEDIARIOS OS SENHORES JOAO
DORIA E SILVIO ROLIM, JORNALISTA ''FREE LANCE'' QUE TRABALHA PARA A
BBC.
2. ARRAES TERIA VINDO PROVURAR ALICIAR O APOIO DE GOULART PARA O
LANCAMENTO DE UM MOVIMENTO SUBVERSIVO QUE ATUASSE A PARTIR DE BASES
SITUADAS NA GUIANA – O QUE, A MEU VER, JAH INDICA O IRREALISMO DO
PROJETO, TENDO EM VISTA INCLUSIVE A RECENTE APROXIMACAO INTERGOVER-
NAMENTAL ENTRE BRASILIA E GEORGETOWN.
3. CONQUANTO HOUVESSE REAFIRMADO A SEU INTERLOCUTOR SUA POSICAO
CONTRARIA AO ATUAL REGIME BRASILEIRO, GOULART TERIA RECUSADO O ES-
QUEMA, POR CONSIDERAH-LO IMPRUDENTE E IMPRATICAVEL.
4. CONSTA QUE ARRAES JAH TERIA ENVIADO UM DELEGADO AA GUIANA E
OUTRO A MOCAMBIQUE, ESTE NAO SE SABE BEM A QUE PROPOSITO.

OLIVCAMPOS

DE BRASEMB LONDRES
EM 17.09.1976

SECRETO-EXCLUSIVO PARA MINISTRO DE ESTADO

G/SG/
POLITICA. BRASIL. PRESENCA NA
EUROPA DO EX-PRESIDENTE JOAO
GOULART.

1406 61200 REFERENCIA CIRCTEL 10.539 E EM ADITAMENTO TELE-
GRAMAS 1266 E 1352. INFORMO. SEGUNDO INFORMACOES DE BOA FONTE,LI-
GADA A FAMILIARES DO EX-PRESIDENTE EM LONDRES:
   (1) GOULART ECONTRAVA-SE ATEH 14 DO CORRENTE NUMA CLINICA
CARDIOLOGICA EM LYON. ESSA CONSULTA PLANEJADA ANTERIORMENTE FORA
ADIADA, HAVENDO O EX-PRESIDENTE, NESSE INTERIM, FEITO CURTA VIA-
GEM A MADRID.
   (2) ALEM DO FILHO JOAO VICENTE, ESTAO EM LONDRES A FILHA
DENISE E A SENHORA MARIA TERESA, EM CASA ALUGADA NO BAIRRO DE
EALING BROADWAY. PARECE SER INTENCAO DO EX-PRESIDENTE ADQUIRIR
CASA EM LONDRES, NA QUAL MANTERIA APARTAMENTO PARA VISITAS PERIO-
DICAS AOS FILHOS E NORA.
   (3) EH INTENCAO DO EX-PRESIDENTE REGRESSAR A LONDRES PROXI-
MAMENTE. OS FILHOS PRESSIONAM-NO NO SENTIDO DE AQUI PERMANECER
ATEH JANEIRO, NAO SOH POR MOTIVOS AFETIVOS - ESPERAR O NASCIMEN-
TO DO PRIMEIRO NETO - COMO TAMBEM PORQUE RECEIAM QUE SUA SEGU-
RANCA PESSOAL SEJA AMEACADA COM O QUE CHAMAM A ''VIRADA DIREITIS-
TA'' NO URUGUAI, ESPELHADA NAS CASSACOES DECRETADAS PELO NOVO
PRESIDENTE APARICIO MENDEZ, QUE TERIAM PROVOCADO INCLUSIVE A RE-
NUNCIA DO MINISTRO DA FAZENDA VEGH VILLEGAS, PARTIDARIO DE UMA
ATITUDE MAIS LIBERALIZANTE. O EX-PRESIDENTE PARECE NAO PARTILHAR
ESSES RECEIOS E ATEH O MOMENTO DAH INDICACOES DE QUERER REGRESSAR
PROXIMAMENTE A MONTEVIDEU.

CONTINUA NA SEGUNDA PARTE

BRASEMB LONDRES/TEL 1406/SECRETO-EXCLUSIVO PARA MINSTRO DE ESTA-
DO/EM 17.09.1976/SEGUNDA PARTE:

MONTEVIDEU.

(4) CONSTA QUE O EMBARQUE DE GOULART DE BUENOS AIRES PARA A
EUROPA FOI, POR DETERMINACAO DO PRESIDENTE VILELA, CERCADO DE
DISPOSITIVO ESPECIAL DE SEGURANCA MILITAR, RECEIOSO ESTE DE INCI
DENTES PROVOCADOS POR ORGANIZACOES EXTRA-LEGAIS DA DIREITA, AAS
QUAIS SE ATRIBUI A LIQUIDACAO RECENTE DE DOIS LIDERES POLITICOS
DE ESQUERDA URUGUAIA, HAVENDO TAMBEM SIDO VISADO O EX-CANDIDATO
AA PRESIDENCIA DO URUGUAI, SENADOR WILSON FERREIRA ALDUNATE, QUE
LOGROU ESCAPAR E EH ESPERADO EM LONDRES.

(5) PERGUNTADO SOBRE SE PRETENDIA REGRESSAR AO BRASIL, GOU-
LART TERIA DECLARADO QUE SOH O FARIA ''QUANDO ESSA VIAGEM SIGNI-
!FICASSE ALGUMA COISA''., NO MOMENTO, ACREDITA ELE QUE TAL VIAGEM
PODERIA SER EXPLORADA POR ELEMENTOS MILITARES QUE, SEGUNDO ELE,
ESTARIAM CONSPIRANDO CONTRA O PRESIDENTE GEISEL. A ESTE CREDITA
GOULART SINCERAS INTENCOES LIBERALIZANTES, ACRESCENTANDO QUE
QUALQUER ALTERNATIVA MILITAR A GEISEL SERIA NO SENTIDO DE ENDURE-
CIMENTO.

(6) NO MOMENTO, AS ESPERANCAS POLITICAS DE GOULART PARECEM
CINGIR-SE A QUE O MDB, DO PARANA PARA BAIXO, ADQUIRA COLORIDO E
TESES SEMELHANTES AOS DO ANTIGO PARTIDO TRABALHISTA, REABILITAN-
DO SENTIMENTALMENTE AS FIGURAS DE VARGAS E DELE PROPRIO GOULART.
O MDB GAUCHO TERIA SIDO POR ELE DESCRITO COMO UMA ''CONGERIE''
DE MEMBROS DO ANTIGO PARTIDO LIBERTADOR E DO ANTIGO PTB.

(7) GOULART VEH PERIGOS DE ENDURECIMENTO NO BRASIL PELA
CONJUGACAO DE DOIS FATORES: DE UM LADO, AQUILO QUE DESCREVE COMO
O ''FIM DO MILAGRE BRASILEIRO'' NOS ESCOLHOS DE INFLACAO E DE
CRISE CAMBIAL, REATIVANDO A DISSATISFACAO DORMENTE NAS MASSAS
POPULARES., E, DE OUTRO, A VITORIA CONTUNDENTE QUE ESPERA — E AO
MESMO TEMPO RECEIA — SEJA ALCANCADA PELO MDB NAS ELEICOES MUNICI-
PAIS. A ESTE RESPEITO, A INTERPRETACAO DE GOULART SE ASSEMELHA
AA FREQUENTEMENTE VEICULADA NA IMPRENSA BRASILEIRA, ISTO EH, VI-
TORIA DO GOVERNO EM TERMOS DE NUMERO DE MUNICIPIOS E DERROTA EM
TERMOS DE NUMERO DE VOTOS.

CONTINUA NA TERCEIRA E ULTIMA PARTE

BRASEMB LONDRES/TEL 1406/SECRETO-EXCLUSIVO PARA MINISTRO DE ES
DO/EM 17.09.1976/TERCEIRA E ULTIMA PARTE:

VOTOS.
(8) DEVIDO AA DESARTICULACAO DAS CHAMADAS ''FORCAS POPULA-
RES'' RECEIA GOULART QUE O RESULTADO DOS FATORES ACIMA SEJA A A
DOCAO DE MEDIDAS RESTRITIVAS, E NAO MAIOR LIBERALIZACAO COMO ES
TARIA ACONTECENDO NA ARGENTINA, POS-PERON, NO CHILE, POS-ALLEN-
DE, E NO URUGUAI, POS-BORDABERRY.
(9) SEGUNDO OS FAMILIARES DO EX-PRESIDENTE EM LONDRES, AS
RELACOES ENTRE GOULART E BRIZOLA TERIAM MELHORADO, MANIFESTANDO
ESTE TENDENCIAS MAIS MODERADAS E ''MAIS REALISTAS''. NEGAM, DE
OUTRO LADO, QUALQUER APROXIMACAO OU ARTICULACAO ENTRE GOULART E
ARRAES.
(10) NO TOCANTE AA POLITICA BRASILEIRA, OS RESSENTIMENTOS
DO EX-PRESIDENTE PARECEM CONCENTRAR-SE ESPECIALMENTE NO PERIODO
MEDICI, QUANDO ACREDITA TER SIDO ''SISTEMATIZADA A REPRESSAO
VIOLENTA'', ACOMPANHADA DE ESCAMOTEAMENTO DE FATOS ECONOMICOS.
TER-SE-IA REFERIDO SIMPATICAMENTE AAS ''RAPOSAS DO PSD'' - AMA-
RAL PEIXOTO, ULISSES GUIMARAES E TANCREDO NEVES. NAO PARECE
HOSTILIZAR O PRESIDENTE GEISEL QUE CONSIDERA HONESTO E DE INTEN-
COES LIBERALIZANTES, MAS A SEU VER FADADO A INSUCESSO ECONOMICO,
E PARA O QUAL NAO ENXERGA NO MEIO MILITAR, ONDE ACREDITA ESTAREM
SURGINDO FOCOS CONSPIRATORIOS, SENAO ALTERNATIVAS MAIS DURAS.
(11) GOULART ESTARIA USANDO PASSAPORTE URUGUAIO, QUEIXANDO-
SE QUE O PASSAPORTE BRASILEIRO, QUE LHE TERIA SIDO FORNECIDO POR
AGENTES BRASILEIROS DE SEGURANCA (SIC), TINHA SUA VALIDADE LIMI-
TADA AA FRANCA, PEIANDO-O NAS VISITAS QUE DESEJAVA FAZER AA ES-
PANHA E INGLATERRA.
SEGUIREI INFORMANDO.

OLIVCAMPOS

Telegrama secreto, datado de 06/12/76, comunicando o falecimento do ex-presidente João Goulart.

DA EMBAIXADA EM BUENOS AIRES
EM 6:XII:76

SECRETO-EXCLUSIVO-URGENTISSIMO
DAA/DSI/
POLITICA INTERNA.
BRASIL.
FALECIMENTO DO EX-PRESIDENTE GOULART.

171482

/PARA CONHECIMENTO IMEDIATO DO SENHOR MINISTRO DE ESTADO/

4008 - SEGUNDA-FEIRA 13HS30 - ADITEL NR 4007.
/INFORMO/.
1. O CONSUL EM PASO DE LOS LIBRES TELEFONOU PARA ESTA EMBAIXADA (NAO TENDO CONSEGUIDO COMUNICACAO TELEFONICA COM O CONSULADO-GERAL) E INFORMOU QUE O CORPO DO EX-PRESIDENTE GOULART DEVERA' CHEGAR 'AS 16:00HS. DE HOJE, DIA 6, 'AQUELA CIDADE (QUE ESTA' A APROXIMADAMENTE 100 QUILOMETROS DE MERCEDES, LOCALIDADE EM QUE SE DEU O FALECIMENTO).
2. O CONSUL NEY FARIA CONFIRMOU JA' HAVER TOMADO TODAS AS PROVIDENCIAS CONSULARES CABIVEIS, MAS DESEJAVA SOLICITAR INSTRUCOES EXPRESSAS DE VOSSA EXCELENCIA, REFERINDO-SE A ''ASPECTOS DELICADOS DO CASO''. A COMUNICACAO ESTAVA MUITO DEFICIENTE (COMO E' COMUM NESSE CIRCUITO) E NAO FOI POSSIVEL ESCLARECER MELHOR ESSE ULTIMO COMENTARIO.
3. DEI CONHECIMENTO DO QUE PRECEDE AO CONSUL-GERAL, QUE ME ADIANTOU ESTAR SOLICITANDO LIGACAO TELEFONICA PARA O ITAMARATY.
4. PELA PREMENCIA DO TEMPO E CONSIDERANDO A DIFICULDADE EM SE CONSEGUIR LIGACAO TELEFONICA RAPIDA E CLARA COM PASO DE LOS LIBRES, PERMITO-ME AVENTAR A VOSSA EXCELENCIA A HIPOTESE DE, CASO JULGADO NECESSARIO DAR INSTRUCOES ESPECIAIS AO CONSUL NEY FARIA, SEM PREJUIZO DAS COMUNICACOES ATRAVES DO CONSULADO-GERAL E DESTA EMBAIXADA, SEJA TENTADA A RETRANSMISSAO ATRAVES DA REDE DE RADIO DO EXERCITO.

CORTES

Informe do Centro de Informações e Segurança da Aeronáutica (CISA), datado de 29/11/76, anunciando a decisão de retorno ao Brasil do elemento cassado João Goulart.

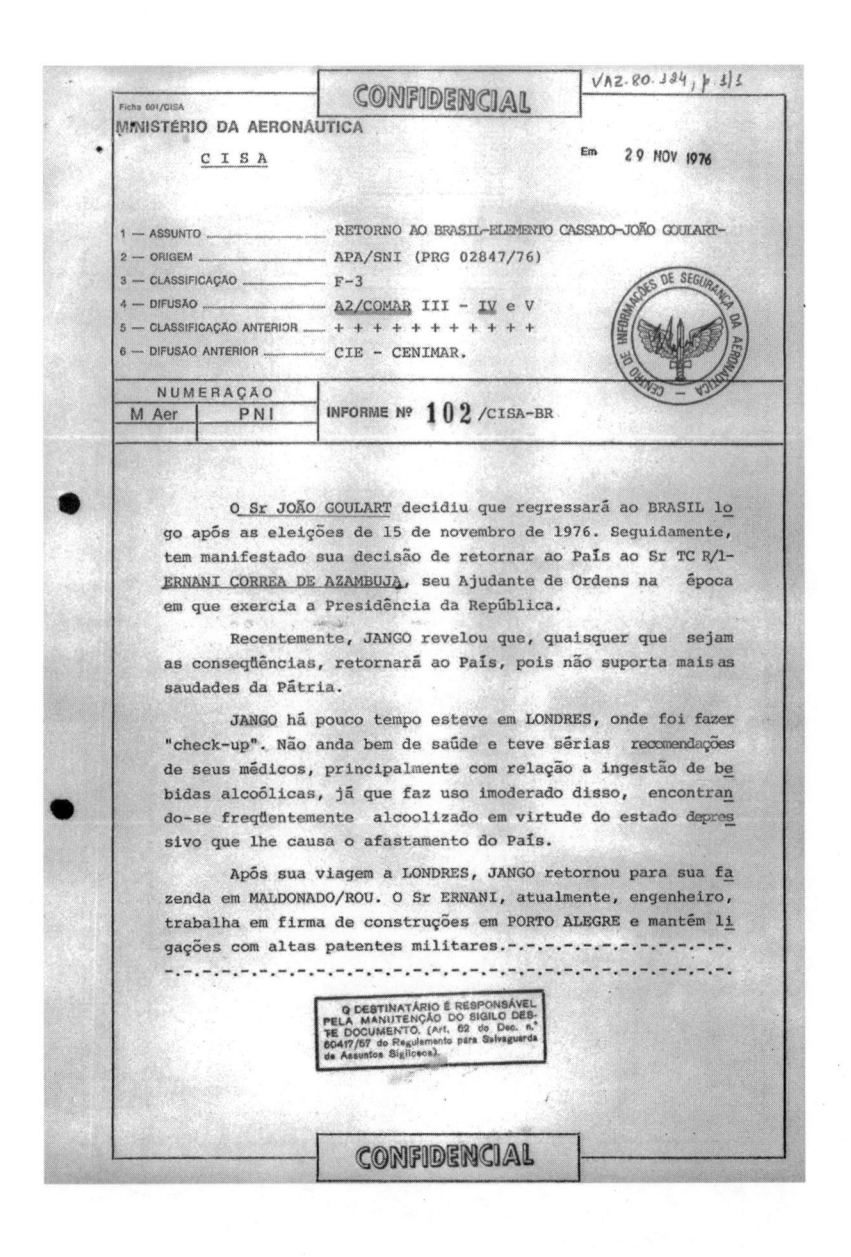

CONFIDENCIAL

Ficha 001/CISA
MINISTÉRIO DA AERONÁUTICA
C I S A   Em   29 NOV 1976

1 — ASSUNTO .... RETORNO AO BRASIL-ELEMENTO CASSADO-JOÃO GOULART-
2 — ORIGEM .... APA/SNI (PRG 02847/76)
3 — CLASSIFICAÇÃO F-3
4 — DIFUSÃO .... A2/COMAR III - IV e V
5 — CLASSIFICAÇÃO ANTERIOR ... + + + + + + + + + + +
6 — DIFUSÃO ANTERIOR .... CIE - CENIMAR.

NUMERAÇÃO
M Aer | PNI   INFORME Nº 102 /CISA-BR

O Sr JOÃO GOULART decidiu que regressará ao BRASIL logo após as eleições de 15 de novembro de 1976. Seguidamente, tem manifestado sua decisão de retornar ao País ao Sr TC R/1- ERNANI CORREA DE AZAMBUJA, seu Ajudante de Ordens na época em que exercia a Presidência da República.

Recentemente, JANGO revelou que, quaisquer que sejam as consequências, retornará ao País, pois não suporta mais as saudades da Pátria.

JANGO há pouco tempo esteve em LONDRES, onde foi fazer "check-up". Não anda bem de saúde e teve sérias recomendações de seus médicos, principalmente com relação a ingestão de bebidas alcoólicas, já que faz uso imoderado disso, encontrando-se frequentemente alcoolizado em virtude do estado depressivo que lhe causa o afastamento do País.

Após sua viagem a LONDRES, JANGO retornou para sua fazenda em MALDONADO/ROU. O Sr ERNANI, atualmente, engenheiro, trabalha em firma de construções em PORTO ALEGRE e mantêm ligações com altas patentes militares.-.

O DESTINATÁRIO É RESPONSÁVEL PELA MANUTENÇÃO DO SIGILO DESTE DOCUMENTO. (Art. 62 do Dec. n.º 60417/67 do Regulamento para Salvaguarda de Assuntos Sigilosos).

CONFIDENCIAL

DIPLOMATAS DE VÁRIOS ESCALÕES FORAM RECRUTADOS PARA COMPOR O CIEx.

| CIEX | | PESSOAL | SECRETO |

N.º 562 Em 30 / 9 / 68 Avaliação: INFORMAÇÃO
Distribuição: SNI/ARJ CIE 2ªSec/EME 2ªSec/EMAer CENIMAR
2ªSec/EMA

Índice: Diretor-Executivo do CIEX.

1. A partir desta data a função de Diretor-Executivo do Centro de Informações do Exterior (CIEX), que era exercida pelo Primeiro Secretário MARCOS HENRIQUE CAMILLO CÔRTES, removido para a Embaixada do Brasil em Washington, passa a ser desempenhada pelo Primeiro Secretário JOÃO CARLOS PESSOA FRAGOSO.

2. Nessas condições, a correspondência destinada ao CIEX deverá ser doravante endereçada a:

      Secretário João Carlos P. Fragoso
      Secretaria-Geral de Política Exterior
      Ministério das Relações Exteriores
      Palácio Itamaraty

| CIEX | PESSOAL | **SECRETO** |

N.º 399   Em 3 / 11 / 69   Avaliação: INFORMAÇÃO
Distribuição: SNI/AC CIE 2ªSec/EME 2ªSec/EMAer CENIMAR
2ªSec/EMA NSISA

Índice: Diretor-Executivo do CIEX.

1. A partir desta data a função de Diretor-Executivo do Centro de Informações do Exterior (CIEX), que era exercida pelo Primeiro Secretário JOÃO CARLOS PESSOA FRAGOSO, nomeado Sub-Chefe da Casa Civil da Presidência da República, passa a ser desempenhada pelo Segundo Secretário PAULO SERGIO NERY.

2. Nessas condições, a correspondência destinada ao CIEX deverá ser doravante endereçada a:

Secretário Paulo Sergio Nery
Secretaria-Geral de Política Exterior
Ministério das Relações Exteriores
Palácio Itamaraty

MINISTÉRIO DAS RELAÇÕES EXTERIORES
CENTRO DE INFORMAÇÕES DO EXTERIOR

SECRETO

CIEX nº 356 / 73   DATA: 23/JULHO/73

NATUREZA: Comunicação
AVALIAÇÃO: ------
REFERÊNCIA: ------
ANEXO: ------
DATA DA OBTENÇÃO DO INFORME: ------

DIFUSÃO: SNI/AC   CIE   2ª Sec./EME   2ª Sec./EMAER   CENIMAR
2ª Sec./EMA   CISA   CI/D.P.F.

ÍNDICE: Diretor-Executivo do CIEX. Passagem de função.

1.   A partir da presente data, o Conselheiro PAULO SÉRGIO NERY, designado para nova comissão, deixa de exercer a Direção-Executiva do Centro de Informações do Exterior (CIEX).

2.   A referida função passa a ser desempenhada pelo até então Subdiretor do CIEX, Primeiro Secretário OCTÁVIO JOSÉ DE ALMEIDA GOULART.

3.   Nessas condições, a correspondência destinada a este Centro deverá ser endereçada: À Assessoria de Documentação (ADOC).
          Ministério das Relações Exteriores.
          4º andar - sala 410
          Brasília.

Rascunho do decreto secreto que instituiu o Serviço de Informações no Exterior (CIEx), datado de 12/07/67.

```
INFORME INTERNO Nº    50              DATA: 12 / JUL / 67
MONITOR: ARMANDO                      MAÇO(S): (R )1,
FONTE(S): ARMANDO                     AVALIAÇÃO: A-1
DISTRIBUIÇÃO                          REFERÊNCIA:
    LOCAL:
    EVENTUAL:
    EFETIVA:
ÍNDICE: Criação do Serviço de Informações no Exterior.
```

1. Embora se considere que um dos setores essenciais do Governo é o das informações, não se tem atribuído no Brasil o devido grau de importância às informações que devem ser colhidas no exterior. No entanto, são elas indispensáveis à complementação dos trabalhos dos órgãos internos de informações, para o correto equacionamento e execução das diretrizes da segurança nacional. São ainda fundamentais para o planejamento das linhas de ação do Governo, interna e xxxxixxxx externamente, nos campos político, comercial, econômico e financeiro.

2. Proporção considerável das informações, no âmbito interno ou no exterior, provém de fontes ostensivas. Entretanto, no mais das vezes, esse volume de informações ostensivas só assume seu verdadeiro significado quando completado por informações de natureza sigilosa. Por esse motivo, ao nos referirmos, no curso destas observações, a "informações do exterior" estaremos aludindo, de forma genérica, a todas as informações colhidas em outros países, mas que sejam de natureza sigilosa.

3. Para efeitos do presente estudo deixaremos de lado o material ostensivo colhido no exterior. A coleta e análise desse tipo de informações já é feita, normalmente, pelo serviço diplomático brasileiro. As Missões diplomáticas e as Repartições consulares tem também por função obter informações de caráter sigiloso. Entretanto, dadas as suas atribuições e considerados os meios de que dispõem, é compreensível que não estejam em condições de efetuar a busca de informe e informações que, além de sigilosos, devem ser colhidos de forma clandestina. A complexidade da busca e análise desse material, bem como os riscos que tal atividade pressupõe, demonstram a necessidade de criação, pelo Governo brasileiro, de um serviço especializado para obtenção desse tipo de informações.

4. Como já foi acima indicado, a busca clandestina de informações no exterior requer pessoal altamente especializado, operando dentro de um organismo também especializado. Só essa especialização permitirá a tal organismo realizar com eficiência a busca clandestina de informações, efetuar corretamente a análise preliminar do material bruto assim colhido e não comprometer, em hipótese alguma, o próprio Governo.

5. Através dessa especialização, estará o serviço em condições de efetuar ligação proveitosa e segura com os diferentes serviços de informações aliados. Independentemente da identidade, ainda que parcial, de inte-

SECRETO

CIEX/PS-50/(PS)1/ pg.2   DATA:
DISTRIBUIÇÃO: AVALIAÇÃO:

ÍNDICE:

---

interêsses ou objetivos, a experiência demonstra que a ligação entre dois serviços de informações está profundamente condicionada pelo grau de confiança mútua. E para merecer a confiança de serviços plenamente desenvolvidos é indispensável termos um organismo adequadamente estruturado, cujos membros "falem a mesma língua" de seus interlocutores. Esse aspecto é de suma importância, pois a ligação com os serviços alienígenas mais desenvolvidos será de grande valia, como veremos adiante, para a formação e desenvolvimento de nosso próprio serviço.

6.   A especialização ou profissionalização do serviço o habilitará outrossim a neutralizar a ação, contra si ou contra outros objetivos nacionais, de serviços de informações hostis. Dessa forma, complementará os serviços internos de contra-informações, concorrendo decisivamente para aumentar a eficácia dos mesmos.

7.   Graças a seus meios especializados de busca clandestina, êsse serviço estará preparado para complementar, onde e quando se fizer necessário, o trabalho usual das Missões diplomáticas e Repartições consulares, resguardando as limitações a que estão obrigadas pelas normas do convívio diplomático.

8.   Para que atenda a tais necessidades, o serviço de informações no exterior deverá ter certas características fundamentais, que serão expostas a seguir.

9.   O serviço deverá ser independente dos serviços internos, sendo para tanto delimitadas cuidadosamente as atribuições e responsabilidades de cada um. Tal independência é indispensável à segurança operacional do serviço no exterior e à acuidade de informações por ele produzidas. Obviamente, essa independência orgânica não exclui a permanente troca de informações e a cooperação estreita que será necessária. Assim, por exemplo, um serviço de informações interno poderá sempre dirigir, através dos canais previstos de comunicação, pedido de busca ao serviço responsável pelas informações no exterior, e vice-versa.

10.   O serviço deverá ser responsável pela coleta e análise de informações no exterior, mas nunca deverá ser incumbido de formular diretrizes ou política para ação governamental, excetuada, é claro, matéria diretamente relacionada com a própria atividade de informações. Essa delimitação de funções é indispensável para assegurar a isenção requerida para dar objetividade e precisão às informações difundidas pelo serviço.

11.   O serviço deverá existir dentro do mais absoluto grau de sigilo. Essa "clandestinidade" é fundamental para a segurança e eficiência de seu funcionamento, bem como para impedir que suas atividades por

SECRETO

CIEX/ PS-50 / (PS)1/ pg.3   DATA:
DISTRIBUIÇÃO: AVALIAÇÃO:

ÍNDICE:

----

possam, em alguma contingência crítica, comprometer o serviço diplomático e, de forma geral, o Governo brasileiro. Esse grau de sigilo deverá ser mantido no mais alto nível, assegurando-se que a própria existência do serviço só seja do conhecimento de um número reduzido de autoridades, determinadas por meio de rígido critério de compartimentação e necessidade funcional.

12.   Dentro do quadro acima descrito, podem ser traçadas as linhas mestras para a estruturação do serviço brasileiro de informações no exterior.

13.   A experiência acumulada pelos principais serviços de informações deve ser aproveitada nessa formulação, tanto para a adoção de sistemas ou técnicas bem sucedidas como para evitar erros ou esquemas que tenham sido origem de dificuldades. Conjugando os conceitos expostos acima e as condições próprias do Brasil, podem ser excluídos desse exame comparativo serviços que, embora possam satisfazer as necessidades de seus respectivos Governos, não atendem às características do serviço brasileiro. Assim, os serviços de informações soviéticos - o KGB e o GRU - pressupõem uma estrutura totalitária para seu funcionamento adequado; os serviços alemães ocidentais estão estreitamente vinculados à política de integração germânica e as necessidades de defesa territorial do país; os serviços franceses não escapam a uma estreita vinculação à política interna gaullista. A "Central Intelligence Agency" não atende, como modelo, a pelo menos duas das características fundamentais prescritas para o serviço brasileiro, pois cercou-se de incrível notoriedade e influi, diretamente, na formulação de diretrizes do Executivo norte-americano; é útil ressaltar, entretanto, a independência entre a CIA e o "Federal Bureau of Investigations", cabendo a este último, exclusivamente, a responsabilidade pelas atividades de segurança e informações no âmbito interno, em nível federal. Por último, o serviço secreto inglês, tal como está há vários anos estruturado, parece o melhor modelo para o projeto brasileiro, requerendo um número de adaptações relativamente pequeno às peculiaridades nacionais. As sugestões feitas a seguir se baseiam amplamente na estrutura e no funcionamento do referido serviço.

14.   Para que o serviço de informações no exterior opere com um máximo de segurança - de pessoal, de instalações e de comunicações - deverão seus representantes gozar de status diplomático. Isso implica, evidentemente, em que tais representantes possam de fato ser considerados funcionários diplomáticos no meio em que atuarem, sendo inclusive necessário que façam, dentro da Embaixada ou Consulado em que servirem, trabalho de Chancelaria que seja compatível com a função diplomática de que estiverem ostensivamente investidos. Claro está que cada agência de informações no exterior disporá de outros elementos, cujas atividades serão necessariamente

SECRETO

CIEX/PS-50/(PS)./ pr.4   DATA:
DISTRIBUIÇÃO: AVALIAÇÃO:

ÍNDICE:

---

necessariamente clandestinas, mas o centro de direção e controle de todo esse pessoal (interruptores, agentes, informantes, etc) estará protegido pela cobertura diplomática. Esse sistema permite, respeitadas as normas de compartimentação, assegurar a desvinculação, em caso de necessidade, entre a Missão Diplomática e elementos de informações que operam na área de suas jurisdição, ressalvando, destarte, a posição da mesma e, por extensão, do Governo brasileiro.

15. Para que possam cumprir suas finalidades, obedecendo aos critérios fixados, é necessário que o serviço em apreço seja criado dentro do próprio Ministério das Relações Exteriores, tanto mais porquanto ao seu titular incumbe a responsabilidade pela operação desse serviço no exterior, devendo assim estar a ele afeto o controle do mesmo. Naturalmente, teria de ser mantida a característica de "clandestinidade" do órgão projetado mesmo dentro do Itamaraty. Isso é possível fazendo com que o mesmo seja autorizado, em documento, ultra-secreto, e não-publicado, pelo Senhor Presidente da República, com o referendo do Ministro do Exterior. Sua existência seria encoberta dentro da estrutura do Itamaraty e a Divisão de Segurança e Informações deste Ministério atuaria como meio de contato oficial para esse serviço com os demais órgãos do próprio Itamaraty e outras dependências da administração pública federal que não integrem a comunidade nacional de informações.

16. A adequação do sistema proposto já foi comprovada na prática através do estabelecimento e funcionamento de um grupo especializado, com pessoal do Itamaraty, para busca e análise de informações sigilosas, que requerem sistemas e operações de busca clandestina no exterior. Os trabalhos desse grupo são do conhecimento dos órgãos federais de informações, os quais tem demonstrado ampla satisfação pelos resultados por ele obtidos.

17. Com a aprovação do presente esquema preliminar, poderá ser concretizado plano de desenvolvimento a curto prazo desse embrião de serviço de informações no exterior. Utilizar-se-iam para tanto a experiência e os recursos já disponíveis no Itamaraty, a valiosa colaboração do SNI e das Forças Armadas e ainda os oferecimentos de apoio, sobretudo em termos de transmissão de conhecimentos especializados, de serviços de informações aliados, em especial do serviço inglês que, como destacamos antes, seria o modelo mais apropriado.

18. O ulterior desenvolvimento do serviço, estabelecidas as bases para ampliação do núcleo ora existente, seria objeto de planejamento a longo prazo, o qual preveria, entre outros aspectos, a criação de sistemas de individualização de prováveis candidatos para o serviço, de recrutamento, seleção e adestramento, sempre dentro do princípio fundamental de integração do serviço nos quadros do Ministério das Relações Exteriores. Cabe aqui ressaltar que os quadros do Itamaraty oferecem, desde já, as seguintes vantagens:

SECRETO

CIEX/PS-50 / (13)1/ pp.5   DATA:
DISTRIBUIÇÃO: AVALIAÇÃO:

ÍNDICE:
----

melhor aparelhamento e estrutura para operar no exterior, maior estabilidade e permanencia de funções, junto com a continuidade de ação, e, por fim, condições naturais para o entendimento direto com os serviços aliados.

SECRETO

Referências bibliográficas

Abaixo estão listadas as principais referências:

AGEE, Philip. *Dentro da companhia – Diário da CIA*. Tradução: Sylvia Jambeiro. São Paulo: Círculo do Livro, 1975. Título original: *Inside the company: CIA Diary*.

"Adesão de JG a frente irrita militares". *O Estado*, Florianópolis, 4 out. 1967.

"Atraso em pagamento de peritos não compromete laudos, garante filho de Jango". *Correio do Povo*, Porto Alegre, 11 ago. 2014.

BLOCH, Arnaldo. "As revelações do arquivo do general Geisel". *O Globo*, Rio de Janeiro, 26 jun. 2002. O País, p.14.

BOAVENTURA, Helayne. "Cobiça por trás da morte de Jango". *Jornal do Brasil*, Rio de Janeiro, 7 jun.. 2000. Internacional, p.5.

_____."Condor pode ter utilizado gás sarin". *Jornal do Brasil*, Rio de Janeiro, 22 nov. 2000. Política, p.5.

BRAGA, Teodomiro. "Carro de JK passará por nova perícia". *Jornal do Brasil*, Rio de Janeiro, 5 jan. 1996. Brasil, p.8.

_____. "Ônibus não bateu no carro de JK". *Jornal do Brasil*, Rio de Janeiro, 4 jul. 1996. Brasil, p.10.

_____. "Testemunha do acidente de 76 se contradiz". *Jornal do Brasil*, Rio de Janeiro, 5 jul. 1996. Brasil, p.9.

_____. "Perícia no carro de JK foi falha". *Jornal do Brasil*, Rio de Janeiro, 6 jul. 1996. Brasil, p.4.

_____. "Peritos divergem sobre exames no carro de JK". *Jornal do Brasil*, Rio de Janeiro, 10 jul. 1996. Brasil, p.2.

BUENO, Márcio. "Os voos sombrios do Condor: Cresce suspeita de que conspiração continental matou JK, Jango e Lacerda". *O Globo*, Rio de Janeiro, 7 mai. 2000.

CARAZZAI, Estelita. "Comissão da Verdade decide exumar corpo de ex-presidente João Goulart." *Folha de S.Paulo*, Brasília, 3 maio 2013. Poder.

CARLOS, Newton. "Relações perigosas". *Jornal do Brasil*, Rio de Janeiro, 15 mar. 1999.

CARNEIRO, Sonia; DIAS, Maurício; TABAK, Israel. "Governo apura morte de Goulart: Pesquisa no antigo arquivo do SNI busca esclarecer se ex-presidente foi vítima de conspiração em 1976". *Jornal do Brasil*, Rio de Janeiro, 19 mai. 2000. Internacional, p.12.

CASTILHO, Alessandra Beber. "O golpe de 1964 e a politica externa brasileira dentro do contexto repressivo". *Revista Neiba – Cadernos Argentina-Brasil*, nov. 2014. V. III, n.1.

CHAGAS, Carlos. "Entre mortos e feridos, alguns na enfermaria". *Manchete*, Rio de Janeiro, 2 abr. 1994. P. 21.

"Chefe da repressão de Pinochet é preso". *Folha de S.Paulo*, São Paulo, 29 jan. 2005. Mundo, p. A11.

CODATO, Adriano. "Os decretos secretos da Ditadura Militar brasileira". *Revista de Sociologia e Política*, 3 dez. 2008. Disponível em: <https://adrianocodato.blogspot.com/2008/12/decretos-secretos-da-ditadura-militar.html>. Acesso em: 25 out. 2019.

COLLA, Fernanda. "Exumação dos restos mortais de Jango custou R$ 99 mil ao governo". *Folha de S.Paulo*, Brasília, 15 mar. 2014.

CONY, Carlos Heitor. "JK, Jango e Lacerda: O mistério das três mortes" *Manchete*, Rio de Janeiro, 2 set. 1982.

_____. "Nunca se sabe". *Fatos & Fotos*, Rio de Janeiro. [19-]

_____. "Dossiê: Os tanques de março". *Manchete*, Rio de Janeiro, 2 abr. 1994.

_____. "O complô contra JK, Jango e Lacerda". *Revista República*, São Paulo, 1998.

CORRÊA, Manoel Pio. *Pio Corrêa: O mundo em que vivi*. 3. ed. Rio de Janeiro: Expressão e Cultura, 1996. Vol. 1 e 2.

CUÉ, Carlos; CENTENERA, Mar. "Argentina, o primeiro país a condenar os chefes da Operação Condor". *El país Brasil*, Buenos Aires, 5 abr. 2018. Internacional. Disponível em: < https://brasil.elpais.com/brasil/2016/05/27/internacional/1464377638_258435.html>. Acesso em: 25 out. 2019.

CUNHA, Luís Cláudio. *Operação Condor: O sequestro dos uruguaios – Uma reportagem dos tempos da ditadura*. Porto Alegre: L&PM Editores, 2008.

_____. "Bolsonaro é o primeiro presidente brasileiro a admitir a Operação Condor". *Observatório da Imprensa*, 25, jun. 2019. Direitos Humanos – Memória, ed. 1043. Disponível em: <http://observatoriodaimprensa.com.br/direitos-humanos/bolsonaro-e-o-primeiro-presidente-brasileiro-a-admitir-a-operacao-condor/>. Acesso em: 25 out. 2019.

D'AGOSTINO, Rosanne et al. "Ex-deputados relatam bastidores da sessão que depôs João Goulart". *G1*, 31 mar. 2014. Disponível em:
<http://g1.globo.com/politica/50-anos-do-golpe-militar/noticia/2014/03/ex-deputados-relatam-bastidores-da-sessao-que-depos-joao-goulart.html>. Acesso em: 25 out. 2019.

DANDAN, Alejandra. "La evolución del Cóndor – El testimonio del especialista Carlos Osorio con documentos que arrancan en 1972". *El país*, Buenos Aires, 3 mai. 2015. P. 12.

DINGES, John. *Os anos Condor – Uma década de terrorismo internacional no Cone Sul*. Tradução de Rosaura Eichenberg. São Paulo: Companhia das Letras, 2005. Título original: *The Condor Years*.

ÉBOLI, Evandro. "Relatório final conclui que morte de JK foi fatalidade". *Hoje Em Dia*, Belo Horizonte, 22 nov. 2000. Política, p. 4.

_____. "SNI acompanhou de perto o enterro de Jango". *O Globo*, Rio de Janeiro, 15 dez. 2001. O País, p. 5.

FICO, Carlos. *Como eles agiam: Os subterrâneos da Ditadura Militar*. Rio de Janeiro: Record, 2001.

FILHO, Pio Penna. "Os arquivos do centro de informações do exterior (CIEx). O elo perdido da repressão". *Documentos Revelados*. Disponível em:
<https://www.plural.jor.br/documentosrevelados/repressao/forcas-armadas/os-arquivos-do-centro-de-informacoes-do-exterior-ciex-o-elo-perdido-da-repressao/>. Acesso em: 25 out. 2018.

GASPARI, Elio. "A história do Brasil está liberada, no exterior". *O Globo*, Rio de Janeiro, 21 mai. 2000. O País, p. 6.

_____. *A Ditadura envergonhada – As ilusões armadas*. São Paulo: Companhia das Letras, v.1, 2002.

_____. *A Ditadura escancarada – As ilusões armadas*. São Paulo: Companhia das Letras, v.2, 2002.

_____. *A Ditadura derrotada – As ilusões armadas*. São Paulo: Companhia das Letras, v. 2, 2003.

GIRALDI, Renata. "Comissão da Verdade cria grupo para investigar Operação Condor". *Carta Capital*, São Paulo, 6 jun. 2015. Sociedade – Ditadura. Disponível em: <https://www.cartacapital.com.br/sociedade/comissao-da-verdade-cria-grupo-para-investigar-operacao-condor>. Acesso em: 25 out. 2019.

_____; BOAVENTURA, Helayne. "Óbito: Jango morreu de 'enfermedad': médico argentino é evasivo e aumenta suspeitas sobre circunstâncias da morte do ex-presidente". *Jornal do Brasil*, Rio de Janeiro, 19 mai. 2000. Internacional, p.13.

GODOY, Marcelo. "CIA diz que Brasil tentou liderar Operação Condor". *O Estado de S. Paulo*, São Paulo, 28 abr. 2019.

GODOY, Natália. "Análise da exumação de Jango deve ser concluída até outubro, diz ministra". G1, Brasília, 23 jul. 2014. Disponível em: <http://g1.globo.com/politica/noticia/2014/07/resultado-da-exumacao-de-jango-deve-ser-concluido-ate-outubro.html>. Acesso em: 25 out. 2019.

GORDON, Lincoln. *A segunda chance do Brasil – A caminho do Primeiro Mundo*. São Paulo: Senac, 2002. Título original: *Brazil's second chance – Em route toward the First World*.

GOULART, João Vicente. "Mercosul do terror". *Jornal do Brasil*, Rio de Janeiro, 9 mai. 2000.

"Governo prepara repressão contra os cassados que integrarem a 'Frente'". *O Jornal*, Rio de Janeiro, 5 set. 1967.

GREEN, James N.; JONES, Abigail. "Reinventando a história: Lincoln Gordon e as suas múltiplas versões de 1964 (Reinventing history: Lincoln Gordon and his multiple versions of 1964)". *Revista Brasileira de História*, São Paulo, 2009. V. 29, n. 57, pp. 67-89.

ILHA, Flavio. "Morte de Jango passa a ser investigada pela Argentina". *O Globo*, Porto Alegre, 20 fev. 2014. Brasil.

"Jango morre na Argentina e é sepultado no Brasil". *O Globo*, Rio de Janeiro, 7 dez. 1976. O País, p.6.

"Justiça argentina vai pedir exumação de Jango". *O Globo*, Rio de Janeiro, 20 ago. 1982, Ano LVIII, n.º 17.825, p.3.

LAGO, Rudolfo. "Apenas um acidente". *Correio Braziliense*, Brasília, 22 nov. 2000. Política, p.15.

LEONAN, Carlos. "O acordo de Montevidéu: Lacerda: porque encontrei Jango". *Fatos e Fotos*, Brasília, 7 out. 1967, Ano VII, n.º 349, pp. 17-21.

LIMA, João Gabriel. "Caça às bruxas entre as bananeiras: Documentos mostram que a tentativa de criar no Brasil um serviço secreto nos moldes da CIA acabou descambando para a caricatura". *Veja*, São Paulo, 1.º nov. 2000. História, pp. 60-62.

MARKUN, Paulo et al. "Lincoln Gordon – O embaixador americano, que viveu o golpe militar de 1964, fala sobre sua atuação no Brasil e sobre o envolvimento dos EUA com a política da América Latina". Memória Roda Viva, São Paulo, 19 dez. 2002. Disponível em: www.rodaviva.fapesp.br .

MÁRQUEZ, Gabriel García. *Rerportagens políticas 1974-1995*. Tradução de Léo Schlafman. Rio de Janeiro: Record, 2006. (Obra jornalística de Gabriel García Marquéz; Título original: *Por la libre: Obra periodística 4*, 1974-1975.

McSHEERY, J. Patrice. "La maquinaria de la muerte: La Operación Condor". *Taller (Segunda Época) – Revista de Sociedad, Cultura y Política en América Latina*, Buenos Aires, out. 2012. Vol. 1, n.º1.

MENDES, Priscilla; PASSARINHO, Nathalia. "Congresso anula sessão que depôs João Goulart da Presidência em 1964". *G1*, Brasília, 21 nov. 2013. Disponível em: <http://g1.globo.com/politica/noticia/2013/11/congresso-anula-sessao-que-depos-joao--goulart-da-presidencia-em-1964.html>. Acesso em: 25 out. 2019.

MICHELL, José. "Vítimas do Condor". *Jornal do Brasil*, Rio de Janeiro, 26 abr. 2000.

_____. "Exército espionou estrangeiro". *Jornal do Brasil*, Rio de Janeiro, 30 abr. 2000.

_____. "Operação Condor: Operação Especial". *Jornal do Brasil*, Rio de Janeiro, 30 abr. 2000.

_____. "Nova denúncia de assassinato". *Jornal do Brasil*, Rio de Janeiro, 15 mai. 2000. Internacional, p. 7.

_____. "Exército ocultou fato de Itamar: Relatório para o então presidente omitiu dados sobre brasileiros desaparecidos na fronteira". *Jornal do Brasil*, Rio de Janeiro, 22 mai. 2000. Internacional, p. 21.

NASSIF, Luis. "Argentina acolhe investigação sobre morte de Jango". *Jornal GGN*, 19 jan. 2012. Disponível em: <https://jornalggn.com.br/historia/argentina-acolhe-investigacao-sobre-morte-de--jango/>. Acesso em: 25 out. 2019.

NETO, Sergio de Oliveira. "Aquilo que não é dito sobre os arquivos da Ditadura". *Boletim de Notícias Conjur*. São

Paulo, 16 out. 2009. Disponível em: <https://www.conjur.com.br/2009-out-16/aquilo-nao-dito-arquivos-ditadura>. Acesso em: 25 out. 2019.

"O adeus a Jango". *Zero Hora*, Porto Alegre, 8 dez. 1976. pp. 21-27.

OLAZAR, Hugo. "Implican a Brasil em el Operativo Cóndor". *Clarín*, Buenos Aires, 2 maio 2000.

OSORIO, Carlos; ENAMONETA, Mariana. "Rendition in the Southern Cone: Operation Condor documents revealed from paraguayan 'archive of terror'". The Nacional Security Archive, Washington, D.C., 21 dec. 2007. Disponível em: <https://nsarchive2.gwu.edu//NSAEBB/NSAEBB239d/index.htm>. Acesso em: 25 out. 2019.

PASSOS, José Meireles. "A guerra psicológica da Condor". *O Globo*, 21 de maio de 2000. O Mundo, p. 44.

"Preso denuncia complô para matar Jango". *Zero Hora*, Porto Alegre, 21 jun. 2000. Política, p.17.

RIBEIRO, Edgard Telles. *O punho e a renda*. Rio de Janeiro: Record, 2010.

RYFF, Luiz Antônio; MAGALHÃES, Mario. "Telegrama revela plano contra Goulart: Mensagem de setembro de 76, de Sylvio Frota, ministro do Exército, 'ordenava' isolamento do presidente". *Folha de S. Paulo*, 21 mai. 2000. Brasil, p. A16.

_____; FRANÇA, William. "Espiões vigiam presidente no exílio: Relatórios mantinham governo informado sobre as supostas atividades de João Goulart no exterior". *Folha de S. Paulo*, 21 mai. 2000. Brasil, p. A17.

SENRA, Ricardo. "'Último prego no caixão de Geisel', diz coordenador da Comissão da Verdade sobre memorando da CIA". *BBC Brasil*, Washington, 11 maio 2018.

SEQUEIRA, Claudio Dantas. "O serviço secreto do Itamaraty". *Correio Braziliense*, Brasília, 22 jul. 2007. Política.

SILVA, Juremir Machado. "Justiça argentina vai pedir exumação dos restos mortais do presidente João Goulart". *Correio do Povo*, Porto Alegre, 29 abr. 2012. Disponível em: <www.correiodopovo.com.br/blogs/juremirmachado/justiça-argentina-vai-pedir-exumação-dos-restos-mortais-do-presidente-joão--goulart-1.297632>. Acesso em: 25 out. 2019.

"SNI destruiu mais de 19 mil documentos secretos". *Boletim de Notícias Conjur*. São Paulo, 2 jul. 2012. Relatos da Ditadura. Disponível em: <https://www.conjur.com.br/2012-jul-02/

servico-nacional-informacoes-destruiu-19-mil-documentos-secretos>. Acesso em: 25 out. 2019.
SOUZA, Carlos Alberto. "Família aceita exumação do presidente Goulart". *Folha de S. Paulo*, 17 mai. 2000.
SPEKTOR, Matias. *Kissinger e o Brasil*. Rio de Janeiro: Zahar, 2009.
TABAK, Israel. "Amigo de Jango: autópsia foi pedida". *Jornal do Brasil*, Rio de Janeiro, 8 jun. 2000. Internacional, p.12.
_____. "Piloto de Jango morre antes de depor". *Jornal do Brasil*, Rio de Janeiro, 27 jun. 2000. Política, p.7.
TEIXEIRA, Iberê A. *Jango – Vítima da Ditadura*. Santo Ângelo: EdiURI, 2014.
VALENTE, Rubens; FERNANDES, Sofia. "Decretos sigilosos vieram na esteira do ato". *Folha de S. Paulo*, São Paulo, 13 dez. 2008. Brasil.
_____. "A política brasileira nos telegrama dos EUA". *Folha de S.Paulo*, Brasília, 25 nov. 2012. Internacional.
WEISS, Luiz. "Correio entrega diplomatas-arapongas". *Observatório da Imprensa*, 25, jul. 2007. Disponível em: <http://observatoriodaimprensa.com.br/codigo-aberto/correio-entrega-diplomatasarapongas/ >. Acesso em: 12 abr. 2018.

Arquivos consultados:

Arquivo Nacional – Ministério da Justiça e Segurança Pública – Brasília.
Site:<www.arquivonacional.gov.br/br/>.
Biblioteca Digital da Câmara dos Deputados – Centro de Documentação e Informação. Site: <http://bd.camara.gov.br/bd/>.
Brown University Archives. Site: https://library.brown.edu/collections/archives/>.
Comissão Nacional da Verdade – Relatório Final. Site: http://cnv.memoriasreveladas.gov.br/index.php?option=com_content&view=article&id=571>.
Fundação Getúlio Vargas – CPDOC – Arquivo João Goulart. Site: <http://www.fgv.br/cpdoc/guia/detalhesfundo.aspx?sigla=JG>.
Instituto João Goulart. Site:
<www.fgv.br/cpdoc/guia/detalhesfundo.aspx?sigla=JG>.
Museo de la Justicia, Centro de Documentación y Archivo para la Defensa de los Derechos Humanos. Asunción, Paraguay. Site: <http://atom.ippdh.mercosur.int/index.php/museo-de-la-justicia

-centro-de-documentacion-y-archivo-para-la-defensa-de-los-derechos-humanos >.

National Security Archive – The George Washington University – Washington, D.C., USA. Disponível em: <https://nsarchive.gwu.edu/>.

DIREÇÃO EDITORIAL
Daniele Cajueiro

EDITORA RESPONSÁVEL
Janaina Senna

PRODUÇÃO EDITORIAL
Adriana Torres
Thais Entriel

REVISÃO
Alessandra Volkert
Ana Grillo
Pedro Staite

REVISÃO TÉCNICA
Priscila Serejo

PROJETO GRÁFICO DE O BEIJO DA MORTE
Sérgio Campante

DIAGRAMAÇÃO
Filigrana
Sérgio Campante

Este livro foi impresso em 2019
para a Nova Fronteira.